Sophia Farago

Küsse am Wiener Kongress

Die Lancroft Abbey Reihe

Band 4

Prolog

Für alle, die die Familie Barnett noch nicht kennen, seien die bisherigen Geschehnisse kurz zusammengefasst:

Als der siebte Viscount of Panswick im Jahre 1810 an einem heimtückischen Fieber starb, hinterließ er seine tatkräftige Witwe Louise, seinen siebzehnjährigen Erben Bertram, vier weitere Nachkommen, den Landsitz Lancroft Abbey in Kent und einen Berg von Schulden.

Nach dem Trauerjahr fasste die Viscountess einen riskanten „Heiratsplan“: Ihre zweitälteste, in ihren Augen schönste Tochter Penelope sollte, ausgestattet mit dem letzten Geld und in Begleitung der verwitweten Cousine Agatha, eine Saison in London verbringen und dort einen reichen Ehemann finden, der bereit war, Familie und Landsitz vor dem finanziellen Ruin zu retten. Leider verliebte sich Penelope in einen vollkommen unpassenden Gentleman. Als aber schließlich die älteste Tochter Frederica den reichen Earl of Derryhill heiratete, waren die finanziellen Sorgen vergessen. Penelope konnte sich weiter um ihre geliebten Schafe kümmern, brauchte keine „Verlobung wider Willen“ einzugehen, und das Leben bewies anschaulich, dass sich so mancher Unpassende bei näherem Hinsehen durchaus als der Richtige entpuppen konnte.

In der Zwischenzeit bereiste Cousine Agatha den Kontinent, um ihre verschwundene Schwester Cecilia zu suchen – und war plötzlich selbst verschollen. Die dritte Barnett-Schwester Vivian, „die stürmische Braut", fand in London nicht nur einen Ehemann, sondern auch Cousine Agatha wieder, die sich mittlerweile als Gesellschafterin einer alten Dame verdingt hatte. Sie überredete ihren Bruder Bertram, der seinen Dienstherrn, den Duke of Landmark, zum Wiener Kongress begleiten sollte, Agatha dorthin mitzunehmen. Denn es gab Hinweise, dass sich deren verschwundene Schwester Cecilia nunmehr in der Hauptstadt Österreichs aufhalten sollte.

Kapitel 1

Südlich von Limburg, im Herzogtum Nassau
August 1814

Der stämmige Wandergeselle war von den hinter ihm auftauchenden Gespannen so überrascht, dass er einen lauten Schrei ausstieß, sein Bündel mit den Habseligkeiten, das er an einem Stock über der Schulter getragen hatte, in die Wiese warf und dann geistesgegenwärtig hinterhersprang. Schon brausten mehrere Wagen an ihm vorbei. Der erste war ein eleganter Landauer mit geschlossenem Verdeck, zwei Livrierte auf dem Kutschbock. Davon führte einer die Zügel, während der andere gut sichtbar ein großes Gewehr in beiden Händen hielt. Sollte sich jemand erdreisten, die Kutsche überfallen zu wollen, würde der Mann ohne Zweifel davon Gebrauch zu machen wissen.

Der Wandergeselle war weit davon entfernt, irgendjemanden ausrauben zu wollen. Er war nur zu froh, nicht unter die Räder geraten zu sein. Kurz darauf erschien ein weiteres Fahrzeug, ebenfalls ein Vierergespann, in demselben glänzenden Grau lackiert wie das erste, das gleiche Wappen mit einer Krone am Schlag. Es war weniger ausladend und ohne Zweifel ein älteres Modell. Der Geselle war erfahren genug, darin die Dienerschaft zu vermuten. Schon kam ein dritter Wagen ins Blickfeld. Diesmal standen zwei Bewaffnete auf dem hinteren Trittbrett. Sie trugen dieselben silbergrauen Livreen. Der Geselle erhaschte einen kurzen Blick durch das Kutschenfenster und sah eine Vielzahl an Truhen und Koffern.

Meiner Seel', dachte er beeindruckt, *da muss ja ein gar mächtiger Herr unterwegs sein, wenn er meint, gleich drei Männer mit Gewehr zu seinem Schutz zu brauchen. Vielleicht war es gar ein König?*

Es war tatsächlich eine hochgestellte Persönlichkeit, die da in hohem Tempo durch die Lande unterwegs war, allerdings kein König, sondern ein englischer Herzog. Carl Hawick, der dritte Duke of Landmark, ein Diplomat im Dienste seiner Majestät König Georg III. Er war auf dem Weg nach Wien, um dort an einem Kongress teilzunehmen, der die Geschicke Europas in neue Bahnen lenken sollte. Napoleon, das französische Ungeheuer, war besiegt und auf die Insel Elba verbannt worden. Nun galt es, die Gebiete, die er seinem Reich einverleibt hatte, neu zu verteilen.

Der Herzog reiste nicht allein. Er hatte entschieden, dass ihn seine dreizehnjährige, mutterlose Tochter Eliza, genannt Lizzy, begleiten sollte. Seit dem Tod seiner Gattin vor zwei Jahren war sie immer stiller und schüchterner geworden und er hoffte, dass ihr die Abwechslung einer Reise guttun würde. Außerdem befanden sich noch sein Adjutant Bertram Barnett, der junge Viscount of Panswick, und dessen verwitwete

Cousine in der Kutsche. Lady Agatha Alverston war sechsunddreißig Jahre alt und damit fünf Jahre jünger als er. Sie sollte auf Lizzy achtgeben und ihm in Wien als Gastgeberin und weibliche Begleitung bei formellen Anlässen zur Verfügung stehen.

Sie waren nun schon sechzehn Tage unterwegs, und Bertram Barnett hätte sich längst dafür ohrfeigen können, dass er dem Drängen seiner Schwester Vivian nachgegeben hatte, den Duke mit Agatha bekannt zu machen. Wie hätte er aber auch ahnen sollen, dass sich die beiden streiten würden? Und zwar ununterbrochen? Es schien kein Thema zu geben, bei dem sie einer Meinung waren, und dabei waren es im Laufe der Wochen die unterschiedlichsten Angelegenheiten, über die sie sich auf der langen Fahrt unterhielten. Schneidende Bemerkungen flogen hin und her, verbrämt mit Ironie oder gar Hohn und Beweisen der jeweils eigenen intellektuellen Überlegenheit. Er konnte die mitunter sehr nichtigen Anlässe schon gar nicht mehr zählen, bei denen mindestens einer der beiden in spöttisches Gelächter ausbrach. Außerdem schienen sie nie auch nur eine Minute zu schweigen. Mehr noch, sie schienen kaum je Luft holen zu müssen.

Warum nur, fragte sich der leidgeprüfte Viscount im Stillen, warum nur hielten sie nicht einfach den Mund? Warum nahmen sie keine Rücksicht auf Lizzy und ihn? Sie mussten doch in der Zwischenzeit eingesehen haben, dass sie sich nie einig werden würden. Wozu also die ständigen Wortgeplänkel? Mehr als einmal hatte er die Zähne zusammengebissen, um seinem Unmut nicht lautstark Ausdruck zu verleihen. Vor Kurzem war er großjährig geworden, er trug den Titel eines Viscounts of Panswick, er war Herr über den weitläufigen Landsitz Lancroft Abbey und Oberhaupt der Familie. Einer Familie, die neben seiner Mutter auch noch seine drei inzwischen verheirateten Schwestern Frederica, Penelope und Vivian und seinen jüngeren, noch unverheirateten Bruder Nicolas umfasste. Obwohl er den Großteil seines Vermögens erst mit fünfundzwanzig bekommen sollte, hatte er seit seinem einundzwanzigsten Geburtstag bereits die Verfügungsgewalt über den ansehnlichen Betrag, den ihm seine Urgroßmutter mütterlicherseits vermacht hatte. Er war also hochgestellt, reich und erwachsen. Doch all das nützte ihm gar nichts. Er war den Wortgefechten seines Dienstherrn und seiner um fünfzehn Jahre älteren Cousine Agatha hilflos ausgeliefert.

Die Überfahrt von Southhampton auf den Kontinent war noch recht angenehm verlaufen, da man sich auf dem weitläufigen Schoner nur bei den Mahlzeiten zu Gesicht bekam. Rückblickend war es ein wahrer Segen gewesen, dass es an Bord getrennte Salons für Damen und Herren gab, in denen man seine Zeit verbrachte. Doch kaum waren alle vier gemeinsam in die Kutsche gestiegen und hatten begonnen, sich mit Plaudereien die Zeit zu vertreiben, da war das Hickhack auch schon losgegangen. Sagte der Herzog hü, meinte Agatha hott. Und umgekehrt. Hielt der Herzog etwas für gut, fand Agatha einen Fehler. Wollte Agatha rasten, drängte Landmark zum Aufbruch. Der einzige Lichtblick auf dieser schier endlosen Reise war für ihn die dreizehnjährige Tochter seines Dienstherrn. Sie saß neben ihm auf der Bank entgegen der Fahrtrichtung und stupste ihn soeben mit dem Ellbogen auffordernd in die Seite. „Bertram, bist du eingeschlafen?"

Er fuhr aus seinen Gedanken auf. „Entschuldige, Lizzy, was hast du gesagt?" Es klang reumütig.

„Ich sagte: ‚Guten Abend, mein verehrter Herr, ist das nicht ein wahrhaft schönes Zimmer?'", wiederholte sie auf Deutsch.

Seltsam, dachte Bertram, *ihre Stimme klingt viel selbstsicherer, wenn sie sich in dieser fremden Sprache ausdrückt.* Sie lernten nun schon seit zwei Monaten jeden Tag viele Stunden miteinander, und er musste neidlos anerkennen, dass sie das halbe Jahr, das er ihr voraus gewesen war, längst aufgeholt hatte. Sie waren vom Lernen einzelner Wörter und der Grammatik bereits zum Führen kleinerer Konversationen übergegangen. Es machte viel mehr Spaß, zu zweit zu üben, und er freute sich darauf, seine Kenntnisse auch im tatsächlichen Leben auszuprobieren.

„Das ist fürwahr ein schönes Zimmer, gnädiges Fräulein", erwiderte er höflich. „Wollen wir uns zu Tisch begeben?"

Während Lizzy in ihrer Deutschfibel nach einer passenden Antwort suchte, blickte Bertram zu den Reisegefährten auf der gegenüberliegenden Bank hinüber. Agatha begann soeben, über die Zeit zu erzählen, die sie an der Seite ihres verstorbenen Gatten Edward in Ägypten verbracht hatte. Dieser hatte dort zu einem Team von Archäologen gehört, das Ausgrabungen in der Wüste durchführte, und Agatha hatte ihn dabei tatkräftig unterstützt. Diese Geschichten kannte Bertram längst, also wollte er sich wieder auf Lizzy konzentrieren.

„Ich halte es für einen unglaublichen Leichtsinn, ja geradezu für einen Wahnwitz, dass man Sie zu diesen Ausgrabungen mitgenommen hat“, hörte er da den Duke sagen. „Ich verstehe beim besten Willen nicht, warum Ihnen das der Leiter der Expedition überhaupt gestattete.“

Es ging schon wieder los! Bertram zog scharf die Luft ein. Agatha würde solche Worte nicht unwidersprochen hinnehmen.

„Beim *besten* Willen, soso“, kam auch schon die schnippische Antwort, bevor seine Cousine, offensichtlich um einen ruhigeren Tonfall bemüht, fortsetzte: „Warum halten Sie es für einen *Wahnwitz*, wenn ich fragen darf, Duke?“

„Denken Sie denn, ich wäre mir all der Gefahren nicht bewusst, die dieses Vorgehen barg?“, stellte er eine Gegenfrage. „Es war einfach unverantwortlich, Sie, eine englische Lady von Stand, zu Ausgrabungen in der Wüste mitzunehmen.“

Bertram sah zu seiner Überraschung ein kleines Lächeln über das Gesicht seiner Cousine gleiten, bevor diese in versöhnlichem Tonfall antwortete: „Wie nett von Ihnen, Duke, aber ich darf Ihnen versichern, dass Sie sich um mich keine Sorgen zu machen brauchen. Die Ausgrabungsstätte war Tag und Nacht bewacht, und mein verstorbener Gatte und die anderen Männer der Delegation achteten streng darauf, dass die Einheimischen uns drei englischen Frauen nicht zu nahe kamen. Außerdem bin ich selbst auch ganz gut in der Lage, mich zu verteidigen, wenn …"

„Du lieber Himmel", unterbrach sie Seine Gnaden. „Ich sprach doch nicht von etwaigen Gefahren *für Sie*, Lady Alverston. Ich meinte natürlich die Gefahren, denen die Expedition durch Ihre Anwesenheit ausgesetzt war." Bertram hatte den Eindruck, als würde sich der arrogant näselnde Tonfall seines Dienstherrn von Tag zu Tag verstärken. „Frauen in der Wüste können bei solchen Unternehmungen nichts anderes als einen Klotz am Bein darstellen, wenn Sie mir diese drastische Ausdrucksweise gestatten."

Trotz der scharfen Worte schien sich der Herzog insgeheim zu amüsieren, wie Bertram mit gerunzelter Stirn feststellte. Ganz kurz hatte ein kleines Lächeln seine Augen erreicht. Bertram hingegen wusste, dass es für ihn selbst nichts zu lachen gab. Gleich würde Agatha zu einem verbalen Gegenschlag ausholen.

„Wie kommen Sie bloß zu der Annahme, ich könnte Ihnen diese gestatten?", lautete überraschenderweise ihre einzige Antwort.

Der Blick, den ihr der Duke nun zuwarf, war für Bertram unergründlich. Lieber Gott, bitte lass uns endlich Wien erreichen, flehte er insgeheim. Er seufzte, als ihm bewusst wurde, dass sich seine Situation auch nach Ende der Reise kaum verbessern konnte; schließlich würden sie zu viert in ein gemeinsames Palais ziehen.

Aber immerhin werden wir dann nicht mehr stundenlang auf so engem Raum eingesperrt sein, beruhigte er sich selbst.

Dann merkte er, dass einer der seltenen Momente eingetreten war, in dem die beiden Kontrahenten schwiegen. Nun war es allein Lizzys fröhliches Geplapper, das die Kutsche erfüllte.

„Wie gefällt es Ihnen in meiner Heimatstadt, mein guter Panswick?“, hörte er sie fragen. „Lieben Sie auch die blühenden Bäume im Prater?“

Sie war offensichtlich in die Rolle einer österreichischen Komtess geschlüpft, die mit ihm, dem Fremden, bekannt gemacht worden war. Bertram lächelte und bemühte sich, ihre Fragen möglichst fehlerfrei zu beantworten.

Natürlich blieb es auch auf der anderen Bank nicht lange still.

„Da gibt es etwas, was ich Sie schon die ganze Zeit fragen wollte, Duke. Wir hatten doch ursprünglich geplant gehabt, unsere Reise bereits im Juni, unmittelbar nach der Hochzeit meiner Cousine Vivian, in Angriff zu nehmen. Was war ausschlaggebend dafür, dass wir damit bis Ende August warten mussten?“, gab Agatha dem Gespräch eine neue Wendung, ohne auf die Aussage des Dukes einzugehen. „Wie ich hörte, hing das irgendwie mit dem Königshaus zusammen. Wie kann das sein?“

Anscheinend war Bertram nicht der Einzige, der sich über den abrupten Themenwechsel wunderte. Eine Augenbraue schnellte in die Höhe, bevor der Duke erklärte: „Es lag an Kronprinzessin Charlotte.“

„Tatsächlich?“ Agatha klang überrascht. „Was hat denn Ihre königliche Hoheit mit unserer Reise zu tun?“

„Nun“, sagte Landmark und schien sich seine Worte gut zu überlegen, „Sie wissen vermutlich, dass sich Prinzessin Charlotte vor einem Jahr mit Wilhelm von Nassau-Oranien verlobt hat?“

Agatha nickte. Es gab wohl kaum jemanden auf der Insel, dem diese freudige Nachricht nicht zu Ohren gekommen war.

„Wankelmütig, wie Frauen aber nun mal sind ...“, setzte der Herzog fort, und für den geplagten Viscount gab es keinen Zweifel, dass sich der unverbesserliche Duke insgeheim köstlich darüber amüsierte, seine Cousine zu ärgern. Warum hätte er ihr sonst bei diesen Worten einen herausfordernden Blick zugeworfen? Am liebsten hätte Bertram seinen Unmut laut hinausgeschrien. Doch zu seinem Glück stieg Agatha nicht darauf ein, sondern sagte kein Wort.

„... hat sich die Prinzessin eines schönen Junitages entschieden“, setzte der Herzog fort, „nun doch nicht in den Niederländer, sondern stattdessen in Prinz Leopold von Sachsen-Coburg verliebt zu sein.“

Agatha nickte. Auch davon hatte sie gehört.

„Sie können sich gar nicht vorstellen, was das für das Parlament für einen enormen, zusätzlichen Arbeitsaufwand bedeutete", erklärte er. „Zahlreiche Verhandlungen mit Nassau-Oranien mussten geführt werden, um alle bereits geschlossenen staatsrechtlichen Vereinbarungen wieder zu lösen. Daher waren sowohl Außenminister Castlereagh als auch ich in London unabkömmlich."

„Aha." Agatha überlegte und blickte dann interessiert zu ihm hinüber. „Sie haben also mitgeholfen, diese diplomatisch verzwickte Angelegenheit zu regeln?"

„Selbstverständlich", bestätigte er und nickte.

„Ich denke", sagte Agatha, weiterhin in ihrem freundlichsten Tonfall, „Ihre Einmischung in dieser Sache bedeutete eine große Gefahr für unser Königreich. Durch Ihre Anwesenheit bei den Verhandlungen wäre die diplomatische Lösung beinahe zu Fall gebracht worden."

Nach diesen ungeheuerlichen Worten lächelte sie allerliebst zum Herzog hinüber.

Bertram riss die Augen auf und schnappte nach Luft. War Agatha verrückt geworden? Wie kam sie dazu, seinem Dienstherrn so etwas Ungeheuerliches zu unterstellen?

„Was erlauben Sie sich, Madam?", fuhr dieser auch schon auf. Zornesfalten legten sich auf sein Gesicht. „Sie haben doch nicht die geringste Ahnung von allen relevanten Hintergründen."

„Nein, natürlich nicht“, gab Agatha unumwunden zu. Sie klang weiterhin freundlich.

„Wie können Sie sich dann erdreisten, sich ein Urteil über meine Arbeit zu bilden? Wie kommen Sie dazu, mich zu kritisieren und diesen Unfug zu allem Überfluss auch noch laut auszusprechen? In Gegenwart meiner Tochter?“

„Ach, ist das nicht angebracht?“ Agatha hatte die Hände in den Schoß gelegt und sah weiterhin interessiert zu ihm hinüber. „Da Sie soeben bezüglich meiner Arbeit genau dasselbe getan haben, Duke, hatte ich den Eindruck gewonnen, das gehöre sich so.“

Kapitel 2

An diesem Abend stand Lady Agatha Alverston noch geraume Zeit am Fenster und bürstete ihr langes, dunkelbraunes Haar. Lizzy hatte sich bereits im gemeinsamen Bett eingerollt und schlief tief und fest.

So ein reizendes Mädchen, dachte Agatha und zog ihr liebevoll die Decke über die Füße. Wie aufgeblüht sie in den letzten beiden Wochen war! Das Deutschlernen mit Bertram tat ihr gut. Es war nicht zu übersehen, dass ihr Schützling für Agathas Cousin schwärmte. Das war nicht weiter verwunderlich, denn Bertram war nicht nur ein ausnehmend liebenswürdiger junger Mann, er war auch mit mehreren Schwestern aufgewachsen und wusste, wie man Mädchen am besten behandelte. In den langen Tagen der Reise war Lizzy wohl auch so etwas wie eine kleine Schwester für ihn geworden. Und so lange die Schwärmerei niemandem schadete, sondern sogar noch zu Lizzys Lernerfolg beitrug, hatte sie keinen Grund, etwas dagegen zu unternehmen. *Mehr noch*, dachte sie, *jedem Mädchen tat es gut, frühzeitig zu lernen, wie man sich ungezwungen in Gegenwart eines jungen Mannes benahm. Diese Fähigkeit wird ihr in vier oder fünf Jahren gute Dienste leisten, wenn sie in die Gesellschaft eingeführt werden wird.* Agatha hielt in Gedanken inne? Wo sie selbst dann wohl sein würde, in fünf Jahren? Wahrscheinlich auf Lancroft Abbey, an der Seite ihrer Tante Louise. Sie war so froh, dass sie sich mit der Viscountess wieder ausgesöhnt hatte, und doch entsprach diese Zukunftsvision nicht wirklich ihrem Traumbild. Gut, sie würde in Sicherheit und in einem familiäreren Umfeld leben und musste sich nicht wieder als Gesellschafterin verdingen, aber aufregend würde es nicht sein. Agatha straffte die Schultern und trat zum Fenster, um in die mondhelle Nacht hinauszuschauen. Warum sollte sie sich mit einer ungewissen Zukunft beschäftigen, wenn doch die Gegenwart so spannend war? Ihr Blick wanderte zu einem ganz bestimmten Stern hinauf.

„Ist es nicht seltsam, wie glücklich ich bin, Edward? Wirklich und wahrhaftig glücklich?", flüsterte sie zu diesem Stern hinauf.

Kurz nachdem ihr geliebter Ehemann vor vier Jahren gestorben war, hatte sie diesen Himmelskörper zum ersten Mal bemerkt. Er schien heller als alle anderen zu strahlen. Da hatte sie sich vorgestellt, dieser Stern sei Edwards neues Zuhause und er könne sie hören, wenn sie sich ihm zuwandte und mit ihm sprach. Es gab so viel, was sie ihm seither anvertraut hatte. Dass sie in den Jahren nach seinem Tod, als sie auf Lancroft Abbey lebte, von der Familie Barnett liebevoll aufgenommen und von Tante Louise als Gesprächspartnerin geschätzt wurde, sich aber doch immer als Bittstellerin gefühlt hatte, zum Beispiel. Wie froh sie gewesen war, etwas zurückgeben zu können, als sie gebeten wurde, ihre Cousine Penelope in die Gesellschaft einzuführen, und wie verzweifelt sie gewesen war, als sie sich kurz vor der geplanten Abreise das Bein gebrochen hatte. Sie teilte mit ihm die Freude darüber, dass sie wieder gehen konnte. Dann natürlich die Abenteuer, die sie in Florenz erlebt hatte, wo sie nach ihrer Schwester suchte, und die Enttäuschung, als sie außer einem Blatt Papier mit ihrer angeblichen Adresse in Wien keine Spur von Cecilia gefunden hatte.

Agatha wandte sich ab und setzte sich vor die Kommode, um mit geübten Griffen ihr Schlafhäubchen auf die Locken zu setzen. In diesem Raum gab es tatsächlich einen großen Spiegel ohne blinde Flecken. Was für ein außergewöhnlicher Luxus! Außerdem war das Zimmer sauber und geräumig und bot allen Komfort, den man sich von einer Herberge nur wünschen konnte. Wie stark unterschied es sich von den schlecht gelüfteten, verlausten Absteigen, die sie sich mit ihrer Kammerfrau auf der Rückreise von Florenz gerade noch hatte leisten können.

„Ich bin glücklich, weil ich diese Reise mit der größtmöglichen Bequemlichkeit verbringe, mein lieber Edward. Ich freue mich auf Wien und darauf, hoffentlich endlich meine Schwester in die Arme schließen zu können. Außerdem ist es schön zu erleben, wie Lizzy unter meiner Führung aufblüht. Nur der Herzog ist eine harte Nuss“, sagte sie, den Blick wieder zu jenem bestimmten Stern gewandt, „er ist so anders als du. Er ist weder sanft noch gutmütig, und er strapaziert meine Nerven mit seiner Arroganz. Es ist erschreckend, wie wenig er von weiblichen Fähigkeiten hält. Hast du gehört, was er gesagt hat? Ich hätte unsere Ausgrabungen behindert! Das konnte ich ihm doch nicht durchgehen lassen, nicht wahr?" Agatha schnaufte unwillig, bevor sie gleich darauf zu kichern begann. *Aber ich habe es ihm mit gleicher Münze heimgezahlt,* dachte sie zufrieden. *Ich bin eine Witwe von sechsunddreißig Jahren, ich lasse mich nicht behandeln wie ein unreifes Schulmädchen! Ach, Edward, findest du es allzu arg, dass mich diese Wortwechsel nicht erschrecken? Dein Gleichmut und dein ruhiges Blut hätten solche Streitgespräche nie zugelassen. Bei dir war ich eingebettet in eine Welle von Zuneigung und Harmonie. Landmark ist anders. Traditionsbehafteter. Streitbarer. Männlicher.* Agatha erschrak über diesen Gedanken. Tat sie Edward unrecht? „Auch ich habe mich geändert", sagte sie zum Stern hinauf. „Ich habe seit deinem Tod viel erlebt. Ich bin erwachsen geworden. Und doch fühle ich mich so jung wie schon lange nicht mehr. Ja, ich weiß, du wirst meinen, dass ich mich lächerlich mache, und da hast du vollkommen recht. Ich bin nicht jung, ich bin sechsunddreißig Jahre alt. Ich sollte mich in gedeckte Farben hüllen, eine große Haube auf mein Haar setzen und mich benehmen, wie es sich für eine Witwe in meinem Alter geziemt."

Agatha seufzte und wandte den Blick dem Spiegel zu, der etwas schief auf der groben Bretterwand der

Poststation hing. In dem feinen, weißen Batistnachthemd, das sie trug, hatte sie so gar nichts von einer alternden Witwe an sich, und sie musste sich eingestehen, dass sie das alles andere als bedauerlich fand. Sie drehte und wendete sich vor dem Spiegel und freute sich selbst darüber, wie ihre Augen strahlten.

„Habe ich dir schon erzählt, dass meine Garderobe für eine einundzwanzigjährige Braut geschneidert wurde, mein Lieber?", fragte sie dann, wieder an den Stern gewandt. „Ich weiß, ich sollte entrüstet sein, weil die Gute die Hochzeit platzen ließ, um mit einem anderen Mann nach Gretna Green durchzubrennen. Aber das genaue Gegenteil ist der Fall. Ich wünsche ihr viel Glück und bin ihr so unendlich dankbar. Ihre Garderobe war von jener Lady in Auftrag gegeben worden, die ihre Schwiegermutter hätte werden sollen, sie hing fertig bei Lady Derryhills Schneiderin, und wir konnten sie zu einem wahrlich günstigen Preis erwerben. Weißt du was, mein Lieber? Die Kleider üben eine positive Wirkung auf mich aus. Noch nie zuvor habe ich mich so attraktiv und auch so selbstbewusst gefühlt."

Agatha blies die Kerzen in den Wandleuchtern aus, nahm die eine, die auf einem Zinnhalter steckte, und begab sich zum Bett. Ihre Kammerfrau hatte, wie jeden Abend, ein frisches Leintuch auf die Matratze gelegt. Sonst hatte sie an diesem Zimmer nichts auszusetzen und zu verändern gehabt. Wie die meisten Räume in den großen Poststationen war auch dieser gut gelüftet und sauber. Sie blies die letzte Kerze aus und schlüpfte zu ihrem Schützling unter die Bettdecke. Während sie die Augen schloss, glitten ihre Gedanken wie von selbst an jenen Tag zurück, als sie dem Duke of Landmark zum ersten Mal gegenübergestanden hatte. Das waren Gedanken, die sie ihrem geliebten Edward besser nicht enthüllen wollte.

Denn an diesem Nachmittag in Lady Derryhills Haus geschah etwas, was Agatha nicht für möglich gehalten hätte. Sie, die vernünftige, erwachsene Lady, war vom Anblick dieses Gentlemans auf eine ganz seltsame Art beeindruckt gewesen. Das war etwas, das sie vor niemandem zugeben konnte. Am allerwenigsten natürlich vor dem Duke selbst. Einem Mann, der sich in seiner Arroganz über jede Frau erhaben fühlte. Der meinte, alles besser zu wissen, und nicht einsehen wollte, dass sie bei einigen Dingen mehr Erfahrung hatte als er, zum Beispiel was das Reisen betraf. Und der sie doch völlig aus ihrer gewohnten Ruhe brachte. Agatha überlegte. Nein, damit traf sie den Nagel nicht auf den Kopf. Die Eigenschaften eingebildet, arrogant, selbstgefällig waren bei einem Mann von Adel durchaus üblich, noch dazu bei einem Exemplar von so hohem Stand. All das hatte sie bisher entweder als einschüchternd oder abstoßend empfunden. Bei Landmark gab es noch etwas anderes, was sie allerdings nicht benennen konnte. Sie hatte auch bisher kaum ein Risiko gescheut, sich aber das, was sie tat oder sagte, vorher gut überlegt. In Landmarks Gegenwart agierte sie offener und spontaner. Sie wusste nicht, woran das lag. Sie wurde allerdings auch aus seinem Verhalten nicht schlau. Warum verwickelte er sie immer wieder in lange Gespräche, wenn er ihre Meinung dann doch nicht gelten ließ? War das nur, damit die Stunden in der Kutsche schneller vergingen? Und was waren das für seltsame Blicke, die er ihr immer wieder zuwarf? Eines stand allerdings ohne Zweifel fest: Mit Edward hatte sie sich in all den Jahren zusammengenommen weniger unterhalten als mit dem Duke in den letzten beiden Wochen.

Agatha drehte sich auf die andere Seite und zwang sich, die Gedanken auf ihren verstorbenen Gatten zu konzentrieren. Auf den langen Reisen nach Ägypten waren sie meist in stillem Einvernehmen schweigend im Wagen gesessen, jeder in ein Buch vertieft. Während der Ausgrabungen hatte dann ohnehin nichts und niemand Edwards Konzentration stören dürfen. Gab es auf der Fahrt Fragen oder Probleme, und die gab es zahlreich, so verließ er sich darauf, dass sie ihm alle aus dem Weg räumte.

„Dafür ist meine Gemahlin zuständig", pflegte er zu sagen. „Die hat bei Weitem mehr Umsicht und praktischen Verstand, ich bin durch und durch Wissenschaftler."

Agatha drehte sich wieder auf die andere Seite, und der Duke of Landmark bekam abermals die Oberhand. Er war so anders als Edward. Das fing schon beim Aussehen an. Ihr Gatte war sicher nett anzusehen gewesen, aber sie hatte sich wegen seines Charakters in ihn verliebt und bei Gott nicht deshalb, weil ihr der Atem bei seinem Anblick gestockt hätte. Als sie jedoch dem Duke das erste Mal gegenübergetreten war, ihm die Hand reichte und in einen Knicks versank, da war genau das der Fall gewesen. Er war großgewachsen und schlank, und doch hatte sie die Kraft gespürt, die von seiner ganzen Gestalt ausging. Seine Haare waren dunkel wie die ihren, nur an den Schläfen zeigte sich bereits ein Grau, wie es bei seinen einundvierzig Jahren nichts Ungewöhnliches war. Auch die Augen, mit denen er sie kritisch gemustert hatte, waren grau. Auf den schmalen Lippen hatte sich kein Lächeln gezeigt, sie wusste daher bis heute nicht, ob auch ihm gefiel, was er sah.

Er war auf der Suche nach einer geeigneten Begleitung für seine Tochter gewesen. Seine Cousine hatte sich geweigert, diese Rolle länger zu erfüllen und eine Reise in die Stadt zu unternehmen, die, wie sie erfahren hatte, das reinste Sündenbabel sein sollte. Ein Gerücht, an dem, wie Agatha sehr wohl wusste, ihre eigenen Verwandten nicht unschuldig waren. Es war wichtig gewesen, den allerbesten Eindruck zu machen, damit er sie nach Wien mitnahm und ihr neben der Reise auch noch den Aufenthalt in der k. und. k. Hauptstadt finanzierte. Bei diesem ersten Treffen hatte sie sein Anblick so fasziniert, dass sie kein Wort heraus- und nichts anderes zustande gebracht hatte als ein hingerissenes Lächeln. Agatha musste bei dieser Erinnerung kichern. Was für eine glückliche Fügung, dass sie nicht Herrin ihrer Sinne gewesen war. Hätte sie damals schon so frank und frei mit Seiner Gnaden gesprochen, wie sie es jetzt tat, so hätte er wohl niemals zugestimmt, sie mitzunehmen. Nun war er auf ihre Dienste angewiesen, und sie konnte wieder ganz sie selbst sein. Oder zumindest die, zu der sie in seiner Gegenwart wurde. Eine selbstbewusste Frau, die mit ihm stritt. Obwohl, überlegte sie weiter, streiten nicht das richtige Wort war. Es waren eher Fechtkämpfe mit Worten. Agatha lächelte bei diesem Gedanken.

Morgen Abend würden sie bei Verwandten der verstorbenen Gattin des Dukes nächtigen. Diese sollten ein Schloss mit weitläufigen Gartenanlagen im französischen Stil ihr Eigen nennen, die gemeinsam mit Lizzy zu besichtigen sie sich schon freute. Ihr Lächeln vertiefte sich. Ob sie im Schloss endlich ein eigenes Zimmer für die Nacht bekommen würde? Sie mochte Lizzy, und doch vermisste sie auf dieser Reise die Privatsphäre, die sie sonst gewöhnt war. Und vielleicht konnte sie dort auch um ein heißes Bad für sich und ihren Schützling bitten? Mit diesen höchst verlockenden Aussichten schlief sie ein.

Kapitel 3

Agatha stand staunend vor dem Schloss und hielt sich die behandschuhte Rechte vor die Augen, um sie gegen das Sonnenlicht abzuschirmen. Was für ein beeindruckender Bau! Die wuchtige, dreigeschossige Fassade wirkte weiß und strahlend im hellen Licht des freundlichen Spätsommertages, das graue Schieferdach ragte steil in den blauen Himmel empor. Die Ecktürme trugen zwiebelförmige Dächer aus Kupfer, die sich im Laufe der Jahre in ein bezauberndes Hellgrün verfärbt hatten. Ihre jugendliche Begleiterin hatte anscheinend für Architektur weniger übrig.

„Ein Irrgarten, sehen Sie nur, Lady Agatha! Darf ich versuchen, es bis zum Mittelpunkt zu schaffen?" Lizzys Wangen waren vor Aufregung gerötet, und Agatha freute sich über ihren Eifer. Sie waren über einen bemoosten Weg bis zu einer blickdichten, überkopfhohen Heckenreihe gekommen und standen nun vor dem für das Mädchen wohl verheißungsvollen Eingang.

„Aber sicher", gestattete Agatha ohne zu zögern, „geh und versuch dein Glück! Ich komme nur die ersten beiden Windungen mit dir und dort warte ich besser. Solltest du nicht wieder herausfinden, kann ich dir durch Zurufe helfen."

Schon war ihr Schützling hinter der nächsten Hecke verschwunden. „Aber beeil dich!“, rief Agatha ihr noch hinterher, war sich aber nicht sicher, ob diese Worte auf fruchtbaren Boden fallen würden. „Wie haben nicht mehr allzu lange Zeit, bis ich mich zum Dinner umkleiden muss.“

Die liebe Lizzy, dachte sie nicht zum ersten Mal. Um wie vieles fröhlicher sie geworden war. Die Reise war für sie ein einziges Abenteuer, und das tat ihr gut. Mit dem Lernen der fremden Sprache hatte sie überdies eine sinnvolle Beschäftigung gefunden. Etwas, das ihr ihre bisherige Anstandsdame nicht gestattet hatte. Agatha ging näher an die Hecke heran und begutachtete die Zweige. Waren das Hainbuchen oder …

„Also Carl, ich bitte Sie …“

Agatha zuckte zusammen. Sie hatte gar nicht gehört, dass jemand nähergekommen war. Der Moosboden des Weges hatte wohl alle Schritte verschluckt. Die Stimme erkannte sie allerdings sofort wieder. Es war die von Gräfin Weiningen-Bouffier, der Hausherrin des beeindruckenden Schlosses, dessen Garten sie soeben erkundeten. Ihre Stimme klang auch jetzt noch ebenso kalt und abweisend, wie sie es bereits bei der Begrüßung getan hatte. Agatha war selbst erstaunt, dass sie diese auf Deutsch gesprochenen Worte verstanden hatte. Die Unterrichtsstunden in der Kutsche waren wohl auch an ihr nicht völlig spurlos vorübergegangen. Wie es der Zufall wollte, hatten sich Bertram und der Duke erst am Vortag darüber unterhalten, dass die Aussage

„Ich bitte Sie" zwei unterschiedliche Bedeutungen haben konnte. Entweder wollte man etwas vom anderen, oder man glaubte ihm nicht. Welche der beiden Bedeutungen hatten wohl die Worte der Gräfin?

Der Duke antwortete etwas, was Agatha zu ihrem Leidwesen nicht verstand. Sie merkte nur, dass er nach Worten suchte und seine Sätze immer wieder durch langgezogene Ähs und Ahs unterbrach. Nun waren die beiden offensichtlich am Eingang zum Irrgarten angelangt, und Agatha überlegte, wie sie sich am besten zu erkennen geben sollte, als sie die nächsten Worte der Gräfin innehalten ließen.

„Wie konnten Sie nur Ihre Mätresse hierher auf Weiningen bringen? Wir sind ein ehrbares Haus, wie ich nicht extra betonen muss. Ihre verstorbene Gattin war meine Cousine. Ich habe sie geliebt und ich, also … mir fehlen die Worte, um auszudrücken, wie sehr mich Ihr Vorgehen empört."

Agatha hielt den Atem an. Die Gräfin war ins Französische gewechselt, wohl weil der Duke des Deutschen doch nicht so mächtig war, wie er immer zu sein vorgab. Und offensichtlich konnte sie kein Englisch. Französisch war fast überall in Europa die Sprache des Adels und auch die der Diplomatie. Agathas Vater war Diplomat gewesen. Schon einmal war sie froh darüber gewesen, eine französische Gouvernante gehabt zu haben, denn auch die Ausgrabungen in Ägypten hatten unter französischer Leitung gestanden. Und auch jetzt war sie froh darüber. Wenn auch der Inhalt der Konversation nicht dazu beitrug, ihre Laune zu heben. Im Gegenteil, sie war entsetzt. Natürlich war ihr aufgefallen, mit welch eisiger Kälte man sie im Schloss willkommen geheißen hatte, doch sie war weit davon entfernt gewesen, den wahren Grund dafür zu erahnen. Na warte, das würde sie nicht unwidersprochen hinnehmen. Sie wollte eben aus dem Irrgarten stürzen, da ließen sie die nächsten Worte des Dukes innehalten.

„Sie sind mit Ihrem Verdacht auf der völlig falschen Fährte", hörte sie ihn sagen. Seltsamerweise klang sein Tonfall weniger schneidend, als sie erwartet hatte. „Agatha Alverston ist eine englische Lady aus bestem Haus. Außerdem ist sie die Cousine meines Adjutanten und begleitet uns nur deshalb …"

„Die Cousine Ihres Adjutanten", unterbrach ihn die Gräfin, und jetzt triefte ihre Stimme vor Hohn. „Ach, so nennt man das heutzutage? Früher nannte man es *Nichte,* wenn ich richtig informiert bin. Halten Sie mich für so dumm, dass ich Ihnen diese fadenscheinige Ausrede abnehme?"

Agatha war so empört, dass es ihr für kurz die Rede verschlug. Wie kam diese schreckliche Person dazu, ihren guten Ruf und ihre Integrität in Zweifel zu ziehen? Wie konnte sie nur annehmen …

„Das ist keine Ausrede", fuhr da der Duke auch schon auf. „Ich versichere Ihnen, Lady Alverston ist einzig und allein für das Kind zuständig."

Wie dumm, dass ich nicht gleich aus dem Irrgarten gegangen bin, als ich die beiden gehört habe, dachte Agatha, die nicht wusste, wie sie sich nun am besten verhalten sollte. *Wenn mich die beiden jetzt sehen, werden sie sicher annehmen, ich habe gelauscht. Das macht meine Situation nicht besser.*

„Wo sind Sie denn? Ich finde nicht mehr hinaus!", hörte sie in diesem Augenblick Eliza rufen. Ihre Stimme klang zwar gedämpft durch die dichten Reihen der Hecken, aber doch laut genug, dass man sie nicht überhören konnte.

Oh Gott, das ist wirklich der schlechtmöglichste Zeitpunkt, ging es Agatha durch den Kopf. *Ich kann unmöglich antworten, ohne dass mich auch die beiden anderen hörten.*

Schon erklang die Stimme des Dukes.

„Eliza?!", rief er erstaunt. „Bist du etwa allein in diesem ... diesem ... Heckenlabyrinth?" Dann wandte er sich offensichtlich zu seiner Begleiterin um: „Es war ohne Zweifel meine Tochter, die da gerufen hat. Sie gestatten, Gräfin, dass ich mich auf die Suche nach ihr mache?"

Er wartete die Antwort nicht ab, und schon knirschte der Kies unter seinen forschen Schritten.

„Ja, wo ist denn jetzt die Cousine des Adjutanten?", feixte die Gräfin hinter ihm her. „Ja, wo ist sie denn? Sie ist doch für das Kind zuständig, hätte ich gedacht."

Am liebsten wäre Agatha hoch erhobenen Hauptes aus den Hecken hervorgetreten und hätte sie erwürgt. Und doch entschied sie sich instinktiv, genau das Gegenteil zu tun, nämlich weiter in den Irrgarten hineinzugehen und hinter der nächsten Ecke zu verschwinden. Dabei benutzte sie absichtlich den schmalen Streifen Gras zwischen Hecke und Kies, damit niemand ihre Schritte hören konnte. Sie beeilte sich, die nächste Abzweigung zu nehmen und ... stand in einer Sackgasse. Auch das noch! Auf keinen Fall durfte der Duke erfahren, dass sie die Ungeheuerlichkeiten der Gräfin mitangehört hatte. Wie sollte sie ihm sonst je wieder unbefangen unter die Augen treten können? Daher wäre sie am liebsten einfach in dieser stillen Ecke stehen geblieben. Andererseits durfte sie Lizzy nicht zu lange im Ungewissen lassen. Also schürzte sie schweren Herzens die Röcke wieder, um dorthin zurückzueilen, woher sie gekommen war. Sie war so vertieft darin, jeden Laut zu vermeiden, dass sie den Herzog übersah, der sich ihr auf Zehenspitzen näherte, um oben über die Hecken blicken zu können. Der unerwartete Aufprall war so heftig, dass sie einen erschrockenen Schrei ausstieß. Landmark umfasste sie reflexartig mit beiden Armen und konnte so ihren Sturz vermeiden. Da standen sie nun, starrten sich mit weit aufgerissenen Augen an und waren beide für einen kurzen Moment nicht in der Lage, sich zu bewegen.

„Einzig und allein für das Kind zuständig? Wollen Sie mir das immer noch weismachen, mein Teuerster?", meldete sich die höhnische Stimme der Gräfin hinter dem Herzog zu Wort. Dieser ließ Agatha so schnell los, dass sie taumelte. Sie sah noch immer zu ihm auf. Seine Lippen waren aufeinandergepresst, seine Gesichtsfarbe blass. Er sagte keinen Ton.

Zum Glück meldete sich in diesem Augenblick Lizzy zu Wort. Sie schien sich in der Zwischenzeit ganz in der Nähe zu befinden.

„Lady Agatha?“, rief sie. „Waren Sie das, die soeben geschrien hat? Ist irgendetwas geschehen? Wo sind Sie denn?“

„Ich komme schon“, antwortete Agatha und machte sich daran, der unerfreulichen Szenerie zu entfliehen.

„Ja, ja, gehen Sie mir nur aus den Augen“, keifte die Hausherrin hinter ihr her. Diesmal sprach sie englisch mit einem deutlichen, harten deutschen Akzent. „Ich will Sie nicht wiedersehen, Miss. Sie sind am Abend bei Tisch unerwünscht, merken Sie sich das!“

Agatha verschwand, ohne ein Wort darauf zu sagen, hinter der nächsten Hecke und eilte Lizzy entgegen.

Kapitel 4

Der Abend verlief für Agatha dann doch um einiges erfreulicher, als es der höchst unangenehme Zwischenfall im Garten hätte erwarten lassen. Zuvorkommende Diener hatten ihr den Wunsch erfüllt, eine Kupferbadewanne auf ihr Zimmer zu bringen. Diese wurde eimerweise mit heißem Wasser aus der Küche gefüllt, und saubere Leinentücher lagen bereit. Sie hatte Lizzy den Vortritt gelassen, bevor sie dann selbst in das warme Wasser eintauchte. Es tat so gut, einige Minuten ganz für sich allein zu haben. Man hatte ihnen zwei Zimmer mit einer Verbindungstür zugewiesen, und ihr Schützling hatte sich in seinen Bereich zurückgezogen, um vor dem Abendessen noch einige deutsche Ausdrücke und Redewendungen zu lernen. Am kommenden Morgen würden sie wieder in die Kutsche steigen, und da wollte Lizzy Bertram mit ihrem neuen Wissen überraschen, wie sie ihrer Duenna freimütig gestanden hatte.

Mit einem wohligen Aufseufzen tauchte Agatha ihren Kopf in das warme Wasser und begann dann, die Haare mit jener milden Seife zu reinigen, die ihre Cousine Penelope aus Ölen und Kräutern selbst hergestellt hatte. Der Tag war angenehm warm gewesen, daher war auch keine allzu kalte Nacht zu erwarten. Sie war zuversichtlich, dass ihre Haare bis zum nächsten Morgen trocken sein würden. An diesem Abend würde sie außer Lizzy und der Dienerschaft keiner mehr zu Gesicht bekommen, das hatte sich die Gräfin schließlich ausdrücklich verbeten. Ja gut, sie hätte natürlich auf einen Platz bei Tisch bestehen können. Sie war die Witwe eines englischen Adeligen und die Cousine eines Viscounts, allein schon deswegen hatte man sie mit Respekt zu behandeln. Andererseits war sie durchaus froh, dass es ihr erspart bleiben würde, das Dinner unter den kritischen Augen der Gräfin einnehmen und sich weitere gehässigen Mutmaßungen anhören zu müssen. Um wie viel lieber würde sie Lizzy beim Abendessen auf ihrem Zimmer Gesellschaft leisten. Da diese noch nicht ihr Debüt gegeben hatte, verboten es ihr die Konventionen, unter Erwachsenen zu speisen. Agatha beschloss spontan, dass sie sich in Wien nicht an diese Konventionen halten würde.

Kurze Zeit später kam Hearts, ihre treue Kammerfrau, um ihr beim Abtrocknen zu helfen. Agatha war gerade in ein Nachthemd geschlüpft, hatte die nassen Haare unter einem Turban versteckt, und Hearts war dabei, ihr in den mit Spitze verzierten, seidenen Morgenmantel zu helfen, als es an der Tür klopfte.

Ein Hausmädchen trat ein. Die Wangen waren gerötet, und sie verhaspelte sich mehrmals, als sie in ihrem schönsten Deutsch vermeldete: „Seine Durchlaucht, der Herzog, schickt mich, gnädige Frau. Ich soll gnädiger Frau ausrichten, dass gnädige Frau sehr wohl zum Abendessen im Speisesaal erwartet werden. Der Herzog sagt, er erwarte die gnädige Frau pünktlich um halb sieben, halten zu Gnaden!"

Agatha sah ratlos zu Hearts hinüber. Diese blickte ebenso ratlos zurück. Keine von ihnen hatte den vorgebrachten Wortschwall verstanden. Also wurde Lizzy geholt, die sich mit Feuereifer daranmachte, die Worte des Hausmädchens zu übersetzen. Agatha ahnte, dass ihr diese Fertigkeit ihres Schützlings auch in Wien gute Dienste leisten würde. Dann schickten sie die junge Dienerin mit der Botschaft an den Herzog zurück, dass sie ihm danke, sich aber wegen starker Kopfschmerzen außerstande sähe, der freundlichen Einladung Folge zu leisten. Er möge die Freundlichkeit besitzen, sie bei der Gräfin zu entschuldigen. Sie fand diese Antwort sehr gelungen und begab sich in Lizzys Zimmer, wo eine andere Dienerin soeben dabei war, ein kaltes Abendessen auf dem Tisch anzurichten.

„Wenn ich Ihnen auftrage zu kommen, dann haben Sie diesem Befehl Folge zu leisten", lautete der erste Satz des Herzogs, als sich die Kutsche am nächsten Vormittag wieder in Bewegung setzte.

„Oh sieh an, das wusste ich nicht", entgegnete Agatha, die durch eine lange, geruhsame Nacht zu ihrer Gelassenheit zurückgefunden hatte. Sie sah interessiert zu ihm hinüber: „Sie haben das Recht, mir Befehle zu erteilen? Wie kommt denn das? Hat man

Sie zu meinem Vormund erklärt, ohne dass ich etwas davon weiß? Möchten Sie, dass ich Sie Oheim nenne?"

Bertram, der soeben die Seite des Buches gesucht hatte, an der sie am Tag zuvor ihren Unterricht beendet hatten, hielt inne, sah zu Eliza hinüber und riss verzweifelt die Augen auf. Geht denn die Streiterei schon wieder los?, sollte dieser Blick besagen. Das fand Lizzy offensichtlich so amüsant, dass sie zu kichern begann. Der junge Viscount fragte sich mit schlechtem Gewissen, ob es wirklich klug war, sich eine Dreizehnjährige zur Verbündeten zu machen. Noch dazu gegen ihren eigenen Vater und gegen ihre eigene Anstandsdame. Andererseits war sie für ihn der einzig vernünftige Mensch in diesem Fahrzeug.

Der Duke schnappte hörbar nach Luft: „Oheim? Also wirklich! Ich bin, mit Verlaub, kaum fünf Jahre älter als Sie."

Agatha lächelte zufrieden.

„Wie konnten Sie nur so dumm sein, das Abendessen auf Ihrem Zimmer einzunehmen, gerade so, als wären Sie Lizzys Gouvernante?", wollte er wissen.

Das zufriedene Lächeln verschwand wieder. „Ich war bei Tisch nicht erwünscht, das kann Ihrer Erinnerung doch nicht entfallen sein. Die Gräfin hielt mich für ... für ..." Errötend brach Agatha ab.

„Das haben Sie also gehört?" Der Herzog presste die Lippen zu einem Strich zusammen.

Eliza beugte sich nach vorne. „Wofür hat Sie die Gräfin gehalten, Lady Agatha?", fragte sie interessiert.

Als keiner der Erwachsenen daran dachte, ihr zu antworten, lehnte sie sich wieder zurück und begann mit Bertram eine Konversation, in die sie geschickt die Redewendungen einflocht, die sie am Vorabend gelernt hatte. Er lobte sie in den höchsten Tönen und beeilte sich dann, diese Ausdrücke mehrmals zu wiederholen, um sie auch selbst in seinen Wortschatz aufzunehmen.

„Sie haben sich nicht viel Mühe gegeben, den schändlichen Verdacht aus der Welt zu räumen", raunte Agatha dem Duke zu. „Von einem Gentleman hätte ich erwartet, dass er mich gegen solche Attacken beschützt …"

Sie bemerkte selbst, wie bitter ihre Stimme klang. Am Vorabend war sie noch froh gewesen, den Fängen der Gräfin entkommen zu sein. Sie wusste selbst nicht, warum es sie an diesem Morgen derart erzürnte, dass er sich nicht stärker für sie eingesetzt hatte und ihr jetzt stattdessen Vorwürfe machte. Andererseits musste sie im Stillen zugeben, hatte er nicht unrecht. Sie hätte sich auch selbst für sich stark machen können. Schließlich war sie eine erwachsene, selbstbewusste Frau … In diesem Augenblick entfuhr ihr ein erschrockenes: „Oh, entschuldigen Sie bitte vielmals!"

Die Kutsche war in eine so enge Linkskurve abgebogen, dass Agatha, die in Gedanken versunken nicht damit gerechnet hatte, gegen den Duke geschleudert worden war. Geistesgegenwärtig hielt er sie mit beiden Händen fest und verhinderte so, dass sie von der

Bank rutschte. Agatha beeilte sich, sich wiederaufzurichten, und zupfte mit hektischen Bewegungen den Rock ihres Reisekleids zurecht. Es war nun schon das zweite Mal, dass sie aus Versehen in seinen Armen gelandet war. Sie wunderte sich, dass sie es nicht unangenehm fand, ihm so nahe zu sein. Er roch gut. Nach Sandelholz und Rosmarin.

„Natürlich habe ich mich für Sie eingesetzt", hörte sie ihn da sagen. „Denken Sie denn, die Gräfin hätte es anderenfalls zugelassen, dass man Sie doch zu Tisch holt?", fragte er, ohne auf den Zwischenfall einzugehen. Er hatte sich also doch auf ihre Seite gestellt? Agatha nahm es mit Freude zur Kenntnis. „Sie sind mir dadurch in den Rücken gefallen, dass Sie trotz allem nicht zum Dinner erschienen sind", lautete nun sein Vorwurf.

Agatha bemühte sich, ihr schlechtes Gewissen zu verdrängen.

„Im Irrgarten haben Sie geschwiegen!", bestand sie daher weiterhin, die Schuld bei ihm zu suchen.

„Im Irrgarten war ich zu überrascht, um überhaupt irgendetwas zu sagen", verteidigte er sich. „Wie hätte ich denn ahnen können, dass Sie in mich hineinlaufen würden?"

„Sie sind doch in mich hineingelaufen!", sah sich Agatha bemüßigt, richtigzustellen.

Bertram rollte mit den Augen. Lizzy kicherte wieder.

„Wie auch immer es war, die Vorwürfe der Gräfin waren haltlos", sagte der Herzog. „Da gebietet es doch der reine Menschenverstand, dass man entschlossen dagegen auftritt und sich nicht in seinem Zimmer versteckt, als hätte man ein schlechtes Gewissen. Man hat dem Feind die Stirn zu bieten und …"

„Ist denn die Gräfin Weiningen unser Feind, Papa?", meldete sich seine Tochter überrascht zu Wort. „Ich dachte, sie sei Mamas Cousine und wir würden sie mögen."

Er war kurz irritiert, überlegte, was er am besten antworten sollte, und warf Agatha einen hilfesuchenden Blick zu. Die genoss seine Sprachlosigkeit viel zu sehr, um ihm tatsächlich beizustehen.

„Natürlich mögen wir die Gräfin, Eliza", sagte er schließlich, um einen ruhigen Tonfall bemüht. „Ich habe ganz generell gesprochen. Lady Agatha weiß, was ich meine. Konzentriere du dich auf deinen Deutschunterricht. Diese Unterhaltung ist nicht für deine Ohren bestimmt." Um dann an Agatha gewandt fortzusetzen: „Und dann auch noch Kopfschmerzen vorzutäuschen! Die fadenscheinigste aller Ausreden. Ich hätte Ihnen da mehr Einfallsreichtum zugetraut, wenn es schon sein musste …"

In dieser Tonart ging es weiter, bis sie in einer überfüllten Poststation haltmachten.

Eigentlich hatten sie vorgehabt, rasch ein einfaches Mittagsmahl zu sich zu nehmen und ohne Verzögerung zu ihrem nächsten Ziel, einer Stadt namens Nürnberg, weiterzufahren. Doch wie es sich herausstellte, waren die Köche von den zahlreichen Reisenden so heillos überfordert, dass sich die Wartezeit auf das Essen schier endlos hinzog. Der Herzog schickte Bertram mehrmals in die Küche, um sicherzustellen, dass sie im Extrazimmer nicht vergessen wurden. Dann endlich wurden dicke Würste auf groben Steintellern aufgetischt. Dazu gab es gestampfte Kartoffeln und ein säuerliches Kraut, das mit viel Kümmel gekocht worden war. Der Duke und Bertram spülten alles mit Bier hinunter, das man hier in großen Krügen servierte und das zu ihrer Überraschung kalt getrunken wurde.

Alles in allem dauerte der Aufenthalt in der Poststation um einiges länger als geplant, und so stimmte der Duke anschließend ohne zu zögern dem Vorschlag des Kutschers zu, bei der Weiterfahrt von der Poststraße abzuweichen.

„Der Stallbursche hat mir eine Abkürzung beschrieben, Euer Gnaden. Durch die können wir die verlorene Stunde gut und gern bis zum Abend wieder hereinholen. Die Nacht verbringen wir dann, wie geplant, im Gasthof *Graue Gans* in Nürnberg."

„Wir sollten auf der Poststraße bleiben", meldete sich Agatha zu Wort. „Dort sind wir sicher. Wer weiß, in welchem Zustand die kleinen Straßen hier sind. Auf meiner Reise nach Florenz ..."

„Ach, hören Sie doch auf mit Florenz!", fuhr der Herzog sie an. „Wenn ein Einheimischer eine Abkürzung empfiehlt, dann wird das seine Richtigkeit haben. Außerdem: Warum soll der Zustand der Nebenstraßen schlecht sein? Es hat mehrere Tage lang nicht mehr geregnet."

Damit waren Agathas Bedenken kurzerhand vom Tisch gewischt und der Duke wandte sich an den Kutscher, um seine Zustimmung zur Abkürzung zu wiederholen. Dieser bedankte sich, erklomm den Bock und schon fuhren die Fahrzeuge aus dem Innenhof der Poststation hinaus. Zuerst ging es noch ein kurzes Stück auf der breiten Straße entlang, bis sie zu einem Bildstock kamen. Da fuhr der Wagen in einen unbefestigten Weg ein, um mitten durch ein abgeerntetes Maisfeld zu rumpeln.

Gegen achtzehn Uhr musste sich selbst der Duke of Landmark eingestehen, dass sie sich verirrt hatten und den vorgesehenen Gasthof nie und nimmer vor Einbruch der Dunkelheit erreichen würden. Er war ungehalten und rechtschaffen müde. Dazu kam, dass ihn Agatha bereits mehrmals auf diese Möglichkeit hingewiesen hatte, was auch nicht dazu geeignet war, seine Laune zu heben.

Der Wagen wurde angehalten, der Kutscher sprang vom Bock und öffnete den Schlag: „Es tut mir leid, Euer Gnaden. Ich habe mich genau an die Beschreibung des Burschen gehalten, und doch dürfte ich irgendwo eine falsche Abzweigung erwischt haben, ah … da kommen die anderen. Sehr gut."

Die letzten Worte betrafen die beiden kleineren Kutschen, die eben in seine Sichtweite gekommen waren.

„Von *sehr gut* kann keine Rede sein", fuhr ihn sein Herr missmutig an. Wie alle anderen auch, war er in den letzten Stunden durchgeschüttelt worden, und jeder Knochen im Leib tat ihm weh. Er war hungrig, durstig und fühlte sich wie erschlagen. All das machte ihn äußerst gereizt. „Fahr weiter und sieh zu, dass wir die nächste Stadt erreichen. Irgendwo muss sich doch da ein bewohntes Gebiet befinden."

Agatha war auf die andere Seite gerutscht und drückte nun ihre Nase an die mit Lehm beschmutzte Fensterscheibe. „Wir stehen vor einem Gasthaus, wie mir scheint", informierte sie ihn. „Lassen Sie uns doch hierbleiben."

Das Steinhaus war klein und gedrungen. Aus dem Inneren der Gaststube schien sanftes Kerzenlicht nach außen. Agatha hob den Kopf und sah Rauch aus dem gemauerten Kamin aufsteigen. Das Schild über der Tür war so stark verwittert, dass man den Namen nicht mehr lesen konnte, doch es wies das Haus ohne Zweifel als Gastbetrieb aus.

„Das war auch meine Idee, Mylady", bestätigte der Kutscher ihre Worte. „Die Gastwirtschaft ist nicht groß, doch sie scheint ganz passabel zu sein."

„Ich finde das kleine alte Häuschen hübsch", rief Lizzy aus, die sich nun ebenfalls zum Fenster gelehnt hatte. „Es hat etwas Märchenhaftes, findet ihr nicht auch?"

Bertram lächelte.

Agatha verzog zweifelnd die Lippen. Sie hatte auf ihren Reisen schon zu viele negative Erfahrungen gesammelt, um noch an ein Wunder zu glauben.

„Das Wirtshaus interessiert mich nicht im Geringsten", fuhr der Duke auf. „Es ist geplant, dass wir heute in Nürnberg übernachten, also werden wir nach Nürnberg fahren. Schließen Sie die Tür, es zieht!"

Der erfahrene Kutscher, der schon so lange in seinen Diensten stand, dass er sich das Vertrauen seines Herrn erarbeitet hatte, wagte einen Widerspruch: „Das erscheint mir nicht ratsam, Euer Gnaden. Wenn ich nach vorne schaue, scheinen ausgedehnte Wälder vor uns zu liegen."

„Wälder gibt es hier überall", lautete die trockene Antwort, „die haben uns bisher nicht gestört und werden uns auch jetzt nicht stören."

„Euer Gnaden, mit Verlaub, ich halte es für ein viel zu großes Risiko, zu so später Stunde in einen Wald hineinzufahren", ließ der Diener nicht locker. „Man weiß nie, welches Gesindel sich dort herumtreibt."

Noch war der Duke nicht geneigt, nachzugeben. „Wir sind bewaffnet", wandte er ein, doch es klang nicht mehr ganz so überzeugt.

Der Kutscher warf einen Blick gegen den Himmel und wagte einen neuerlichen Vorstoß: „Außerdem wird es in Kürze Regen geben, vielleicht sogar Sturm. Der Wind frischt bereits auf …"

Wie zum Beweis seiner Worte fegte ihm eine heftige Böe den hohen Hut vom Kopf. Geistesgegenwärtig griff er nach dem fortfliegenden Zylinder, erwischte ihn gerade noch und drückte ihn fest auf seine grauen Locken. Erste dicke Tropfen klatschten gegen das Kutschendach. Jetzt musste auch der Herzog wohl oder übel einsehen, dass an eine Weiterfahrt nicht mehr zu denken war.

Kurze Zeit später standen sie dicht aneinander gedrängt in einem muffigen, engen Hauseingang. Die Decke war so niedrig, dass sich der hochgewachsene Herzog vorbeugen musste, um nicht anzustoßen. Die Wände waren roh und von Flecken übersät. Da niemand gekommen war, um nach ihren Wünschen zu fragen, übernahm Walterton, der Kammerdiener des Dukes, das Kommando. Agatha mochte ihn nicht besonders. Er war ihr zu hochnäsig, und sie hatte ständig das Gefühl, er versuche seinen Herrn an Vornehmheit noch zu übertreffen. Allerdings war er auch energisch, wie sie in diesem Augenblick feststellte.

„Landlord, come at once!", rief er nämlich in voller Lautstärke und öffnete dann mit einem Ruck die Tür zum Schankraum. Der Geruch, der ihnen entgegenschlug, war so ekelhaft, dass sich Agatha vor Schreck den Ärmel vor die Nase hielt. Es roch nach abgestandenem Bier, ranzigem Talg, verdorbenem Fleisch und nach sonst so allerlei. Sie wollte gar nicht darüber nachdenken, was alles die Ursachen für diesen Gestank sein konnten, und gab Lizzy mit einer Handbewegung das Zeichen, sie solle ihre Nase ebenfalls bedecken. Mit großen Augen sah sie zur Sitzbank hinüber, die aus groben Brettern zusammengezimmert war. Waren das zwei Katzen, die da in der Ecke saßen, oder zwei besonders wohlgenährte Ratten? Der Kammerdiener eilte zu einem der kleinen Fenster, und sofort hatte sie Gewissheit: Ja, es waren Ratten, die jetzt quiekend das Weite suchten. Lizzy schrie auf, Agatha legte ihr beruhigend die Hand auf die Schulter. Sie wünschte sich, das hätte auch jemand bei ihr gemacht. Wo waren sie da nur hingeraten?

Laut und deutlich grollte draußen der erste Donner. Auch das noch! Bei einem Gewitter gab es sicher kein Fortkommen mehr. Walterton hatte inzwischen eines der Fenster mit einem so starken Schwung aufgerissen, dass es aus den Angeln kippte und schräg vor der Wand zu hängen kam. Es donnerte abermals. Heftiger Wind fuhr ins Innere des Raumes und wirbelte den Dreck auf, der auf dem Fußboden lag. Die Zugluft verstärkte sich noch, als nun die den Fenstern gegenüberliegende Tür aufging und ein untersetzter kleiner Mann mit einer ledernen Schürze eintrat. Er hatte ein aufgedunsenes Gesicht und tiefe, dunkle Ringe unter den Augen.

Mit großen Schritten war er beim Kammerdiener, packte ihn am Arm, riss ihn vom Fenster weg und brüllte: „Bist du wahnsinnig geworden, du Brotz? Von dir lass ich mir doch net meine Stube auseinandernehmen. Geht's dorthin, woher ihr gekommen seid, ihr Großkopferten!"

Dann drückte er mit geübtem Griff das Fenster wieder in den Rahmen zurück.

Agatha wandte sich zu Bertram um, um zu erfahren, was der Mann gesagt hatte, doch der zuckte nur ratlos mit den Schultern. Sie hatten zwar erkannt, dass das der Wirt sein musste, und begriffen, dass er ungehalten war. Aber sie hatten nicht ein Wort, das er von sich gegeben hatte, verstanden.

„Einen Augenblick, guter Mann“, meldete sich nun der Duke zu Wort. Agatha war sich nicht sicher, ob er so langsam sprach, weil er den Wirt beruhigen wollte, oder ob ihm die Worte in der fremden Sprache nicht schneller einfielen. „Wo genau befinden wir uns denn hier? Ich hatte angenommen, dass in diesem Land deutsch gesprochen würde.“

„Was wüllst?“, fuhr ihn der Wirt an und krempelte seine Ärmel hoch. „Ich bin net dein guter Mann, merk dir das, du gscherter Hammel!“

Da er damit zu beweisen schien, dass Deutsch doch nicht seine Muttersprache war, hielt es der Duke für angebracht, seine Frage auf Französisch zu wiederholen. Dass das schon gar keine gute Idee war, stellte sich umgehend heraus: „Sag bloß, du bist a Franzos, du Wanzen? Das wird ja immer schlimmer!“, war die Reaktion, die er darauf erhielt. Nun war das Gesicht des Wirts feuerrot angelaufen.

Der Duke runzelte die Stirn und sah zum ebenso ratlosen Bertram hinüber. Ein Blitz durchzuckte die Dämmerung, der nächste Donner folgte auf dem Fuße. Heftiger Regen prasselte gegen die kleinen Fensterscheiben.

„Ich fürchte, der Mann will uns mitteilen, dass es im Haus eine schlimme Ungezieferplage gibt“, sagte der junge Viscount nun. „Die Wörter *schlimm* und *Wanzen* habe ich verstanden. Der Mann scheint also doch eine Art von Deutsch zu sprechen."

„Was ist denn das für eine Schreierei?", meldete sich nun die Stimme der Wirtin, die im Türrahmen aufgetaucht war und kampfeslustig die drallen Arme in die Hüften stemmte.

„Kaputt machen wollen die uns alles, die Saupreißen, die französischen!", setzte sie ihr Gatte ins Bild.

Und wieder donnerte es.

Agatha drehte sich zu ihrem Cousin um. Sie hatte auf ihren Reisen die Erfahrung gesammelt, was man am besten tat, um solch kritische Momente abzuwenden: „Schnell, Bertram, gib der Frau Geld. Versuch sie auf deine Seite zu ziehen. Sei großzügig!"

Der so Angesprochene zögerte nicht lange, fischte einige Münzen aus der Tasche seiner Weste und trat auf die Wirtin zu: „Entschuldigen Sie, gnädige Frau", sagte er so höflich, wie ihn das sein Buch gelehrt hatte. Er verbeugte sich und reichte ihr die Münzen. „Für Ihre …" Er stockte kurz und wagte sich an ein schier unaussprechliches Wort: „Un-an-nehm-lich-keit-en."

Die Augen der Frau leuchteten auf. Sie griff gierig zu und ließ das Geld in ihrer Kitteltasche verschwinden. Ihr Grinsen zeigte zwei schwarze Zahnstummel.

„Nun haben Sie bitte die Freundlichkeit, uns Ihre Gästezimmer zu zeigen", setzte Bertram fort, „denn wir werden hier übernachten. Dann führen Sie uns in ein Extrazimmer, in dem wir speisen können."

„Na, Sie sind aber ein ganz ein Vornehmer", kommentierte die Wirtin seine Worte sichtlich beeindruckt und knickste.

„Halleluja, sie hat Sie verstanden!", bemerkte der Duke trocken auf Englisch. Agatha musste grinsen.

„Ein Extrazimmer gibt es bei uns keines und speisen können Sie auch nicht. Aber etwas zum Essen kann ich Ihnen richten, dafür müssen Sie sich dann aber schon in den Gastraum setzen. Und jetzt kommen Sie mit ..." Sie drehte sich um, winkte mit der Hand und ging dann breitbeinig zur Tür.

„Ich will die Watschengsichter nicht im Haus haben!", brüllte der Wirt ihr hinterher.

Doch seine Gattin beachtete ihn nicht. Sie war bereits in das dunkle Treppenhaus hinausgetreten, und die englischen Gäste beeilten sich, ihr zu folgen.

Die Zimmer, in die sie geführt wurden, waren schlimmer als alles, was sich die verwöhnten Reisenden in ihren ärgsten Albträumen je hätten vorstellen können. Sogar Agatha, die auf ihren Reisen wahrlich schon viel erlebt hatte, hatte noch selten eine Nacht in einem derart desolaten Haus verbringen müssen. Es gab zwei große Schlafzimmer mit jeweils drei Betten und eine kleine Kammer mit einem. Statt Matratzen hatte man Strohsäcke auf die rohen Bretter der Liegeflächen geworfen. Darauf stapelten sich verdreckte Wolldecken. Durch die Mauerritzen pfiff lautstark der Wind, bei den kleinen Fenstern strömte der Regen in wahren Sturzbächen ins Innere. Diesmal war es Agatha, die trotz allem ein Fenster öffnete, da sie fürchtete, anderenfalls ersticken zu müssen. Die Böden waren von toten Käfern und Mäusedreck überzogen. Das bereitgestellte Nachtgeschirr war offensichtlich nicht ausgewaschen worden, was den beißenden Gestank erklärte.

„Seiner Gnaden ist natürlich das Einzelzimmer vorbehalten“, bestimmte der Kammerdiener. „Ich werde umgehend das Nötigste veranlassen.“

Zu seinem Erstaunen hielt ihn sein Herr mit einer Handbewegung zurück. „Wenn uns tatsächlich nichts anderes übrigbleibt, als hier in dieser grauenvollen Kaschemme die Nacht zu verbringen“, sagte er, „dann werden Eliza und die Kammerfrau das eine Zimmer nehmen, wir Männer teilen uns das andere. Es ist selbstverständlich Lady Alverston, der die Kammer zusteht. Dem Gemüt einer Lady ist ein Schlafsaal keinesfalls zumutbar.“

Hatte er mit Dankbarkeit gerechnet, so überraschte ihn Agatha damit, dass sie zuerst nach Luft schnappte, bevor sie empört ausrief: „Gemüt einer Lady? Haben Sie mir denn nicht zugehört? Ich bin es, die an Unannehmlichkeiten auf Reisen gewöhnt ist. Halten Sie mich also bitte nicht für ein so zartes Pflänzchen, das keine Nacht gemeinsam mit Lizzy und Hearts überstehen kann.“

Er wollte etwas einwenden, doch sie schnitt ihm das Wort ab: „Außerdem, denken Sie doch nach! Ihr

Vorschlag wäre schon rein rechnerisch nicht durchführbar. Wir sind hier drei weibliche, aber vier Vertreter des männlichen Geschlechts. Das heißt natürlich, dass wir Frauen uns das eine und Bertram mit den beiden Kammerdienern sich das zweite große Zimmer teilen müssen. Ich werde daher umgehend alles Nötige veranlassen …"

Der Duke presste die Lippen aufeinander und verzichtete auf weitere Einwände. Was hätte er auch sagen sollen? Eine kleine Kammer allein war ihm allemal lieber als ein Gemeinschaftsquartier.

„Mit allem Respekt, Eure Ladyschaft, wenn jemand das Nötige veranlassen wird, dann bin ich das. Natürlich nur, soweit es die Unterkunft Seiner Gnaden betrifft", meldete sich dafür sein Kammerdiener näselnd zu Wort. „Nun lassen Sie mich bitte vorbei. Ich muss zusehen, wo die Kutscher mit dem Gepäck bleiben."

Das wiederum konnte Agatha nicht zulassen.

„Lassen Sie das Gepäck um Himmels willen, wo es ist", befahl sie. „Holen Sie nur das Allernötigste ins Haus. Sie wollen doch nicht, dass Sie morgen die gesamte Kleidung Ihres Herrn verbrennen müssen, weil sich darin Flöhe und Wanzen eingenistet haben."

Daraufhin wandte sie sich zu ihrem Cousin um, der sich wieder einmal wünschte, unsichtbar zu sein.

„Bist du so freundlich, mir die schwarze Holzkiste heraufzubringen, Bertram? Ich muss umgehend die nötigen Maßnahmen treffen, damit uns die beißenden Biester nicht allzu nahe kommen."

Sie wollte eben einen prüfenden Blick in die kleine Kammer werfen, als auch schon der Kammerdiener in den Türstock sprang und seine Arme ausbreitete.

„Dies ist ab nun das Schlafgemach eines Gentlemans“, rief er so entrüstet, dass er zu näseln vergaß, „und somit für ein weibliches Wesen tabu.“

Bertram verdrehte die Augen, machte auf der Stelle kehrt und beeilte sich, aus der Gefahrenzone zu kommen. Es reichte ihm schon, wenn Agatha ständig mit seinem Herrn stritt. Musste sie sich jetzt auch noch mit dessen unmöglichen Kammerdiener anlegen?

„Machen Sie sich doch nicht lächerlich, Walterton“, hörte er sie da auch schon sagen. „Die weiblichen Wanzen und Flöhe werden auch keine Skrupel haben, in das Schlafgemach eines Gentlemans einzudringen und Ihrem Herrn zuzusetzen.“

Das Letzte, was der junge Viscount vernahm, bevor er das Haus verließ, um sich in den strömenden Regen hinauszubegeben, war ein lautes Machtwort des Herzogs: „Ruhe allerseits! Ich will in dieser leidigen Angelegenheit keinen Ton mehr hören. Wir treffen uns in einer Stunde zum Abendessen.“

Bertram sah nicht mehr, dass der Duke anschließend den Kammerdiener zu sich winkte und die Tür mit einem so lauten Krachen hinter sich zufallen ließ, dass der Staub aufwirbelte und einige Mäuse fiepend das Weite suchten.

Kapitel 5

Als man sich zur vom Herzog vorgegebenen Zeit in der Gaststube wiedertraf, hatten die anderen fünf in der Zwischenzeit ganze Arbeit geleistet. Bertrams Kammerdiener hatte sichergestellt, dass die Kutscher und Wachleute über den Stallungen eine Unterkunft fanden, nachdem sie zuerst die Pferde und die Wagen einigermaßen gut versorgt hatten. Ihr Quartier war zwar erbärmlich, unterschied sich jedoch nicht groß von dem ihrer Herrschaft. Lizzy und Bertram hatten mit vereinten Kräften die Gaststube gefegt und ein paar der Leinentücher, die Agatha vorsorglich in großer Zahl mitgebracht hatte, über die groben Tische gelegt. Die Kerzenstummel in den Leuchtern wurden durch echte Wachskerzen ersetzt, damit sie beim Essen nicht zu all der anderen Unbill auch noch von Ruß eingenebelt werden würden. Die Wirtsleute ließen sich all die Zeit nicht blicken, und die Reisenden konnten nur hoffen, dass sie mit dem Kochen eines halbwegs essbaren Mahls beschäftigt waren.

Agatha und ihre Kammerfrau nahmen sich in der Zwischenzeit die Schlafzimmer vor. Während Hearts die Räume so gut es ging reinigte, löste Agatha Seifenpulver in einem Eimer warmen Wassers auf, den

Bertram aus der Küche gebracht hatte. Die Fenster standen all die Zeit sperrangelweit offen.

„Ich denke, es macht keinen Unterschied, ob der Regen durch die geschlossenen Fenster ins Innere dringt oder durch die offenen", lautete Agathas trockener Kommentar, als ihre Kammerfrau Bedenken äußerte. „Aber so wird wenigstens der Gestank ein wenig erträglicher."

Trotzdem war sie froh, als der Regen etwas nachließ. Auch das Gewitter hatte sich nach einer halben Stunde verzogen. Agatha warf einen Blick zum Himmel. Sie mussten sich beeilen. Durch die hohen Nadelbäume ringsumher würde das Haus bald in völliger Dunkelheit liegen.

Genau in dem Augenblick, als Agatha nach männlicher Hilfe Ausschau halten wollte, kam Bertrams Kammerdiener zurück. Gemeinsam mit Hearts wurde ihm die Aufgabe übertragen, die Beine der Betten in Blechschüsseln zu stellen, die sich in Agathas schwarzer Holzkiste befunden hatten. Hearts war schwere körperliche Tätigkeiten gewöhnt, und so war die Arbeit im Nu erledigt. Die Betten waren zum Teil so altersschwach und wackelig, dass sie sich knirschend gegen diese ungewöhnliche Behandlung wehrten, doch darauf konnte niemand Rücksicht nehmen. Agatha füllte anschließend die Schüsseln mit Seifenlauge.

„So", sagte sie zufrieden und wischte sich die Hände trocken, „nun soll es eines dieser lästigen Nagetiere wagen, uns unwillkommenen Besuch abstatten zu wollen. Ich denke, von dieser Seite droht uns keine Gefahr mehr. Damit uns auch keine Flöhe belästigen, werde ich als Nächstes Fallen aufstellen."

Also nahm sie die restlichen Blechschüsseln, verteilte sie auf den Boden beider Räume und füllte auch diese wieder mit der Lauge.

„Jetzt nur noch schwere Stumpenkerzen in die Mitte", sagte sie zufrieden, „und fertig sind die Flohfallen."

Der junge Kammerdiener machte nicht den Eindruck, als sei er von diesem Vorgehen überzeugt.

„Die Flöhe lieben das Licht. Sie werden von den Kerzen angelockt", erklärte ihm Agatha, „und ertrinken dann im Seifenwasser."

„Glauben Sie Ihrer Ladyschaft", bekräftigte Hearts die Worte ihrer Herrin, während sie Leintücher über die aufgeschüttelten Strohsäcke breitete. „Solche Flohfallen haben uns schon in Ägypten gute Dienste geleistet."

„Genau wie dieses geheimnisvolle Pulver gegen Wanzen hier."

Agatha hatte sich zur Kiste hinabgebeugt und zog triumphierend eine Streudose aus ihrem Inneren: „Nehmen Sie es und verteilen Sie das Pulver über alle Betten! Seien Sie ruhig großzügig, ich habe noch Nachschub."

Der Bursche tat, wie ihm geheißen, und rümpfte gleich darauf die Nase: „Das riecht aber scharf, pfui Teufel! Da tränen einem ja die Augen."

Hearts lachte auf: „Seien Sie doch nicht so empfindlich! Was glauben Sie, wie Ihnen die Augen erst tränen würden, wenn sie von Bissen übersät aufwachten?“

Die Stimmung beim Abendessen war alles andere als fröhlich. Da es keinen Extraraum gab, belegten der Duke, Agatha, Bertram und Lizzy einen der Tische, die Kammerdiener einen zweiten und die Kutscher und Wachleute einen dritten. Offensichtlich hatte das Gewitter andere Gäste ferngehalten. In Anwesenheit des Herzogs wagte niemand zu sprechen und dieser hatte offensichtlich auch keine Lust dazu. Agatha bemerkte irritiert, dass er ihr zuerst einen prüfenden Blick zuwarf und gerade, als sie dachte, er würde etwas sagen, damit begann, auf das Essen zu starren und schweigend die ersten Bissen zu sich zu nehmen. Es gab eine Art Schmalzgebäck, das aussah wie eine Schuhsohle, das aber, wie Agatha zugeben musste, durchaus annehmbar schmeckte. Dazu wurde wieder das säuerliche Kraut serviert, das man in diesen Landen anscheinend besonders liebte. Schließlich stellte die Wirtin mit einem Wortschwall einen Topf auf den Tisch der Herrschaften. Da die beiden anderen Tische leer ausgingen, nahm Agatha an, dass es sich um etwas Besonderes handelte. Sie beugte sich interessiert vor und zuckte wieder zurück. Das, was da im verbeulten Geschirr vor sich hin dampfte, roch ungewohnt, war cremeweiß und erinnerte entfernt an Fleisch. Es war aber nichts, was sie schon einmal irgendwo gesehen hatte.

„Das is a Euter", sagte die Wirtin, strahlte in die Runde, wischte sich ihre feuchten Hände an der schmutzigen Schürze ab und verschwand wieder in der Küche.

Bertram, der vorsorglich seine Deutschbücher mit in die Gaststube genommen hatte, versuchte eine Übersetzung für diese Worte zu finden. Doch vergeblich. Um sich vor seinem Vorgesetzten keine Blöße zu geben, schnitt er ein Stück davon ab, steckte es in den Mund und begann daran zu kauen. Es war so zäh und schmeckte derart seltsam, dass er es am liebsten wieder ausgespuckt hätte. Unter den prüfenden Augen seines Dienstherrn wagte er es jedoch nicht und kaute tapfer weiter.

Der Wirt kam, um die groben Gläser aus einer dickbauchigen Flasche zu füllen. Agatha zeigte auf die Schüssel und zuckte mit den Schultern, um zu verdeutlichen, dass sie wissen wollte, was sich darin befand. Der Wirt beachtete sie nicht. Zum Erstaunen aller war es dann Lizzy, die das Wort ergriff:

„Was ist das?", fragte sie auf Deutsch.

„A Euter!", wiederholte der Mann die Worte seiner Frau. Und als er merkte, dass er nicht verstanden wurde, machte er melkende Bewegungen und rief „Muh!".

Alle rissen die Augen auf, und schlagartig hatte keiner mehr Lust, zuzugreifen. Der arme Bertram versuchte den Bissen mit Wein hinunterzuspülen, doch dieser war derart sauer, dass er seine Lage auch nicht wirklich verbesserte.

Der weitere Abend verlief auch nicht erfreulicher. Es begann damit, dass sich der Kammerdiener des Herzogs vehement weigerte, das Pulver gegen Wanzen auf dem Bett seines Herrn auszubringen. Er hatte es bereits, wie bei den anderen Übernachtungen auch, mit Parfum eingesprüht und war sich sicher, dass dies das Ungeziefer mindestens ebenso gut fernhalten würde. Agatha war müde, von der unruhigen Fahrt in der Kutsche tat ihr jeder Knochen weh. Sie hatte Stunden an Aufräumarbeiten hinter sich und unzählige Flohfallen aufgestellt. Daher wollte sie nur noch in ihr eigenes Lager schlüpfen und hatte keine Lust auf eine Diskussion mit einem uneinsichtigen Dienstboten.

„Dann mache ich es eben selbst“, entschied sie kurzerhand und hatte bereits die Türklinke der Kammer ergriffen. „Einen Augenblick Geduld, Duke“, sagte sie über die Schulter zurück. „Es dauert nicht lange.“

„Unterstehen Sie sich!“, rief da der Kammerdiener und sprang in ihren Weg. Er hätte sie wohl ohne zu zögern zur Seite gerempelt, hätte Agatha nicht vor Schreck bereits selbst die Klinke wieder losgelassen. Zuerst sahen sich die beiden feindselig an, dann ruckten ihre Köpfe wie auf Kommando zum Herzog hinüber, der regungslos auf der obersten Treppenstufe stand.

Der Viscount of Panswick hielt wieder einmal die Luft an – wahrlich nicht das erste, aber auch nicht das letzte Mal auf dieser Reise. Lizzy musterte die Gesichtszüge ihres Vaters und sagte, wie meist, keinen Ton. Falls Agatha erwartet hatte, dass ihr der Duke im Kampf gegen Walterton zu Hilfe kommen würde, so wurde sie durch seine nächsten Worte bitter enttäuscht.

„Hören Sie doch einfach auf, Ihre Fähigkeiten zu überschätzen und sich damit in den Vordergrund zu spielen, Lady Alverston", sagte er. „Das bin ich so leid. Kommen Sie, Walterton, ich bin müde und möchte schlafen."

Mit diesen Worten ging er an seiner völlig verdatterten Reisegefährtin vorbei. Seinem Kammerdiener entfuhr ein höchst zufriedenes „Ha!". Er warf Agatha einen triumphierenden Blick zu und beeilte sich dann, die Tür zur Kammer zu öffnen.

Eine Stunde später lagen sie alle in ihren Betten. Während ein gleichmäßiges Schnarchen der Beweis dafür war, dass Hearts keine Mühe gehabt hatte, trotz des unbequemen Lagers sofort einzuschlafen, wälzte sich Agatha unruhig von einer Seite auf die andere. Die Kerzen in den Flohfallen auf dem Boden tauchten den Raum in ein fahles Licht. Das Rascheln hinter den Vorhängen zeugte davon, dass es ihnen wohl doch nicht gelungen war, alle vierbeinigen Bewohner aus dem Raum zu vertreiben. Von draußen schlug der Wind die Zweige eines Baumes gegen die Fensterscheiben.

Wie hatte sie nur so dumm sein können, sich vom Herzog von Landmark beeindrucken zu lassen? Er war doch nichts anderes als ein arroganter, selbstgefälliger, durch und durch widerwärtiger, von sich eingenommener, illoyaler, unmöglicher ... Agatha überlegte ... ärgerlicher, ihre Nerven strapazierender ... – hatte sie ekelhaft bereits gedacht? Sie seufzte.

„Schlafen Sie schon, Lady Agatha?“, wisperte da Lizzy vom Nachbarbett her.

Ihre Ladyschaft wandte sich ihr zu. „Nein, meine Liebe“, flüsterte sie zurück. „Es ist doch recht heiß und stickig im Zimmer.“

Auf diese Bemerkung ging ihr Schützling nicht ein.

„Seien Sie bitte nicht allzu betrübt über Papas Worte“, sagte sie stattdessen. „Er hätte sie vor dem schrecklichen Walterton nicht so behandeln dürfen und ich bin sicher, dass ihm das inzwischen bewusst ist und er es bereut.“

Agatha seufzte abermals. Sie wünschte sich, die Dreizehnjährige hätte recht.

„Mach dir keine Gedanken“, beeilte sie sich zu sagen. „Alles ist gut. Es gibt nichts, worüber du dir Sorgen machen müsstest.“

„Darf ich offen sprechen?“, fragte das Mädchen weiter und setzte, als sie Agatha im fahlen Licht der Kerzen nicken sah, fort: „Ich denke, dass Papa aus Kränkung so gehandelt hat. Er hätte Ihnen zuliebe auf die Kammer verzichtet, damit Sie es bequem haben, Lady Agatha. Ihnen zuliebe hätte er sogar das Zimmer mit zwei Kammerdienern geteilt. Ich glaube nicht, dass auch nur irgendeiner der anderen Herzöge im ganzen Königreich zu so einem Opfer bereit gewesen wäre."

Agatha wurde mit Schrecken bewusst, dass Lizzy recht hatte.

„Doch Sie haben diese Großzügigkeit nicht zu schätzen gewusst", setzte das Mädchen da auch schon fort. „Mehr noch, Sie haben Papa vor der Dienerschaft abgekanzelt. Das wollte ich zur Ehrenrettung meines Vaters sagen. Ich hoffe, Sie sind mir nicht böse."

Diese Worte musste Ihre Ladyschaft erst einmal verdauen. Manchmal benahm sie sich tatsächlich wie eine Axt im Wald, gestand sie sich schweren Herzens ein, und übertrieb wohl ihr Streben nach Unabhängigkeit.

„Ich bin dir nicht böse", flüsterte sie schließlich in Richtung Nebenbett. „Danke, dass du mich darauf hingewiesen hast."

Aber da war Lizzy schon eingeschlafen.

Kapitel 6

Dass Agatha am nächsten Morgen ungewöhnlich früh erwachte, hatte zwei Gründe. Zum einen hatte irgendein Insekt sie in den Unterarm gestochen und der Stich juckte ungemein. Zum anderen hatte sich die gute Hearts auf den Rücken gedreht und schnarchte wie ein Braunbär.

Verschlafen rieb sie sich die Augen und blickte zum Fenster hinüber. Es hatte zu regnen aufgehört, und die ersten Sonnenstrahlen versprachen einen angenehmen Reisetag. Auf dem Ast, der beim Einschlafen gegen die Scheibe geschlagen hatte, hatte sich nun eine Amsel niedergelassen und stimmte ihr Morgenlied an. Agatha beschloss, das alles als gutes Zeichen dafür zu nehmen, dass sie den Tiefpunkt ihrer Reise überwunden hatten und es jetzt nur mehr bergauf gehen konnte. Ihr Blick glitt zu ihrem Schützling hinüber. Lizzy schlief noch tief und fest. Also beschloss sie die kurze Zeitspanne zu nutzen, die sie ganz für sich alleine hatte. War nicht neben dem Haus eine Regentonne aufgestellt gewesen? Sicherlich war die nun voll mit frischem Wasser. Was für ein verlockender Gedanke! Damit würde sie sich viel lieber waschen als mit der braunen Brühe, die ihnen die Wirtin am Vorabend in zwei Krügen ins Zimmer gestellt hatte. Sie schlüpfte in die Schuhe, die sie am Abend vorsorglich neben das Bett gestellt hatte, um den Boden nicht mit blanken Füßen betreten zu müssen, und stülpte sich dann ihr Kleid über den Kopf. Sie war lange genug ohne Kammerfrau ausgekommen, sodass sie sich auch an diesem Morgen ohne Hilfe anziehen konnte. Das war, ohne Zweifel, eine sehr nützliche Fähigkeit, vor allem, wenn man sich heimlich aus dem Haus schleichen wollte. Die Haare ließ sie einfach über ihre Schultern fallen. Zwei, drei Bürstenstriche mussten genügen. Hearts würde vor dem Frühstück noch genügend Zeit haben, sie ihr ordentlich aufzustecken. Agatha griff zu zwei leinenen Handtüchern, der Dose mit Seifenpulver und nahm auch gleich das Fläschchen mit, das ihr ihre Cousine Penelope gegen alle Arten von Insektenstichen mitgegeben hatte. Sie konnte sich noch daran erinnern, dass es Alkohol, Essig und irgendwelche Kräuter enthielt. War es Lavendel gewesen? Oder Waldmeister? Einerlei, Hauptsache, das Jucken würde davon besser werden.

Als sie auf Zehenspitzen zur Tür huschte, blieb ihr Blick an den Flohfallen hängen. Die Seifenlauge war inzwischen schwarz von totem Ungeziefer. Agatha lächelte zufrieden. *Da wird der arrogante Walterton Augen machen,* dachte sie, während sie vorsichtig die Tür hinter sich zuzog und sich auf den Weg die Treppe hinunter machte. Sicher hatte er sich mit seinem vornehmen Herrn bisher nur in ebenso vornehmen Häusern und ordentlichen Poststationen aufgehalten. Es würde ihm eine Lehre sein, sich über das Wissen von Menschen hinwegzusetzen, die mehr Erfahrung und Ahnung hatten als er.

Wir hätten sein Bett nicht auch in Wasserschüsseln stellen sollen, ging es ihr durch den Kopf, *dann wäre die Erkenntnis noch viel größer gewesen.* Dann hätte er sie sozusagen am eigenen Leib gespürt. Agatha grinste, und trat mit den Handtüchern unter dem Arm ins Freie. Auf den Anblick, der sich ihr bot, als sie den schmalen, völlig überwucherten Weg entlangging, der sie hinter das Haus führte, war sie nicht im Geringsten vorbereitet.

Wie sich herausstellte, war sie nämlich nicht die Einzige gewesen, die die Regentonne zum morgendlichen Ziel auserkoren hatte. Nun stand dort der Duke of Landmark neben einem Blecheimer und starrte prüfend auf die Wasseroberfläche der Tonne. Er trug dunkle Beinkleider, die in eleganten Reisestiefeln steckten. Rund um seinen Mund lag ein Bartschatten, der ihm etwas unerwartet Verwegenes gab. Was Agatha jedoch besonders ins Auge stach, war sein Oberkörper, denn der war nackt. Ein Umstand, der sie scharf die Luft einziehen ließ.

Ja natürlich, es war nicht die erste männliche Brust, die sie unbekleidet sah. Sie war schließlich acht Jahre lang verheiratet gewesen und hatte eine gute Ehe geführt. Edward war etwas kleiner gewesen als sie, stämmig, mit kräftigen Armen, die sich quer durch Tonnen von Sand und Geröll schaufeln konnten. Seinen irischen Vorfahren verdankte er sein rötlich gefärbtes Haar, das sich auch auf der Brust fortgesetzt hatte. Der Gentleman, der nun einige Meter von ihr entfernt vor ihr stand, hatte keine Haare auf der Brust. Er war großgewachsen, schlank und dabei doch erstaunlich muskulös. Hatte nicht Bertram irgendwann einmal erwähnt, der Duke würde regelmäßig in der Boxschule von Gentleman Jackson vorbeisehen? Sie hatte damals das Wort *vorbeisehen* wörtlich genommen, denn der Herzog und Boxen, das hatte für sie nie und nimmer zusammengepasst. Dafür war er in ihren Augen viel zu vornehm, zu abgehoben, zu … aristokratisch gewesen. Anscheinend hatte sie sich geirrt. Denn nun stand er da, im morgendlichen Sonnenlicht, und erinnerte sie an eine der Statuen, die sie in Florenz gesehen hatte. Das Standbild, an das sie dachte, hatte allerdings keine Hose getragen, und nicht das kleinste Eichenblatt hatte seine intimste Stelle bedeckt. Agatha bemerkte, dass sie bei dieser Erinnerung zutiefst errötete. Sie beschloss rückwärts zu gehen, um auf der anderen Seite des Hauses zu verschwinden. Der Duke durfte sie auf keinen Fall entdecken und feststellen, dass sie ihn heimlich beobachtet hatte. Da geschah allerdings etwas, was sie, als sie gerade den ersten Schritt nach hinten machen wollte, fasziniert verharren ließ.

Der Herzog beugte sich mit einer schnellen Bewegung vor und tauchte seinen gesamten Oberkörper ins kalte Regenwasser. Agatha war so erstaunt, dass sie den Atem anhielt und ihren Blick nicht abwenden konnte. Der Duke verharrte einige Augenblicke regungslos im Wasser, bevor er nach Luft schnappend wieder hochkam. Er warf seinen Oberköper nach hinten, und seine seit Beginn der Reise stetig gewachsenen Haare flogen durch die Luft, bevor er sie mit der Hand zurückstrich. Da entdeckte er sie, blickte hektisch um sich und sagte dann anstelle eines Grußes: „Ich habe leider kein Handtuch, um meine Blöße zu bedecken."

Ohne zu zögern ging sie näher, um ihm eines der ihren zu reichen.

„Keine Sorge, Sie sind nicht der erste Mann, den ich unbekleidet sehe", sagte sie und bemühte sich, unbeeindruckter zu klingen, als sie war.

Er war zuerst sichtlich irritiert, ja geradezu entsetzt über diese Worte, bevor er sich mit der Hand auf die Stirn schlug und „Ja, natürlich, ich vergaß, dass Sie ja bereits Witwe sind" ausrief. „Sie sehen heute Morgen so jung aus und so ..." Er ließ den Satz in der Luft hängen.

Agatha errötete über dieses unerwartete Kompliment und flüchtete in ein weniger aufregendes Gesprächsthema: „Nützen Sie das kalte Wasser zur Abhärtung?"

„Ach was, Abhärtung", widersprach er, um gleich darauf einzulenken. „Na ja, vielleicht auch. Aber vor allem will ich die Biester loswerden, die meinen Rücken und meine Arme zerstochen haben. Und ich fürchte, einige von ihnen krabbeln noch in meinen Haaren herum."

Ha!, wollte Agatha auf dieselbe Art triumphieren, wie es am Vortag sein unseliger Kammerdiener getan hatte. *Habe ich es nicht gesagt? Wer wollte denn mein Pulver nicht? Wer hat denn nun seine Fähigkeiten überschätzt?* Da drehte er ihr den Rücken zu, und sie schluckte all diese spöttischen Bemerkungen hinunter.

„Oh du lieber Gott!", sagte sie stattdessen.

Seine Arme und Schultern waren über und über mit roten Stellen und Pusteln übersät.

„Sieht es denn so schlimm aus, wie es sich anfühlt?", fragte er, und sein Lächeln gelang etwas schief. Der Gesichtsausdruck, mit dem sie ihn ansah, war Antwort genug.

„Da drüben ist ein Baumstrunk", sagte sie dann und stellte wieder einmal ihren praktischen Verstand unter Beweis. „Am besten, Sie setzen sich darauf und ich wasche Ihre Haare mit meinem Seifenpulver. Wollen wir doch sehen, ob wir dem Ungeziefer damit nicht den Garaus machen können."

„Mir die Haare ..." Es kam nicht oft vor, dass der Duke of Landmark nach Worten rang, aber in diesem Augenblick tat er es. „Aber Sie können mir doch nicht ... ich hätte Walterton umgehend wecken sollen, aber in dieser verflixten Bruchbude gab es natürlich keinen Klingelstrang. Bemühen Sie sich nicht ... ich werde ihn holen ... er soll ..."

Agatha hatte nicht die geringste Lust, sich bereits am frühen Morgen mit dem unsäglichen Kammerdiener herumzuschlagen. Dafür hatte sie umso größere Lust, den Duke mit unerwarteten Handlungen in Verwirrung zu stürzen.

„So zieren Sie sich doch nicht wie eine alte Jungfer", antwortete sie daher, und es machte ihr ein diebisches Vergnügen, seine vor Überraschung geweiteten Augen zu sehen. Er sagte kein Wort mehr und tat, wie ihm geheißen. Agatha füllte den Blecheimer, der neben der Tonne in der Wiese lag, mit Wasser und platzierte ihn neben dem Baumstrunk. Dann stellte sie sich hinter den Herzog und begann, seine Haare nach kleinem Getier abzusuchen. Dabei wagte sie kaum zu atmen. Es war etwas ganz anderes, etwas vollmundig zu verkünden, als es auch tatsächlich auszuführen. Seit Jahren war sie keinem Mann mehr so nahegekommen. Ja, viel mehr noch, sie hatte nach Edwards Tod nicht damit gerechnet, überhaupt je wieder einem Mann so nahe zu kommen. Während sie die Tiere einsammelte und zwischen den Fingernägeln zerdrückte, spürte sie die Wärme seines Rückens durch den dünnen Stoff ihres Kleides. Keiner von beiden sprach ein Wort. Auch dann nicht, als Agatha das Seifenpulver auf die nasse Haarpracht aufbrachte und es einzumassieren begann. Zögerlich zuerst, und dann immer mutiger und kräftiger. Es war das erste Mal, dass sie miteinander schwiegen, ohne vorher gestritten zu haben. Obwohl sie sich in der Kutsche eine Bank teilten, waren sie sich nun noch viel näher als dort. Agatha war überrascht, dass das nicht nur auf die körperliche Ebene zutraf. Sie fühlte sich ihm auch innerlich verbunden. So als würden zwei Herzen im Gleichklang schlagen. Hier, in einem fremden Land am frühen Morgen, während die Vögel ringsherum den neuen Tag begrüßten. Agatha fühlte sich auf einmal so frei und unbeschwert, so …

„Sie machen das gut", hörte sie den Mann vor sich sagen, und die Worte wärmten ihr Herz noch ein wenig mehr. „Wie vielen Männern haben Sie wohl bereits die Haare gewaschen, seit Ihr Gatte das Zeitliche gesegnet hat?"

Agatha fiel so unsanft aus ihren Träumereien, dass sie nach Luft schnappen musste. Hatte er ihr tatsächlich einen unmoralischen Lebenswandel vorgeworfen? Schlug er etwa in dieselbe Kerbe wie diese unmögliche Gräfin Weiningen? Noch bevor ihr selbst klar wurde, was sie tat, hatte sie schon den Eimer ergriffen und das eiskalte Wasser in einem Schwall über dem Kopf des Herzogs ausgeleert.

Nun war er es, der nach Luft schnappte. Er sprang auf und stieß einige laute Flüche aus, die so gar nicht nach einem Gentleman klangen. Als er schließlich den Kopf schüttelte, flogen die nassen Tropfen nur so durch die Luft, und Agatha trat reflexartig einige Schritte zurück, um nicht noch nässer zu werden, als sie ohnehin schon war. Ihr erster Impuls war, wegzulaufen. Sich so schnell wie möglich hinter der verschlossenen Tür ihrer Kammer in Sicherheit zu bringen und ihm dann erst wieder in Begleitung von Lizzy gegenüberzutreten, das Mädchen gewissermaßen ein lebender Schutzschild in ihrer Begleitung. Denn der Blick, mit dem er sie nun anstarrte, ließ einen solchen Schutzschild mehr als nötig erscheinen. Doch Agatha rührte sich nicht von der Stelle. Obwohl ihr Herz wie verrückt klopfte, zwang sie sich außerdem, seinem Blick standzuhalten. Er sollte nicht denken, dass er sie ungestraft beleidigen konnte. Und schon gar nicht, dass sie sich von ihm einschüchtern ließ. Sie hatte in Ägypten schon ganz andere Gefahren gemeistert und … oh Gott!

Sie hätte mit so manchem gerechnet, aber sicher nicht damit, dass sie zwei starke Männerarme umfingen, sie mit Schwung an seine nasse Brust zogen, bevor zwei Lippen sich auf die ihren legten und sie küssten, dass ihr Hören und Sehen und auch das Denken verging. Sie hätte nachher beim besten Willen nicht sagen können, warum sie ihn zurückküsste, sie wusste nur, dass sie es getan hatte. Leidenschaftlich, gierig, so wie wenn man nach langer Zeit in ein zu enges Korsett geschnürt endlich wieder Luft zum Atmen bekam. Viel zu früh für ihr Dafürhalten beendete der Herzog den Kuss und schob sie um Armlänge von sich weg, ohne sie loszulassen.

„Ach Gott, Frau, du kannst einem Mann wirklich den Verstand rauben", sagte er, seufzte tief und zog sie abermals an sich. Der Kuss, der nun folgte, stand dem anderen an Leidenschaft um nichts nach.

Sie raubte ihm also den Verstand? Agatha war sich sicher, noch nie ein schöneres Kompliment gehört zu haben. Während der restlichen Reisetage sollte sie sich dann allerdings mehrfach fragen, ob diese Worte tatsächlich als Kompliment gemeint waren.

„Euer Gnaden! Sind Sie hier irgendwo, Euer Gnaden?"

Die beiden Küssenden stoben auseinander. Der Herzog eilte zur Regentonne hinüber und tat, als würde er sich dort waschen, während Agatha hinter dem Baumstrunk stehen blieb und das kleine Fläschchen mit Penelopes Tinktur aus der Tasche ihres Kleides fischte. Verflixter Walterton! Sie hatte ihn noch nie gemocht und in diesem Augenblick verabscheute sie ihn noch um einiges mehr. Warum musste er ausgerechnet in einem so unpassenden Moment auftauchen? Sie hätte so gerne weitergeküsst, so gerne gehört, was der Herzog zu ihr sagen würde. Warum hatte er sie geküsst? Hatte das irgendetwas zu bedeuten oder war es nur aus einer Laune heraus geschehen?

Schon kam der Kammerdiener um die Ecke. Als er der beiden ansichtig wurde, blieb er wie angewurzelt stehen und erlaubte sich eine Augenbraue hochzuziehen. Schon allein dafür hätte sie ihn wieder einmal erwürgen können.

„Da sind Sie ja endlich!", begrüßte ihn sein Herr gerade so, als habe er stundenlang voller Ungeduld auf ihn gewartet. „Haben Sie mein Rasierzeug mitgebracht?"

Dieser herrische Tonfall brachte Walterton dazu, in ein ungewohntes Stottern zu verfallen. „Ich habe nicht … ich wusste nicht … ich bin umgehend wieder da, Euer Gnaden, bitte noch um etwas Geduld.“

Damit machte er kehrt und eilte ins Haus zurück.

Agatha sah ihm mit Herzklopfen nach. Was hatte sie nun zu erwarten? Etwa gar eine Liebeserklärung aus heiterem Himmel? Wie sollte sie darauf reagieren? Sie kannten sich doch noch kaum und …

„Lady Alverston“, hörte sie den Duke sagen. Er war bei der Regentonne stehen geblieben, so als bräuchte er Abstand zu ihr. „Ich entschuldige mich in aller Form für mein völlig unangebrachtes Verhalten.“

Agatha bemühte sich, die schmerzhafte Enttäuschung, die sich wie ein Pfeil in ihr Herz bohrte, zu verdrängen. Eine Enttäuschung - lächerlich!, schalt sie sich selbst. Der Duke hatte völlig recht, sein Verhalten war unangemessen gewesen.

„Ich weiß beim besten Willen nicht, was in mich gefahren ist“, setzte er fort.

Da sich Agatha auch nicht erklären konnte, warum sie ihn zurückgeküsst hatte, enthielt sie sich jeden Kommentars. Was hätte sie darauf auch erwidern sollen?

„Sollten Sie darauf bestehen, dass ich Ihnen nun die Ehe anbiete, so werde ich selbstverständlich über meinen Schatten springen und meine Pflicht als Ehrenmann erfüllen“, hörte sie ihn da sagen.

Jetzt kam wieder Leben in Agatha, und ihr Widerspruchsgeist regte sich. War der Gedanke, sie zu ehelichen, also so abstoßend, dass er über seinen Schatten springen müsste?

„Dazu besteht keine Veranlassung, Duke", beeilte sie sich zu erwidern, und ihre Stimme klang kalt. „Der ... Vorfall war so unbedeutend, dass ich ihn bereits wieder vergessen habe."

Sie raffte ihre feuchten Röcke und wandte sich zum Gehen, als er plötzlich, wie durch Zauberhand, direkt vor ihr stand.

„So schnell geht das?", fragte er und blickte mit unergründlichem Gesicht zu ihr hinunter. „So schnell vergessen Sie etwas, was für mich alles andere als alltäglich war?"

Agatha spürte seine Nähe, die Wärme, die von seinem Körper ausging, und hätte sich am liebsten wieder in seine Arme geworfen. Mit dem letzten Rest Vernunft zwang sie sich, sich daran zu erinnern, dass er wohl auch dafür wieder über seinen Schatten würde springen müssen. Also trat sie einen Schritt zur Seite, um an ihm vorbeizukommen.

„Am besten verbrennen Sie die gesamte Kleidung, die sie in der Kammer getragen haben", wechselte sie abrupt das Thema, „damit Sie mit dem Zeug nicht auch noch die Kutsche verseuchen."

Sie erschrak selbst darüber, wie ruppig sie klang.

Landmark verstellte ihr abermals den Weg: „Zu Eliza und Ihrem Cousin sind Sie stets warmherzig und gut gelaunt. Warum bleibt Ihre Kratzbürstigkeit eigentlich nur mir vorbehalten?", wollte er wissen. Die

Worte klangen so unerwartet sanft, dass Agatha die schnippische Antwort, die ihr bereits auf der Zunge gelegen hatte, hinunterschluckte und seufzte, bevor sie antwortete: „Wahrscheinlich, weil Sie mich ständig dazu herausfordern, Duke."

„Inwiefern fordere ich Ihre Kratzbürstigkeit heraus?", kam sofort die nächste Frage.

Agatha überlegte, ob es tatsächlich sein konnte, dass er das nicht wusste. Zum Beispiel dadurch, dass Sie mich ohne Vorwarnung an sich reißen und leidenschaftlich küssen, um dann irgendetwas von über den Schatten springen zu faseln, hätte sie gern geantwortet. Doch sie hatte gesagt, dass sie den Vorfall bereits wieder vergessen hatte, also antwortete sie mit etwas anderem, das ihr schon lange auf dem Herzen lag: „Ich bin es nicht gewöhnt, dass man mich nicht ernst nimmt, wenn Sie es genau wissen wollen. Ich bin es außerdem nicht gewöhnt, dass man meine Kompetenzen ständig und überall infrage stellt. Dass man einem Kammerdiener mehr glaubt als mir. Ja mehr noch, dass man mir meine Erfahrungen und meine Kenntnisse sogar zum Vorwurf macht", sprudelte es aus ihr heraus.

Er schien fassungslos zu sein. „Tu ich das denn?"

Sie sah ihm frei in die Augen. „Ich bin eine erwachsene Frau, Duke. Ich fände es schön, wenn Sie aufhören würden, mich in die Schranken zu weisen, als wäre ich ein dummes Schulkind."

Er kniff die Augen zusammen und sagte keinen Ton. Sie wurde aus seiner Miene nicht schlau.

„Und jetzt", meinte sie schließlich, „sollten wir uns beeilen, bevor der unmögliche Walterton zurückkommt. Also setzen Sie sich am besten wieder nieder und lassen Sie mich ihre Stiche am Rücken mit dieser Tinktur behandeln. Ich bin sicher, das wird Ihnen Erleichterung verschaffen."

„Wer behandelt jetzt wen wie ein Schulkind?", hörte sie ihn murmeln. Es klang nicht ungehalten, eher amüsiert. Das brachte Agatha zum Kichern und sie machte sich, bereits wieder viel besser gelaunt, an die Arbeit.

Kapitel 7

Lancroft Abbey, Kent
September 1814

Bertram, mein lieber Sohn!

Endlich herrschte Ruhe im Haus. Die Viscountess of Panswick war als Einzige noch in den unteren Räumen anwesend. Sie hatte sich an ihren Schreibtisch gesetzt und mehrere Kerzen angezündet, um ausreichend Licht zum Schreiben zu haben, denn es gab etwas, worüber das Familienoberhaupt ohne Umschweife in Kenntnis gesetzt werden musste. Was war das doch für ein aufregender Tag gewesen! Was für ein glücklicher Tag für die ganze Familie. Nun gut, er hatte nicht ganz das gewünschte Ergebnis gebracht, aber dafür war ja noch längst nicht aller Tage Abend. Bertram würde sich in jedem Fall freuen. Wo er wohl jetzt sein mochte? Seine weite Reise machte ihr mehr Sorgen, als sie vor ihrer Familie zugeben wollte. London war der entfernteste Ort, den sie je besucht hatte, und allein die Fahrt dorthin hatte ihr jedes Mal Kopfschmerzen und tiefe Übelkeit beschert. Sie wollte gar nicht an die Gasthäuser denken, in denen sie die Nächte hatte verbringen müssen. Die fremden Betten, die vielen Menschen aus allen Gesellschaftsschichten, mit denen man trotz Extrazimmer in Berührung kam, das ungewohnte Essen. Dabei war sie bloß im geliebten Königreich unterwegs gewesen. Ihr Sohn hingegen durchquerte zahlreiche fremde Länder, deren Namen sie sich nicht einmal alle hatte merken können, bis er endlich in Wien ankommen würde. Er war zahlreichen Gefahren ausgesetzt, die sie sich in Einzelheiten gar nicht ausmalen wollte. An all dem war nur diese Korse Napoleon schuld! Wie an so vielem anderen auch. Gut, dass man ihn im Frühjahr ins Exil auf die Insel Elba hatte schicken können und von ihm nun kein Unheil mehr drohte.

Wenn Dich dieser Brief erreicht, bist Du schon gut in der Hauptstadt des Kaiserreichs eingetroffen. Derryhill riet mir, ihn an die englische Botschaft in Wien zu schicken. Es wird Dich freuen zu hören, dass Deine Schwester Frederica heute einem Mädchen das Leben geschenkt hat. Mutter und Tochter sind wohlauf. Sie wollen das Kind Amelia Louisa Cassandra nennen. Dein Schwager ist außer sich vor Freude, was ich ihm hoch anrechne, denn er könnte ihr ja auch Vorwürfe darüber machen, dass es kein Sohn geworden ist.

Lady Panswick ließ die Feder sinken und blickte gedankenverloren in den nächtlichen Garten hinaus. Was hatte ihr ihre Schwiegermutter nicht alles an den Kopf geworfen, damals, als Frederica geboren wurde! Und dann erst, als mit Penelope kurz darauf ein zweites Mädchen das Licht der Welt erblickte. Lady Panswick schüttelte ganz in Gedanken den Kopf. Wie jung sie damals gewesen war! Ihr Mann war keine große Hilfe gewesen, da er sich lieber hinter Büchern verschanzte, als seiner gestrengen Mutter die Stirn zu bieten. Aber zum Glück wurde vier Jahre später Bertram geboren, der heißersehnte Erbe, und ihre Schwiegermutter hatte endlich Ruhe gegeben. Und nun war dieser Sohn auf dem Kontinent unterwegs, all den Gefahren ausgesetzt, die die Fremde bereithielt.

Pass gut auf Dich auf, hätte sie gern geschrieben, ließ es aber dann bleiben. Bertram würde sich ernsthafte Sorgen machen, wenn sie plötzlich sentimental wurde. Sie war als seine Mutter der stets unverrückbare Felsen in der Brandung. Das war schon zu Lebzeiten seines Vaters so gewesen, und nun nach dessen Tod galt es erst recht.

Lady Panswick nahm die Brille ab, ließ sie zwischen Daumen und Zeigefinger baumeln und seufzte. Sie war jetzt siebenundvierzig Jahre alt und wurde langsam müde. Manchmal, aber wirklich nur manchmal, da beneidete sie ihre Töchter. Frederica hatte es mit Derryhill gut getroffen. Nicht nur, weil er mit seinem Vermögen Lancroft Abbey vor dem Untergang bewahrt hatte und schon allein dadurch ein wahrer Segen für die gesamte Familie war. Er war auch ein patenter Bursche, humorvoll und klug, und liebte ihre Älteste von ganzem Herzen. Das sah man an seinem Blick, in jeder kleinen Geste und auch daran, wie er ihr in den letzten Monaten beigestanden hatte. Die Hebamme hatte Frederica zu einem ruhigen Leben auf dem Lande geraten und der Earl hatte leichten Herzens, wie es schien, auf Annehmlichkeiten und

Vergnügungen der Hauptstadt verzichtet und war bei ihr auf Lancroft Abbey geblieben. Es war eine schöne Zeit gewesen, wie sich die Viscountess jetzt bewusst wurde. Eine Zeit, die in Kürze zu Ende gehen würde. Wie still würde es werden, wenn die drei nach London oder auf den Landsitz des Earls zurückkehrten? Dann würde sie wieder einsam und allein sein.

Natürlich, ihre Zweitälteste Penelope lebte in der Nachbarschaft. Sie hatte jedoch mit ihrem Landgut White Rose Hill, ihrem Gatten und den vielen Schafen mehr als genug zu tun. Wahrscheinlich würde es zudem nicht mehr lange dauern, bis auch sie guter Hoffnung war.

Vivian und ihr Gatte, der Viscount of Badwell, lebten in London und schmiedeten Pläne für die Schule, die sie errichten wollten. So sehr sie ihre jüngste Tochter liebte, so froh war sie darüber, sie nicht ständig um sich zu haben. Man wusste nie, was Vivian als Nächstes ausheckte. Die vielen Diskussionen und stürmischen Streitgespräche waren auf die Dauer doch recht ermüdend. Blieb nur noch Agatha. Ihre Nichte, die ihr so lange Zeit eine treue Gefährtin gewesen war, reiste ebenfalls nach Wien, und niemand wusste, wann sie zurückkommen würde. Lady Panswick setzte die Brille wieder auf und tauchte die Feder in das Tintenfass.

Grüß mir Agatha, schrieb sie etwas unvermittelt. *Ich hoffe, es geht ihr gut und sie findet an der Rolle als Gouvernante für das herzogliche Kind Gefallen.*

Sie ließ die Feder wieder sinken. Man hatte ihr gesagt, Agatha sei auch als Gastgeberin und Begleiterin des Herzogs vorgesehen. Sie konnte sich nicht vorstellen, wie man das bewerkstelligen wollte, ohne den Leuten Anlass zu Getratsche zu geben. Aber gut, sie war kaum je aus Tunbridge Wells hinausgekommen. Was wusste sie über Sitten und Gebräuche in fernen Landen? Vielleicht war man ja dort aufgeschlossener, was Auftritte eines unverheirateten Mannes und einer Witwe auf gesellschaftlichem Parkett betraf.

Für Dich wird sich die Anwesenheit Deiner Cousine auch als Segen erweisen. Sie hat so viel Interessantes zu erzählen. Ich kann mir vorstellen, dass dadurch die weite Reise auf das Angenehmste verkürzt wurde.

Die Viscountess überlegte. Welche Ratschläge und Ermahnungen konnte sie ihrem älteren Sohn am besten noch mit auf den Weg geben? Er war vor Kurzem einundzwanzig und damit großjährig geworden, er würde sich allzu viele Einmischungen in sein Leben verbieten.

Nachträglich unsere besten Wünsche zu Deinem Geburtstag, mein Sohn. Mit deiner Großjährigkeit steht Dir nun das Geld zu, dass Dir Deine Urgroßmutter vermacht hat. Du bist nicht nur der Vormundschaft Deines Schwagers entwachsen, sondern auch unabhängig von dessen finanziellen Zuwendungen. Geh klug mit Deiner neu gewonnenen Freiheit um.

Sie hielt wieder inne. Der Briefbogen war nun schon fast vollständig beschrieben und sie war zu sparsam, um einen neuen zu beginnen. Eines musste sie allerdings noch unbedingt loswerden: *Sicher wird Wien eine Vielzahl an Verlockungen weiblicher Natur für dich bereithalten, mein Lieber. Handle nicht unüberlegt, und ich bitte dich inständig, bedenke stets, welche Verbindung man von einem Viscount erwartet. Erwähle Dir daher auf keinen Fall eine Ausländerin zur Frau. Mag sie noch so hübsch und anziehend sein.*

Dann strich sie das Wort *bitte* durch und ersetzte es durch *ermahne,* bevor sie zum Siegelwachs griff und den Briefbogen verschloss.

Kapitel 8

Vor den Toren Wiens
September 1814

Die letzte Reisewoche verging ohne besondere Vorkommnisse. Als sie nach dem Zwischenfall bei der Regentonne in die Kutsche gestiegen waren, hatte sich Agatha höchst unwohl gefühlt. Sie war befangen und wusste nicht, wie sie dem Herzog am besten begegnen sollte. Sie hätte viel darum gegeben, zumindest einer Menschenseele von den beiden Küssen erzählen zu können und dem Wirrwarr der Gefühle, die sie in ihr ausgelöst hatten. Doch es war niemand da. Bertram war als Mann dafür höchst ungeeignet, Lizzy war zu jung und es war auch kein Thema, das man mit einer Kammerfrau besprach, mochte sie einem noch so vertraut sein. Ja, nicht einmal an den gewissen Stern hatte sie sich wenden können. Wie hätte sie Edward denn erklären sollen, dass der Duke of Landmark etwas in ihr auslöste, was sie in seinen Armen niemals verspürt hatte? Etwas, für das es in ihrem Wortschatz nicht einmal eine Bezeichnung gab?

Wie sich schnell herausstellte, beliebte der Herzog so zu tun, als hätte es die beiden Küsse nicht gegeben. Und so waren sie schon bald in die nächste Meinungsverschiedenheit verwickelt, und die spöttischen

Bemerkungen flogen hin und her wie eh und je. Hätte man Bertram gefragt, ob er nach der Übernachtung im verwanzten Gasthaus einen Unterschied im Benehmen seiner beiden Reisegefährten feststellte, so hätte er nur genervt die Augen gerollt und entschieden den Kopf geschüttelt.

Doch Agatha erkannte im weiteren Verlauf der Reise dann doch einen kleinen Unterschied. Sobald sie einen Gasthof betraten, ließ Landmark sie viel freier schalten und walten, bisweilen unterstützte er sogar ausdrücklich ihre Anweisungen und hatte wohl auch Walterton den Befehl gegeben, sich ihren Aufträgen nicht länger zu widersetzen. Für all das war sie ihm natürlich dankbar, und doch blieben die Gefühle, die Agatha für den Duke empfand, gemischt. Was nicht hieß, dass sie ihn nicht gern noch einmal geküsst hätte, wie sie sich unumwunden eingestand, wenn sie am Abend in einem der fremden Betten nicht einschlafen konnte. Sie zumindest würde dafür nicht über ihren Schatten springen müssen. Er jedoch machte keinerlei Anstalten, ihre Nähe zu suchen oder es darauf anzulegen, mit ihr allein zu sein.

Sie erreichten die Vororte von Wien an einem sonnigen Septembernachmittag, wo sie zum Mittagessen im Gasthaus *Zur Kaiserkrone* in unmittelbarer Nähe des Schlosses Schönbrunn einkehrten. Der Herzog von Landmark hatte bereits von London aus mit Lord Charles Steward Kontakt aufgenommen. Er war der Halbbruder des englischen Außenministers Lord Castlereagh und weilte seit einiger Zeit in Wien, wo er in Kürze die Leitung der Botschaft übernehmen sollte. Steward hatte ihm versprochen, sich um ein geeignetes Quartier für ihn und seine Begleitung umzusehen, und er hatte den Wirt der *Kaiserkrone* als respektabel genug eingeschätzt, um dort für den Duke die nötigen Informationen und Dokumente zu hinterlegen. Außerdem war das Gasthaus ein geeigneter Ort, um auf die beiden anderen Kutschen zu warten, die im Allgemeinen ein langsameres Tempo anschlugen, weil sie nicht so gut gefedert und so modern ausgestattet waren wie das Gefährt, in dem der Duke persönlich reiste. Es würde schwierig genug sein, sich in der fremden Stadt zurechtzufinden, da war es besser, wenn alle drei Wagen zusammenblieben. Der dritte Grund, warum man in der *Kaiserkrone* Halt machte, war der, dass, wie der Herzog erklärte, es nie gut war, ein Abenteuer hungrig in Angriff zu nehmen. Und ein Abenteuer würde ihr Aufenthalt in Wien allemal werden.

Das Gasthaus entpuppte sich als ein ebenerdiger, lang gezogener Bau, der in einem intensiven Gelbton gestrichen war und von dem sich die grünen Fensterläden malerisch abhoben. Bertram wurde vorgeschickt, seine Sprachkenntnisse unter Beweis zu stellen und einen Extraraum für die kleine Gesellschaft zu mieten. Er kam mit der überraschenden Nachricht zur Kutsche zurück, dass man aufgrund des schönen Wetters in einem sogenannten *Gastgarten* zu speisen habe.

„Das kann doch unmöglich Ihr Ernst sein“, sagte der Herzog irritiert, „wir wollen doch hier kein Picknick veranstalten.“ Dann warf er durch den offenen Schlag der Kutsche einen prüfenden Blick auf den wolkenlosen Himmel. „Außerdem ist der strahlende Sonnenschein Lady Agathas zartem Teint nicht zumutbar, und wir haben verabsäumt, Sonnenschirme mitzunehmen.“

Natürlich wusste er längst, dass seine Reisebegleiterin nichts mehr hasste, als als schwach und schutzbedürftig dazustehen, und sie machte ihm auch gleich die Freude, empört nach Luft zu schnappen.

„Meinem Teint? Machen Sie sich bloß um meinen Teint keine Sorgen!“, rief sie aus, um gleich darauf zu fordern: „Geben Sie es doch einfach zu, wenn Sie es unter Ihrer Würde erachten, im Freien zu speisen, und nehmen Sie mich nicht als Vorwand für …“ Sie unterbrach sich, weil ihr Cousin ihr auffordernd die Hand entgegenstreckte.

„Darf ich dir aus der Kutsche helfen, liebe Cousine?“ Es klang eher wie ein Befehl.

Da saßen sie dann, im Schatten großer Apfelbäume, an rohen Holztischen, auf die rot-weiß karierte Tischdecken gebreitet waren. Agatha kannte die Sitte, unter freiem Himmel zu speisen, von ihrer Reise nach Florenz, und sie scheute sich nicht, darauf hinzuweisen, während der Duke eine Reihe von Bedenken äußerte. Lizzy bewunderte die bunten Schmetterlinge, die um ihren Tisch tanzten, und war begeistert.

„Was derf's denn sein?", fragte die Wirtin, nachdem sie mit einem Geschirrtuch einige Brotkrümel vom Tisch geschlagen hatte. „S'Backhenderl warat frisch! Mit Erdäpfel- und Vogerlsalat."

Agatha wunderte sich nicht, dass sie nichts verstand, doch auch die Köpfe der beiden anderen drehten sich ruckartig in Richtung Bertram. Dieser riss die Augen auf und zuckte ratlos mit den Schultern.

„Oder möchtens lieber einen Tafelspitz mit einem Erdäpfelschmarrn?", fuhr die Wirtin unbeirrt fort. „Ein Beuschl von gestern müsste auch noch da sein."

Als sie aufmunternd in die Runde blickte, merkte sie allerdings, dass die Gäste kein Wort verstanden hatten, und dann geschah etwas, womit Agatha nicht gerechnet hatte: Die Wirtin wiederholte ihr Angebot auf Französisch.

Dafür hätte Agatha sie am liebsten umarmt. Wenn eine einfache Wirtin sich in dieser Sprache zurechtfand, dann hieß das doch, dass auch andere Österreicher französisch sprachen. Vielleicht würde die Verständigung in Wien doch nicht ganz so schwierig werden, wie sie befürchtet hatte.

Sie bemerkte, dass der Duke begonnen hatte, die französischen Worte für sie ins Englische zu übersetzen. Sie waren sich schnell einig, das besonders angepriesene Backhuhn zu versuchen. Auch der Salat klang interessant und war sicher eine angenehme Abwechslung zu dem sauren Kraut, das man ihnen in den letzten Wochen ständig aufgetischt hatte. Der Herzog gab der Wirtin die Bestellung bekannt, und als die Frau sich zum Gehen wandte, rief ihr Agatha auf Französisch hinterher, dass sie auch gerne etwas zu trinken hätte.

„Wie bitte?", fuhr der Duke auf. „Sprechen Sie etwa französisch?"

„Ach ja richtig", sagte die Wirtin, die diensteifrig zurückgekehrt war, „einen Apfelsaft vielleicht, oder einen Grünen Veltliner?"

Sie bestellten Wein für die Herren und Saft für die Damen.

„Wie kommt es, dass Sie französisch sprechen?", ließ der Duke nicht locker, als die Wirtin Röcke schwingend zum nächsten Tisch weitergeeilt war.

„Mein Vater war ebenfalls Diplomat." Agatha freute sich, dass sie ihn wieder einmal aus der Fassung gebracht hatte. Selenruhig griff sie zur Serviette, um sie auf ihrem Schoß auszubreiten. „Er legte Wert darauf, dass seine Töchter die Sprache der Diplomatie von klein auf lernen, daher hatten wir eine französische Gouvernante."

„Ich habe mir Sorgen gemacht, wie Sie sich in Wien verständigen wollen", fuhr er auf. „Jetzt erfahre ich so nebenbei, dass Sie des Französischen mächtig sind. Der Sprache, die, wenn man Lord Steward glauben darf, hierzulande viele Leute sprechen. Warum haben Sie diese Tatsache bisher nicht erwähnt?"

„Sie haben mich nie danach gefragt“, antwortete Agatha trocken.

„Wie hätte ich nach etwas fragen sollen, was ich nicht einmal ahnen konnte?“, erwiderte er ebenso trocken.

Bertram kniff die Lippen zusammen. Konnte er nicht einmal in Ruhe zu Mittag essen? Nein, das konnte er wohl nicht, wie Agathas nächste Worte bewiesen.

„Natürlich ahnten Sie nichts dergleichen, Duke“, sagte sie in gleichbleibend freundlichem Tonfall. „Wie Sie bereits mehrmals die Güte hatten, uns zu versichern, halten Sie überhaupt wenig von meinen geistigen Fähigkeiten. Wieso sollten Sie sich also die Mühe machen, neue herauszufinden?“

„Bitte sehr!“

Zu Bertrams Glück beendete die Wirtin das Streitgespräch, indem sie vier Krüge auf den Tisch knallte und fröhlich „Wohl bekomm's!“ rief.

Bertram nutzte diese Unterbrechung: „Soll ich mich beim Wirt nach den Dokumenten erkundigen, Duke? Dabei könnte ich auch Ausschau nach den anderen Kutschen halten.“

Als der Herzog nickte, suchte er schnell das Weite und kam erst wieder an den Tisch zurück, als das Essen serviert wurde. Er setzte sich und verkündete zwei gute Nachrichten. Zum einen waren die beiden Kutschen eingetroffen und die Dienerschaft wurde in einem anderen Teil des Gartens verköstigt. Und zum anderen waren die Dokumente wie vereinbart abgegeben worden. Er legte sie neben seinen Herrn auf den Tisch. Dann widmete man sich in bestem Einvernehmen dem Mahl. Nachdem sie zuerst etwas unsicher auf die goldgelb gebackenen Hühnerteile in einem Schüsselchen gestarrt und nicht gewusst hatten, wie man sie am besten verzehren sollte, hatten sie sich einfach am Nebentisch orientiert. Dort saß eine ebenfalls vornehme Familie, die ohne zu zögern mit den Händen zugriff. Also taten sie es ihr gleich.

„Schani, Wasser!“, rief die aufmerksame Wirtin, als sie mit ihrem köstlichen Mahl fertig waren, und ein kleiner Bursche in einer grünen Weste eilte mit einer Schüssel heran, in der sie sich die Hände waschen konnten, und ließ ein Handtuch im Kreis gehen.

Dann griff der Herzog zum Briefumschlag, um ihm mehrere Bögen Papier und einen großen Haustorschlüssel zu entnehmen.

„Wir werden im Zentrum der Stadt wohnen“, informierte er die anderen, nach dem er die ersten Zeilen überflogen hatte. „Am sogenannten Hohen Markt.“ Er reichte einen Stadtplan an Bertram weiter. „Ein gewisser Edler von Braunberg hatte die Freundlichkeit, mit seiner Familie zu Verwandten aufs Land zu ziehen. Er überlässt uns sein Haus samt Dienerschaft.“

Der Duke blickte in die Runde. „Wahrscheinlich kostet das die Botschaft einen ordentlichen Batzen Geld. Lassen Sie uns hoffen, dass unsere Unterkunft diesen wert sein wird.“ Er beugte sich wieder über das Schreiben. „Ah, Panswick, hier steht, dass bereits morgen die erste Sitzung in der Botschaft stattfinden wird, um die kommenden Verhandlungen vorzubereiten. Das erste offizielle Ereignis des Kongresses ist ein Feuerwerk, das für den 29. September geplant ist."

Er faltete das Papier zusammen. „Ich denke, es ist alles Nötige arrangiert, lassen Sie uns das Abenteuer beginnen!"

Kapitel 9

Wien
September 1814

Je weiter sie sich der wuchtigen Mauer näherten, die die Stadt umgab, desto zahlreicher wurden die Kutschen und Gefährte, die ihnen begegneten, und desto langsamer kamen sie voran. Das Geschrei der Fuhrleute ringsherum vermischte sich mit dem aufgeregten Wiehern von Pferden und dem Gebrüll der Ochsen, die schwere Lasten auf einfachen Holzfuhrwerken zogen. Anspannung machte sich im Kutscheninneren breit und brachte, zu Bertrams Erleichterung, sogar die beiden Streithähne für kurze Zeit zum Schweigen. Da auch Lizzy gebannt aus dem Fenster starrte, blieb der junge Viscount seinen Gedanken überlassen. Das war also Wien, sein Aufenthaltsort für die nächsten Wochen. Was ihn hier wohl erwartete? Er war noch nie so weit weg von zu Hause gewesen. Würde er sich zurechtfinden? In einer fremden Sprache? In einem fremden Land? Anders als bei Agatha und dem Duke waren Französischkenntnisse bei ihm kaum vorhanden und er konnte nur hoffen, dass sein Deutsch inzwischen so gut geworden war, dass er damit über die Runden kam. Die Hauptstadt des Kaiserreichs war mit ihren knapp 240.000 Einwohnern zwar die drittgrößte Stadt Europas, aber doch bei Weitem kleiner als London. Wäre er also dort aufgewachsen, würde er Wien vielleicht als Kleinstadt empfinden und sich spielend leicht zurechtfinden. Bertram lebte zwar seit einiger Zeit in London, doch im Herzen war er ein Junge vom Land. Tunbridge Wells hieß seine Heimatstadt, und die hatte keine 7000 Einwohner. Wien würde ihm daher nicht nur fremd, sondern auch riesengroß erscheinen.

Sein Blick glitt zum Stadtplan, den er auf den Knien ausgebreitet hatte. Sie würden also am Hohen Markt ihr Quartier beziehen, er hatte den Platz bereits vorsorglich mit Tinte markiert.

„Warum stehen wir denn schon wieder?", murrte sein Dienstherr und schreckte Bertram aus seinen Gedanken. „Gibt es denn überhaupt kein Fortkommen mehr?"

Nun beugte er sich vor und schob das Fenster hinunter, vor dem das Antlitz eines der bewaffneten Diener aufgetaucht war.

„Wir haben das Stadttor erreicht, Euer Gnaden", informierte ihn dieser. „Es ist so schmal, dass es kaum ein Durchkommen gibt. Davor stehen allerhand Wagen kreuz und quer. Es ist ein schreckliches Durcheinander. Ich fürchte, es wird noch einige Zeit dauern, bis wir passieren können … he, was soll denn das?"

Eine ältere Frau mit Kopftuch hatte den Diener mit einer groben Handbewegung weggestoßen und

„Schau, dass'd weidakommst!" gefordert. Als er den Weg nicht wie befohlen freimachte, bedachte sie ihn mit weiteren harschen Worten, die die Kutscheninsassen zwar nicht verstanden, die aber verdächtig nach derben Flüchen klangen. Der Diener war so überrascht, dass ihn die Contenance verließ, die man ihm als Mitglied eines herzoglichen Haushalts anerzogen hatte. Er rempelte sie unsanft zurück und stieß nun seinerseits einige derbe englischsprachige Flüche aus. Na, das ließ sich die Frau nicht gefallen! Sie hob bedrohlich ihren wuchtigen Schirm und wäre wohl damit auf den Uniformierten losgegangen, hätte sich nicht ein anderer Passant eingemischt und sie am Oberarm festgehalten. Das wiederum erregte den Unwillen eines Nebenstehenden, und ehe der Herzog und seine Begleitung wussten, wie ihnen geschah, war die Kutsche der müden englischen Reisegruppe Mittelpunkt eines unerfreulichen Tumultes geworden.

„So unternehmen Sie doch etwas!", befahl Landmark, ohne genau zu definieren, wen er damit meinte. Damit zog nun er die Aufmerksamkeit der Frau auf sich. Sie senkte das Kinn wie ein kampfbereiter Stier und näherte sich dem Fenster, das er so schnell er konnte wieder nach oben schob.

„Möchten Sie, dass ich aussteige und versuche, für Ordnung zu sorgen, Duke?", erkundigte sich Bertram tapfer. Dabei schlug ihm das Herz bis zum Hals, so inständig hoffte er, die Antwort wurde „Nein" lauten. Anscheinend war der Deutschunterricht mit Lizzy nicht ganz so erfolgreich gewesen, wie er es angenommen hatte. Zumindest hatte er kaum ein Wort von dem verstanden, was sich die Leute da draußen zubrüllten.

„Ich denke nicht, dass du das tun solltest“, meldete sich Agatha zu Wort. „Welchen Sinn sollte es haben, dass du dich dieser Meute auslieferst? Vielleicht sind sie auf Fremde nicht gut zu sprechen, wer weiß das schon? Meine Erfahrung lehrte mich, dass es bei Tumulten sinnvoll ist, sich still zu verhalten und alles die Diener regeln zu lassen.“

Bertrams Pulsschlag beruhigte sich. Er hätte seine Cousine umarmen können.

„Aus Ihrer Erfahrung, soso ...“, lautete der spöttische Kommentar des Herzogs. „Steigen Sie aus, Panswick! Sorgen Sie für Ruhe. Ich möchte so schnell wie möglich zu unserem Quartier gelangen.“

Und schon waren Bertrams Gefühle für Agatha nicht mehr so freundschaftlich. Sicher hätte der Duke eine andere Entscheidung getroffen, hätte er damit nicht wieder eine willkommene Gelegenheit gefunden, ihr widersprechen zu können. Zögernd berührte der Viscount den Türgriff. Seine Erlösung kam von unerwarteter Seite.

Ein junger Mann mit einem kessen grünen Lodenhut auf blonden Locken klopfte an sein Fenster.

„Möchten Sie, dass ich die Sache in die Hand nehme, Euer Gnaden?“, fragte er in nahezu akzentfreiem

Englisch, als Bertram die Scheibe hinuntergeschoben hatte.

So trat Gustl in ihr Leben.

Gustl hieß mit vollem Namen Gustav Maria Siebenbrunner, war der einzige Sohn eines verstorbenen Theaterimpresarios und einer englischen Sängerin und verdiente, trotz seines jugendlichen Alters, seit Jahren gutes Geld als Fremdenführer. In der Hauptstadt des Vielvölkerstaates sprachen erstaunlich viele Menschen neben Deutsch auch noch Französisch und Italienisch. Englisch dagegen konnten nur sehr wenige. Da Wien jedoch auch bei Reisenden von der Insel immer beliebter wurde und deren Fremdsprachenkenntnisse meist zu wünschen übrigließen, wusste man seine Dienste sehr zu schätzen. Er wurde von einem Reisenden dem nächsten weiterempfohlen, und wenn er gerade keinen Auftrag hatte, brauchte er sich nur zum Kärnthnertor zu begeben, wie dies auch viele seiner anderen Kollegen taten, und die neuen Auftraggeber rollten ihm mit ihren Kutschen sozusagen vor die Füße. Bisher war es ihm allerdings noch nie passiert, dass man ihm sogleich eine feste Stelle inklusive Kost und Quartier anbot.

Agatha, von der Umsicht und Schläue beindruckt, mit der der junge Mann die Angelegenheit vor dem Stadttor gelöst und ihnen ein schnelles und vor allem sicheres Weiterkommen ermöglicht hatte, beauftragte Bertram, ihn zu bitten, auf dem Kutschbock Platz zu nehmen und dem Kutscher den Weg zum Hohen Markt zu zeigen. Es hatte nur kurz den Anschein, dass der Herzog gegen diese Eigenmächtigkeit protestieren wollte, doch anscheinend erkannte er, dass es sinnvoller war, den Mund wieder zu schließen. Er öffnete ihn auch nicht, als Agatha Gustl bat, sie ins Haus zu begleiten, wo sie dann sogleich das Kommando über die wartende Dienerschaft übernahm. Ihr Vermieter, Julius Edler von Braunberg, hatte ihnen einen Diener, ein Hausmädchen, eine resolute Köchin und Küchenpersonal dagelassen, die alle ein paar Brocken Französisch konnten. Diese reichten allerdings nicht aus, um einen Haushalt so zu führen, wie Agatha sich das vorstellte.

Mit Gustls Hilfe erfolgte der Einzug reibungslos. Als man ein zusätzliches kleines Schlafzimmer entdeckte, das der Diener *Kabinett* nannte, da war entschieden, dass ihnen Gustl auch in Zukunft, und zwar rund um die Uhr, zur Verfügung stehen würde.

Zu diesem Zeitpunkt hatte sich der Herzog selbst längst in die Bibliothek zurückgezogen. Er hatte einen schweren Ledersessel entdeckt, den er spontan zu seinem Lieblingsplatz erkor, und ließ nachdenklich den Whiskey in seinem Kristallglas kreisen, den ihm der Herr des Hauses freundlicherweise hiergelassen hatte.

Auch wenn ihm Lady Alverston manchmal schrecklich auf die Nerven ging, war er doch froh darüber, wie gekonnt und souverän sie alles regelte. Nicht auszudenken, wenn Cousine Cordula mit nach Wien gekommen wäre. Sicher hätte sie mit ihrer Humorlosigkeit und der unbeugsamen Strenge die Stimmung im neuen Zuhause schon in der ersten Stunde vergiftet. Agatha hingegen schien zwar auch zu wissen, was sie wollte, blieb jedoch gelassen und hatte stets ein freundliches Wort für die Dienerschaft, die aufgeregt durch die Räume schwirrte und für seinen Geschmack viel zu viel redete. Schade, dass er der Einzige war, der die Ruhe und Gelassenheit ihrer Ladyschaft immer wieder ins Wanken und ihre Vorliebe für Ironie und Widerspruch zum Vorschein brachte. Beides war so unweiblich. Dieser Gedanke, kaum gedacht, machte seiner eigenen Fassungslosigkeit Platz. Wie war er bloß darauf gekommen, so etwas Dummes zu denken? Nichts an Lady Agatha war unweiblich. Weder ihre schlanke Gestalt mit dem durchaus wohlgerundeten Busen, der in ihren überaus modischen Kleidern erfreulich zur Geltung kam, noch die Küsse, die sie vor ein paar Tagen am frühen Morgen getauscht hatten.

Jetzt, in diesem ruhigen, noch fremden Zimmer konnte er es nicht fassen: Was hatte ihn damals nur dazu getrieben, sie in die Arme zu ziehen? Er mochte sie doch nicht einmal. Sie war so anders, als er es gewöhnt war. Sein Vater hatte ihn gelehrt, wie eine Frau zu sein hatte: gehorsam, ohne eigene Meinung, hübsch und repräsentabel. Genau so war Mathilda, seine erste Frau, gewesen. Die war auf leisen Sohlen durchs Haus gehuscht und hätte sich eher die Zunge abgebissen, als ihm zu widersprechen. Das Leben an ihrer

Seite war ein ruhiger Fluss gewesen. Ein zäher, ruhiger Fluss, wie er jetzt dachte. Im Vergleich dazu war das Leben an der Seite von Lady Agatha ein reißender Wasserfall. Er war sich nicht im Klaren, wie er das finden sollte. Der Herzog winkelte die ausgestreckten Beine wieder an und befahl sich, an etwas anderes zu denken. Jetzt war er in Wien. Es wurde Zeit, sich den Unterlagen zu widmen, die ihm die Botschaft bereits an seine neue Adresse geschickt hatte. Er stand auf und ging zum schweren Schreibtisch hinüber, der in den nächsten Monaten sein eigener sein würde.

Kapitel 10

„Was ist das für ein Wagen?“, erkundigte sich der Herzog in strengem Tonfall. „Ich dachte, Herr von Braunberg habe es verabsäumt, uns seine Stadtkutsche zur Verfügung zu stellen?“

Agatha, die an Bertrams Arm die beiden Stufen vom Eingang ihres neuen Zuhauses hinabschritt, folgte Landmarks Blick und entdeckte nun auch die elegante Kutsche, die vor dem Portal auf sie wartete. Sie war klein und schnittig, in glänzendem Dunkelgrün gestrichen und wurde von einem einzelnen weißen Pferd gezogen. Ihr junger Fremdenführer stand neben dem Bock und reichte dem fremden Fuhrmann soeben ein Blatt Papier hinauf.

„Das ist Gustls Werk“, erklärte sie und freute sich, dass der Plan, trotz all ihrer Bedenken, aufgegangen war. „Es hätte wohl Wochen gedauert, bis sich unser eigener Kutscher in Wien zurechtgefunden hätte.“

„*Unser* eigener Kutscher?“, wiederholte der Herzog, wobei er das erste Wort betonte.

Agatha hatte keine Lust, darauf einzugehen, dass der Kutscher streng genommen nur der des Herzogs war. Da sie sich hier in Wien um alles kümmerte, war es ihrer Ansicht nach ihr gutes Recht, von *unserem* Kutscher zu sprechen.

„Außerdem wäre das ausladende Reisegefährt für die engen, verwinkelten Straßen dieser Stadt eine schier unüberwindbare Herausforderung gewesen", setzte sie stattdessen fort.

„Darum haben Sie gleich eine neue Kutsche gekauft?", fragte der Herzog und konnte es kaum glauben. „Und ein Pferd obendrein? Hinter meinem Rücken? Von meinem Geld?"

Agatha lachte auf. „Wo denken Sie denn hin?", widersprach sie sofort. „Das würde ich mir doch nie erlauben."

„Da bin ich mir nicht so sicher", murmelte Landmark, schien aber wieder etwas beruhigter zu sein.

„Nein, nein, Kaiser Franz war so überaus aufmerksam, Kutschen extra für diesen Kongress anfertigen zu lassen und sie seinen Gästen unentgeltlich zur Verfügung zu stellen. Was haben wir doch für ein Glück, dass Gustl das wusste."

„Ganze hundertsiebenundsechzig Stück, Euer Gnaden", warf der so Gelobte stolz ein. Er war nähergetreten, um den Schlag zu öffnen. „Man braucht nur ein Bestellformular mit Ort und Zeit auszufüllen, und schon steht binnen fünfzehn Minuten ein Wagen vor der Haustür."

„Das haben Sie sehr gut gemacht", lobte ihn Agatha und ließ sich ins Innere helfen.

„Die Kutschen haben noch einen weiteren Vorteil, Euer Gnaden", trumpfte Gustl auf, glücklich darüber, dass seine neue Herrschaft offensichtlich mit ihm zufrieden war. „Mit diesen grünen Fahrzeugen haben Sie immer und überall in der Stadt Vorrang."

Als die Kutsche schließlich über das Kopfsteinpflaster ratterte, war es bereits so dunkel, dass Agatha den Herzog neben sich nur mehr schemenhaft erkannte. Bertram gegenüber blickte mit ernster Miene aus dem Fenster. Auch Agatha spürte, wie die Aufregung immer stärker in ihr hochstieg. Sie waren auf dem Weg zu ihrer ersten gemeinsamen Veranstaltung. Es war gleichzeitig ihr erstes Auftreten am glanzvollen Wiener Parkett. Außenminister Lord Castlereagh und seine Gemahlin waren zwei Tage nach ihnen in Wien eingetroffen, und heute fand zu ihren Ehren ein Ball in der englischen Botschaft statt.

Wie lange ist es nun schon her, dass ich so ein Tanzereignis besucht habe?, dachte Agatha im Stillen. Sicher schon gute fünf Jahre. Damals war sie mit Edward in London gewesen, kurz bevor sie zu ihrer zweiten Reise nach Ägypten aufgebrochen waren. Edward war kein guter Tänzer gewesen und hatte sich nur selten dazu überreden lassen, an solchen gesellschaftlichen Ereignissen überhaupt teilzunehmen. Hatte sie also damals schon selten getanzt, so bot sich ihr, seit sie Witwe geworden war, dazu überhaupt keine Gelegenheit mehr, wenn man davon absah, dass sie mit ihren Cousinen auf Lancroft Abbey die neuesten Tanzschritte ausprobiert hatte, während Frederica oder Tante

Louise flott in die Tasten griffen. Agatha tanzte gern. Darum freute sie sich darauf, an diesem Abend in Begleitung zweier eleganter Gentlemen endlich wieder einen Ballsaal zu betreten. Noch dazu in einem cremefarbenen Traum von einem Kleid, um das sie sicher halb Wien beneiden würde. Sie spürte, wie sich ein tiefes Glücksgefühl in ihre Aufregung mischte. Am liebsten hätte sie dem Herzog spontan dafür gedankt, dass er ihr all dies ermöglichte. Doch sie sah seine verschlossene Miene und schwieg lieber.

Als sie kurze Zeit später am Arm ihres Cousins zum Eingang des Palais der englischen Botschaft am St. Petersplatz promenierte, fuhr eine wuchtige Reisekutsche direkt vor das Portal vor. Agatha konnte ihren Augen nicht trauen.

„Sieh nur, Bertram, auf diesem Wagen stehen gleich vier Lakaien", flüsterte sie ihrem Cousin zu. Sie blieben stehen, um das Schauspiel aus der Nähe zu betrachten.

„Alle haben gepuderte Perücken auf", stellte er fasziniert, aber auch mit einem gewissen Grad an Belustigung, fest.

„Also wirklich!", flüsterte sie zurück, „Wie unglaublich altmodisch muss man sein, um so etwas zuzulassen! Wem mag dieses antiquierte Gefährt wohl gehören?"

Während Bertram grinste und ratlos mit den Schultern zuckte, wusste der Herzog von Landmark auf den ersten Blick, wen er vor sich hatte. Er eilte zum Kutschenschlag, um seinen Außenminister als Erster zu begrüßen.

Der Ballsaal war von einer Vielzahl hoher Spiegel umgeben, zwischen denen korinthische Säulen die goldverzierte Decke zu tragen schienen. Tausende Kerzen in funkelnden Kristalllüstern tauchten den Saal in ein weiches, warmes Licht. Als das Orchester den ersten Tanz anstimmte, führte der Viscount of Panswick seine Cousine aufs Parkett. Er war ein erstklassiger Tänzer, und Agatha genoss jede Minute der ländlichen Polka. *Welch glückliche Fügung hat mich nur in diese Lage gebracht?*, dachte sie immer und immer wieder. Sie, die bereits am Boden gelegen und sich als Gesellschafterin einer alten Dame hatte verdingen müssen, um ihren Lebensunterhalt zu bestreiten, war nun wieder in jene oberste Gesellschaftsschicht zurückgekehrt, der sie ihrem Stand gemäß angehörte.

Bertram wirbelte sie durch den Saal. Nach einer besonders schwungvollen Drehung fand sie sich in der Nähe einer der Seitenwände wieder. Agatha warf ihrem Spiegelbild ein seliges Lächeln zu. Dann hob sich wie von selbst ihr Blick und sie bemerkte, dass der Duke of Landmark, der eben mit Lady Castlereagh hinter ihr vorbeitanzte, sie offensichtlich beobachtet hatte. Als sich nun im Spiegel für einen kurzen Moment ihre Blicke kreuzten, hatte sie den Eindruck, als würde ihr der Herzog zuzwinkern. Agathas Herz drohte kurz auszusetzen. Sie fuhr herum, um sich zu vergewissern, dass er sie tatsächlich betrachtete, doch Landmark hatte ihr bereits wieder den Rücken zugekehrt. Dafür war Bertram von ihrer abrupten Bewegung derart überrascht, dass er aus dem Takt geriet und sie ihm mit vollem Gewicht auf die Zehen trat.

„Verflixt, Agatha!“, rief er nicht gerade gentlemanlike aus. „Kannst du nicht aufpassen, wo du hintrittst? Du ruinierst mir noch glatt meine neuen Abendschuhe.“

Nach diesem Tanz nahm Lady Steward, eine Cousine des neuen Botschafters, die als Hausherrin fungierte, Agatha unter ihre Fittiche. Sie führte sie zu einer Gruppe Damen, die auf einer Sofagarnitur in einem Nebenraum saßen und den aktuellsten Klatsch austauschten. Es war ein Stimmengewirr in den unterschiedlichsten Sprachen, das sofort verstummte, als die beiden nähertraten.

„Darf ich Ihnen Lady Alverston vorstellen, meine Lieben?“, fragte Lady Steward. „Sie begleitet ihren Cousin, den Viscount of Panswick, der zur Delegation von Außenminister Castlereagh gehört, und ist begierig darauf, Ihre Bekanntschaft zu machen.“

Das hatte Agatha zwar mit keinem Wort erwähnt, doch Ihre Ladyschaft hatte nicht unrecht. Je schneller sie in Wien Bekanntschaften schloss, desto lieber war es ihr. Sie bemerkte, wie sie aus vielen Augen gemustert wurde. Teils waren die Blicke neugierig, teils kritisch. Man nickte sich zu. Es folgte eine Vielzahl von Namen, sodass Agatha schon fürchtete, sich keinen einzigen merken zu können. Lady Stewards nächste Worte brachten sie dazu, einer der Damen besondere Aufmerksamkeit zu schenken.

„Last but not least", hörte sie Ihre Ladyschaft sagen, „haben wir hier die reizende Helene von Stummer. Sie wohnt mit ihrer Familie in der Salvatorgasse, gleich um die Ecke vom Hohen Markt. Sie beide sind also quasi Nachbarinnen."

„Was für ein glücklicher Zufall", meinte Frau von Stummer auf Englisch, klappte ihren Fächer zusammen und reichte Agatha lächelnd die Hand zum Gruß. „Wir dürften darüber hinaus in etwa demselben Alter sein. Ich hoffe, wir werden Freundinnen, und ich wünschte mir daher, Sie würden mich Helene nennen."

„Die Freude ist ganz meinerseits, Helene", erwiderte Lady Alverston ebenso lächelnd. „Mein Name ist Agatha. Wie kommt es, dass Sie so perfekt Englisch sprechen?"

Man schob die Stühle so, dass Agatha und Helene nebeneinander zu sitzen kamen, und bald schon wusste sie, dass ihre Nachbarin eine englische Schwiegermutter hatte, ursprünglich aus Preußen stammte und sich für die Ausbildung von Mädchen interessierte.

„Für deren Ausbildung *interessiert*? Helene!", meldete sich eine dralle Brünette zur Linken zu Wort. „Du bist viel zu bescheiden, meine Teuerste! Frau von Stummer ist Mäzenin des Lyzeums für Höhere Töchter."

„Oh wirklich?", rief Agatha begeistert. „Ich wünschte, Sie könnten sich mit meiner Cousine Vivian, der Viscountess of Badwell, unterhalten. Sie ist gerade dabei, eine derartige Schule in Kingsbury zu gründen."

Wenig überraschend hatte niemand Interesse an Agathas englischer Verwandtschaft.

„Wie interessant", sagte zwar die Brünette, aber ohne es wirklich zu meinen, und wechselte das Thema: „Helene stellt uns alle auch sonst als Wohltäterin in den Schatten. Wie heißt Ihr neuester Schützling, meine Liebe? Die junge Frau aus verarmtem Landadel, für die Sie eine Stelle als Hauslehrerin suchen?"

Hauslehrerin? Agathas Interesse stieg nun dramatisch an. Sie brauchte dringend jemanden, der Lizzy Unterricht gab und ihr auch etwas von der Stadt zeigte. Bertram hatte keine Zeit mehr für weitere Deutschstunden, da ihn seine Arbeit als Adjutant völlig in Anspruch nahm. Sie selbst hatte mit der Führung des Haushalts, dem Knüpfen von Kontakten und dem Vorbereiten der Abendveranstaltungen auch viel zu viel zu tun, um immer an Lizzys Seite sein zu können. Es war nicht gut, dass das Mädchen stundenlang allein zu Hause saß und sich langweilte. Sie brauchte dringend eine sinnvolle Beschäftigung.

So ergab ein Wort das andere, und bald waren die Damen in ein angeregtes Gespräch vertieft. Die Unterhaltung kam abrupt zum Stillstand, als Helene zur Zimmertür blickte.

„Mir scheint, hier ist jemand auf der Suche nach Ihnen“, sagte sie. „Ihr Gatte, Lord Alverston, nehme ich an?“

Agathas Kopf fuhr herum.

Im Türrahmen stand, sie mit zusammengekniffenen Augen betrachtend, niemand anderes als der Herzog von Landmark. Als er sah, dass sie ihn entdeckt hatte, schlich sich ein kleines Lächeln auf seine Lippen.

Die dralle Brünette ließ einen tiefen Seufzer vernehmen. „Ich wollte, mein Alois würde mich je mit einem solchen Blick bedenken! Sie sind zu beneiden, meine Teure.“

„Ach, Brigitte“, antwortete darauf ihre Sitznachbarin zur Rechten, „Du bist genau wie ich schon seit fünfzehn Jahren verheiratet. Wir haben unseren Gatten drei Kinder geboren, da verflüchtigen sich solche Blicke wie von selbst. Ich nehme an, ihre Vermählung ist erst jüngeren Datums, Lady Alverston?“

Agatha spürte, wie sich ihre Wangen zutiefst röteten und sie fragte sich, welchen Streich ihr der Herzog nun wieder spielte. Wie kam er dazu, sie vor den Damen bloßzustellen? Er musste doch wissen, welch falschen Eindruck er damit erweckte, ihr so ungeniert zuzulächeln. Kein Wunder, dass die anderen annahmen, er würde mit ihr flirten. Er mit ihr, noch dazu vor allen Augen? Der Herzog von Landmark? Allein der Gedanke war lächerlich. Nur zu gut hatte sie im Ohr, welche Überwindung es ihn kosten würde, sich eine Zukunft an ihrer Seite vorzustellen.

„Unser Walzer, Lady Alverston."

Er war an die Gruppe herangetreten, verbeugte sich vor den Damen und streckte Agatha auffordernd die Hand entgegen. Sie ergriff sie, froh, der unangenehmen Situation zu entrinnen, und erzürnt darüber, dass er sie überhaupt in diese gebracht hatte.

„Wie konnten Sie nur!", waren daher ihre ersten Worte, als sie am Parkett Aufstellung nahmen.

„Wie konnte ich was?", wollte er wissen, während seine Rechte sie eng an sich zog. Sie blickte auf und erschrak, weil sein Gesicht dem ihren nun ganz nahe war. *Wenn ich mich auf die Zehen stelle, dann können meine Lippen die seinen berühren,* dachte sie. Sie wusste noch zu gut, wie sich diese angefühlt hatten. Da sie spürte, wie sie schon wieder errötete, beeilte sie sich, sich rasch abzuwenden und in weitere Vorwürfe zu flüchten.

„Mich vor den Damen lächerlich machen", zischte sie über seine Schulter hinweg. „Man äußerte die Vermutung, wir wären verheiratet."

Die Musik setzte ein, und eine mitreißende Melodie im Dreivierteltakt erfüllte den Ballsaal.

„Wir beide? Verheiratet? Warum sollte jemand so dumm sein, so etwas zu denken?"

„Vielleicht, weil die Damen nicht ahnen, wie groß der Schatten wäre, über den Sie springen müssten, Duke", antwortete sie, wieder einmal ohne nachzudenken. Das war sonst eigentlich nicht ihre Art, aber er brachte sie ständig dazu, aus dem Bauch heraus zu reagieren, bevor die Vernunft ein Veto einlegen konnte. Außerdem hatte dieser Satz schon viel zu lange unausgesprochen auf ihrer Seele gebrannt. Kein Wunder, dass der Augenblick kommen musste, an dem er sich den Weg aus ihrem Mund bahnte. Sie erschrak selbst über die Dreistigkeit, ihn an den Morgen bei der Regentonne zu erinnern. Noch dazu in so einem unpassenden Augenblick, während unzählige kritische Augen sie beobachteten.

Für einen Moment schien der Herzog außer Tritt geraten zu sein und sie hätte viel darum gegeben, den Blick, den er ihr zuwarf, deuten zu können. Dann fasste er sich jedoch schnell wieder, sagte kein Wort und begann, sie gekonnt im Kreis zu drehen. Nach einem kurzen Zögern überließ sich Agatha seiner Führung. Noch vor wenigen Jahren hatte man Walzer als zu unsittlich und unzüchtig empfunden, als dass eine Frau von Stand sich dazu hinreißen lassen durfte. Doch zum Glück hatten sich die Zeiten geändert. Agatha genoss es, in seinen starken Armen durch den Ballsaal zu fliegen. Mit einem Mal fühlte sie sich wieder glücklich, jung und unbeschwert. Anscheinend gab es endlich etwas, über das sie mit dem Duke einer Meinung war und bei dem sie beide Harmonie und Gleichklang verband. Von ihr aus hätte dieser Tanz nie zu Ende gehen brauchen.

„Das war großartig", freute sie sich, ihn sagen zu hören, als die Musik verklungen war und sie in einen tiefen Knicks versank. „Das müssen wir unbedingt wiederholen."

Agatha erhob sich lächelnd. Sie war sofort dazu bereit.

„Ich denke, jetzt haben wir eine Erfrischung nötig", meinte der Herzog stattdessen und bot ihr seinen Arm. „Man sagte mir, es gäbe einen vorzüglichen Weißwein in diesem Land. Sind Sie mutig genug, ihn mit mir auszuprobieren?"

Auch wenn Agatha keine Lust auf ein alkoholisches Getränk gehabt hätte, so hätte sie nie zugelassen, dass jemand ihr Mut absprach. Also fand sie sich wenige Augenblicke später Seite an Seite mit dem Herzog auf einem kleinen, samtbezogenen Sofa am Rande des Ballsaals wieder, beide ein Glas goldgelber Flüssigkeit in der Hand.

„Wahrlich ein guter Tropfen", befand Seine Gnaden und deutete kaum merklich zum Botschafter Lord Steward hinüber, der sich soeben vom Silbertablett eines der Lakaien bediente. „Das scheint unser verehrter Gastgeber ebenfalls so zu empfinden. Heute nicht zum ersten Mal, wie mir scheint. Jedenfalls dürfte er nicht mehr allzu nüchtern sein."

Wie auf Kommando stolperte der Botschafter über den Rand eines Teppichs und konnte nur durch die Hilfe eines aufmerksamen Dieners einen Sturz vermeiden. Dass der Baron dabei einen derben Fluch ausstieß, nahm Agatha mit einer Mischung aus Amüsement und peinlicher Berührtheit zur Kenntnis und konnte ein Lachen nicht unterdrücken. Ein Lachen, in das er ohne zu zögern einstimmte.

„Wissen Sie, wie ihn die Wiener nennen?“ Der Herzog beugte sich zu ihr hinüber, um ihr die nächsten Worte ins Ohr zu flüstern. „Sie nennen ihn Lord Pumpernickel!“

Agathas Kichern vertiefte sich, und sie fragte sich erschrocken, ob es wirklich klug gewesen war, das Glas Wein mit zügigen Schlucken zu leeren.

„Pumpernickel?“, wiederholte sie. „Was für ein komisches Wort. Hat es eine bestimmte Bedeutung?“

„Ich habe keine Ahnung“, gab er freimütig zu, „aber ich fürchte, es beschreibt seine zahlreichen Eskapaden und seinen Alkoholkonsum und ist daher nicht wirklich als Ehrentitel gemeint.“

Der Lakai nahm Agatha das leere Glas ab und ersetzte es durch ein volles.

Da stand, wie durch ein Wunder, auf einmal ihre Gastgeberin vor ihr. „Ich muss Sie entführen, meine Liebe! Da sind noch so viele Damen, die darauf brennen, Ihre Bekanntschaft zu machen.“ Ihre Stimme klang nun unerwartet streng. „Wir dürfen den Herzog nicht so lange in Beschlag nehmen. Sicher warten zahlreiche Herren, um mit ihm wichtige Gespräche zu führen.“

Sie erhoben sich, und Agatha sah, bevor sie dem unverkennbaren Befehl Folge leistete, zum Herzog hinüber. Sein Blick schien ebenso befremdet zu sein wie ihrer.

„Apropos wichtige Gespräche“, fiel ihm ein, „ich müsste tatsächlich mit jemandem sprechen, und zwar mit dem Baron von Gentz. Ist der Hofrat heute anwesend?“

„Wenn ich mich nicht irre, dann habe ich ihn vor Kurzem in der Bibliothek gesehen“, meinte die Cousine des Botschafters und hakte sich bei Agatha unter, fast so, als wolle sie sie notfalls mit Gewalt fortzerren.

Der Herzog verbeugte sich und machte sich auf den Weg, während Agatha von ihrer Gastgeberin wieder in den angrenzenden Salon geleitet wurde. Dort lauschte sie dann die nächste Stunde höchst vergnügt den vielen Anekdoten, die ihre Begleiterinnen zu erzählen hatten. Sie kostete von der *Wiener Torte,* die in Schichten gebacken, mit Marmelade bestrichen und mit eingemachten Früchten und Pistazien verziert war, und nippte fortan nur mehr an gekühltem Rosenwasser. Dann sorgte die Nachricht von Madame von Pichler für allgemeines Interesse. Sie hatte in der Österreichisch-Kaiserlichen privilegierten Wiener Zeitung gelesen, dass der aus Tirol stammende Schneidermeister Joseph Madersperger eine Maschine erfunden haben sollte, mit deren Hilfe alle Arten von Näharbeiten viel schneller, genauer und fester verrichtet werden konnten als durch die menschliche Hand.

„Die armen Näherinnen“, rief Helene von Stummer aus und klatschte beide Hände erschrocken gegen ihre Wangen. „Wie sollen sie ihren Unterhalt verdienen, wenn Maschinen ihre Arbeit übernehmen?“

„Da muss ich hin!“, bestimmte hingegen eine andere. „Wäre es nicht großartig, wenn unsere Reitkleider den Strapazen endlich auch wirklich gewachsen wären, denen wir sie im Sattel täglich aussetzen?“

Die Diskussion wurde lebhaft geführt und auch Agatha unterhielt sich königlich, bis sie zufällig aufblickte und Landmark im Türrahmen stehen sah. Neben ihm erschien ein kleiner, untersetzter Herr mit Halbglatze. Beide sahen sich suchend um. Offensichtlich hatte Landmark nach ihr Ausschau gehalten, denn als er zu ihr hinüberblickte, hob er kaum merklich, aber für sie doch unverkennbar, die Rechte. Agathas Herz machte vor Freude einen kleinen Hüpfer. Er sah so gut aus! Verglichen mit den anderen Herren über dreißig, und das waren viele am heutigen Abend, war er der stattlichste, der männlichste, der bestaussehende. Aber, was viel wichtiger war: Er schenkte ihr ohne Zweifel Beachtung. Ihre Lippen verzogen sich wie von selbst zu einem kleinen Lächeln.

Es ist doch bloß Landmark, sagte eine strenge innere Stimme. Der mühsame, anstrengende Landmark mit den überkommenen Ansichten und provokanten Theorien. Der zwar unglaublich gut küssen konnte, sie aber nicht an seiner Seite haben wollte. Obwohl sie all das wusste, waren ihre Lippen nicht bereit, das Lächeln aufzugeben. Vielleicht war ja sein Schatten gerade dabei, sich zu verflüchtigen?

Aus dem Ballsaal klangen die ersten Takte eines Wiener Walzers.

Unser Tanz, schoss es Agatha durch den Kopf. Er hatte gesagt, sie würden den traumhaften Walzer wiederholen, und wie es aussah, hielt er Wort.

Wie auf Kommando setzte sich der Herzog auch schon in ihre Richtung in Bewegung. Sie blickte ihm erwartungsvoll entgegen. Die Vorfreude wuchs mit jedem Meter, den er näherkam. Da schnappte der untersetzte Mann nach Landmarks Arm und der Herzog, sichtlich irritiert, verharrte im Schritt und wandte sich ihm zu. Sie konnte nicht hören, was der Mann sagte, aber an der Art, wie Landmark die Lippen zusammenkniff, konnte sie erkennen, dass es nichts Angenehmes gewesen sein konnte. *Wie gut ich ihn in der Zwischenzeit schon kennengelernt habe,* dachte sie beglückt und auch ein wenig stolz. *Ich kann bereits aus seiner Mimik seine Gedanken lesen.*

Nun war Landmark wohl nicht mehr bereit, dem anderen länger Gehör zu schenken. Er machte sich aus seinem Griff frei, straffte die Schultern und setzte seinen Weg fort. Agathas Lächeln war zu einem Strahlen geworden. Das Gespräch ihrer neuen Bekanntschaften plätscherte ungehört an ihren Ohren vorbei. Gleich, keine fünf Sekunden mehr und Landmark würde sich vor ihr verbeugen und sie aufs Parkett führen. Er würde sie in seinen starken Armen halten und ihre Herzen würden wieder im Gleichklang schlagen.

In der Zwischenzeit hatten auch die anderen das Näherkommen des Dukes bemerkt, und das Gespräch kam schlagartig zum Erliegen. Alle Damen folgten gespannt Agathas Blick. Diese spürte einen kleinen Luftzug, konnte den Duft seines Rasierwassers wahrnehmen, Sandelholz mit Rosmarin … und dann war er auch schon an ihr vorbei und verbeugte sich vor der rothaarigen Debütantin, die mit ihrer Anstandsdame hinter ihr am Rand des Raumes gestanden hatte.

An diesem Abend war Agatha so enttäuscht und so wütend, dass sie große Mühe hatte, einzuschlafen, wobei sich diese Wut fast ausschließlich gegen sich selbst richtete. Wie hatte sie sich bloß einbilden können, sie könnte seine Mimik lesen? Also wirklich! Wie hatte sie nur so unglaublich dumm sein können, sich irgendwelche falschen Hoffnungen zu machen? Der Herzog hatte ihr doch nicht den geringsten Grund dazu gegeben. Im Gegenteil, er hatte ihr deutlich gemacht, wie unangenehm ihm die Vorstellung wäre, es würde sie beide mehr als etwas Dienstliches miteinander verbinden. Er schätzte den Intellekt von Frauen allgemein als gering ein und ihren wohl ganz besonders. Jedenfalls widersprach er ihr, sobald sie den Mund aufmachte. Andererseits ließ er sie in Wien schalten und walten, wie sie es für richtig hielt, stellte ihr für den Haushalt großzügige Mittel zur Verfügung und hatte offensichtlich sogar den unsäglichen Kammerdiener in die Schranken gewiesen. *Aber das tut er doch nicht, weil er dich schätzt, sondern weil es seinem eigenen Komfort dient,* wandte ihre innere Stimme ein. *Du hältst ihm die alltäglichen Probleme vom Hals. Was sollte er dagegen einzuwen-*

den haben? Du bist Lizzys Anstandsdame und führst ihm den Haushalt, das ist alles. Du bist nichts anderes für ihn als ein besserer Dienstbote.

Aber der Tanz? Dieser traumhafte Walzer, bei dem sie engumschlungen durch den Saal geschwebt waren? Der musste doch auch ihm etwas bedeutet haben!, wandte die hoffnungsvolle Stimme ein.

Sicher, meinte die strenge innere Stimme spöttisch, *er war bestimmt stolz auf seine Tanzkünste. Der Walzer bedeutete ihm ebenso wenig wie die beiden Küsse damals. Und das vertraute Gespräch bei einem Glas Wein? Das war bloß Konversation. Wer sollte diese besser beherrschen als ein englischer Gentleman? Natürlich zog er eine taufrische Debütantin einer mittelalterlichen Witwe vor. Welcher Mann würde das nicht tun?*

Als Agatha bemerkte, wie die ersten Tränen in ihren Augenwinkeln brannten, straffte sie entschlossen die Schultern und verbot sich jedes weitere Selbstmitleid. Schluss, aus! Sie würde keinen Gedanken mehr an diesen unmöglichen Menschen vergeuden. Stattdessen würde sie sich auf das Positive konzentrieren, das ihr in diesen Tagen widerfuhr. So hatte sie zum Beispiel die ersten Bekanntschaften gemacht. Die Damen schienen nett zu sein und ihr mit Wohlwollen zu begegnen. Vielleicht wurden Helene von Stummer und sie sogar Freundinnen. Sie konnte eine Vertraute wahrlich gut gebrauchen. Am nächsten Morgen würde sie als Erstes die Hauslehrerin einstellen, die sie ihr empfohlen hatte. Und dann würde sie sich endlich auf die Suche nach ihrer Schwester machen. Mit einem Anflug von schlechtem Gewissen gestand sie sich ein, dass dieser, der eigentliche Grund, warum sie unbedingt nach Wien hatte reisen wollen, in den letzten Wochen viel zu stark in den Hintergrund gedrängt worden war.

Kapitel 11

„Aber es muss doch hier irgendwo sein!“ Agatha hatte sich einige Schritte von der Kutsche entfernt und hielt nun den Zettel in die Höhe, den ihr Cecilias florentinische Verwandte mitgegeben hatten, um die Adresse mit dem Schild auf der Hausmauer zu vergleichen. „Weyburggasse Nummer vierunddreißig, das stimmt. Allerdings sehe ich hier nirgends ein Namensschild oder irgendeinen anderen Hinweis.“

Der Ball in der Botschaft war nun doch schon wieder drei Tage her, als Agatha endlich Zeit fand, sich auf die Suche nach ihrer Schwester zu machen. Es hatte so viel im Haushalt zu organisieren gegeben, Tante Louise auf Lancroft Abbey musste mit allen Neuigkeiten versorgt werden, und da die Österreichisch-Kaiserliche privilegierte Wiener Zeitung von der Ankunft des Herzogs, des Viscount of Panswick und Lady Alverston berichtet hatte, waren auch ersten Einladungskarten zu beantworten gewesen. Zu all dem hatte sie für Lizzys Unterhaltung zu sorgen. Das Mädchen war so aufgeregt, dass sie am liebsten jeden Tag viele Stunden die ganze Stadt zu Fuß durchquert hätte, um alles zu bestaunen, was es an

Exotischem und Ungewöhnlichem in Wien zu sehen gab. Es war zur ersten Verstimmung zwischen ihr und ihrem Schützling gekommen, als sie ihr den Plan unterbreitete, eine Hauslehrerin einzustellen. Zum Glück erwies sich Fräulein Lipschitz, die ihr Helene empfohlen hatte, nicht nur als gebildete, sondern auch als recht fröhliche Person, sodass sich das Mädchen dann doch ohne weiteres Murren in die täglichen Unterrichtsstunden fügte. Als die Lehrerin schließlich auch noch vorschlug, sie zu Ausflügen mitzunehmen, war Agatha in Lizzys Augen ab sofort wieder die Allerbeste.

„Hier steht, dass das die Klosterkirche St. Hieronymus ist", meldete sich Bertram von der anderen Seite des kleinen Platzes zu Wort. Sein kritischer Blick glitt über die Fassade. „Eine seltsame Anordnung der Spitzbogenfenster, findest du nicht auch?"

Es gab nichts, was seine Cousine in diesem Augenblick weniger interessiert hätte.

„Nachdem kaum anzunehmen ist, dass Cecilia in einem Gotteshaus wohnt, noch dazu in einem offensichtlich katholischen, wäre es nett, wenn du herüberkommen und mir hier helfen würdest", fuhr sie ihn an. „Ach, wir hätten doch Gustl mitnehmen sollen, der wüsste jetzt, was zu tun ist …"

Diesen Vorwurf wollte sich der Viscount nicht gefallen lassen und darum überquerte er forschen Schrittes das Kopfsteinpflaster und klopfte ebenso forsch an die grob gezimmerte Haustür, die sich neben einem

Durchgang befand. Nichts rührte sich. Bertrams Klopfen wurde lauter.

„Was ist denn los?“, meldete sich eine Stimme über ihren Köpfen. „Das klingt ja grad, als wolltet ihr Tote aufwecken!“

Ruckartig wandten sich beide Gesichter nach oben und erblickten das Antlitz eines alten Mannes. Er hatte das Fenster im ersten Stock geöffnet und beugte sich nun nach vorn, um sie besser sehen zu können. Agatha fand es immer noch seltsam, dass hier die Fenster nach außen aufgingen und nicht, wie in England, nach oben geschoben wurden.

„Entschuldigen Sie bitte die Störung, mein Herr“, sagte Bertram in seinem schönsten Deutsch. „Wir sind auf der Suche nach meiner Cousine, Lady Cecilia Winford. Sie ist Engländerin und soll hier im Haus wohnen. Können Sie uns weiterhelfen?“

Der Alte dachte nach.

„Mir scheint, eine Engländerin hat wirklich da gewohnt. Mit dem Waldviertler. Aber nicht lange. Sie kann aber auch eine Böhmische gewesen sein. So genau weiß ich das nicht, weil ich kaum mehr unter die Leute gehe. Mich plagt das Zipperlein, wissen Sie, da wollen meine Beine nicht mehr so, wie ich das gern hätt ...“

„Was sagt er denn?“, flüsterte Agatha ungeduldig.

Bertram zuckte mit den Schultern: „Das weiß ich auch nicht so genau“, musste er zugeben. Mit der deutschen Sprache war es schon seltsam. Am Vortag in der Botschaft, da hatte er sich mit Wilhelm, einem preußischen Adjutanten, unterhalten, und den hatte er ausgezeichnet verstanden. Hier in Wien, da sprachen die Leute allerdings irgendwie … anders.

„Aber wenn es um ein Frauenzimmer geht, dann fragen Sie am besten bei der Frau vom Hof nach", hörte er den Alten sagen und freute sich, dass er diesen Satz ohne Probleme verstand. Er sah, wie dieser mit der knochigen Hand zum Durchgang wies. „Da hinein und dann geradeaus, die blaue Tür. Die können sie nicht verfehlen. Hängt eine schmiedeeiserne Laterne daneben. Vielleicht kann die Ihnen ja weiterhelfen."

Bertram bedankte sich höflich, und das Fenster schloss sich wieder.

„Hier wohnt eine adelige Dame", erklärte er an seine Cousine gewandt, „eine gewisse Frau von Hof. Der gute Mann meint, die würde vielleicht mehr wissen als er. Wir müssen durch den Durchgang zu einer blauen Tür … halt, warte auf mich!"

Agatha fand, sie hatte genug gewartet. Wenn diese Frau von Hof der Schlüssel zu dem Geheimnis war, wo sich Cecilia aufhielt, dann wollte sie sie ohne weitere Verzögerung sprechen. Ein junger Stutzer mit glänzenden schwarzen Locken kam ihnen entgegen. Er war nach der neuesten Mode gekleidet, zupfte sich soeben das Halstuch zurecht und errötete, als er bemerkte, dass Agatha ihn dabei beobachtete. Dann hatte er es ganz offensichtlich eilig, davonzukommen.

„Scheint kein schlechtes Haus zu sein“, schloss Bertram aus dieser Begegnung, „der Mann hat einen ausgezeichneten Schneider.“

Sie betraten den Innenhof und blickten sich um. Eine überdachte Holztreppe führte in die beiden oberen Geschosse. Durch einen außen angelegten hölzernen Gang erreichte man die einzelnen Wohnungstüren. Bertram hätte diese ungewöhnliche Konstruktion wohl noch länger bestaunt, hätte ihn seine Cousine nicht unbarmherzig am Ärmel weitergezogen. Unwillig machte er sich frei. Das fehlte gerade noch, dass sie ihm sein neues Jackett zerdrückte. Außerdem mochte er es nicht, dass ihn Agatha immer noch behandelte, als wäre er ein Kind. Seinen Unwillen ließ er an der blauen Tür aus, gegen die er nun so kraftvoll hämmerte, dass sie nach innen nachzugeben drohte. Er war noch nicht damit fertig, als sie auch schon geöffnet wurde und ihn der Anblick, der sich ihm nun bot, auf der Stelle jeden Unwillen vergessen ließ.

„Meiner Seel', Sie haben's ja eilig!“, sagte eine warme Stimme, und ein amüsiertes Glucksen war zu hören. „Sie können es wohl gar nicht …“

Die Stimme brach abrupt ab, als die Sprecherin Agatha entdeckte. „Ich bitte um Verzeihung, gnädige Frau.“

Das Mädchen, das nun vor seiner Cousine knickste, war das hübscheste, das Bertram je zu Gesicht bekommen hatte. Als junger Viscount, der sich in Londons besten Kreisen bewegte, hatte er wahrlich schon viele zu Gesicht bekommen. Die blonden Haare waren aufgesteckt, zwei dicke Stoppellocken auf jeder Seite umrahmten das zarte Gesicht.

Was für vergissmeinnichtblaue Augen, dachte Bertram entzückt, während er sich formvollendet vor ihr verbeugte. Und die Lippen! Rosenrot. Ihr Kleid aus gestreiftem Baumwollstoff war eng geschnitten und gab den Blick auf ein kleines, mit gehäkelter Spitze besetztes Dekolleté frei. Er konnte kaum die Augen davon abwenden und besann sich nur schwer seiner guten Erziehung.

„Da niemand anwesend ist, um uns miteinander bekannt zu machen", begann er und setzte seine Worte wohlüberlegt, „nehme ich mir die Freiheit heraus, dies selbst zu tun. Mein Name ist Panswick, Viscount of Panswick, und dies ist meine Cousine, Lady Agatha Alverston. Es wäre uns eine Freude, auch Ihren Namen zu erfahren."

Agatha sah ihn irritiert von der Seite an. Wen interessierte der Name dieses jungen Fräuleins?

„Hanni", sagte diese nun und knickste abermals. „Johanna Kruger."

„Sag ihr, dass wir Cecilia suchen. Sie soll uns zu dieser Frau von Hof bringen", forderte Agatha, und als Bertram nicht sofort reagierte, setzte sie ungeduldig nach. „Nun mach schon! Wir haben nicht ewig Zeit. Um ein Uhr geht die Hauslehrerin nach Hause, und ich habe Lizzy versprochen, rechtzeitig zum Mittagessen zurück zu sein."

„Würden Sie bitte Frau von Hof melden, dass wir sie zu sprechen wünschen?“, bat er folgsam.

Sie sieht nicht aus wie ein Hausmädchen, fiel Agatha nun auf.

„Frag sie, ob sie auch da wohnt. Vielleicht ist sie eine Verwandte. Auch wenn ich es höchst ungewöhnlich finde, dass sie uns selbst die Tür öffnet, und nicht einer der Diener. In diesem Land herrschen seltsame Sitten, aber das bemerken wir ja nicht zum ersten Mal.“

„Frau von Hof?“, vergewisserte sich ihr Gegenüber.

Bertram nickte und zeigte zum Durchgang zurück: „Ein alter Mann aus dem ersten Stock hat uns an Frau von Hof verwiesen, die hier hinter der blauen Tür wohnen soll. Das ist doch richtig, oder?“

Hanni ließ ein glockenhelles Lachen hören, dessen Grund er zwar nicht verstand, das er aber ganz entzückend fand.

„Natürlich“, bestätigte sie auch schon. „Das ist die Wohnung von Frau von Hof. Ich war nur verwundert, denn man nennt sie hier allgemein *Madame*.“

„Ich bitte um Verzeihung“, beeilte sich Bertram diesen Fauxpas zu korrigieren. „Das wusste ich nicht. Sind Sie mit Madame von Hof verwandt?“

„Man nennt mich ihre Nichte, mein Herr“, antwortete Hanni und lächelte so reizend, dass es Bertram wieder ganz warm ums Herz wurde, bevor sie ihn fragte, was ihn und seine Begleiterin denn zu *Madame* brächte. Denn zu ihrem Leidwesen sei diese ausgegangen und würde nicht vor den späten Nachmittagsstunden zurückerwartet.

Da erzählte ihr Bertram von Cecilia, doch zu seinem Leidwesen konnte ihm Hanni nicht weiterhelfen. Sie war selbst erst vor zehn Monaten nach Wien gezogen, und seit dieser Zeit hatte mit Sicherheit keine Engländerin im Haus gewohnt. Man kam überein, dass Bertram gegen fünf Uhr nachmittags noch einmal vorsprechen sollte, und dann machten sich Cousin und Cousine auf den Weg zurück zu ihrer Kutsche. Während sie in den eleganten grünen Wagen stiegen, war die eine betrübt, dass dieser Ausflug nicht das gewünschte Ergebnis gebracht hatte, der andere hingegen war so beschwingt, dass seine Wangen vor Vorfreude glühten.

„Zum Hohen Markt!", befahl Bertram dem Kutscher, der die Pferde sofort in Bewegung setzte und gekonnt durch die engen, verwinkelten Gassen der Stadt führte.

„Kannst du dich bitte in der Botschaft erkundigen, ob sich Cecilia dort gemeldet hat, Bertram?", fragte Agatha, einem plötzlichen Impuls folgend. „Wie dumm, dass ich nicht schon früher daran gedacht habe!" Sie schlug sich mit der Hand auf die Stirn. „Wohin wendet sich eine Engländerin, wenn sie in einem fremden Land in Not oder Gefahr gerät? An ihre Botschaft natürlich. Gebe Gott, dass sich meine Schwester weder in Not noch in Gefahr befindet, aber sich dennoch dort gemeldet hat."

Bertram war zwar mit seinen Gedanken bei zwei vergissmeinnichtblauen Augen, versprach aber, dieser Bitte umgehend nachzukommen.

Kapitel 12

Der Kutscher hatte Agatha aus dem Wagen geholfen und war dann wieder auf den Bock gesprungen, um die Fahrt fortzusetzen und Bertram zur englischen Botschaft zu bringen. Natürlich hatte er zuvor auch noch den Türklopfer betätigt, und so erschien Johann, der Hausdiener, um seine Herrin einzulassen. Doch Agatha hatte auf einmal keine Lust mehr, im Inneren des Gebäudes zu verschwinden.

Das Wetter war warm, endlich hatte sich die Sonne wieder durch die dicken Wolken gekämpft, die die Stadt in den letzten Tagen in ihren klammen Krallen gehalten hatten. Ringsumher gab es so viel zu bestaunen. Die Stadtpalais rund um den rechteckigen, lang gezogenen Platz sahen so anders aus, als sie das aus London gewöhnt war. Der Boden war trocken und vom Nachbarhaus auf Nummer eins drangen fröhliche Klänge Klaviermusik ins Freie. In der Kutsche war Agatha noch in düstere Gedanken verstrickt gewesen. Was sollte sie tun, wenn auch Bertrams nachmittäglicher Besuch bei Madame von Hof nicht von Erfolg gekrönt sein würde? Was, wenn Cecilia mit der englischen Botschaft keinen Kontakt aufgenommen hatte? Wie fand man eine einzelne Frau inmitten einer so großen Stadt?

Doch nun, als ihr die Sonne ins Gesicht leuchtete und die Takte der Klaviermusik ihre Schritte beflügelten, waren diese Sorgen für kurz wie weggeblasen und das Glücksgefühl, das sie in letzter Zeit immer wieder befiel, kehrte zurück. Sie hätte gute Lust gehabt, zur beschwingten Musik zu tanzen. Ein Lächeln schlich sich auf ihre Lippen. Die Wiener ringsum auf diesem belebten Platz würden sich sehr wundern, würde eine elegante Lady sich unvermutet auf dem Bürgersteig im Walzertakt drehen.

„Darf ich Ihnen Ihren Umhang abnehmen, Madame?“, erkundigte sich Johann auf Französisch.

„Nein, danke. Ich denke, ich werde noch einige Schritte promenieren“, informierte ihn Agatha und wandte sich ab. „Das Wetter ist so einladend.“

Der Diener verbeugte sich und sagte kein Wort. Dabei hätte er sie am liebsten zurückgehalten. Keine vornehme Dame, die etwas auf sich hielt, ging in Wien zu Fuß. Auch für die kürzesten Wege nahm man zumindest eine Sänfte. Aber Lady Alverston war Ausländerin, das erklärte so manches. Ausländer, das hatte er in den zehn Jahren gelernt, die er nun schon als Diener arbeitete, verhielten sich bisweilen seltsam. Agatha, die naturgemäß nichts von diesen Gedanken ahnte, hätte an ihnen nichts auszusetzen gehabt. Sie wusste selbst, dass sie sich manchmal anders verhielt, als man das von noblen Damen gewöhnt war. Sie hatte schon viel zu viel erlebt und gesehen, schon viel zu viele Wagnisse auf sich genommen und Probleme gemeistert, um sich ausschließlich über Kleider, Bälle und Stickereien Gedanken zu machen.

Fröhlich schlenderte sie an der gepflegten Häuserzeile entlang. Dabei kam sie an der sogenannten *Schranne* auf Nummer fünf vorbei, dem Gerichtsgebäude, in dem nicht nur das Strafgericht und das Magistratische Zivilgericht untergebracht waren, sondern auch eine hauseigene Kapelle. Gustl hatte sie ihr vor zwei Tagen gezeigt, und sie hatte ihm zuerst gar nicht glauben wollen, dass diese den doch recht ungewöhnlichen Namen *Zur Todesangst Christi* trug.

Nun wartete sie geduldig eine Kolonne von Fahrwerken ab und eilte schließlich zum Vermählungsbrunnen hinüber, der die Platzmitte zierte. Dank Gustl wusste sie, dass dieser ursprünglich aus Holz gebaut und erst vor gut zwanzig Jahren abgerissen und aus Marmor neu errichtet worden war. Er sollte an die Hochzeit von Maria und Joseph erinnern. Hinter der gegenüberliegenden Häuserzeile wurde nun die Spitze des hohen Turms vom Stephansdom sichtbar.

Wie schön es hier ist, dachte Agatha im Stillen und blinzelte zum hellblauen Himmel empor. *Wenn es nur nicht so sehr stinken würde!* London war freier, offener. Hier, innerhalb der engen, hohen Stadtmauern, hielten sich die Gerüche von Abwässern und Unrat viel hartnäckiger. Würde nicht immer wieder ein frischer Wind durchziehen, es wäre wohl unerträglich gewesen.

Aus einer der schmalen Seitenstraßen näherte sich eine Gruppe Männer, die lachten und laut durcheinanderredeten, und Agatha beeilte sich, zu ihrem Haus zurückzukehren. Sie erreichte es genau in dem Augenblick, als eine vornehme Kutsche davor zum Stillstand gebracht wurde und ein livrierter Diener aus dem Haus Nummer eins ins Freie eilte, um einer eleganten Dame aus dem Wagen zu helfen. Die Neugier ließ Agatha innehalten. Vielleicht handelte es sich ja um eine der Damen, die sie auf dem Ball kennengelernt hatte. Oder es ergab sich die Gelegenheit, sich mit ihrer Nachbarin bekannt zu machen.

„Auf Nummer eins wohnt der reiche Baron von Arnstein mit seiner Gemahlin und Tochter", hatte ihr Gustl auf ihre Frage geantwortet. „Man sagt, er sei Bankier und sie ein ganz besonders wichtiges Mitglied der Gesellschaft."

Die Dame, die nun mit zierlichen Schritten den Bürgersteig betrat, schätzte Agatha auf Anfang fünfzig. Sie trug ihre dunklen Haare nach der neuesten Mode aufgesteckt. Schwere Perlenohrgehänge passten perfekt zum Kollier an dem schlanken Hals. Was allerdings besonders auffiel, war das freundliche Lächeln, mit dem sie Agatha nun entgegenging.

„Sie müssen unsere neue Nachbarin sein", sagte sie in tadellosem Französisch und reichte ihr die Hand zum Gruß. „Wie sehr ich mich freue, Sie persönlich kennenzulernen. Sie sind Engländerin, nicht wahr?"

Agatha beeilte sich, diese freundliche Begrüßung zu erwidern, die Vermutung zu bestätigen und sich vorzustellen.

„Ich bin die Fanny Arnstein", sagte die andere. „Sie müssen unbedingt zu meiner Soiree kommen, da wir doch Nachbarinnen sind und Sie es nicht weit haben. Sie findet immer am Dienstag, also das nächste Mal morgen, um achtzehn Uhr statt. Frisches Blut wird uns allen guttun. Ihr Gatte ist uns selbstverständlich auch willkommen. So, und jetzt muss ich …"

Sie hatte sich abgewandt, um mit kleinen, eiligen Schritten zu ihrem Haustor davonzueilen, das der livrierte Diener noch immer für sie offenhielt.

„Ich bin nicht verheiratet", beeilte sich Agatha richtigzustellen. „Ich begleite meinen Cousin, den Viscount of Panswick …"

„Dann sei uns Ihr Cousin willkommen!", rief die Wienerin über die Schulter zurück. „Oder Sie kommen allein, ganz wie Sie wünschen."

Agatha wollte noch den Herzog von Landmark ins Spiel bringen, aber da hatte sich schon die Tür hinter Frau von Arnstein geschlossen.

Kapitel 13

„Darf ich Ihnen eine Frage stellen, Mr. Mason?“

Bertram hatte nicht den Eindruck, dass der altgediente Mitarbeiter der Botschaft, der ihm nun gegenüberstand, aufrichtiges Interesse daran hatte, diese zu hören. Es war ein gestrenger älterer Herr, dessen wasserblaue Augen ihn nun zu durchbohren schienen. Seine Worte - „Selbstverständlich, Eure Lordschaft“ - passten nicht zu seinem abweisenden Blick.

„Ich bin auf der Suche nach meiner Cousine, Lady Cecilia Winford. Meinen Informationen zufolge hält sie sich seit einiger Zeit in Wien auf. Ich gehe daher davon aus, Sie hat sich bei Ihnen gemeldet.“

Der Mitarbeiter riss kurz die Augen auf, um dann gleich darauf die Stirn zu runzeln. „Winford?“, versuchte er sich offensichtlich zu erinnern. „Der Name sagt mir bedauerlicherweise nichts. Aber ich werde nachsehen.“

Er ging zu einem wuchtigen Schreibtisch hinüber und schlug ein dickes, in Leder gebundenes Buch auf, setzte den Zwicker auf die Nase und begann darin zu lesen. Zeile für Zeile rückte sein Zeigefinger nach unten, während seine Lippen die einzelnen Namen murmelten.

Ein jüngerer Mitarbeiter eilte beflissen herbei: „Kann ich helfen? Wen suchen Sie denn, Mr. Mason?"

„Nein, Sie können nicht helfen", erteilte ihm der ältere Kollege eine Abfuhr. „Kümmern Sie sich um Ihre eigenen Pflichten."

Bertram war dieses unhöfliche Verhalten äußerst unangenehm. „Ich suche nach meiner Cousine, Lady Cecilia Winford", sagte er daher besonders freundlich. „Haben Sie vielleicht von ihr gehört?"

Der junge Mann überlegte: „Winford? Hieß so nicht ..."

„Nein, die Dame, an die Sie denken, hieß Waterford", beeilte sich Mr. Mason ihn zu korrigieren und schlug mit einem lauten Klatschen das Buch zu. „Ihr Namensgedächtnis ist erschütternd wie immer." Und dann an Bertram gewandt: „Ich bedaure, Eure Lordschaft, eine Lady Winford hat in den letzten Monaten nicht mit uns Kontakt aufgenommen. Ich habe das ganze letzte Jahr kontrolliert. Kein einziger Eintrag."

Bertram sah zum jüngeren Mann hinüber, aber der hob nun auch bedauernd die Schultern.

„Hier haben Sie meine Adresse." Der Viscount öffnete sein silbernes Etui und zog eine blütenweiße Visitenkarte heraus, um sie Mr. Mason zu übergeben. „Darf ich Sie bitten, mich zu verständigen, sollte sich Lady Winford bei Ihnen melden?"

Mr. Mason deutete eine knappe Verbeugung an. „Selbstverständlich, Eure Lordschaft."

„Umgehend. Ohne Verzögerung?"

„Selbstverständlich, Eure Lordschaft."

„Die Verwandtschaft ist in großer Sorge."

„Das verstehe ich, Eure Lordschaft."

Während Bertram fieberhaft überlegte, mit welchen Worten er die kühle Fassade seines Gegenübers durchdringen könnte, meldete sich eine ganz andere Stimme von der Eingangstür her.

„Ah, Panswick, Sie sind schon da, sehr gut", befand der Herzog von Landmark und übergab Umhang und Zylinder an den jüngeren Botschaftsmitarbeiter, der ihm entgegengeeilt war. „Kommen Sie mit in die Bibliothek. Wir müssen noch diverse Details meines Antrittsvortrags erörtern."

„Sind Sie von allen guten Geistern verlassen?", fuhr Mr. Mason seinen Kollegen an, kaum dass sich die schwere Flügeltür zur Bibliothek hinter dem Herzog und seinem Adjutanten geschlossen hatte. „Kein Wort zu Verwandten, so lautet die Übereinkunft. Lord Castlereagh würde sich schön bedanken, wenn diese Vereinbarung durch Ihre Dummheit platzen würde."

„Ich bitte vielmals um Entschuldigung, aber ich hatte ja keine Ahnung, dass es sich bei Lord Panswick um einen Verwandten handelte", verteidigte sich der Jüngere.

„Warum sollte denn so ein Grünschnabel wie der Viscount nach einer Frau über dreißig fragen, wenn er nicht mit ihr verwandt wäre?", bewies der Ältere Lebensweisheit. „Noch dazu nach einer verheirateten? Wenn Sie keine Ahnung haben, dann sollten Sie zukünftig besser den Mund halten. Schreiben Sie sich das hinter die Ohren!"

„Es tut mir leid, Agatha", sagte Bertram, als er am Nachmittag nach Hause zurückkehrte und seine Cousine mit einem Buch in der Hand im Wohnzimmer vorfand. „In der Botschaft weiß man auch nichts über Cecilia. Ich habe ausdrücklich darum geben, mich umgehend zu verständigen, sollte sich deine Schwester melden. Man hat mir versichert, das ohne zu zögern zu tun."

Dann ging er auf sein Zimmer, um sich auf sein Bett zu legen und von einem hübschen, blonden Mädchen mit vergissmeinnichtblauen Augen zu träumen, bis es Zeit war, sich neuerlich auf den Weg in die Weyburggasse zu machen, um Frau von Hof einen Besuch abzustatten.

Kapitel 14

Drei Stunden später versammelten sich alle vier Bewohner des Hauses um den Esstisch, und das Abendessen wurde aufgetragen.

„Schon wieder gekochtes Rindfleisch?" Der Herzog von Landmark verzog unwillig das Gesicht, als er die Silberplatte begutachtete, die ihm der Hausdiener entgegenhielt. „Essen die Menschen denn hierzulande gar nichts anderes?"

Agatha musste lachen. „Das habe ich mich auch schon gefragt", gab sie unumwunden zu. „Die Köchin bestand darauf, dass das alles ganz eigenständige Gerichte seien. Gestern hatten wir einen Tafelspitz mit dem seltsamen Meerrettichbrei und Kohl. Das heute hingegen sei es ein Beinfleisch mit seltsamem Meerrettichbrei und Spinat. Wie auch immer, ich habe sie gebeten, uns öfter Geflügel zuzubereiten."

Seine Gnaden nickte und meinte, diese Idee würde er befürworten. „Das … wie nennen sie es? Ach ja, das *Backhendl* damals im Wirtshaus war köstlich", gab er zu. „Ein Fasan müsste sich doch eigentlich auch auftreiben lassen."

Der Ball in der Botschaft war nun schon drei Tage her und keiner der beiden hatte ihn auch nur mit einem

Wort erwähnt. Ja, mehr noch, der Herzog und Agatha hatten es seither überhaupt vermieden, unter vier Augen zu sprechen. Während Agatha ihren Pflichten im Haushalt nachkam, verließ der Herzog am späten Vormittag das Palais am Hohen Markt, um seinen Aufgaben in der Hofburg nachzugehen. An den Abenden hatten ein Theaterbesuch, eine Soiree und schließlich ein weiterer Ball auf seinem Programm gestanden. Da Bertram allerdings zu diesem nicht eingeladen worden war, war es auch Agatha nicht möglich gewesen, ihn zu besuchen. Also blieb dem Herzog nichts anderes übrig, als sich ohne Begleitung die Ehre zu geben, und er hatte bisher mit keinem Wort erwähnt, wie schrecklich er sich gelangweilt hatte.

Für Agatha war der Abend auch nicht wirklich ein Genuss gewesen. Helene von Stummer hatte sie zu einer Aufführung von Schillers *Don Carlos* in ihre Loge im k. und k. Hoftheater mitgenommen, und sie hatte naturgemäß kein Wort verstanden.

„Der Meerrettichbrei heißt Semmelkren", meldete sich Lizzy nun zu Wort. „Ich finde ihn köstlich. Mir schmeckt allerdings auch das grüne Gemüse sehr gut. Es ist so schön cremig."

Das Mädchen war während dieser Reise dem Kinderzimmer entwachsen und es wurde ihr gestattet, die Mahlzeiten mit den Erwachsenen einzunehmen, wie es sich Agatha im Schloss der Gräfin Weiningen vorgenommen hatte. Ihre unverblümte Sprache und die fröhlichen Erzählungen trugen viel zur lockeren

Atmosphäre bei Tisch bei und ließen keine Anspannung zu, die vermutlich geherrscht hätte, wären ihre Anstandsdame und der Herzog allein gewesen. Agatha war sehr stolz darauf, dass sich ihr Schützling so gut entwickelt hatte. Auch die Hauslehrerin schien ein wahrer Glücksgriff zu sein. Gestern hatte sie mit Lizzy den Botanischen Garten am Rennweg besucht, und das Mädchen hatte mit vor Begeisterung geröteten Wangen von der Vielfalt der Blumen und deren betörendem Duft geschwärmt.

Agatha sah zu ihrem Cousin hinüber, der mit abwesendem Gesichtsausdruck in den Kartoffeln stocherte, als ihr etwas Wichtiges einfiel.

„Bertram, ich hoffe, du hast für morgen Abend noch nichts geplant."

Es war offensichtlich, dass dieser aus den Gedanken aufschreckte. „Morgen? Du meinst Dienstag?" Er schien zu überlegen. „Warum fragst du? Was ist denn morgen Abend?"

„Wir haben eine Einladung zu einer Soiree bei unserer Nachbarin erhalten, der Baronin von Arnstein. Ich denke, wir sollten ihr unbedingt Folge leisten."

„Ich kann nicht", meinte der Herzog an Bertrams Stelle und säbelte ein Stück von seinem doch recht zähen Rindfleisch ab. „Es gibt einen kleinen Empfang in der Botschaft. Man meint, Baron von Gentz würde daran teilnehmen. Ich habe ihn auf dem Ball der Botschaft vergeblich gesucht und auch sonst war es mir noch nicht möglich, mit ihm Kontakt aufzunehmen.

Dabei müsste ich ihm jetzt endlich die Nachricht des Earl of Wellington übergeben."

„Das können Sie gern tun", gestattete Agatha großzügig. „Die Einladung der Baronin erstreckte sich ohnehin nicht auf Sie."

Tief im Herzen empfand sie Genugtuung darüber, dass sie diesen Satz sagen konnte. Sollte er sich doch mit rothaarigen Debütantinnen vergnügen, sie würde in der Zwischenzeit die Crème de la Crème der Wiener Gesellschaft kennenlernen. Das hatte ihr zumindest Helene prophezeit, die sie am Nachmittag aufgesucht hatte, um sich für die Vermittlung der Hauslehrerin zu bedanken.

Eine Augenbraue schnellte in die Höhe. „Was soll das heißen? Wie kann es das geben, dass Sie irgendwo von Belang eingeladen werden und ich nicht?" Es klang alles andere als erfreut.

„Wenn jemand ein Von im Namen trägt, dann bedeutet das doch, dass er aus dem Hochadel stammt, nicht wahr?", erkundigte sich Bertram, gerade so, als hätte es den letzten Wortwechsel nicht gegeben. Er beugte sich vor und wartete begierig auf die Antwort.

„Wie bitte?" Landmarks Kopf fuhr herum, und wieder schnellte eine Augenbraue nach oben. Er konnte sich den überraschenden Themenwechsel nicht im Geringsten erklären.

Agatha wiederum beachtete Bertram nicht und erzählte stattdessen von ihrer kurzen Begegnung mit Frau von Arnstein und schloss mit den Worten: „Ich hätte die Baronin natürlich auf Sie hingewiesen, Duke, aber dafür war sie viel zu schnell in ihrem Haus verschwunden."

„Ach, das macht gar nichts", befand er nun großzügig. „Es handelt sich vermutlich ohnehin um nichts anderes als um einen Schnatterabend, in dem sich Damen der Gesellschaft über Nichtigkeiten austauschen." Er schwieg kurz, um dann mit einem Blitzen in den Augen hinzuzufügen: „Also genau das Richtige für Sie, meine Liebe. Ich bin sicher, Sie werden sich köstlich unterhalten."

Agatha beschloss, dass es unter ihrer Würde war, diese Ungeheuerlichkeit zu kommentieren. Es würde sich ihr sicher schon bald eine Gelegenheit bieten, bei der sie sich treffender revanchieren konnte.

„Wer ist dieser Herr von Gentz, den Sie so dringend zu treffen wünschen?", fragte sie stattdessen.

„Man sagt, er sei Kanzler Metternichs rechte Hand, und wie ich vernahm, soll er beim bevorstehenden Kongress als Erster Sekretär das Protokoll führen."

„Scheint ein wichtiger Mann zu sein", sagte Agatha und nahm noch etwas von der scharfen Sauce mit geriebenem Apfel. „Was will unser oberster Kriegsherr, der Earl of Wellington, von ihm?"

„Das Schreiben ist versiegelt, wie Sie sich vorstellen können. Und wäre es das nicht, würde ich Ihnen den Inhalt auch nicht auf die Nase binden", lautete seine wenig charmante Antwort.

„Ein Von im Namen …“, beeilte sich Bertram, wieder auf sein Thema zurück- und einem Streit zuvorzukommen, „zeigt doch, dass es sich bei dieser Person um ein Mitglied des Hochadels handelt, nicht wahr?“

„Ich habe nicht die geringste Ahnung, ob das so ist“, gab der Herzog zu. „Jetzt fragen Sie uns das schon zum zweiten Mal. Warum wollen Sie das so dringend wissen, Panswick?“

Das interessierte Agatha allerdings auch.

„Wir haben heute eine Frau von Hof kennengelernt“, erklärte Bertram zu ihrer Überraschung. Sie hatte nicht damit gerechnet, dass sich ihr Cousin näher für die Dame interessierte und dieses Thema gar beim Abendessen zur Sprache bringen würde. In kurzen Worten wiederholte ihr Cousin, was Agatha bereits wusste.

Sein zweiter Besuch am Nachmittag hatte ergeben, dass Frau von Hof bedauerlicherweise auch nichts Genaueres über Cecilias Verbleib wusste. Sie wiederholte den Namen Waldviertler, den ihr alter Nachbar am Vormittag bereits erwähnt hatte. Dieser Herr Waldviertler sei ein recht talentierter Maler gewesen, habe einige Monate im Haus gelebt und war tatsächlich mit einer ausländischen Ehefrau vermählt. Ob es sich dabei allerdings tatsächlich um eine Engländerin handelte und wie die Frau hieß, das wusste sie nicht.

„Man spioniert den Leuten ja schließlich nicht nach“, soll Frau von Hof gesagt haben, um dann freimütig hinzuzufügen: „Es reicht, wenn der Metternich das mit uns macht.“

Der Herzog murmelte, dass da etwas Wahres dran sei.

„Man hat uns in der Botschaft vor Spitzeln gewarnt“, bestätigte er. „Anscheinend treiben die hier überall ihr Unwesen. Nicht, dass wir in diesem Haushalt etwas zu verbergen hätten, dennoch sollten wir uns der Gefahr, ausspioniert zu werden, stets bewusst sein.“

Kapitel 15

Hätte man den jungen Viscount of Panswick am darauffolgenden Vormittag gefragt, wie es ihm denn so ginge, er wäre nicht in der Lage gewesen, seine Gefühle zu beschreiben. Das Einzige, was er wusste, war, dass er es eilig hatte. Dass ihn eine bisher noch nie gekannte Sehnsucht so kräftig an ein Ziel zog, als wäre er eine Motte und dort befände sich eine riesengroße Kerze.

Eiligen Schrittes überquerte er den Stephansplatz, gönnte dabei jedoch dem erhabenen Dom keinen zweiten Blick. Er spürte, wie die Aufregung mit jedem Schritt wuchs, während er sich einer ganz anderen Kirche näherte: der Kirche des Franziskanerordens zum Heiligen Hieronymus. Oder, um genauer zu sein, dem Stadthaus in der Weyburggasse, das sich genau gegenüber befand. Als er am Vortag mit Madame von Hof gesprochen hatte, hatte sich seine Hoffnung, Hanni wiederzusehen, nicht erfüllt. Er war in ein geräumiges Wohnzimmer geführt worden, das durch wuchtige Sitzmöbel und eine Vielzahl von Kommoden geradezu überladen wirkte. Schwere Samtvorhänge, mit goldenen Troddeln zusammengehalten, schmückten die Fenster zum Innenhof, durch die nur gedämpftes Licht in den Raum fiel. *Madame* entpuppte sich als mollige Brünette mit auffallend wachen Augen und einer behaarten Warze neben dem Mundwinkel. Die mit grauen Strähnen durchzogenen Haare waren zu einem unglaublichen Berg aufgetürmt und von einer lila Seidenhaube nur teilweise bedeckt.

Als er an die blaue Tür geklopft und freudig darauf gewartet hatte, dass Hanni ihm öffnete, war stattdessen ein Hausdiener erschienen und hatte ihn nach seinen Wünschen gefragt. Der Mann trug zwar eine grün-schwarz gestreifte Seidenweste, hatte aber sonst so gar nichts von einem vornehmen Lakaien an sich. Er war klein, gedrungen und seine Nase sah so aus, als wäre sie ihm schon mehrfach gebrochen worden. Als ihm Bertram seine goldgeränderte Visitenkarte überreichte, wartete der Diener seine weiteren Worte nicht ab, sondern brachte ihn sogleich zu seiner Herrin.

Madame von Hof begrüßte ihn mit unerwarteter Herzlichkeit und Bertram fürchtete schon, sie würde ihn an ihren üppigen, mit zahlreichen Ketten behängten Busen drücken. Nicht zum ersten Mal stellte er fest, dass sich die Menschen in diesem Land anders benahmen, als er es von zu Hause gewöhnt war. Überschwänglicher, lauter, ohne die typisch englische Distanziertheit.

Anscheinend wohnten neben Hanni noch weitere Nichten bei *Madame*. Jedenfalls erhoben sich, als er eintrat, zwei dunkelhaarige junge Damen vom ausladenden Sofa. Sie waren etwas älter als er und kicherten doch, als wären sie noch junge Mädchen. Dabei steckten sie die Köpfe zusammen und flüsterten sich Worte zu, die nur sie verstehen konnten und die sie offensichtlich zu weiterem Kichern veranlassten. Bertram begann sich nicht mehr wohl in seiner Haut zu fühlen. Er war es nicht gewöhnt, Mittelpunkt weiblichen Amüsements zu sein. Rasch kam er auf den Grund seines Besuches zu sprechen und fragte nach seiner Cousine Cecilia. Sehr zu seiner Freude scheuchte *Madame* daraufhin ihre Nichten kurzerhand aus dem Zimmer. Bertram spürte, wie seine Selbstsicherheit zurückkehrte. Dann bat ihn die Hausherrin, Platz zu nehmen, und bot ihm eine Tasse Kaffee an. Tee wäre ihm lieber gewesen, doch dieser war hier viel weniger verbreitet als bei ihm zu Hause.

Während *Madame* bedauerte, ihm bei der Suche nach Cecilia nicht weiterhelfen zu können und den Maler Waldviertler und seine ausländische Gattin erwähnte, trank Bertram sein heißes Getränk. Es war süß und vorzüglich, und er ahnte nicht, dass es vor allem aus Schlagsahne und einem ordentlichen Schuss Rum bestand. Der Alkohol zu so ungewohnter Stunde lockerte seine Zunge, und so dauerte es nicht lange, da hatte er ihr alles über sich, sein Landgut Lancroft Abbey, seine Familie bis hin zu seinem Schwager Lord Derryhill erzählt, der zu den reichsten Männern Englands zählte. *Madame* stellte interessierte Fragen, hörte zu, nickte an den richtigen Stellen und Bertram war, als hätte er sich schon lange nicht mehr so gut unterhalten. Von ihrem warmherzigen Interesse beflügelt, nahm er allen Mut zusammen und erkundigte sich schließlich auch nach Fräulein Kruger.

„Ja, wieso kennen Sie denn meine Hanni?", rief *Madame* bestürzt.

Bertram hatte das Gefühl, dass man ihm Unmoralisches unterstellte, und beeilte sich vom Besuch am Vortag zu berichten.

„So, so, Ihre Cousine, diese Lady Alverston ist also dabei gewesen. Dann will auch ich nicht so streng urteilen. Wie dem auch sei, Hanni ist ausgegangen, und ich erwarte sie so schnell auch nicht wieder zurück. Wenn Sie möchten, können Sie uns gern morgen einen neuerlichen Vormittagsbesuch abstatten. Ich werde dafür sorgen, dass das Mädl dann zu Hause ist."

Bertram hatte sich für diese Erlaubnis bedankt, sich erhoben und frohgemut auf den Nachhauseweg gemacht. Wenn die Tante einverstanden war, dass er Hanni am nächsten Tag aufsuchte, dann hieß das doch, dass sie seinem Werben mit Wohlwollen entgegensah. Also war sein Besuch für ihn selbst sehr erfolgreich verlaufen, auch wenn er bei der Suche nach Cecilia keinen Schritt weitergekommen war.

Am Abend nach dem Essen hatten dann seine Zuversicht und Vorfreude einen gewaltigen Dämpfer erlitten. Während er mit dem Herzog im Esszimmer geblieben war, um einen Brandy zu sich zu nehmen, und die beiden Damen – wenn man Lizzy denn bereits als Dame bezeichnen wollte – das Wohnzimmer aufgesucht hatten, war seinem Dienstherren eingefallen, dass ihm der Sekretär der Botschaft ein Schreiben mitgegeben hatte, das an Bertram persönlich gerichtet war. Er zog es aus der Brusttasche seines Jacketts und schob es über die Tischplatte. Natürlich hatte der Viscount die steile Handschrift seiner Mutter sofort erkannt. Da sich Landmark in eine Zeitung vertiefte, war es Bertram gestattet gewesen, den Brief aus der Heimat sofort zu öffnen.

Während der junge Viscount jetzt seinem Ziel entgegeneilte, seufzte er in der Erinnerung und seine Rechte griff wie von selbst zur Brusttasche des Gehrocks. Obwohl seine schnellen Schritte über das Kopfsteinpflaster klackerten, hörte er doch laut und deutlich das Knistern eines zusammengefalteten Papierbogens unter seiner Hand. Es war Mutters Brief.

Dieser hatte zuallererst die freudige Nachricht enthalten, dass er Onkel geworden war. Etwas, das er sofort stolz verkündete, kaum dass er sich wieder zu den Damen gesellt hatte. Agatha war, wie nicht anders zu erwarten gewesen, tief beglückt, dass Frederica die Geburt gut überstanden hatte, und begab sich sogleich auf ihr Zimmer, um nun ihrerseits einen Brief zu schreiben, ihre Cousine zu beglückwünschen und die kleine Amelia auf der Welt willkommen zu heißen.

Bertram seufzte abermals. Warum hatte es seine Mutter nicht damit bewenden lassen können? Warum musste sie ihn auch noch ermahnen, keine Ausländerin zu ehelichen? Er war doch kein Kind mehr! Er war großjährig. Er war Herr seines Landguts, Oberhaupt der Familie, Herr seiner Finanzen. Da war es doch wohl nicht zu viel verlangt, dass er auch Herr seines Herzens sein wollte. Als solcher, dachte er trotzig, konnte er es verschenken, an wen immer er wollte - solange die Dame von Stand und damit eine passende Partie für einen Viscount war, schränkte er selbstverständlich ein. Bertram war kein Revolutionär. Er wusste, was die Gesellschaft von ihm verlangte und was er seinem Titel, seinen Vorfahren und Nachkommen schuldig war.

Dennoch, auch wenn er jetzt offiziell als das Oberhaupt der Familie bezeichnet wurde, so wusste er doch, dass dieser Titel in Wirklichkeit seiner Mutter zustand. Jener Frau, die Lancroft Abbey gemeinsam mit dem von Derryhill eingesetzten Verwalter mit Umsicht und Tatkraft führte. Die durch weises, mutiges Handeln die Familie nach Vaters Tod vor dem finanziellen Untergang bewahrt hatte und ihm darüber hinaus die Freiheit ermöglichte, sich im diplomatischen Dienst zu bewähren und die Welt kennenzulernen, anstatt sich bereits in so jungen Jahren in das Joch einer Gutsverwaltung spannen lassen zu müssen, wie das als Erbe eigentlich seine Pflicht gewesen wäre. Wie sollte er dieser großherzigen, aber auch gestrengen Frau unter die Augen treten und verkünden, dass er drauf und dran war, sich gegen ihren erklärten Willen in eine Ausländerin zu verlieben? In ein junges

Mädchen, von dem er bisher nichts wusste, als dass sie strahlende Augen hatte, so blau wie Vergissmeinnicht? Und Lippen, die er unbedingt küssen wollte? Und ein Lächeln, das sein Herz berührte? Ihre Tante trug ein Von im Namen. Sie war also adelig, das schien sicher zu sein. Ob es allerdings Hochadel war, das hatte ihm bisher keiner sagen können, und es wäre wohl allzu unhöflich gewesen, sie direkt danach zu fragen.

Bertrams Gedanken begannen sich im Kreis zu drehen. Wenn *Madame* von hohem Stand war, dann war ihre Nichte doch gut genug für einen englischen Viscount, oder etwa nicht? Was war mit ihren Eltern? Waren die auch von adeligem Geblüt? Bertram schickte ein Stoßgebet zum Himmel, dass das der Fall war. Doch selbst wenn Hannis Vater Kaiser Franz persönlich wäre, wäre seine Mutter mit der Brautwahl nie und nimmer einverstanden, das zeigte dieser Brief nur allzu deutlich. Ein Gentleman des englischen Hochadels hatte sich unter Seinesgleichen umzusehen und nicht mit einer Ausländerin vor den Altar zu treten. Punkt.

Bertram blieb kurz stehen, als ihm eine Idee kam, die vielleicht die rettende war: Ob er an seinen Schwager und ehemaligen Vormund Lord Derryhill schreiben sollte? Der hatte schon so manches Problem der Familie bewältigt. Vielleicht wusste er auch hier eine Lösung. *Andererseits,* dachte Bertram dann, *war er jetzt erwachsen und es war Zeit, sich nicht mehr länger hinter seinem Schwager zu verstecken, sondern seine Probleme selbst aus dem Weg zu schaffen. Wenn er nur wüsste, wie …*

Während ihn all diese Gedanken quälten, hatte er sein Ziel erreicht und bog, so als sei er hier zu Hause, bereits wie von selbst in den Durchgang ein, um dann an der blauen Tür zu klopfen.

„Mein Name ist Panswick", sagte er zum Diener, der herausgeeilt war, „Madame von Hof erwartet mich."

„Ist schon recht", antwortete der vierschrötige Mann, machte kehrt und hieß ihn mit einer Handbewegung, ihm zu folgen. Den Weg durch den Flur, an einer Reihe brauner Zimmertüren vorbei, kannte Bertram bereits, und er war daher nicht überrascht, als der Diener das Wohnzimmer an der Stirnseite ansteuerte. Überrascht und auch beglückt war er allerdings darüber, wer ihn dort erwartete.

„Ich habe so gehofft, dass Sie es sind!", rief eine fröhliche Stimme, als er über die Schwelle trat. Hanni sprang vom wuchtigen Sofa auf und kam ihm mit ausgestreckten Armen entgegen. Sie sah wieder allerliebst aus. Das hellblaue Tageskleid unterstrich das Blau ihrer Augen. Ihre blonden Haare waren in der Mitte gescheitelt, rechts und links gelockt und in der oberen Kopfmitte wie zu einer Schleife zusammengebunden, sodass Bertram fast den Eindruck hatte, Frisur und Gesicht würden ein Herz bilden. Wie sollte er sich an einem derart liebreizenden Anblick je sattsehen können? Die mahnenden Worte seiner Mutter wurden umgehend in den Hintergrund gedrängt.

„Wie nett, dass Sie mich besuchen. Ich habe schon gefürchtet, Sie hätten mich vergessen", hörte er Hanni sagen und beeilte sich näherzutreten, die dargebotenen Hände zu ergreifen und sich über ihrer Rechten zu verbeugen. Sie bedachte ihn mit einem Augenaufschlag und versank in einen Knicks.

„Wie könnte ich Sie je vergessen, Fräulein Kruger", antwortete er und meinte es durch und durch ehrlich.

„Wie lieb Sie das sagen", rief sie begeistert. „Und wie schmeichelhaft, dass sich Seine Gnaden meinen Namen gemerkt haben. Aber wenn ich Sie eines bitten dürfte …"

Sie sah mit großen Augen zu Bertram hinauf, der sich soeben vom Schreck erholte, als Seine Gnaden angesprochen worden zu sein.

„Sie dürfen mich alles bitten", gestattete er, ohne nachzudenken.

„Dann wünsche ich mir, dass Sie mich Hanni nennen. Das machen hier alle."

Sie sah ihn erwartungsvoll an. Bertram musste schwer schlucken, bevor er ein „Gern … Hanni." hervorbrachte. Die Anrede schien ihm gar zu intim für die Kürze ihrer Bekanntschaft. Aber die Sitten hier in Österreich waren eben anders als zu Hause.

Das Mädchen klatschte in die Hände und sagte: „Fein. Und wie darf ich Sie ansprechen, mein Herr? *Madame* meinte, Sie seien ein wahrhaftiger Graf."

„Ich bin ein Viscount", beeilte er sich richtigzustellen. „Und man sagt auch nicht Euer Gnaden zu mir. Diese Bezeichnung steht in England nur einem Herzog zu."

„Ein Veikant?", wiederholte sie ratlos, und Bertram musste lächeln, weil ihn sowohl die Betonung als auch ihr schmollender Gesichtsausdruck entzückte.

„Na gut, sagen wir, es ist etwas Ähnliches wie ein Graf", meinte er, um ihr nicht weiteres Kopfzerbrechen zu bereiten. Dann verleitete ihn die Hoffnung hinzuzufügen: „Ihre Tante? Ist sie auch eine Gräfin?"

Hanni ließ ein perlendes Lachen hören: „Aber nein, wo denken Sie denn hin? Meine Tante ist eine *Madame,* das habe ich Ihnen doch schon gesagt. Wo habe ich sie denn, ach ja, hier …"

Mit den letzten Worten war sie zum Sekretär hinübergetreten und hatte Bertrams Visitenkarte hochgehoben, die er am Vortrag dem Diener überreicht hatte.

„Bertram", las sie vor. „Darf ich Sie Bertram nennen? Oder wie sagen Ihre Freunde zu Ihnen? Berti?"

„Berti? Um Himmels willen, nein!", rief der Viscount entsetzt.

Hanni lachte wieder: „Dann also Bertram."

Dieser nickte langsam und spürte, wie er errötete. Sein Name klang so vertraulich aus ihrem Mund. Seit er sein Erbe angetreten hatte, nannte ihn nur mehr die engste Familie beim Vornamen. Für alle anderen war er Panswick.

„Also, Bertram", erkundigte sich Hanni und blickte erwartungsvoll zu ihm hinauf, „was wollen wir beiden Hübschen jetzt unternehmen?"

Sie wollte etwas unternehmen? Ja, ging denn das so einfach? Und wo war überhaupt die Anstandsdame, die in England einem solchen Besuch mit Sicherheit beigewohnt hätte? Bertram beschloss, dass es ihm bei Weitem lieber war, mit Hanni allein zu sein, und verzichtete darauf, sich entsprechend zu erkundigen, wie es ihm eigentlich schon auf der Zunge gelegen hatte.

„Was möchten Sie denn gern unternehmen?“, fragte er stattdessen und hätte ihr in diesem Augenblick wohl jeden Wunsch erfüllt. Leider lag der, den sie aussprach, nicht im Bereich des Möglichen.

„Im Prater war ich schon seit Ewigkeiten nicht mehr. Das Wetter ist so schön. Lassen Sie uns eine kleine Ausfahrt mit Ihrer Kutsche machen, und ich zeige Ihnen ein bisschen etwas von unserer schönen Wiener Stadt!“

Bertram musste zu seinem Bedauern gestehen, zu Fuß gekommen zu sein, und sie vereinbarten, den Ausflug am kommenden Nachmittag nachzuholen. Hanni war weit davon entfernt, enttäuscht zu sein, bat ihn Platz zu nehmen und ließ Kaffee servieren, wobei sie auf seine inständige Bitte hin den Rum wegließ.

Die nächste Stunde verging damit, dass Bertram von seiner Familie und seinem Landsitz Lancroft Abbey erzählte. Sein Deutsch war anscheinend schon so gut, dass Hanni ihn mühelos verstand. Wenn er doch einmal ein falsches Wort verwendete, dann hatte sie allen Grund dazu, glockenhell zu lachen. Bertram fand das so reizend, dass er versucht war, mehr Fehler als nötig einzubauen, nur um sie wieder zum Lachen zu bringen. Hanni wollte alles über seine Schwestern wissen, konnte es gar nicht fassen, dass jemand sich freiwillig mit Schafen beschäftigte, und war ganz gerührt, als Bertram ihr schließlich stolz erzählte, kürzlich Onkel geworden zu sein.

„Mei, wie lieb!", rief sie da aus und klatschte in die Hände. „Ich mag Butzerl so gern! Am liebsten hätte ich selbst einmal ein ganzes Dutzend."

Der junge Engländer hatte weder das Wort Butzerl je gehört noch wusste er, was ein Dutzend war, aber er ahnte sehr wohl, was sie meinte. Ihm wurde ganz warm ums Herz, wenn er daran dachte, dass es vielleicht er war, der ihr diesen sehnlichsten Wunsch erfüllen würde. Dann bat er sie, doch ein wenig über sich zu erzählen.

„Mei, da gibt's nicht viel", antwortete das Mädchen und ein grauer Schleier schien sich über ihre Gesichtszüge zu legen. „Bei mir ging es nicht so lustig zu wie bei Ihnen."

Er erfuhr, dass sie als Einzelkind auf dem Land aufgewachsen und vierzehn war, als ihre Eltern kurz nacheinander an Grippe starben.

„Dann wurde ich von Verwandten zu Verwandten herumgereicht, das war eine schlimme Zeit", sagte sie und nestelte nach einem Taschentuch im Rock ihres blauen Tageskleids. „Sie können sich nicht vorstellen, wie das ist, wenn man ohne einen lumpigen Kreuzer dasteht. Wenn einen keiner will und man auf die Gnade von Leuten angewiesen ist, die man gar nicht gekannt hat. Ich hab mich oft schrecklich einsam gefühlt und gefürchtet."

Bertram konnte nicht anders, als ihr für einen kurzen Augenblick die Hand zu drücken. Da atmete das Mädchen tief durch, wischte sich energisch die Tränen aus den Augenwinkeln und zwang sich zu einem Lächeln.

„Aber jetzt bin ich ja hier in Wien, bei *Madame,* und alles ist gut", sagte sie und lächelte tapfer.

Das war der Augenblick, in dem ihr der junge Viscount of Panswick mit Haut und Haaren verfiel. Er schwor sich, sie künftig zu beschützen, sodass ihr nie wieder ein Leid geschehen konnte.

Kapitel 16

„Ah, sieh an, wie schön, unsere neuen Nachbarn. Willkommen in unserem bescheidenen Heim!“

Mit einem strahlenden Lächeln kam die Baronin von Arnstein Agatha und Bertram entgegen, die soeben von einem eleganten Diener in den Salon geleitetet wurden. Sie begrüßte die beiden auf das Herzlichste und wandte sich dann an ihren Gatten, der ihr gefolgt war. „Das sind die Engländer, von denen ich dir erzählt habe, mein lieber Nathan. Sie sind vorübergehend ins Haus der von Braunbergs eingezogen.“

Man wechselte einige Worte über die Schönheit der Stadt, das rege Aufkommen der Kutschen in den engen Gassen und die Vorfreude auf die kommenden Ereignisse. Dann nahm der Baron Bertram zu einer Gruppe lebhaft diskutierender Gentlemen mit, während die Baronin Agatha durch die Räumlichkeiten führte.

„Wie schön Sie es hier haben!“ Agatha war von der Farbenpracht der unzähligen exotischen Blüten wahrlich begeistert. Noch dazu, da diese mit ebenso vielen Kerzen von goldenen Spiegeln tausendfach wiedergegeben wurden. Die Hausherrin freute sich sichtlich über ihre Begeisterung.

„Ich liebe Blumen“, erklärte sie. „Sie stimmen mich heiter und bringen Freude und Leichtigkeit in die Schwere der herbstlichen Tage. Aber nun genug gestaunt. Ich möchte Sie mit ein paar wichtigen Leuten bekannt machen. Einige Damen der Wiener Gesellschaft haben Sie ja bereits kennengelernt, wie mir Helene von Stummer erzählte.“ Die Gastgeberin wartete, bis Agatha bestätigend nickte, bevor sie fortfuhr: „Heute haben wir zudem Gäste aus dem Ausland in unserem Salon. Dort drüben“, sie rollte die Augen in die Richtung der Gruppe Herren, in der sich auch Bertram und der Hausherr befanden, „sehen Sie den russischen Botschafter. Daneben den Nuntius Kardinal Severoli. Er ist der Gesandte des Papstes, leicht zu erkennen an seiner purpurnen Kopfbedeckung.“

Agatha hatte den nächsten Grund zu staunen.

„Aber ich dachte …“, begann sie ohne nachzudenken und schloss, erschrocken über ihre eigene Taktlosigkeit, gleich darauf wieder den Mund. Ihre Verwunderung schien Frau von Arnstein eher zu amüsieren als vor den Kopf zu stoßen.

„Sie wundern sich, einen hohen katholischen Geistlichen im Hause eines jüdischen Bankiers vorzufinden, nicht wahr? Nun, wir sind eine tolerante Familie, für uns zählt allein der Mensch. Unser wöchentlicher Salon steht allen offen, die sich für Politik, Kultur, Kunst und Theater interessieren. Herkunft und Religion spielen dabei keine Rolle. Interessant müssen unsere Gäste sein, und sie müssen etwas zu sagen haben.

Aber nun kommen Sie, als Nächstes möchte ich Sie mit meinen liebsten Vertrauten bekannt machen."

Sie trat auf eine Gruppe elegant gekleideter Damen zu, die sich soeben über die Sängerin unterhielten, deren Liederabend um elf Uhr beginnen sollte.

„Meine Teuren, ich habe die Freude, euch meine neue Nachbarin Lady Agatha Alverston vorzustellen. Lady Alverston, das sind meine Cousinen Cäcilia und Rebecca sowie meine gute Freundin Marianne von Eilenstein. Ah, Helene, meine Liebe, schön, dass du es ebenfalls einrichten konntest."

Die letzten Worte waren an Frau von Stummer gerichtet, die in einer eleganten blassblauen Robe quer durch den Raum nähergekommen war. Agatha wurde von allen mit großer Herzlichkeit begrüßt, und als sie sich zu einer Sitzgruppe begaben, während die Gastgeberin davoneilte, um neue Gäste zu begrüßen, hakte sich Helene wie selbstverständlich bei ihr unter.

„Wie schön, dass du bei Fanny Aufnahme gefunden hast", freute sich diese. „Du wirst feststellen, ihre wöchentliche Soiree ist etwas ganz Besonderes. Die Gespräche drehen sich um höchst interessante Themen und man kann unglaublich viel lernen. Nicht dass ich mich nicht gerne über die neueste Mode und den Klatsch und Tratsch der Gesellschaft unterhalten würde, doch die Dienstage bilden eine wohltuende Abwechslung."

Kurz darauf saß Agatha wieder einmal in einer fröhlichen Runde kluger Frauen und hörte Rebecca zu, die über die Sammlung des Kaiserhauses in einem

Gebäude namens *Oberes Belvedere* schwärmte, die sie kürzlich besucht hatte.

„Wir haben uns zuerst die Gemälde der großen Meister angesehen. Rubens, Dürer und Tizian und wie sie alle heißen. Es war großartig, einfach beeindruckend. Und dann erst der grandiose Blick über die Stadt, den man von dort hat. Es wundert mich nicht, dass immer mehr einfache Wiener das Schloss als Ausflugsziel entdecken."

Während die anderen interessierte Fragen stellten, wunderte sich Agatha nicht zum ersten Mal über die guten Französischkenntnisse aller, die eine Unterhaltung so flott von den Lippen gehen ließ. Dann wechselte das Gespräch zu einem Konzert, das am Vorabend stattgefunden hatte, und Agatha erfuhr, dass ihre umtriebige Nachbarin die *Gesellschaft der Musikfreunde* mitgegründet hatte.

„Wir bewundern Fanny sehr. Oft wünschten wir uns, wir hätten nur einen Bruchteil ihres Elans und ihrer Durchhaltekraft. Sie engagiert sich für die schönen Künste und stellt uns auch alle, außer Helene natürlich, in den Schatten, was Wohltätigkeit betrifft", sang die eine Cousine ihr Loblied.

„Das stimmt", ergänzte die andere. „Wie gut es ihr gelungen ist, die wöchentlichen Salons zum Höhepunkt des Wiener Gesellschaftslebens zu machen. Dabei fühlen sich nicht nur die Damen wohl, nein …"

„… auch alle wichtigen Männer geben sich bei Fanny die Klinke in die Hand", ergänzte nunmehr wieder Rebecca mit sichtlichem Stolz.

„Seht nur, dort drüben am Fenster steht August Wilhelm Schlegel. Man kann ihn mit Fug und Recht einen der wichtigsten Philosophen unserer Zeit nennen." Agatha folgte ihrem Blick.

„Der jüngere Herr daneben ist sein Bruder Friedrich", fuhr Marianne fort. „Mein Mann sagt, er sei ebenfalls einer der klügsten Köpfe des Landes."

„Wer ist der großgewachsene Gentleman, mit dem sich die beiden unterhalten?", wollte Agatha wissen, deren Blick auf einen Herrn mit kurzen, grauen Locken und einem besonders eleganten Auftreten gefallen war.

„Das, meine Liebe, ist der Herr von Gentz, der engste Berater des Kanzlers. Eigentlich hat es ja geheißen, Metternich selbst würde uns heute Abend die Ehre geben, aber … ah, doch!"

Rebecca unterbrach sich, da in diesem Augenblick ein Raunen durch die Menge ging und sich sämtliche Blicke der Eingangstür zuwandten. Im Türrahmen stand niemand Geringerer als der Kanzler persönlich.

Die Gastgeberin eilte ihm entgegen, um ihn zu begrüßen, und nutzte dann die Stille, die diesem Auftritt folgte, um die Gäste ins Musikzimmer zu bitten, wo der Höhepunkt des Abends bevorstand.

Das ist also Herr von Gentz, dachte Agatha, während sie sich mit den anderen Damen auf den Weg machte. Landmark würde also auch an diesem Abend vergeblich nach ihm Ausschau halten. Zu dumm, dass Sie nicht geahnt hatte, dass er zu den Gästen der Baronin zählen würde, sonst hätte sie das Schreiben von Lord Wellington mitnehmen können! Sicher hätte sich eine Gelegenheit ergeben, es ihm auszuhändigen. Ob es dem Duke wohl helfen würde, wenn sie zumindest mit ihm ins Gespräch kam?

Als sie das Musikzimmer betrat, sah Agatha, wie sich Herr von Gentz in der zweiten der bereitgestellten Stuhlreihen niederließ. Neben ihm war noch ein Platz frei. Ohne lange nachzudenken beschloss sie, die Gunst der Stunde zu nutzen. Sie waren einander noch nicht vorgestellt worden und die Damen würden es wohl befremdlich finden, wenn sie sie so kurz vor dem Konzert darum bäte. Die Stuhlreihen füllten sich, da hieß es rasch zu handeln. Also nahm sie allen Mut zusammen, tat so, als würde sie stolpern und landete wie zufällig auf dem freien Platz neben ihm.

„Ich muss mich entschuldigen", sagte sie mit einem reumütigen Lächeln, als er sich mit erschrockenem Blick ihr zugewandt hatte. „Mir war für einen kurzen Moment schwarz vor den Augen geworden."

Da sie aus einem spontanen Impuls heraus englisch gesprochen hatte, war sie überrascht und glücklich, dass er ihr in ihrer Sprache antwortete: „Es ist ja auch stickig hier drin. Kein Wunder, bei so vielen Menschen auf engstem Raum." Dann wandte er sich an einen der Lakaien und forderte: „Bringe er der Dame ein Glas Limonade!"

Er war aufgestanden und verbeugte sich nun angemessen. „Gestatten Sie, dass ich mich vorstelle? Baron Friedrich von Gentz. Hofrat seiner Kaiserlichen Majestät."

Agatha beeilte sich, ihm ihren Namen zu nennen. „Ich bin in Begleitung meines Cousins, des Viscounts of Panswick in Wien. Der wiederum ist der Adjutant des Herzogs von Landmark."

Der Baron, der wieder Platz genommen hatte, schlug nun selenruhig die Beine übereinander und hielt es offensichtlich für nicht notwendig, diese Worte zu kommentieren.

Er hat den Namen des Herzogs noch nie gehört, schoss es Agatha durch den Kopf. Kein Wunder, dass er ihm bisher keine Audienz gewährt hatte. Sie griff zum Glas, das ihr der Diener auf einem Silbertablett entgegenhielt.

„Es war sehr freundlich von Ihnen, mir diese Erfrischung zukommen zu lassen." Sie lächelte dem Baron dankbar zu, während sie fieberhaft überlegte, wie sie eine Konversation am Laufen halten könnte. Zu ihrem Glück übernahm er diese Aufgabe selbst.

„Freuen Sie sich schon auf das Konzert, das uns nun erwartet, Lady Alverston? Sicher wird es recht passabel ausfallen, denn hier im Hause Arnstein wird einem stets beste Qualität geboten. Ich bin aber, um ehrlich mit Ihnen zu sprechen, mehr ein Anhänger des Theaters. Hatten Sie schon Gelegenheit, unser großartiges Hoftheater zu besuchen?"

„Das war natürlich eines der ersten Dinge, die ich mir für Wien vorgenommen hatte", antwortete sie und erkannte aus seiner erfreuten Miene, dass sie die richtigen Worte getroffen hatte. Sie unterhielten sich über die Aufführung von Schillers Don Carlos, und Agatha konnte Helene insgeheim nicht genug dafür danken, dass sie sie dorthin mitgenommen hatte. Mit jedem Wort, das sie wechselten, wurden ihre Schilderungen enthusiastischer und dennoch in der Begeisterung vom Baron mit jedem Satz weiter übertroffen. Als ihr die Argumente für diese Begeisterung bereits auszugehen drohten, kam zu Agathas Glück endlich die Sängerin und ließ den ersten Ton hören. Dem folgten viele weitere.

„Ich danke für das anregende Gespräch", sagte der Baron, als der Applaus verklungen war und sich alle erhoben. „Es war mir eine große Freude, Sie kennengelernt zu haben. Gibt es noch einen Wunsch, den ich Ihnen erfüllen kann, bevor ich mich wieder meinen Pflichten widmen muss?"

Agatha konnte es nicht fassen. Sie hatte nicht damit gerechnet, dass sich ihr Plan so einfach umsetzen lassen würde. In kurzen Worten schilderte sie ihm Landmarks Anliegen.

„Wenn es denn so wichtig ist", meinte Herr von Gentz, „dann sagen Sie doch bitte Seiner Gnaden, er möge mich morgen um elf in meinem Schlössel in Weinhaus aufsuchen. Ich werde dort auf ihn warten."

Kapitel 17

Wenn es auch in der Vergangenheit schon manchmal vorgekommen war, dass Agatha Genugtuung empfand, so war diese noch nie so tief gewesen wie am morgendlichen Frühstückstisch des darauffolgenden Tages.

„Sie haben mit Gentz gesprochen?", wiederholte der Herzog fassungslos. „Bei Ihrem nichtssagenden Damenkränzchen? Während ich schier endlose Stunden in der Botschaft zugebracht habe und langweilige Gespräche führen musste, nur um währenddessen vergeblich auf ihn zu warten?"

Agatha brach in aller Ruhe ein Stück ihres Brioches ab und bestrich es mit Butter. „Da fragt man sich doch, welcher Abend nichtssagender war", meinte sie freundlich.

Er schnaufte unwillig und warf ihr einen Blick zu, der sie wohl durchbohren sollte, sein Ziel jedoch verfehlte.

„Ihre Art, mir zu danken, fasziniert mich jedes Mal wieder aufs Neue", sagte sie dann, um sich gleich darauf an Lizzy zu wenden. „Es ist Zeit für deinen Unterricht. Sicher ist Fräulein Lipschitz bereits eingetroffen, und es wäre unhöflich, sie warten zu lassen. Schicke uns bitte Gustl herein. Wir benötigen seine Hilfe."

„Der Abend bei Lady Arnstein war übrigens alles andere als ein Damenkränzchen", nahm sie den Faden wieder auf, als ihr Schützling das Zimmer verlassen hatte. „Es waren auch jede Menge wichtiger Männer anwesend. Außer Baron von Gentz habe ich den päpstlichen Nuntius, einige Botschafter und Philosophen gesehen und zu späterer Stunde erschien auch noch Fürst Metternich, der Kanzler persönlich. Wahrlich ein beeindruckender Gentleman, wenn man ihn aus der Nähe sieht, meinst du nicht auch, Bertram?"

Der so Angesprochene nickte und aß dann weiter schweigend sein Rührei mit Speck. Er hatte schließlich schon längst erkannt, dass man besser niemandes Partei ergriff, wenn man nicht bei beiden in die Schusslinie geraten wollte.

„Ich kann nur hoffen, dass diese Ortschaft namens Weinhaus nicht allzu weit von Wien entfernt liegt, sonst werde ich es nie rechtzeitig schaffen", sagte der Herzog, ohne auf Agathas Schilderung einzugehen.

„Sie haben gerufen und schon ist der Gustl zur Stelle!", meldete sich eine fröhliche Stimme von der Tür her. Der junge Mann grinste von einem Ohr zum anderen. Seine kurz geschnittenen Locken standen in alle Richtungen ab, wie immer, wenn er den grünen Lodenhut nicht aufhatte, sondern in seinen Händen hielt. „Ich hab Ihnen auch gleich die Post mitgebracht, damit Johann sich um Wichtigeres kümmern kann."

Agatha, die schon danach greifen wollte, da in ihrer Heimat die Frau des Hauses die Post verteilte, griff ins Leere. Gustl hatte das kleine Tablett mit den Briefen dem Herzog zugeschoben. Der sah den Stapel kurz durch und reichte eines der Schreiben an Bertram weiter.

„Doch nicht schon wieder von Tante Louise?“, fragte Agatha erstaunt.

„Doch“, meinte Bertram mit klopfendem Herzen, als er einen Blick auf die steile Handschrift seiner Mutter geworfen hatte. Rasch brach er das Siegel. Was konnte es so Wichtiges geben, dass Mama einen weiteren Brief schickte? Sie hatte ihm doch erst unlängst geschrieben und war im Allgemeinen nicht so mitteilsam. Hatte etwa noch eine Schwester einem Kind das Leben geschenkt? Er überlegte kurz und schüttelte dann den Kopf. Wenn er richtig rechnete, dann war das allein zeitlich nicht möglich. Gab es etwa weitere Ermahnungen, was seine Brautwahl betraf? Er war so in Gedanken vertieft, dass er die nächsten Worte des Herzogs zwar hörte, aber weit davon entfernt war, zu erkennen, dass sie ihn betrafen.

„Panswick!“, forderte dieser daher streng. „Lesen Sie Ihren privaten Brief später und hören Sie mir zu.“

Folgsam, aber widerstrebend legte Bertram den eng beschriebenen Bogen zur Seite.

„Ich habe Sie soeben informiert“, setzte sein Dienstherr fort, „dass mich Lord Castlereagh gestern gebeten hat, Sie ihm für eine Woche zur Verfügung zu stellen, und mir nichts anderes übrigblieb, als diesem Wunsch zuzustimmen. Sie werden also in wenigen Tagen gemeinsam mit zwei anderen jungen Diplomaten nach Schloss … ich habe den Namen vergessen … reisen, um ein wichtiges Treffen vorzubereiten, das höchste Diskretion erfordert."

„Aber …", wollte Bertram einwenden, doch Landmark schnitt ihm mit einer energischen Handbewegung das Wort ab. „Die Sache ist entschieden. Erkundigen Sie sich in der Botschaft nach den Einzelheiten."

„Aber …", rief nun auch Agatha und war nicht so schnell zum Schweigen zu bringen. „Wie können Sie diese unglaublichen Worte bloß mit so großer Gelassenheit aussprechen? Ist Ihnen denn nicht bewusst, was sie für mich bedeuten?"

Der Herzog runzelte zuerst die Stirn, bevor er mit deutlichem Spott in der Stimme antwortete. „Für *Sie* bedeuten? Also, meine Liebe, ihre verwandtschaftlichen Gefühle in allen Ehren, aber eine Woche werden Sie die Anwesenheit Ihres Cousins wohl noch entbehren können."

Agatha konnte ihn nur ungläubig anstarren. War ihm die Reichweite seiner Worte wirklich nicht bewusst? Nein, wahrscheinlich nicht, dachte sie bitter, denn er konnte sich schließlich stets so frei bewegen, wie er nur wollte. Es brauchte sehr viel Selbstbeherrschung, um vor Gustl keinen Streit vom Zaun zu brechen. Sie atmete tief durch und drehte sich dann zum wartenden Diener, um mit ruhiger Stimme die nötige Anweisung zu geben: „Besorgen Sie bitte umgehend eine dieser grünen Kutschen, Gustl. Seine Gnaden muss in einen Ort namens Weinhaus. Wie weit ist das von hier entfernt?"

„Ins Schlössel vom Baron von Gentz?", folgerte der Bursche richtig. „Na, eine Dreiviertelstunde müssen wir da schon rechnen."

Kaum war er aus dem Zimmer geeilt, um alles Nötige zu veranlassen, da fuhr Agatha auch schon herum. Mit ihrer selbst auferlegten Ruhe war es wieder vorbei. „Wie konnten Sie diesem Vorhaben nur zustimmen?", fuhr sie den Herzog an.

„Wie bitte?" Er hatte mit diesem Angriff nicht gerechnet und ließ vor Schreck den Stapel Briefe fallen, den er in den Händen gehalten hatte.

„Denken Sie doch nach! Wenn Bertram nicht in Wien ist, bin ich an den Abenden eingesperrt. Die Sitten sind hierzulande genau so streng wie in London, wie ich festgestellt habe. Ohne Bertram an meiner Seite ist es mir nicht möglich, Sie zu Veranstaltungen zu begleiten", fuhr sie auf. „Ich bin weder ihre Schwester noch ihre Cousine und schon gar nicht ihre Ehefrau", fügte sie hinzu und schluckte, weil ihr dieses letzte Wort dann doch etwas zu gewagt erschien.

Während sie errötete, erbleichte der Herzog.

„Daran habe ich tatsächlich nicht gedacht", gab er zu.

Mit einem Schlag kamen ihm die Abende in den Sinn, die er bisher in Wien ohne Agatha verbracht hatte. All die öden Gespräche mit irgendwelchen Damen, mit denen er kein interessantes Thema fand. All die

Debütantinnen, die ihm, dem reichen, hochgestellten Witwer, von Eltern mit ehrgeizigen Plänen vor die Füße geschoben wurden. Darauf hatte er wahrlich keine Lust.

„So etwas Dummes", rief er daher aus und seufzte dann. „Aber sei es, wie es sei, dem Außenminister kann ich trotzdem nicht absagen. Wir müssen uns für Sie eine andere Lösung überlegen."

Da Agatha seine Gedanken nicht erahnte, war sie weit davon entfernt, ihm folgen zu können.

„Eine andere Lösung? Für mich? Was soll denn das heißen? Wollen Sie mich nach England zurückschicken … ich meine, wollen Sie …", war alles, was sie hervorbrachte, bevor sie sich hilfesuchend an ihren Cousin wandte: „Bertram, jetzt sag doch auch etwas!"

Dieser hatte sich in das Schreiben seiner Mutter vertieft gehabt, fuhr nun auf und sah sich verwirrt um, so als sei er erst jetzt in den Raum gekommen.

„Entschuldige bitte, Cousine, hast du etwas gesagt? Du kannst dir nicht vorstellen, was Mutter schreibt. Mein Bruder Nicolas scheint den Bogen nun endgültig zu überspannen. Stell dir vor, er hat in Cambridge mit Freunden einen Nachtwächter in den Keller der Universität gesperrt und wurde wegen dieses Streiches für einen ganzen Monat vom Unterricht ausgeschlossen. Außerdem musste der arme Derryhill einen seiner Schuldscheine auslösen. Anscheinend nicht zum ersten Mal. Mutter macht sich große Sorgen, dass mein Bruder all unser Hab und Gut durchbringen wird, sollte ich kinderlos versterben und er alles erben. Sie drängt mich, umgehend zurückzukehren, um mich standesgemäß zu vermählen."

Dass er weder vorhatte, umgehend zurückzukehren, noch kinderlos zu versterben, sagte er nicht. Und auch nicht, dass sich bei diesen Gedanken zwei vergissmeinnichtblaue Augen in seinen Kopf geschlichen hatten.

„Der dumme, kleine Niki", war Agatha für kurz von ihren eigenen Angelegenheiten abgelenkt. „Wie alt ist er jetzt? Sechzehn? Da kann man nur hoffen, dass er bald klüger wird, bevor er ernsthaften Schaden anrichtet. Er ist so ein charmanter Knabe. Da haben wir ihm wohl in all den Jahren zu viele Torheiten durchgehen lassen."

Der Herzog kommentierte die Probleme seines Adjutanten mit keinem Wort, sondern schob seine Post wieder auf einen Stapel zusammen und klopfte damit auf den Tisch, um sie Eck auf Eck aufeinander zu legen. Dieses Geräusch brachte Agatha in die Wirklichkeit zurück: „Aber genug von Niki", forderte sie. „Hast du gehört, was der Duke …"

Weiter kam sie nicht, denn da hatte Landmark bereits wieder das Wort ergriffen: „Panswick, Sie reisen am dritten Oktober im Auftrag von Lord Castlereagh auf dieses Schloss und bleiben eine Woche oder eben so lange, wie Sie der Außenminister dort haben will." Er legte die Briefe auf das Tablett zurück und erhob sich.

„Aber …“, riefen Agatha und Bertram nun wie aus einem Mund.

„Keine Widerrede! Es ist, wie gesagt, eine beschlossene Sache, an der niemand etwas zu ändern vermag“, bestimmte Landmark und dann, etwas freundlicher, an Agatha gewandt: „Über die … andere … Angelegenheit … also die Abende und so … sprechen wir noch. Wenn Sie glauben, dass ich Sie so einfach aus meinem Leben … also nach England oder sonst wohin verschwinden lasse, dann kennen Sie mich schlecht.“

Agatha starrte ihn an. Was war denn das gewesen? Etwa gar so etwas wie ein Kompliment?

In diesem Augenblick öffnete sich die Tür, und Gustl verkündete, dass der Wagen vorgefahren sei. Landmark war schon fast bei ihm, als er sich noch einmal umwandte: „Danke, Lady Agatha, dass Sie mir den Termin bei Gentz ermöglicht haben, das weiß ich sehr zu schätzen. Ach ja, und nicht vergessen: Heute Abend findet das große Feuerwerk statt. Wir müssen pünktlich um sieben Uhr aufbrechen.“

Kapitel 18

Zum Glück hatte Gustl von sich aus die Idee gehabt, für den Abend einen Wagen vorzubestellen, denn an diesem 29. September 1814 zog es nicht nur alles, was Rang und Namen hatte, sondern halb Wien in den Prater hinaus. Dort sollte unter dem lauten Getöse und den bunten Lichtern eines Feuerwerks der Kongress seinen ersten offiziellen Höhepunkt erleben.

Es war ein milder Abend, der auf einen warmen Herbsttag folgte, und so konnte man beruhigt den offenen Wagen nehmen und von dort aus, in warme Decken gepackt, gemütlich und komfortabel dem Spektakel beiwohnen. Zuerst einmal musste man aber die Festwiese erreichen. In einer langen Kolonne stauten sich die Kutschen auf der Praterallee. Die königlichen Staatsgäste und der Kaiser selbst wurden von Garden in bunten Uniformen eskortiert. Während Agatha dem Herzog die kalte Schulter zeigte und in die andere Richtung starrte, zog eine lange Reihe von alten Laubbäumen an ihr vorüber. Sie wusste nicht, wie sie sich am besten verhalten sollte, und hätte viel darum gegeben, diesen Abend mit dem Herzog allein verbringen zu können. Sie brannte darauf, ihn zu fragen, was es mit seiner seltsamen Aussage auf sich hatte. Was hatte er bloß damit gemeint, sie würde ihn schlecht kennen, wenn sie dachte, er würde sie so einfach aus seinem Leben verschwinden lassen? War das bloß ein Satz gewesen, flapsig dahingesagt, ohne nachzudenken, was er bei ihr auslösen könnte? Oder bedeutete er am Ende doch, dass ihm etwas an ihrer Gegenwart lag? Als Gouvernante für Lizzy oder als Frau? Er hatte ihr damals bei der Regentonne allzu deutlich zu verstehen gegeben, dass er nicht den Wunsch hatte, sich mit ihr zu vermählen. Aber wer sagte denn, dass sich das in der Zwischenzeit nicht geändert hatte? Sie spürte, wie sich ihr Herz sehnsuchtsvoll zusammenzog. Sie war jetzt sechsunddreißig Jahre alt und hatte weder damit gerechnet, je wieder zu heiraten, noch damit, sich das so innig zu wünschen. Es war nicht die Aussicht auf die Krone einer Herzogin, die sie dazu drängte, oder sein stattliches Vermögen. Es war, weil sie sich nach einem eigenen Haushalt sehnte, nach einer eigenen Familie. Sie hatte Lizzy in den letzten Wochen liebgewonnen. Sie wollte sie aufwachsen sehen, dabei sein, wenn sie ihren Knicks im Königshaus machte, ihr bei Liebeskummer zur Seite stehen. Sie konnte doch unmöglich wieder mir nichts, dir nichts aus ihrem Leben verschwinden, wenn der Aufenthalt in Wien vorüber war. Was den Duke betraf, so kannte sie in der Zwischenzeit all seine Schwächen, und doch genoss sie die gemeinsamen Tage. Warum konnte sie nicht einfach für immer ein Teil der Familie Hawick sein?

Gab es durch die Worte des Herzogs am Frühstückstisch vielleicht doch Hoffnung, dass das möglich sein würde? Bei diesem Gedanken ging in ihr ein Feuerwerk der Gefühle los, Minuten, bevor das Feuerwerk des Kongresses den Himmel erleuchten sollte.

„Alles in Ordnung, Lady Agatha?", hörte sie Lizzys besorgte Frage. „Sie sind mit einem Mal so still."

Agatha räusperte sich und bemühte sich dann, scheinbar leichthin zu sagen: „Ja sicher, ich freue mich einfach, hier zu sein, und bin aufgeregt wegen allem, was jetzt kommen wird. Ist das dein erstes Feuerwerk, Lizzy?"

„Nein, einmal durfte ich Mama in die Vauxhall Gardens begleiten. Allerdings war ich damals noch sehr klein, vielleicht fünf oder sechs Jahre alt. Ich kann mich nur mehr daran erinnern, dass es sehr laut und ich sehr müde war. Tante Cordula hasst derartige Volksbelustigungen, wie sie es nennt. Magst du Feuerwerke, Bertram?", wandte sie sich dann an den jungen Mann an ihrer Seite.

Der war in Gedanken weit, weit weg, nämlich bei seinem Besuch im Haus von Frau von Hof, der am selben Nachmittag stattgefunden hatte. Er hatte in der Weyburggasse vorgesprochen, so wie er es mit Hanni vereinbart hatte, doch der Hausdiener informierte ihn, dass die junge Dame ausgegangen war. Das hatte er natürlich nicht glauben wollen.

„Hanni, also Fräulein Kruger, und ich sind zu einem Ausflug verabredet", hatte er eingewandt und dann, um seine Worte zu bestärken hinzugefügt: „Ich habe extra einen Wagen gemietet."

„Das mag schon sein", lautete die unbeeindruckte Antwort. „Dennoch hat die Hanni Pflichten zu erfüllen und kann nicht den ganzen Tag herumsitzen und warten, bis Sie vielleicht auftauchen."

„Auftauchen?" Bertram konnte sich den Sinn dieses Wortes in dem Zusammenhang nicht erklären. „Ich bin doch nicht geschwommen."

„Ist schon recht", sagte der Hausdiener, und es klang so, als wäre er allerhand gewöhnt. „Kommen S' eben morgen wieder. Und jetzt pfiat Ihnen. Ich muss die Tür schließen, es zieht."

Er wollte diese Worte in die Tat umsetzen, hätte sich nicht Bertrams Rechte gegen das Türblatt gestemmt.

„Gestatten Sie mir, ins Haus zu kommen, um eine schriftliche Nachricht für Fräulein Kruger zu hinterlassen?"

Der Hausdiener gestattete gnädig und Bertram folgte ihm ins ihm schon bekannte Wohnzimmer, wo man ihm einen Bogen Papier und den Federkiel reichte.

„Bertram!" Lizzys Ausruf schreckte ihn aus seinen Gedanken. „Hörst du mir überhaupt zu?" Sie boxte ihn unsanft in die Seite.

Agatha zog eine Augenbraue nach oben und schüttelte kaum merklich den Kopf.

„Ich bitte um Entschuldigung", murmelte das Mädchen schuldbewusst, behielt aber Bertram gegenüber ihren vorwurfsvollen Ton bei: „Was ist bloß los mit dir? Man hat fast den Eindruck, du schwebst mit deinen Gedanken hoch oben in den Wolken."

Bertram bemühte sich, sich auf das Hier und Jetzt zu konzentrieren. Er lachte etwas zu laut und stupste sie mit dem Zeigefinger auf die Nasenspitze: „Was für eine poetische Ader du doch hast! Was möchtest du denn wissen?"

Dann unterhielten sie sich über all die Feuerwerke, die sie schon gesehen hatten. Auch der Herzog machte bei der fröhlichen Plauderei mit, gerade so, als hätte er am Frühstückstisch keinen Aufruhr in Agathas Herzen entfacht.

Schließlich erreichten sie die große Festwiese, und Gustl dirigierte den Kutscher gekonnt zu einem optimalen Standplatz. Dann wandte er sich zu den Insassen des Wagens um: „Ich habe Informationen zum heutigen Feuerwerk gesammelt. Wollen Sie sie hören?"

Der Herzog schien noch zu überlegen, da hatte Agatha bereits ein „Natürlich, sehr gern" gerufen und den Burschen ermutigend angelächelt. Es war rührend, welche Mühe er sich gab, ihnen den Aufenthalt in Wien so angenehm wie möglich zu machen, und es wäre nicht fair gewesen, ihn zu entmutigen.

„Also, der Mann, der für das Ganze hier verantwortlich ist, ist der Kaspar Stuwer", begann Gustl, „der hat das Feuerwerksunternehmen von seinem Vater geerbt. Der alte Stuwer war ein wahrer Künstler, der aus Ingolstadt eingewandert ist und …"

„Ich denke, die Familiengeschichte können wir getrost überspringen“, unterbrach ihn Landmark gut gelaunt. Agatha, die sich dasselbe gedacht hatte, lächelte amüsiert. Der Herzog sah das Lächeln und lächelte auch. Bertram sah beider Lächeln und konnte seinen Augen nicht trauen.

„Auch recht“, meinte Gustl großzügig. „Dann erzähle ich Ihnen eben, was wir alles sehen werden. Also, gut aufpassen!“

Agathas Lächeln vertiefte sich. Der Bursche war wirklich einmalig! Sie konnte sich nicht vorstellen, dass es in ganz England eine Person gab, die es wagen würde, den Herzog zu ermahnen, gut aufzupassen. Außer seiner Mutter vielleicht. Hatte der Herzog eigentlich noch eine Mutter? Das würde sie wirklich interessieren.

„Haben Sie noch eine Mutter?“, hörte sie sich zu ihrem eigenen Erstaunen fragen. Wieder einmal war ihr Mundwerk schneller gewesen als ihr Verstand, wie sie sich ungern, aber doch eingestehen musste.

„Leider nein“, antwortete er und sah sie mit großen Augen an: „Wie kommen Sie vom Feuerwerk auf meine Mutter?“

„Es geht gleich los!“, meldete sich Gustl ungeduldig zu Wort. „Soll ich jetzt vorlesen, was da steht, oder nicht?“

„Nein“, sagte der Duke.

„Wir bitten darum“, sagte Agatha.

Gustl begann zu lesen und Agatha freute sich diebisch, dass zumindest für diesen jungen Mann ihr Wort mehr zählte als das des Herzogs.

„Also", begann Gustl abermals, „es wird einen Feuerzauber in sechs Fronten geben", er hielt kurz inne, „was immer das auch bedeuten mag. Die Bilder tragen Namen wie *Ein Blick in die Zukunft* oder *Europas Völker Dank.*"

„Bei diesem Feuerwerk wird es Bilder geben?", fragte Lizzy erstaunt. „Wie will man denn das bewerkstelligen?"

Gustl überflog das Blatt in seinen Händen. „Das steht nicht da", sagte er schließlich.

„Wie kommen Sie auf meine Mutter?", flüsterte der Herzog Agatha zu.

Diese lächelte nur und tat, als würde sie ihrem Fremdenführer die volle Aufmerksamkeit schenken.

„Dann kommt noch ein Bild namens *Gürtel der Eintracht*", setzte dieser fort.

„Wie passend", lautete Landmarks höhnischer Kommentar. „*Gürtel der Eintracht,* also wirklich. Wir können nur hoffen, dass dieser Gürtel die ersten Tage des Kongresses übersteht und wir nicht bald mit einem *Gürtel der Zwietracht* aufwachen."

Diesen Satz quittierte Agatha mit einem amüsierten Auflachen. „Dann kommen drei Sonnen", setzte Gustl ungerührt fort. „Sie symbolisieren die Hauptalliierten. Und dann ... Warten Sie, ich kann es kaum mehr lesen, inzwischen ist es schon verflixt dunkel geworden. Jetzt könnte es eigentlich bald losgehen."

Wie auf Kommando stieg die erste Rakete in den nachtblauen Himmel und Tausende Sterne fielen unter zahlreichen „Ahs!“ und „Ohs!“ der Umstehenden wie ein goldener Regen zur Erde. Die ersten Pferde wurden scheu, wieherten in Panik und nur das strenge Eingreifen der Kutscher konnte ein Durchgehen verhindern. Zum Glück blieb der Wagen des Herzogs von solchen Vorkommnissen verschont, und so konnten sich die Insassen dem uneingeschränkten Vergnügen hingeben.

Die nächste Dreiviertelstunde schauten sie alle gebannt zum Himmel, auf dem ein Spektakel seinesgleichen suchte. Dass von den drei angekündigten Sonnen letztendlich nur zwei zündeten, fiel nur denen auf, die wie Gustl das Informationsblatt gelesen hatten. Der Herzog überlegte noch, ob er dies als ein Omen ansehen sollte, was ihn bei den Verhandlungen erwartete, die am kommenden Morgen losgehen würden, als zwei riesige Feuerbälle in den Himmel stiegen. Tosender Applaus war der Lohn für dieses einzigartige Spektakel, und schon setzten sich die Wagen wieder in Bewegung, während die Bälle am Himmel langsam verglühten.

Kapitel 19

Die nächsten beiden Tage bekam Agatha den Herzog nur beim Frühstück zu Gesicht. Er benahm sich dabei so zwanglos wie immer und wiederholte den Satz „Ich lasse Sie nicht aus meinem Leben verschwinden“ kein einziges Mal, noch sah er eine Veranlassung, ihn ihr näher zu erklären, sodass sich Agatha allen Ernstes zu fragen begann, ob sie sich diese Bemerkung nur eingebildet hatte. Wie eine akustische Fata Morgana quasi. Den Rest des Tages verbrachte Landmark bei Verhandlungen am kaiserlichen Hof und kam erst weit nach Mitternacht nach Hause. Der arme Bertram hatte an seiner Seite ausharren und schweren Herzens erkennen müssen, dass er den Plan, Hanni Kruger seine Aufwartung zu machen, nicht würde umsetzen können. Mit schlechtem Gewissen dachte er an die Nachricht, die er ihr hinterlassen und in der er ihr die gewünschte Ausfahrt für den Nachmittag versprochen hatte. Jetzt würde sie vergeblich auf ihn gewartet haben, und er konnte nur hoffen, dass sie ihm verzieh und ihn nicht für einen Halunken hielt, auf den man sich nicht verlassen konnte.

Am nächsten Nachmittag war es dann allerdings so weit. Der Herzog war zu einer diskreten Konferenz geladen, auf der Adjutanten nichts zu suchen hatten, und so konnte er sich davonschleichen. Ohne Gustls Hilfe war es gar nicht so einfach, eine Kutsche aufzutreiben, und so war er stolz auf sich und seine Deutschkenntnisse, als es ihm schließlich gelang.

Als er das Haus in der Weyburggasse erreichte, befahl er dem Kutscher zu warten und machte sich auf den Weg in den Hinterhof. Zu seiner großen Freude ging im selben Augenblick die blaue Tür auf, und Hanni trat ins Freie. Noch hatte sie ihn nicht entdeckt, und Bertram fragte sich, wie er sie am besten auf sich aufmerksam machen konnte, da machte sie einen Schritt zur Seite und ließ einen jungen Mann vorbei. Bertram runzelte die Stirn. Wenn er es sich recht überlegte, dann war das genau der junge Stutzer, den er vor Tagen schon einmal gesehen hatte, als er mit Agatha hier gewesen war. Es war der mit der Kleidung vom besten Schneider und den Haaren, die eher einer vom echten Wind zerzausten Frisur glichen als der Windstoßfrisur, die die herrschende Mode vorschrieb, zumindest die in England. War das am Ende auch ein Anwärter auf Hannis Gunst? Hatte er durch sein Nichterscheinen am Vortag alle Chancen um ihre Hand verspielt?

In diesem Augenblick hatte ihn Hanni entdeckt, winkte ihm schon von Weitem zu und brachte damit all seine trüben Gedanken zum Schweigen. Auch der junge Stutzer sah zu ihm hinüber. Sicher hätte Bertram bemerkt, dass das Grinsen, dass sich nun über sein Gesicht zog, eher einer höhnischen Fratze denn einem freundschaftlichen Lächeln glich, doch er war viel zu sehr auf das Mädchen konzentriert, als dass er es wahrgenommen hätte. Und selbst wenn - er hätte sich wohl nicht ernsthaft darum geschert.

Der junge Stutzer verbeugte sich vor Hanni, wie es sich gehörte, und sie knickste und wünschte ihm ein Lebewohl. Bertram war zu gut erzogen, um diese Abschiedszeremonie stören zu wollen, andererseits wäre es ihm aber auch nicht recht gewesen, wenn sich der andere Mann allzu viel Zeit dafür gelassen hätte. Also ging er langsam näher und stellte zufrieden fest, dass der andere bereits kehrtgemacht hatte und nun quer über den Hof auf ihn zukam.

„Na, da wünsch ich dir viel Glück", raunte er ihm zu, während er an Bertram vorüberging, und dann war er auch schon durch den Durchgang in Richtung Straße verschwunden.

Bertram verharrte im Schritt. „Wie nett von Ihnen, danke schön!", rief er ihm nach.

Die Wiener waren wirklich ein freundliches Volk. Er begann sich mit einem Schlag besser zu fühlen. Wäre der Stutzer ein Verehrer gewesen, er hätte ihm wohl die Pest an den Hals gewünscht und kein Glück.

„Jö schau, der Bertram!", rief Hanni fröhlich und versank in den nächsten Knicks. Sie hatte ihm die Hand entgegengestreckt und er beeilte sich, sich darüber zu verbeugen. Er wusste inzwischen, dass die junge Dame auch einen Handkuss erwarten könnte, wie es hierzulande üblich war. Aber erstens hatte er nicht herausgefunden, ob man auch unverheirateten Mädchen die Hand küsste, zweitens hatte er keine Ahnung, wie genau man so einen Handkuss ausführte, und drittens war er durch und durch Engländer, also beließ er es bei der Verbeugung.

„Ich habe Sie gestern vermisst", sagte Hanni im Hochkommen und machte einen so reizenden Schmollmund, dass Bertrams Herz höher zu schlagen begann. „Sie hatten doch versprochen, zu kommen."

„Ich weiß", gab Bertram reumütig zu, „und ich versichere Ihnen, ich hätte nichts lieber getan, als mein Versprechen einzuhalten. Doch der Kongress hat seine Arbeit aufgenommen und ich musste am Verhandlungstisch bleiben."

„Ist ja nicht so schlimm", verzieh sie ihm großzügig. „So ist es eben, wenn man ein wichtiger, bedeutender Herr ist, wie Sie es sind."

Bertram errötete und wollte eben mit der Wahrheit herausrücken, dass er nur der Adjutant eines bedeutenden Herrn war, da hatte sie sich schon bei ihm untergehakt und sah freudestrahlend zu ihm auf: „Dafür habe ich jetzt aber etwas gut."

Bertram hatte keine Ahnung, was sie mit diesem Satz sagen wollte. Aber er sah das Lächeln und er wusste, dass das Wort *gut* nichts Schlechtes bedeuten konnte. Außerdem klopfte sein Herz bis zum Hals, weil sie ihm so nah war. Sie schien auf eine Antwort zu warten, also sagte er: „Selbstverständlich!"

An der Tatsache, dass sie ihn nun anstrahlte, erkannte er, dass er instinktiv das Richtige gesagt hatte. Dann stellte er die Frage, die ihm auf der Seele brannte. „Wer war wohl der junge Mann, der Sie soeben verlassen hat?“

Er bemerkte selbst, wie eifersüchtig diese Worte klangen. Eine Eifersucht, zu der er strenggenommen keinerlei Recht hatte.

Hanni lachte auf und trug mit ihren nächsten Worten zu seiner Beruhigung bei: „Der Franz-Josef? Den kenne ich schon lange. Der ist mein Cousin.“

„Sie haben viele Cousinen und Cousins“, stellte er fest.

Sie lachte auf: „Ja, jede Menge!“ Dann hielt sie kurz inne und sagte nach einem tiefen Seufzen: „Trotzdem fühle ich mich oft einsam und stehe eigentlich ganz allein auf dieser Welt. Meine Eltern ... Sie wissen ja.“

Bertram seufzte mit. Ihr trauriges Schicksal ging ihm sehr zu Herzen.

„Ich bin mit dem Wagen gekommen“, sagte er, um sie auf heitere Gedanken zu bringen, was offensichtlich auch gelang, denn sie klatschte begeistert in die Hände. „Machen wir heute den versprochenen Ausflug?“

„Wenn Sie dazu bereit sind, dann soll es mir ein Vergnügen sein“, antwortete er höflich.

„Und ob ich dazu bereit bin!“ Sie drehte sich um und lief zur blauen Tür. „Ich gebe nur schnell drinnen, also meiner Tante, Bescheid“, rief sie mit wehenden

Röcken, verschwand kurz und tauchte wenige Minuten später wieder auf, um sich abermals freudig bei ihm unterzuhaken. „Es kann losgehen. Ach, ich bin so aufgeregt. Was wollen wir uns anschauen?"

Bertram blickte auf ihr dünnes, blau-gestreiftes Kleid. Es war dasselbe, das sie bei ihrem ersten Treffen getragen hatte, wenn er sich recht erinnerte.

„Wollen Sie denn keinen Umhang holen? Es scheint zwar die Sonne und doch ist es bereits kühl geworden, schließlich kommt bald der Oktober."

Und damit meine Abreise mit dem Außenminister, dachte er düster. Wie sollte er es aushalten, so lange von Hanni getrennt zu sein? Vielleicht sogar eine ganze Woche lang? Wie sollte er sicherstellen, dass sie ihr Herz in der Zwischenzeit nicht einem anderen schenkte? War dieser junge Stutzer wirklich ihr Cousin? Na, der würde schön aus seiner noblen Wäsche schauen, wenn ihm Hanni eines Tages von ihrer Verlobung erzählte. Am liebsten hätte er ihr auf der Stelle einen Antrag gemacht. Doch dafür kannte er sie zu wenig. Vor allem wusste er noch nichts über ihre Herkunft. Außerdem wogen Mutters Ermahnungen schwerer, als ihm lieb war.

„Was machen Sie denn für ein Gesicht?", fragte Hanni erstaunt. „Sie schauen ja aus wie zehn Tage Regenwetter. Jetzt kommen Sie, wir wollen die armen Pferderl doch nicht warten lassen."

Ihre Worte brachten ihn in die Gegenwart zurück. „Und Ihr Umhang?", wollte er noch einmal wissen.

„Ach, das passt schon", sagte sie leichthin.

Bald schon ratterten sie mit der offenen Kutsche durch die verwinkelten Gassen der befestigten Stadt. Da Hanni selbst erst wenige Monate hier wohnte, war es ein Glück, dass sich der Kutscher als geeigneter Fremdenführer entpuppte. Von ihm erfuhren sie, dass der Turm des Stephansdom 137 Meter hoch war und damit alle anderen Gebäude und Kirchen der Stadt überragte.

„Die prachtvollen Palais sind im Barockstil erbaut", erklärte er ihnen dann über die Schulter zurück. „Leider hat uns der französische Teufel, dieser Napoleon, vor ein paar Jahren einiges kaputt gemacht. Stellen Sie sich vor, der Lump hat sogar einen Teil der Hofburg in die Luft gesprengt. Warum man den jetzt nicht am Strick baumeln lässt, versteht kein Mensch. Nein, einen Kongress müssen sie abhalten, die noblen Herrschaften aus aller Welt. Und wer zahlt für den Schmarren? Wir Wiener wieder einmal."

Bertram hatte nur die Hälfte dieser Worte verstanden und Hanni interessierten sie offensichtlich ohnehin nicht. Der Wagen war zum Stillstand gekommen, da die Gasse so eng war, dass sie die entgegenkommenden Fahrzeuge abwarten mussten.

„Was ist denn das für ein seltsames Gefährt?", erkundigte sich Bertram und deutete auf einen großen Leiterwagen, vor den zwei Pferde gespannt waren und der soeben von zahlreichen Passagieren erklommen wurde. Der Kutscher lachte auf.

„Das ist ein *Linienschiff*", sagte er und setzte dann, als er Bertrams erstaunten Gesichtsausdruck sah, hinzu: „So nennen wir Wiener dieses beliebte, öffentliche Verkehrsmittel. Eigentlich heißt es ja Zeiselwagen. Er führt die Leute in die nähere Umgebung der Stadt hinaus."

Hanni hatte etwas ganz anderes entdeckt. Aufgeregt zupfte sie an Bertrams Ärmel und bat: „Können wir aussteigen und ein paar Schritte zu Fuß gehen?"

„Hier?", vergewisserte er sich erstaunt. „Inmitten all der Fuhrwerke, Ochsenkarren und Sänften? Hier wollen Sie promenieren? Der Gehsteig scheint mir auch arg schmutzig zu sein. Sollen wir nicht lieber ins Grüne ..."

Die Kutsche setzte sich langsam wieder in Bewegung.

„Nein, hier", bestimmte Hanni ohne zu zögern und rief dann entschlossen zum Kutschbock hinauf: „Anhalten!"

Wie hätte ihr Bertram diesen Wunsch abschlagen sollen? Er war mit einer dominanten Mutter und drei Schwestern aufgewachsen, und er lebte mit seiner selbstbewussten Cousine zusammen. Also wusste er, dass es keinen Sinn hatte, Frauen, die sich etwas in den Kopf gesetzt hatten, vom Gegenteil überzeugen zu wollen.

Es sollte nicht lange dauern, bis er erfuhr, was Hanni zu ihrer Entscheidung veranlasst hatte. Sie hatten nämlich kaum den Wagen verlassen, da war sie auch schon auf ein Schaufenster zugestürzt, das sie von ihrem Sitz aus entdeckt hatte.

„Sie haben ja so recht gehabt, Bertram, als Sie mir rieten, einen Umhang mitzunehmen", meinte sie und es klang schuldbewusst. „Jetzt ist mir kalt und ich fröstle. Ach, hätte ich nur auf Sie gehört!"

„Sie möchten, dass wir umkehren? Aber, das hätten Sie mir doch auch in der Kutsche sagen können", verkannte Bertram die Situation. Er war zu jung, zu naiv und auch viel zu sehr in den Konventionen der englischen Oberschicht verhaftet, als dass er das für möglich gehalten hätte, was nun geschah.

„Geh, das wäre doch schade, wenn wir unseren schönen Ausflug wegen so einer Kleinigkeit unterbrechen müssten", sagte sie. „Wir gehen jetzt einfach in diesen Modesalon und Sie kaufen mir den Umhang, der im Schaufenster hängt, diesen hübschen braunen mit dem feinen Pelzbesatz. Sehen Sie ihn? Und schon können wir unsere Fahrt fortsetzen."

Er war so fassungslos, dass er kurz zu keiner Antwort fähig war und wie angewurzelt auf dem Gehsteig stehen blieb. Dort wurde er in der nächsten Sekunde von einem Handwerker angerempelt, der sich, sein Bündel auf der Schulter, den Weg durch die Menschenmenge bahnte, und erwachte wieder aus seiner Erstarrung. Hanni hatte inzwischen die zwei Stufen zum Geschäftseingang erklommen, und die Tür öffnete sich mit dem leisen Bimmeln einer Glocke.

„Na, was ist, Bertram?", rief sie von oben. „Wollen Sie mich am Ende ganz allein hier hineingehen lassen?"

„Aber, aber …", stotterte dieser, „was würde denn das für einen Eindruck machen, wenn ich mit Ihnen komme? Ich kann Ihnen doch mit Sicherheit kein Kleidungsstück kaufen …"

„Aber warum denn nicht, wenn mir doch so kalt ist?" Sie schlang die Arme vor ihre Brust und tat, als würde sie vor Kälte zittern. Als Bertram immer noch zögerte, spielte sie ihren letzten Trumpf aus: „Außerdem haben Sie gesagt, ich hätte etwas gut."

Der junge Viscount war schon dabei, sich geschlagen zu geben, da fiel ihm etwas anderes ein: „Ich habe sicher nicht ausreichend Geld bei mir."

Sie lachte auf. „So ein nobler Herr wie Sie, der braucht doch kein Geld. Sicher akzeptiert man hier Ihren Schuldschein."

Schuldschein, dachte Bertram, während er Hanni in den Laden folgte. *Ich bin um keinen Deut vernünftiger als mein kleiner Bruder.*

Kapitel 20

Am 2. Oktober lud Franz, von Gottes Gnaden Kaiser von Österreich und König von Ungarn, zur Großen Hofredoute. Der Herzog hatte erfahren, dass unglaubliche zehntausend Gäste eingeladen worden waren, und sie hatten beim Abendessen am Vortag gerätselt, wie das alles ablaufen würde. Was mussten das für weitläufige Räumlichkeiten sein? Wie viele Ballsäle würde es wohl geben? Spielten da mehrere Orchester zum Tanz auf? Wie wollte man all die Leute verköstigen?

Zu Bertrams Kummer hatte Hanni keine Einladungskarte erhalten. Er hatte sie am Nachmittag ins Gewölbe von Zuckerbäcker Gottlieb Amadé Wohlfahrt auf den Michaelerplatz eingeladen, wo sie Kaffee tranken und Hanni mit Hingabe eine Carlsbader Biskuittorte verspeiste.

„Ein Ball beim Kaiser?“, hatte sie ausgerufen und ihm mit dem Fächer auf den Unterarm geschlagen. „So weit kommt es noch, dass man ein einfaches Mädchen vom Land zu so einem noblen Ereignis einlädt.“

Das waren nicht die Worte, die Bertrams Herz beruhigten. Die Bezeichnung *einfaches Mädchen vom Land* entsprach so gar nicht seinen Wunschvorstellungen.

„Aber Ihre Tante …“, wandte er hoffnungsvoll ein.

„Ja, meine Tante“, sagte sie da auch schon. „Ich weiß nicht, ob sie eine Karte erhalten hat. Sie können ja am Abend nach ihr Ausschau halten.“

Sie waren dann noch zu einem Schuhmachermeister gefahren, da Hanni keine Winterstiefel besaß und er nicht zulassen konnte, dass sie in der kalten Jahreszeit, die bald anbrechen würde, so jämmerlich fror wie die Jahre zuvor. Frau von Hof schien zwar sonst eine sehr nette Tante zu sein, allerdings über nicht genug finanzielle Mittel zu verfügen, um all ihre vielen Nichten und Neffen über das Notwendigste hinaus einzukleiden. Während der Schuster Hannis Waden vermaß und den passenden Leisten aussuchte, hatte sich Bertram, um die guten, englischen Sitten wenigstens halbwegs zu wahren, abgewandt und über Hannis Worte nachgedacht. Dabei hatte er beschlossen, am Ball tatsächlich nach Frau von Hof Ausschau zu halten. Vielleicht ergab sich ja sogar die Gelegenheit, dass er sie und Agatha miteinander bekannt machte. Da hatte er allerdings noch nicht gewusst, dass die ungeheure Zahl von zehntausend Gästen eingeladen sein würde und es höchst unwahrscheinlich war, eine einzelne Dame in so einer großen Menschenmenge ausfindig zu machen.

Gustl hatte in Erfahrung gebracht, dass das Ereignis nicht nur im großen und kleinen Redoutensaal, sondern auch in der sogenannten Winterreitschule stattfinden würde. Er hatte sie daran erinnert, die Einladungskarten mitzunehmen, ohne die es keinen Einlass gegeben hätte, und dann dem Kutscher die genaue Adresse genannt.

So standen sie jetzt zu dritt am Eingang zum kleinen Redoutensaal und kamen aus dem Staunen nicht heraus. Agatha trug eine edle Ballrobe, die aus einem Oberkleid aus smaragdgrünem Krepp bestand, während das Unterkleid aus glänzendem Atlas im gleichen Farbton gefertigt worden war. Zum Unterschied zu ihrer restlichen Garderobe stammte dieses Ballkleid nicht aus London, sondern aus Wien, da Helene so freundlich gewesen war, sie zu ihrer Schneiderin mitzunehmen. Das Unterkleid war etwas kürzer gehalten und gab den Blick auf ihre Fußfesseln frei. Eine Frivolität, die in Wien der neuesten Mode entsprach, die ihr aber in der Heimat die Schamesröte ins Gesicht hätte steigen lassen. Als sie am Abend in ihrem Haus die Treppe hinuntergeschritten war und der Herzog sie bereits in der Halle erwartete, da hatte sie das erstaunte Aufblitzen in seinen Augen gesehen und gewusst, dass sie die richtige Wahl getroffen hatte.

„Ja, ist denn das die Möglichkeit!", hörte sie Bertram begeistert ausrufen. Er trug, wie der Herzog auch, seinen elegantesten schwarzen Frack und Agatha genoss es wieder einmal, flankiert von zwei gut aussehenden Männern den Saal zu betreten. Bertrams Ausruf war mehr als gerechtfertigt. Der sogenannte *Kleine Saal* hatte schon so große Ausmaße, dass sie sich gar nicht vorstellen konnte, welche Dimensionen erst der *Große Saal* haben würde. Ein Meer von Blüten verwandelte ihn in einen bezaubernden Garten. Selbst die Seidentapeten an den Wänden waren in Grün gehalten, um den Eindruck zu unterstreichen, man würde sich im Freien befinden. Agatha kam neben einem der zahlreichen Orangenbäume zu stehen, die einen bezaubernden Duft verbreiteten. Sie sah zu den Treppen und Galerien hinüber, die mit grünen Zweigen und allerlei Blumen geschmückt waren, deren Namen sie nicht hätte nennen können. Dutzende Kronleuchter brachen das Licht Hunderter Kerzen. Ein großes Orchester hatte Aufstellung genommen und stimmte die Instrumente.

„Darf ich mich kurz verabschieden?“, meldete sich Bertram zu Wort. „Ich begebe mich auf die Suche nach … jemandem.“

Er verbeugte sich und wollte sich abwenden, als ihn die scharfen Worte seines Dienstherrn zurückhielten.

„Sie begeben sich nirgendwohin, Panswick. Sie sind der Begleiter Ihrer Cousine, und als solcher werden Sie an ihrer Seite bleiben. Ich habe keine Lust auf ein weiteres Gerede und Getuschel.“

Agatha fuhr herum. Gerede und Getuschel? Hatte es denn nach dem unseligen Besuch bei Gräfin Weiningen noch irgendwo Gerede und Getuschel gegeben? Sie hatten sich doch stets so korrekt verhalten, dass es auch für die strengsten Moralisten keinen Grund geben konnte, sich über sie das Maul zu zerreißen. Oder etwa doch? Sie wollte das den Duke eben fragen, da war er schon in den nächsten Saal weitergegangen. Darum blieb Agatha nichts anderes übrig, als ihm am Arm ihres widerwilligen Cousins zu folgen.

Der große Saal war tatsächlich noch um vieles weitläufiger als der kleine. Er war ebenfalls mit Blumen und Orangenbäumen dekoriert, doch die Seidentapeten waren hier nicht in Grün, sondern in Weiß gehalten. Ein Weiß, das sich mit silbernen Fransen auch in der anschließenden Winterreitschule fortsetzte. Hier war eine Estrade für die königlichen Ehrengäste errichtet worden, die mit Trophäen und Standarten geschmückt war.

Gerade als Agatha den Herzog eingeholt hatte und den Mund öffnete, um Genaueres über ein mögliches Getuschel zu erfahren, da erklang eine Trompetenfanfare. Das aufgeregte Geschnatter der Gäste verstummte mit einem Schlag und die drei beeilten sich, sich zu den vielen anderen Besuchern an den Rand des Saals zu stellen, um gespannt den Einzug der gekrönten Häupter mitzuverfolgen. Aus den anderen Sälen erklangen bereits laute Jubelrufe und Applaus, und schon betraten die Majestäten die Winterreitschule, um auf der Empore Platz zu nehmen. Der Erste war ein ungewöhnlich großer und ebenso ungewöhnlich dicker Herr mit mürrischen Gesichtszügen. Neben ihm schritt eine dünne Dame, die auch nicht gerade fröhlich dreinsah.

Agatha wandte sich an Landmark. „Wer ist denn das?“, wollte sie flüsternd wissen. „Der Kaiser? Der sieht auf den Gemälden ganz anders aus. Und was ist seiner Gemahlin wohl über die Leber gelaufen?"

„Nein, nein, das ist nicht der Kaiser, das ist König Friedrich von Württemberg", beeilte er sich richtigzustellen, „mit irgendeiner Erzherzogin am Arm. Seine Gemahlin hat ihn schon vor langer Zeit verlassen. Was kein Wunder ist, wenn man bedenkt, wie er aussieht."

Dieser Satz war dermaßen respektlos, dass Agatha eigentlich hätte schockiert sein müssen. Stattdessen hatte sie Mühe, nicht allzu laut herauszulachen.

„Der König von Württemberg?", fragte sie stattdessen. „Wie kommt es, dass er als Erster die Reihe anführen darf? Ist er denn der Allerwichtigste?"

„Gott bewahre, nein", kam auch schon die postwendende Antwort. „Wir Diplomaten haben lange hin- und herüberlegt und gestritten, in welcher Reihenfolge die Souveräne auf diesem Kongress ihre Auftritte haben sollten. Schließlich hat man sich entschieden, das Alter als Kriterium zu nehmen. Eine weise Wahl, wie ich finde, denn das ist zweifellos die unverfänglichste Lösung. Also geht König Friedrich als Erster, denn er ist, wie unschwer zu erkennen, mit seinen über siebzig Jahren der Älteste."

„Entscheidungen von solch enormer Wichtigkeit gehören also zu Ihren Aufgaben?", neckte sie ihn. „In wochenlangen Verhandlungen die Reihenfolge festzulegen, in der die Herrscher einen Raum betreten dürfen?"

Bertram hielt wieder einmal die Luft an. Gingen die Streitigkeiten denn schon wieder los? Auf einem

Ball des Kaisers? Hier, vor allen Leuten, wo es für ihn kein Entrinnen gab?

Zum Glück schien sein Dienstherr Agatha die ironischen Worte nicht krumm zu nehmen, denn nun hatte sich ein kleines Lächeln in seine Augen geschlichen.

„Ihr Spott ist vergeudet, meine Liebe", sagte er. „Diese Entscheidung war weitreichender, als sie auf den ersten Blick erscheint. Man brauchte Fingerspitzengefühl und diplomatisches Geschick, um niemanden vor den Kopf zu stoßen und dadurch einen neuerlichen Krieg zu entfachen." Er schwieg kurz, bevor er fortfuhr: „Der nächste Herrscher ist übrigens König Max von Bayern in Begleitung seiner zweiten Gemahlin Karoline. Sie ist eine Schwester der Zarin. Was kein Wunder ist, denn in Europa sind ja alle Königshäuser irgendwie miteinander verwandt."

„Er scheint gutmütig zu sein", äußerte Agatha ihren Eindruck. „Zumindest nicht so ein Grießgram wie der König vor ihm."

„Damit mögen Sie recht haben", stimmte der Herzog zu. „Dafür befleißigt er sich einer ungehobelten Sprache. Ich selbst verstehe kaum ein Wort, das er von sich gibt, aber ich habe gehört, er soll bisweilen so derb fluchen wie ein Kutscher."

Damit brachte er Agatha abermals zum Lachen. Diese Ausländer! Sie konnte sich nicht vorstellen, dass der arme König Georg III. oder sein Sohn, der Prinzregent, je fluchen würden.

„Oh, und wer ist dieser … äh … wenig einnehmende Herr?"

„Das, meine Liebe, ist ein weiterer Friedrich, allerdings handelt es sich hierbei um den König von Dänemark", antwortete Landmark, der die Unterhaltung zunehmend genoss. „Er ist in seinem Land außergewöhnlich beliebt. Man sagte mir, er sei edel und freigiebig und nur auf das Wohl seines Volkes bedacht."

„Dieses Verhalten ist schön", befand Agatha, „sein Äußeres ist allerdings hässlich."

Nun war es der Herzog, der sich ein Lachen kaum verbeißen konnte.

„Das ist zwar nicht schmeichelhaft, aber durchaus richtig", stimmte er ihr zu. „Der arme König! Er ist nicht nur so hager wie der andere Friedrich fett, er soll schon bei seiner Geburt rote Augen und weiße Haare gehabt haben."

„Nun denn", befand Agatha und hatte ihren Gerechtigkeitssinn wiedererlangt, „dann ist seine Majestät ein gutes Beispiel dafür, dass man vom Äußeren nicht auf das Innere eines Menschen schließen darf. Einem Land ist mit einem guten Herrscher mehr gedient als mit einem gut aussehenden."

„Das ist wohl wahr", gab der Herzog unumwunden zu und blickte erwartungsvoll zur Tür. „Ah, und da kommt er endlich. Unser Gastgeber, Kaiser Franz."

Auch kein schöner Mann, wie Agatha kritisch feststellte. „Er hat das Glück, hinter dem Dänen zu gehen, da wirkt er gleich um einiges vorteilhafter", sagte sie.

„Psst!", flüsterte der Herzog erschrocken. Für einen Augenblick war es nun er, der nicht wusste, ob er höchst amüsiert oder doch eher ein wenig schockiert sein sollte. Hätte ein anderer einen derart respektlosen Satz zum Besten gegeben, er hätte ihn auf der Stelle in die Schranken gewiesen. Er wunderte sich selbst, wieso es Agatha immer wieder gelang, ihn zu amüsieren. „Wenn Sie jemand hört!", sagte er dennoch streng, um dann schon wieder im Plauderton fortzufahren: „Dafür ist seine Gemahlin, Kaiserin Luise, eine besonders schöne und darüber hinaus auch noch höchst bemerkenswerte Frau. Man sagt, sie sei nicht nur anmutig, sondern auch lebensfroh und dabei auch noch geistreich. Alle Feste bei Hof sind allein aufgrund ihrer Anwesenheit und ihrer lenkenden Hand etwas Besonderes."

Er klang so begeistert, dass Agatha einen kleinen Stich in der Brust fühlte. Sie fragte sich streng, ob es nicht allzu vermessen und darüber hinaus völlig sinnlos war, auf eine Kaiserin eifersüchtig zu sein.

„Sie erinnert mich an Sie", hörte sie da den Herzog sagen und fragte sich mit klopfenden Herzen, ob das wieder so ein Satz war, den sie sich nur eingebildet hatte. Wieder so eine akustische Fata Morgana. Denn nichts in seiner Mimik ließ darauf schließen, dass er ihr eben ein Kompliment gemacht hatte.

„Da haben wir den König von Preußen", erklärte er stattdessen. „Und damit den nächsten Friedrich. Er ist dem Kaiser gar nicht so unähnlich, auch wenn niemand es wagen sollte, die beiden darauf aufmerksam zu machen. Wie er liebt er das einfache Leben, er ist vornehm und würdevoll …"

„… und wirkt, als habe er einen Stock verschluckt", ergänzte Agatha trocken.

Der Duke lachte auf. „Das auch", gab er unumwunden zu.

Dann zog der letzte Monarch an ihnen vorbei. Er war deutlich jünger als all die anderen und sah auch bei Weitem besser aus.

„Das ist Alexander, der Herrscher aller Reußen", beeilte sich Landmark Agatha zu informieren, „oder, wie man hierzulande sagt, der russische Zar. Höchst eitel, aber doch ein guter Herrscher, wie ich gehört habe." Er sah zum Orchester hinüber. „Damit ist nun der Einzug beendet und wir können darauf hoffen, dass die Tanzmusik zu spielen beginnt und wir zum weniger formellen Teil des Abends übergehen können."

„Hast du schon einmal so viele verschiedene Uniformen gesehen, Ferdinand?", hörte Agatha die Dame neben sich auf Französisch ausrufen. Sie war offensichtlich beeindruckt. „Was für eine bunte Farbenpracht! Findest du es nicht großartig, wie all diese Orden glänzen und blinken?"

„So etwas imponiert mir nicht", entgegnete ihr Begleiter ebenso lautstark. „Für mich war das hier eine höchst langatmige Angelegenheit. Ich kann mich nicht erinnern, je etwas so Langweiliges miterlebt zu haben."

Das konnte Agatha wahrlich nicht verstehen. Sie selbst hatte sich großartig amüsiert. Wie sich zu ihrem Leidwesen umgehend herausstellen sollte, war dies der letzte Augenblick an diesem Abend, an dem sie so denken konnte.

Lord Castlereagh war auf den Herzog aufmerksam geworden und zitierte ihn nun mit einer Handbewegung an seine Seite. Landmark warf ihr einen schnellen Blick zu, und sie vermeinte, so etwas wie Bedauern in seinen Augen zu entdecken. Dem konnte sie nur zustimmen, hatte sie doch gehofft, er würde sie aufs Parkett führen, sobald die Tanzmusik einsetzte.

Als die Musik jetzt tatsächlich begann, sah sie nur mehr seinen Rücken und wie er mit dem Außenminister in den angrenzenden Saal verschwand. Nun gut, sie drehte sich zu Bertram um, dann würde sie eben den ersten Tanz wieder mit ihrem Cousin absolvieren. Hauptsache, sie konnte sich endlich wieder bewegen. Vom langen Stillstehen taten ihr bereits die Beine weh. Doch was war das? Warum nahm denn kein einziges Tanzpaar Aufstellung? Agatha blickte zu Bertram hinüber, doch der beachtete sie nicht. Sein Blick schweifte über die anwesenden Gäste, gerade so, als würde er jemanden suchen.

„Ich kann dich jetzt wohl nicht hier allein stehen lassen", vermutete er, als er sich ihr schließlich doch wieder zuwandte.

„Nein, das kannst du nicht!", bestätigte Agatha ohne zu zögern. „Außer du hast bei deinen Rundblicken irgendwo eine uns bekannte Dame entdeckt, zu der ich mich gesellen könnte. Wen suchst du überhaupt die ganze Zeit?"

Bertram fühlte sich ertappt. „Das ist nicht weiter wichtig", sagte er. „Willst du tanzen?"

„Das würde ich gern, mein lieber Cousin, danke für die freundliche, höchst elegante Aufforderung", sagte sie mit unverkennbarem Spott, „aber anscheinend ist hier etwas anderes geplant ..."

Nun bemerkte auch Bertram, dass alle Gäste gebannt zu den Monarchen hinübersahen, die sich auf der Empore erfrischt hatten, und sich nun wieder erhoben.

„Nein, bitte nicht!", entfuhr es Agatha.

Doch die gekrönten Häupter kannten kein Erbarmen. Sie begannen eine weitere Tour durch alle Säle, wo sie sich von den Gästen bejubeln ließen. Nun hatte Agatha keinen Partner mehr, mit dem sie amüsante Bemerkungen hätte austauschen können. Ein Versuch, Bertram ins Gespräch zu ziehen, scheiterte an dessen abwesenden Blicken. Mit Entsetzen musste sie schließlich miterleben, wie die hohen Herren mit ihren Begleiterinnen nach einer weiteren Erfrischung ihre nächste Tour begannen. So gingen sie insgesamt dreimal an der Menge vorbei, die dann schon bei Weitem weniger enthusiastisch jubelte, bevor sie gegen ein Uhr den Ball verließen. Da war dann auch Agatha rechtschaffen müde und spürte ihre Füße nicht mehr.

Kapitel 21

„Sie verlassen mich?" Hanni konnte diesen kurzen Satz nicht aussprechen, ohne dazwischen mehrfach schwer zu schlucken. Ihre Lippen zitterten und die vergissmeinnichtblauen Augen füllten sich mit Tränen.

Bertram ergriff ihre beiden Hände. „Ich verlasse Sie doch nicht für immer, Fräulein Hanni. Glauben Sie mir, nichts läge mir ferner. Es ist doch nur für eine Woche."

Sie saßen wieder in einem Kaffeehaus, diesmal beim Kaffeesieder Simon am Graben, bei dem nicht nur im Sommer, sondern das ganze Jahr Gefrorenes auf der Speisekarte stand. Hanni hatte mit sichtlichem Vergnügen ein Glas Zitroneneis mit kandierten Veilchen gelöffelt, während Bertram sich den Kopf darüber zerbrochen hatte, wann und wie er am besten mit der Wahrheit herausrücken sollte. Er hatte gehofft, dass die junge Dame betrübt darüber sein würde, dass er die Stadt für eine Woche verließ, war aber dann doch davon überwältigt, dass sie gleich in Tränen ausbrach. Sie zog geräuschvoll die Nase hoch und er wünschte sich, er hätte ein sauberes Taschentuch mitgebracht, das er ihr hätte reichen können. Keine englische Lady würde es sich gestatten, in der Öffentlichkeit so herzerweichend zu schluchzen, darum wusste er auch nicht so recht, wie er sich verhalten sollte. Verstohlen blickte er nach allen Seiten und befürchtete, dass ihr Tischchen Mittelpunkt allgemeinen Interesses werden könnte. Aufatmend stellte er fest, dass ihnen niemand Beachtung schenkte. Die Gruppe älterer Damen am Ecktisch unterhielt sich lautstark über die Kleider einer abwesenden Freundin. Und der Mann am Nebentisch war noch immer über sein Notizbuch gebeugt, in das er eifrig kritzelte. Bertram hatte ihm kurz über die Schulter gesehen, als sie das Lokal betreten hatten, und gemerkt, dass der Mann etwas zeichnete. Kleine, dünne, tanzende Figuren. Nichts Besonderes.

„Wie kann denn dieser Lord Kastel Reh von Ihnen verlangen, dass Sie mit ihm aufs Land fahren, Bertram?", hörte er Hanni sagen und beeilte sich, sich wieder auf das Gespräch mit ihr zu konzentrieren. „Sie sind doch selbst so etwas wie ein Graf. Da kann man Sie doch nicht nach Belieben herumschubsen."

„Ich bin kein Graf, ich bin ein Viscount", stellte Bertram richtig, „und was immer herumschubsen bedeutet, so ist dies nicht der Fall. Als englischer Diplomat habe ich Pflichten zu erfüllen. Ich bin ja schließlich nicht zum Vergnügen in Wien."

Nun lächelte sie schon wieder und legte den Kopf schief: „Für das, dass Sie nicht zum Vergnügen da sind, haben wir beide ganz schön viel Vergnügen, meinen Sie nicht auch?"

Er stimmte in das Lächeln ein. Dann sahen sie einander in die Augen, und es war still am Tisch. Nur das Kratzen der Feder am Nachbartisch war zu hören.

„Ich verspreche Ihnen, dass ich höchstens eine Woche fortbleibe und mich mein erster Weg zu Ihnen führen wird, wenn ich wieder Wiener Boden unter den Füßen habe", sagte er und konnte nur inständig hoffen, dass die Pläne des Außenministers ihn nicht zwingen würden, dieses Versprechen zu brechen. „Und Sie versprechen mir dafür", setzte er hoffnungsfroh hinzu, „dass Sie an mich denken werden."

Als die junge Frau nicht sofort antwortete, war Bertram alarmiert: „Planen Sie etwa, mich zu vergessen, Fräulein Hanni? So ein treuloses Herz können Sie doch nicht haben."

„Meiner Seel', wenn Sie wüssten, was bei meiner Tante alles los ist, mein Herr! Wir haben so viel Besuch und werden ins Theater und in Konzerte eingeladen, da kann man schon so mancherlei vergessen", meinte sie ehrlicher, als ihm lieb war. „Wenn ich nur etwas von Ihnen hätte, das mich an Sie erinnert. Etwas, das ich immer bei mir tragen könnte. Einen Ring vielleicht, er muss nicht groß und dürfte auch alt sein, oder ein Ketterl, das ich immer in die Hand nehmen könnte, dann würde mir das Vergessen gleich viel schwerer fallen. Am besten ein goldenes, weil Gold ja ein Zeichen für die Ewigkeit ist, meinen Sie nicht auch?"

Bertram meinte, dass es auf einen Schuldschein mehr oder weniger nicht mehr ankam, und ließ sich von ihr zu einem Juwelier bringen, der erst kürzlich seine Pforten geöffnet hatte und Sonderpreise versprach. Sie erstanden ein mit Saphiren verziertes Armband, in das sich Hanni sofort verliebt hatte, weil die blauen Steine sie an ihre eigenen Augen erinnerten. In dieser Ansicht wurde sie vom geschäftstüchtigen Verkäufer eifrig bestärkt und Bertram fiel fast die Kinnlade herunter, als man ihm schließlich den Preis nannte. Wenn das Sonderkonditionen waren, dann wollte er gar nicht wissen, um welche Beträge diese Schmuckstücke sonst über den Ladentisch gingen. Ganz Mann von Welt und so, als hätte er sich längst daran gewöhnt, stellte er den nächsten Schuldschein aus.

„Jetzt werde ich Sie bestimmt nicht vergessen!“, versprach Hanni voll Enthusiasmus und stellte sich auf die Zehenspitzen, um ihm vor den Augen des Juweliers einen Kuss auf die Wange zu drücken.

Bertram fand, dass dieses Versprechen und der Kuss die enorme Ausgabe mehr als rechtfertigten. Er würde eben in den nächsten Monaten bei seinen eigenen Ausgaben um einiges sparsamer sein.

Dann war der Tag der Abreise gekommen und eine der alten, ausladenden Kutschen des Außenministers fuhr vor, um Bertram abzuholen. Lord Castlereagh selbst würde erst am folgenden Tag nach Schloss Laxenburg reisen, und so befanden sich nur die zwei anderen Nachwuchs-Diplomaten im Wagen, die mit Bertram gemeinsam ein Treffen mit englischen, österreichischen und preußischen Gesandten vorbereiten sollten. Der Kontrast zwischen den modischen jungen Männern im Inneren und den Lakaien, die mit gepuderter Perücke auf dem Wagen standen, hätte nicht größer sein können. Bertram stellte erfreut fest, dass er die beiden Männer bereits flüchtig kannte, und so begrüßte er sie freudig und vergaß alle trüben Gedanken. Der Ausflug versprach wider Erwarten, recht unterhaltsam zu werden.

Für Agatha hingegen versprachen die nächsten Tage weniger Amüsement. Oder, genauer gesagt, die Abende.

Die Tage waren nämlich auch weiterhin durchaus vergnüglich, waren sie doch angefüllt mit der angenehmen Pflicht, einen eigenen Haushalt zu führen, fröhlichen Gesprächen mit Lizzy und diversen Treffen mit der einen oder anderen ihrer neuen Bekannten. Diese Damen verabredeten sich am liebsten zu Kaffee und köstlichen Torten, entweder bei einer von ihnen zu Hause oder in einem Kaffeehaus. Am liebsten traf sich Agatha mit Helene, die sie nicht nur zu ihrer Schneiderin, sondern auch zu allen anderen Geschäften mitnahm, die sie mit ihrem Vertrauen beehrte. Mit Verwunderung, aber auch Vergnügen stellte sie eines Nachmittags fest, dass eine Galanteriehandlung am Kohlmarkt den Namen *Zum englischen Gruß* trug. Wer hatte sich denn so etwas ausgedacht? Diese Begeisterung verleitete sie dazu, den Laden zu betreten, und sie erstand einen wunderschönen, nicht allzu hohen Kandelaber und einen silbernen Obstaufsatz. Sie war von beidem so begeistert, dass sie tunlichst verdrängte, dass es nach ihrem Wienaufenthalt keinen Haushalt mehr geben würde, in dem die beiden Schmuckstücke zum Einsatz kommen konnten. Jetzt jedenfalls würden sie ihr auf den Hohen Markt geliefert werden und dort die Dinnertafel auf das Erfreulichste vervollkommnen. Helene hatte sie zu den Einkäufen bestärkt und führte sie anschließend zum benachbarten Lebensmittelgeschäft namens *Goldene Meerfräule* hinüber.

„Hier gibt es die frischesten Lebkuchen von bester Qualität", sagte sie, „die müssen Sie unbedingt probieren."

„Noch mehr Süßigkeiten?" Agatha griff sich aufstöhnend auf den Magen. „Wenn ich so weiter nasche, dann passe ich bald nicht mehr in meine Mieder."

Helena lachte. „Wir Wiener essen nun mal gern", sagte sie. „Die Monarchie besteht aus den unterschiedlichsten Völkern und von überall her bekommen wir die besten Rezepte. Sollten Sie wirklich eines Tages aus Ihrem Mieder platzen, teuerste Freundin, dann nehme ich Sie gern zu Schnürmeister Kerstinger auf den Stephansplatz mit. Der schneidert Ihnen mir nichts, dir nichts ein neues."

Mit diesen aufmunternden Worten schob sie Agatha in den Laden.

Als krönender Abschluss des erfolgreichen Ausflugs stand dann noch ein Besuch bei der Spitzenmanufaktur in der Weyburggasse auf dem Programm. Frau von Stummer wollte wie gewohnt die Kutsche nehmen, doch Agatha bestand darauf, den Weg zu Fuß zurückzulegen.

„Sie haben gesagt, es sei nicht allzu weit", erinnerte sie ihre Freundin an deren eigene Worte. „Nur den Graben hinunter bis zum Stephansplatz und dann nach rechts."

„Dennoch werden wir eine halbe Stunde dafür benötigen. Viele Leute sind unterwegs, es ist schmutzig und stinkt …", wandte Helene ein. „Niemand, der in Wien etwas auf sich hält, geht zu Fuß. Wozu gibt es denn schließlich Kutschen und Sänften?"

„Ach, stinken tut es doch hier immer und überall", erwiderte Agatha leichthin. „Landmark sagt, das läge an den engen Stadtmauern. Ich muss zu meinem Erstaunen zugeben, dass ich dabei bin, mich an diesen Geruch zu gewöhnen. Also, lassen Sie uns promenieren. Ich will die Stadt kennenlernen, liebe Freundin. Wie ginge dies besser als zu Fuß? Es hat seit Tagen nicht mehr geregnet, die Bürgersteige sind trocken. Und was ist schon eine halbe Stunde?"

Agatha war auf dem Land aufgewachsen. Auf Lancroft Abbey hatte sie mit ihrer Tante Louise Stunden im Freien verbracht, wenn diese Besuche bei ihren Pächtern unternahm oder die Grenzen ihres Anwesens abschritt. Auch auf ihren Reisen waren die Füße bisweilen das beste Fortbewegungsmittel gewesen.

„Nun gut, wie Sie möchten. Sie sind hier Gast, und ich will, dass Sie bekommen, was Sie sich wünschen", sagte Helene nach kurzem Zögern. „Aber seien Sie auf allerhand Unerwartetes gefasst und sagen Sie dann nicht, ich hätte sie nicht gewarnt."

Dann drehte sie sich um und gab dem Kutscher die entsprechende Anweisung, wo und wann sie wieder abgeholt werden wollte.

Arm in Arm bogen die beiden Damen in die Straße ein, die den Namen *Graben* trug, und standen vor einer hohen, reich verzierten Säule mit einem Kreuz an der Spitze und goldenen Kugeln und Engeln, die im Sonnenlicht glänzten. Agatha blieb beeindruckt stehen.

„An diesem Denkmal wurde mehr als zwanzig Jahre lang gebaut", erklärte Helene, als sie Seite an Seite nach oben blickten. „Es soll an die Pest erinnern, die 1679 in der Stadt gewütet hat."

Von der Pestsäule ging es weiter, den breiten Graben hinunter. Agatha bestaunte die vornehmen, hohen Häuser und die Vielfältigkeit und Eleganz der Geschäfte. Da drang ein Gestank an ihre Nase, der so ekelhaft war, dass er alles bisher Gerochene um ein Vielfaches übertraf. Außerdem hörte sie eine unangenehm laute, kratzige Frauenstimme, die etwas schrie, was sie nicht verstand. Es fiel ihr allerdings auf, dass die Frau immer wieder dasselbe zu rufen schien. Agatha fuhr herum und verscheuchte ein paar fette Fliegen, die um ihren Kopf surrten. Da entdeckte sie keine fünf

Meter entfernt ein altes Weib mit einem überdimensionalen Holzeimer auf dem Rücken und einen Ballen aus schwarzem Stoff über dem linken Unterarm. Sie wollte Helene eben fragen, wer denn diese seltsame Frau war und was sie da rief, da wurde sie von ihrer Freundin auch schon in den nächsten Hauseingang gezerrt. Mit einem Krachen fiel die schwere Holztür hinter ihnen ins Schloss. Helene ließ Agatha los und ihren Schal, den sie mit der anderen Hand vor den Mund gehalten hatte, wieder sinken. Laut hörbar atmete sie mehrmals tief durch.

„Oh, mein Gott! Wir warten am besten hier im Hausflur ab, bis das Buttenweib weitergezogen ist", sagte sie dann, „denn nicht nur der Gestank ist unerträglich. Es könnte außerdem zu einem Anblick kommen, den ich Ihnen lieber nicht zumuten möchte. Es sei denn, Sie sind ohnehin damit vertraut. Treiben sich derartige Buttenweiber auch in London herum?"

„Ich glaube nicht", antwortete Agatha nach kurzem Nachdenken, „zumindest kann ich mich nicht erinnern, je eine gesehen zu haben. Was machen diese Frauen? Warum schreien sie so? Bieten sie irgendwelche Waren feil? Was mögen das wohl für Waren sein, die so unvorstellbar schlecht riechen?"

Helene lachte auf. „Nein, nein, das, was das Weib da in der Butte, also in ihrem Eimer, am Rücken trägt, will bestimmt niemand kaufen. Sie haben … wie soll ich es Ihnen am besten erklären?" Sie zögerte kurz, während Agatha gespannt wartete. Die ganze Angelegenheit schien ihrer Freundin äußerst unangenehm zu sein. „Diese Frauen", begann Helene schließlich noch einmal, „stellen den Eimer immer dann auf dem Gehsteig ab, wenn jemanden ein ... ein ... dringendes körperliches Bedürfnis überkommt. Verstehen Sie, was ich meine? Dann kann man darauf Platz nehmen, und sie legt dem Kunden den dicken, schwarzen Umhang, den sie in der Hand trägt, über den unteren Teil des Körpers und man kann sich erleichtern. Dafür verlangt sie dann zwei Kreutzer."

Agatha glaubte ihren Ohren nicht zu trauen.

„Heißt das, der Oberkörper und der Kopf bleiben frei, so dass jeder sehen kann, wer da ...?" Dieser Gedanke war so ungustiös, dass sie ihn gar nicht zu Ende aussprechen wollte. „Oh Gott, kein Wunder, dass es so stinkt!"

„Sie waren es, die zu Fuß gehen wollte", erinnerte sie Helene mit offensichtlicher Schadenfreude.

Dann sah sie auf den Graben hinaus, und als sie feststellte, dass die Luft in jeder Hinsicht wieder rein war, setzten die beiden ihren Spaziergang fort. Sie erreichten die Weyburggasse ohne weitere derartige Zwischenfälle. Allerdings begegneten Sie noch jemandem, der Agathas Aufmerksamkeit auf sich zog. In dem Augenblick, als sie hinter Helene das Lokal der Spitzenmanufaktur betreten wollte, ließ ein perlendes, weibliches Lachen Agatha innehalten. Dieses Lachen kam ihr vage vertraut vor. Sie blickte sich um und sah ein auffallend hübsches Mädchen aus dem Durchgang eines Hauses kommen. Natürlich wusste Agatha sofort wieder, wo sie war. Dort hinten im Hof hatte sie mit Bertram vor einiger Zeit vergeblich versucht, Cecilias Aufenthaltsort ausfindig zu machen. Dabei hatte ihnen genau dieses Mädchen die Tür geöffnet und Rede und Antwort gestanden. *Aber,* dachte Agatha nun, *vielleicht ist das gar kein Mädchen mehr, sondern eine junge Frau?* Denn sie hing am Arm eines Mannes mittleren Alters und die beiden steckten die Köpfe zusammen und sprachen in der Öffentlichkeit so vertraut miteinander, dass sie eigentlich nur ein Ehepaar sein konnten.

Agatha seufzte, als ihr wieder einmal bewusst wurde, dass sie bei der Suche nach ihrer Schwester noch immer keinen Schritt weitergekommen war. Aber wenn die Adresse, die ihr die Verwandten in Florenz gegeben hatten, nicht stimmte, und wenn nicht einmal die englische Botschaft Bescheid wusste, wo sollte sie ihre Suche fortsetzen? Vielleicht war Cecilia schon längst nicht mehr in Wien. Falls sie überhaupt je hier gewesen war.

Kapitel 22

An diesem Abend saß der Herzog von Landmark im Staatssaal der Hofburg und litt Höllenqualen. Für einen musikalischen Menschen bewegte sich das, was an diesem Abend geboten wurde, am Rand des Erträglichen, oder wenn er es genau nahm, ging es weit über diesen Rand hinaus. Dabei hatte alles auf der Einladungskarte so verheißungsvoll geklungen. Hofkapellmeister Salieri persönlich würde Händels Oratorium *Samson* dirigieren. Dabei würde ihm ein Riesenorchester mit gleich hundert Pianofortes zur Verfügung stehen. Auf diesem Kongress ließen sich das Kaiserhaus und Kanzler Metternich wahrlich nicht lumpen. Alles musste noch größer, noch teurer, noch unglaublicher sein, um die Gäste aus nah und fern zu beeindrucken. Was auf dem Papier so großartig geklungen hatte, erwies sich in der Wirklichkeit jedoch als Desaster.

Landmark beugte sich zu Lord Sawnby hinüber, dem kleinen, untersetzten Mann mit Halbglatze, der der engste Vertraute des Außenministers war, und den er seit ihrer Unterredung auf dem Ball in der englischen Botschaft nicht mehr leiden mochte. Aber als Diplomat konnte er sich seine Begleitung oftmals nicht aussuchen. Dafür hatte er gelernt, sich seine Gefühle nicht anmerken zu lassen. Seine Lordschaft fächelte sich mit dem Programmzettel Luft zu und lauschte mit zusammengekniffenen Lippen. Anscheinend war auch er ein Musikliebhaber.

„Wie viele Musiker, sagten Sie, stehen da vorne auf der Bühne?", wollte Landmark flüsternd wissen.

„Nicht weniger als siebenhundert", lautete die zurückgeflüsterte Antwort. „Da ist der Chor allerdings miteingeschlossen. Laut Programm sind die meisten keine ausgebildeten Sänger."

„Na, so eine Überraschung", lautete Landmarks spöttischer Kommentar.

Sein Sitznachbar sah ihn an, als hätte er den Verstand verloren. „Das ist doch nicht im Geringsten überraschend", meinte er streng. „Hören Sie doch einmal genau zu!"

Ach, Lady Agatha, dachte Landmark gequält und rollte die Augen zur Zimmerdecke. Wo war sie nur, wenn man sie dringend brauchte? Sie hätte die Ironie seiner Worte ohne Zweifel verstanden. Mit ihr an seiner Seite hätte er sich über den Dilettantismus, der ihnen an diesem Abend geboten wurde, amüsieren können. Mit ihr an seiner Seite wäre es nicht so schlimm gewesen, dass viele der Sängerinnen und Sänger, die da in schwarzer und weißer Kleidung auf der Bühne standen, immer wieder den Einsatz verpassten oder die Stimmlage nicht halten konnten. Hundert Pianofortes waren in seiner Vorstellung ein riesengroßer, harmonischer Klangkörper gewesen. In Wirklichkeit klappte diese Harmonie weder untereinander noch mit den anderen Musikinstrumenten. So mancher Einsatz erfolgte zu spät, was wiederum für Verwirrung und Irritationen bei den anderen sorgte. Zu all dem gab es noch etwas, was er bemerkenswert, ja geradezu gespenstisch fand. Keines der Musikstücke bekam auch nur den geringsten Applaus. Den Herzog juckte es jedes Mal in den Fingern, wenn Salieri den Taktstock senkte. Auch wenn er die Darbietung grässlich fand, so gebot es doch allein schon die Höflichkeit, Applaus zu spenden. Als er jedoch nach der ersten Darbietung die Hände erheben wollte, um zu klatschen, da hatte ihn der feste Griff seines Sitznachbarn zurückgehalten.

„Um Himmels willen, Duke", hatte ihm dieser so laut zugeflüstert, dass es auch noch die Umsitzenden hörten, „unterlassen Sie das! Es wäre ein schrecklicher Fauxpas."

Ratlos hatte er die Augenbrauen gehoben.

„Haben Sie denn nicht bemerkt, dass der Kaiser mit Applaus begrüßt worden ist?", lautete die Erklärung, die er erst recht nicht verstand. Natürlich war ihm das nicht entgangen. Der Einzug des Monarchen mit seinem Gefolge hatte schließlich geraume Zeit in Anspruch genommen, und er hatte sich gelangweilt gefragt, ob man das nicht auch mit weniger Pomp hätte vollziehen können.

„Nun, da der Kaiser mit Applaus begrüßt wurde, darf dieses Beifallszeichen an diesem Abend für nichts und niemanden sonst Verwendung finden", hatten Sawnbys nächsten Worte gelautet. „So will es nun einmal das Protokoll."

Landmark beschloss, diese unglaubliche Geschichte unbedingt Lady Agatha zu erzählen. Sie würde mit ihm gemeinsam den Kopf schütteln. Wie dumm, dass er sie nicht hatte mitnehmen können! Mit schlechtem Gewissen dachte er daran, dass sie nun einen einsamen Abend zu Hause verbringen musste. Plötzlich fühlte er sich ein wenig schuldig. Er hatte sie nach Wien mitgenommen. War es da nicht seine Pflicht, für ihre Unterhaltung zu sorgen?

Als er das Haus am Hohen Markt verlassen hatte, um in die grüne Kutsche zu steigen, die ihn zum Staatssaal bringen sollte, da hatten es sich Agatha und Lizzy im Wohnzimmer gemütlich gemacht. Sie planten, sich in Kürze gemeinsam ans Klavier zu begeben, und Johann hatte sich bereiterklärt, die beiden auf der Geige zu begleiten. Der Herzog konnte es immer noch nicht glauben, aber in Wien war es anscheinend üblich, dass Hausbedienstete ein Instrument spielen konnten.

„Ja, freilich, Euer Gnaden", hatte ihm Gustl erklärt, „Hausmusik ist hierorts ungeheuer beliebt. Alle Eltern, die dereinst für ihr Kind eine Anstellung in einem gehobenen Haushalt anstreben, tun gut daran, es ein Instrument lernen zu lassen. Je besser er oder sie es dann spielen kann, desto größer ist die Chance auf eine Anstellung."

„Welches Instrument spielen denn Sie, Gustl?", hatte er wissen wollen.

„Ich komme nach meiner Mama", hatte dieser erklärt, „ich singe leidenschaftlich gern." Und dann hatte er zum Beweis die ersten Zeilen von *Dies Bildnis ist bezaubernd schön* aus Mozarts *Zauberflöte* geschmettert.

Während die hundert Spieler ihre Pianofortes quälten, versuchte sich der Herzog in Gedanken seinen altehrwürdigen Butler vorzustellen, wie er Arien sang, und den ersten Hausdiener, der ihn mit einer Geige unter dem Kinn begleitete. Dies alles in seinem eigenen Salon am Grosvenor Square. Das Bild war so grotesk, dass er lächeln musste.

Das Lächeln vertiefte sich, als er an seine Tochter dachte. Die liebe Lizzy! Was für eine selbstbewusste junge Dame sie in den letzten Wochen geworden war. Dabei hatte er sich stets große Sorgen um sie gemacht. Unter der Ägide seiner Cousine Cordula war sie immer so still und verschlossen gewesen, dass er Mühe gehabt hatte, sie überhaupt zu bemerken. Nun saß sie mit den Erwachsenen bei Tisch und wurde immer geübter darin, gekonnte Konversation zu betreiben. Ihre Deutschkenntnisse waren inzwischen besser als seine eigenen, und hätte ihm je jemand gesagt, dass das Lachen dieses vormals so scheuen Mädchens das gesamte Haus erfüllen würde, er hätte ihm nicht geglaubt. Für Cordula waren Gottesfurcht, Gehorsam und Fleiß die obersten Werte gewesen, wobei Fleiß sich ausschließlich auf hausfrauliche Tugenden, Klavierspiel und Handarbeiten bezogen hatte, was wohl im vergangenen Jahrhundert für adelige Mädchen passend gewesen war. Agatha förderte Lizzys Neugier an vielen Dingen, die weit über häusliche Tugenden hinausgingen. Sie ermutigte sie sogar, eine eigene Meinung zu haben, verlangte aber auch, dass sie diese begründen konnte. Er konnte nur hoffen, dass ihr dies bei der Gattenwahl nicht einmal zum Nachteil gereichen würde.

Der Herzog hielt in Gedanken inne, als ihm zu seiner eigenen Überraschung etwas klar wurde: Er mochte es, wenn eine Frau eine eigene Meinung hatte. Auch wenn es ihm das Leben nicht erleichterte und manchmal gehörig gegen den Strich ging, so machte es seine Tage spannender. Mit Agatha waren Gespräche abwechslungsreicher und interessanter als mit seiner verstorbenen Gattin, da sie mehr dazu beizutragen hatte als ein wiederholtes „Wenn du meinst, mein Lieber."

Wie klug und vorausschauend von ihr, für Lizzy eine Hauslehrerin zu engagieren! Noch dazu eine, die, soweit er das nach einem kurzen Kennenlernen beurteilen konnte, nicht nur gebildet, sondern auch fröhlich und unternehmungslustig war. Alles in allem: Ihre Ladyschaft tat seiner Tochter gut und das war ihm wichtig.

Während zweihundert Hände weiterhin in die Tasten hämmerten, dachte der Herzog daran, dass Lizzys Leben in eine unsichere Zukunft führte. Er konnte nur hoffen, dass sie mit einem passenden Ehemann vermählt war, bevor er selbst das Zeitliche segnete. Leider war seine Tochter ein Einzelkind geblieben und hatte keinen Bruder, der ihr nach dem Tod des Vaters zur Seite stehen und sie absichern könnte. So war sein Erbe der Sohn eines verstorbenen Cousins zweiten Grades, der sich weigerte, seinen Landsitz nahe der schottischen Grenze zu verlassen und den er nur deshalb einmal persönlich kennengelernt hatte, weil er sich selbst die Mühe machte, in den Norden zu reisen. Wie sich herausstellte, war sein Erbe ein behäbiger junger Mann mit vorquellenden Augen und Begeisterung für Bier und Grog, der nichts mehr liebte als das Fischen und seine eigene Bequemlichkeit. Der Duke durfte gar nicht daran denken, dass dieser ungehobelte Klotz einmal der fünfte Herzog von Landmark und damit Herr über sein Vermögen und seinen geliebten Landsitz werden würde, während seine Tochter nahezu leer ausging. Wenn er doch nur einen eigenen Sohn hätte! War Lady Agatha eigentlich schon zu alt, um Kinder zu gebären?

Dieser Gedanke kam aus heiterem Himmel, und für einen kurzen Moment fragte er sich, ob er verrückt geworden war. Er hatte Agatha geküsst und ihr dann eiskalt ins Gesicht geschleudert, dass er sie nicht heiraten wollte. Einen Satz, der damals seinem Trotz entsprang und den er aufgrund der Unhöflichkeit, mit der er ihn vorgebracht hatte, zutiefst bereute. Und nun zog er ernsthaft nicht nur eine Heirat in Erwägung, sondern dachte darüber hinaus sogar an Nachwuchs? Er spürte, wie seine Handflächen feucht wurden und sein Herz schneller zu schlagen begann. Mit einem Mal war er aufgeregt wie schon lange nicht mehr und von großer Vorfreude erfüllt. Er fühlte er sich nicht länger wie einundvierzig, sondern wie einundzwanzig. Oder, wie er sich über sich selbst amüsierend zugeben musste, eher wie fünfunddreißig.

Während sich Hofkapellmeister Salieri also abmühte, die Sänger ihr Bestes gaben, das für kaum jemanden gut genug war, und die Klänge des Orchesters den Saal erfüllten, da hörte der Herzog von Landmark keinen Ton mehr.

Er träumte stattdessen von einer Zukunft an Lady Alverstons Seite. Sie würden in England genauso leben, wie sie es jetzt in Wien taten. Agatha würde den Haushalt führen, ihm den Rücken vom alltäglichen Kleinkram freihalten und sich darum kümmern, dass Lizzys Erziehung den letzten Schliff bekam. Er würde seinen Pflichten nachgehen, die ihm als Diplomat oblagen, und am Abend würden sie gemeinsam Veranstaltungen besuchen, ohne dass der junge Panswick in der Nähe sein musste. Dieser fühlte sich doch bereits jetzt bei vielen Gelegenheiten wie ein lästiger Klotz am Bein an. Und was ihn am meisten freute: Tagtäglich würden sie Unterhaltungen führen, in denen die Funken sprühten, und irgendwann, da war er sich sicher, würde es ihm schon gelingen, Agatha davon zu überzeugen, dass er es war, der stets recht hatte. Aber wenn nicht, dachte er zu seinem eigenen Erstaunen, dann machte ihm das auch nichts aus. In den Nächten - Landmark merkte, wie die Träumereien in ein für ihn völlig ungewohntes heißes Verlangen übergingen –, da würden sie jene Leidenschaft ausleben, die die beiden Küsse damals vor dem verwanzten Gasthaus versprochen hatten. Mit einem Schlag konnte er es kaum mehr erwarten.

Während also Delilah auf der Bühne aus Leibeskräften sang, wandte sich der Herzog unvermittelt an seinen Sitznachbarn: „Gibt es in Wien eigentlich einen anglikanischen Priester?"

Der andere war über diese Frage so fassungslos, dass er nicht bereit war, sie zu beantworten, ohne zu wissen, was den Herzog veranlasst hatte, sie ihm aus heiterem Himmel und noch dazu bei so unpassender Gelegenheit zu stellen. Das wiederum wollte ihm Landmark nicht enthüllen, und es ergab sich ein Wortwechsel, der so lange dauerte, bis sich die resolute Dame in der Reihe vor ihnen umdrehte und sie mit einem energischen „Pscht!" zur Ordnung rief.

Kapitel 23

Bertram hatte in den folgenden Tagen viel weniger Zeit, sehnsuchtsvoll an Hanni zu denken, als er sich das vorgestellt hatte. Schon während die Kutsche die lange Allee von Schönbrunn bis hinaus nach Laxenburg rumpelte, war er in eine lebhafte Unterhaltung mit den beiden anderen Männern verstrickt, mit denen er in der kommenden Woche zusammenarbeiten sollte. Der junge Viscount genoss es, nun auch einmal in Fahrtrichtung reisen zu dürfen. Neben ihm auf der durchgesessenen Lederbank saß der Österreicher Hans-Karl, der mütterlicherseits einer Seitenlinie der Habsburger entstammte und als Major im Kürassierregiment Nr. 8 diente. Nicht, dass es Bertram je in den Militärdienst gezogen oder dass Lady Panswick dies ihrem Ältesten je gestattet hätte, aber insgeheim beneidete er den Offizier doch um seine schneidige Uniform. Hans-Karl war ein großgewachsener junger Mann mit kantigen Zügen und dunklem Haar, dem die weiße Uniform mit den gelben Knöpfen und den scharlachroten Ärmel- und Brustaufschlägen besonders gut zu Gesicht stand. Außerdem war er ein lustiger Kerl und wusste allerhand frivole Witze zu erzählen, die Bertram zwar mitunter peinlich waren, die ihn aber doch zum Lachen brachten. Der dritte im Bunde, auf der Bank gegenüber, war Wilhelm aus Königsberg in Ostpreußen. Er war ein blasser junger Mann mit tief liegenden Augen und um einiges ruhiger und ernsthafter als Hans-Karl. Bertram gewann schnell den Eindruck, der Preuße wäre ihm vom Charakter her ähnlicher. Allerdings ließ er im Gespräch immer wieder revolutionäre Ideen durchblitzen, die ihm dann doch befremdlich erschienen.

„Man spricht immer von einem Schloss Laxenburg", sagte Hans-Karl und zog eine kunstvoll verzierte Emaildose aus seiner Hosentasche, „aber in Wahrheit ist das eine Vielzahl von Schlössern und Gebäuden. Ich habe den General schon dreimal dorthin begleiten dürfen."

Er öffnete die Dose mit dem linken Daumennagel, entnahm eine Prise Schnupftabak und zog sie geräuschvoll in die Nase. „Laxenburg ist schon seit langer Zeit eine der Lieblingsresidenzen des Kaiserhauses." Dann wandte er sich direkt Bertram zu: „Der Park wird dir gefallen, Panswick. Kaiser Josef II., also der Onkel unseres guten Kaisers Franz, hat ihn im Stil einer englischen Landschaft anlegen lassen. Ich bin gespannt, ob dir das auffällt."

„Was soll denn daran besonders sein?", wollte Wilhelm wissen, der zuvor irgendwelchen düsteren Gedanken nachgehangen hatte.

„Seine Mutter Maria Theresia bevorzugte in Schönbrunn den Stil der französischen Parks, also akkurat geschnittene Buchsbäume, farblich abgestimmte Blumenbeete, gepflegte Kieswege – ihr wisst ja, wie solche Parks aussehen. Josef hatte jedoch seinen eigenen Kopf. Er lehnte sich allerdings generell gegen seine mächtige Mutter auf, nicht nur, was die Gartengestaltung betraf."

Hans-Karl nahm noch eine Prise.

„Wir sollten uns auch viel mehr gegen unsere Eltern auflehnen", fuhr da überraschend Wilhelm auf. „Wir dürfen uns nicht alles gefallen lassen! Es geht nicht an, dass unsere Eltern immer noch über unser Leben bestimmen wollen. Ich bin zweiundzwanzig Jahre alt, ich bin daher ein erwachsener Mann."

Seine Faust sauste so stark auf die Lederbank nieder, dass es staubte.

„Du bist kein erwachsener Mann", lautete der trockene Kommentar seines Wiener Freundes, „du bist ein Grünschnabel."

Wilhelm schnappte hörbar nach Luft.

„Werde erst einmal so alt wie ich", sagte Hans-Karl, und es klang reichlich großspurig in Bertrams Ohren, „nämlich sechsundzwanzig Jahre, dann sprechen wir uns wieder. Ach übrigens, wundert euch nicht, dass wir in Laxenburg eine Baustelle vorfinden. Auf Geheiß des Kaisers wird seit mehr als zehn Jahren mitten im See ein Ritterschloss erbaut, das sie ihm zu Ehren *Franzensburg* nennen wollen. Sie sind immer noch nicht damit fertig, und es wird wohl noch einmal so lange dauern, bis es so weit ist. Wenn wir Zeit finden, rudere ich euch auf die Insel hinüber. Die *Franzensburg* ist auch heute schon sehenswert."

Die nächsten Tage vergingen dann mit sehr viel Arbeit. Zuerst mussten alle Vertragsentwürfe überprüft und in mehreren Ausfertigungen abgeschrieben werden. Als am darauffolgenden Tag die hohen Herrschaften ankamen, hatten sie zahlreiche Wünsche, die schnellstmöglich zu erfüllen waren. Dann begannen die Gespräche der Diplomaten, und die drei teilten sich die Pflicht, das Protokoll zu führen und dann in den Sprachen deutsch, französisch und englisch auszufertigen, was angesichts der strengen Diskretion, unter der die Verhandlungen stattfanden, eine hohe Ehre und einen erheblichen Vertrauensbeweis darstellte. Was sich die drei jungen Diplomaten außer der Arbeit noch teilten, war ein großes, zugiges Zimmer im ersten Stock des Hauptschlosses mit drei wackeligen Eisenbetten und den Tisch im kalten Speisesaal, da sie die Mahlzeiten getrennt von den hohen Herrschaften einzunehmen hatten. So fanden sie also viel Zeit für allerhand Gespräche unter Männern.

Am dritten Abend verabschiedete sich der blaue Himmel und dicke, graue Wolken zogen von Westen auf, die sich schließlich in einem heftigen Gewitter entluden. Sie saßen in voller Kleidung unter ihren Decken und froren ganz erbärmlich. Hans-Karl hatte entdeckt, dass der Nebenraum ihres gemeinsamen Schlafsaals

als Abstellkammer genutzt wurde, und er hatte sämtliche Decken eingesammelt, die er dort finden konnte. Drei davon wurden auf die Betten verteilt. Die anderen wurden zusammengerollt und in die Laibungen der Fenster gestopft, um möglichst viel von der Kälte und der Feuchtigkeit nach außen zu verbannen. Doch leider zeigten diese Bemühungen wenig Wirkung.

„Hier zieht es ja noch ärger als im Schloss Persenbeug, wo ich erst neulich ein paar Nächte verbracht habe", sagte Hans-Karl schließlich und seine Miene hellte sich auf, als ihn diese Erinnerung auf eine Idee brachte: „Dort gab es einen Schlossverwalter, der ein wärmendes Feuer entzündete, als wir ihn darum baten. Ich denke, das wäre jetzt auch eine gute Idee."

Also standen sie auf, strichen ihre Kleidung so gut es ging glatt, suchten im weitläufigen Hauptschloss nach dem Verwalter und baten, als sie ihn endlich fanden, um Holz, damit sie den Kamin entfachen konnten.

„Ich wollte, ich könnte Ihnen welches geben", sagte der gute Mann, der selbst drei Jacken übereinander trug, „denn um ehrlich zu sein, sehne ich mich auch nach nichts mehr als nach etwas Wärme für meine alten Knochen. Doch leider, leider ..."

Er hob bedauernd beide Hände.

„Es kann doch nicht sein, dass sich gar kein Holz im Haus befindet", sprach Hans-Karl aus, was sich auch die beiden anderen gedacht hatten. „Wir würden es auch selbst in Stücke hacken, wenn es daran läge."

„Darum geht es nicht", sagte der Verwalter. „Es geht darum, dass die Heizperiode offiziell erst am 15. Oktober beginnt, und bis dahin bleiben die Kamine kalt. Vorschrift ist Vorschrift."

„Vorschrift ist Vorschrift", wiederholte Wilhelm düster. „Na, das nenne ich mal 'ne sinnvolle Vorschrift."

Hans-Karl lachte und sagte, als sie das Zimmer des Verwalters verlassen hatten und den langen, eiskalten Flur entlangeilten: „Na, dann gibt es jetzt wohl nur eines, was unsere Herzen erwärmt, nämlich die Gewissheit, dass die hohen Herren mindestens ebenso erbärmlich frieren wie wir."

„Wartet, ich hab da was für euch", rief ihnen der Verwalter nach. Die drei fuhren herum und sahen den Mann mit zwei Doppelliterflaschen im Türrahmen stehen. „Wenn ich euch schon kein Holz geben kann, dann sollt ihr wenigstens etwas von meinem Rotwein bekommen. Vielleicht hat der ja wärmende Wirkung."

Sie bedankten sich artig und eilten auf ihr Zimmer zurück, wo sie die Betten zusammenschoben, sich unter die Decken verkrochen und die Flaschen im Kreis gehen ließen, während sie über Gott und die Welt philosophierten. Der Wein sorgte zwar nicht für die ersehnte innere Wärme, aber dafür, dass sich die Zungen lockerten und auch der sonst so stille Wilhelm kaum mehr zu bremsen war.

„Meine Eltern erwarten, dass ich meine Cousine heirate", brach es aus ihm heraus, „aber ich will nicht und ich werde es auch nicht." Diesmal sauste seine Faust auf die Bettdecke. „Und wenn man mich in Ketten legt, ich werde es nicht tun!"

„In Ketten legt?", wiederholte Bertram entsetzt. „Hältst du das tatsächlich für möglich?"

„Ich halte alles für möglich", antwortete der Preuße düster, und es blieb offen, ob er das tatsächlich tat oder ob er einfach in eine besonders trübe Stimmung verfallen war. „Meine Eltern sind schrecklich, und Vaters Bruder ist noch schrecklicher. Nichts liegt mir ferner, als ihn zum Schwiegervater haben zu wollen. Außerdem ist Konstanze ebenso hässlich wie dumm und sie stinkt aus dem Mund."

„Bleib doch einfach in Wien", schlug Hans-Karl vor, der keine Lust hatte, sich mit den schweren Problemen anderer Menschen auseinanderzusetzen, „dann bist du weit weg vom Schuss und kannst machen, was du willst, dich verheiraten, mit wem du willst, oder es ganz bleiben lassen."

Wilhelm ließ die Flasche sinken. „Meinst du wirklich? Ich bin der dritte Sohn, also habe ich keine Pflichten, mich um die Landgüter zu kümmern ...", überlegte er und nahm einen weiteren Zug aus der Flasche. „Doch wovon soll ich leben? Mein Vater wird mir jede Apanage streichen, wenn ich mich nicht nach seinen Befehlen richte. Er ist zwar schon alt und es plagt ihn die Gicht ... Wer weiß, wie lange er noch lebt. Aber mit meinem Bruder wird es nicht besser. Der ist ein noch strengerer, bigotterer Mann als er. Außerdem ist unser Onkel sein großes Vorbild. Ihr könnt euch gar nicht vorstellen, was der wiederum für ein schrecklicher Mensch ist. Und mein Bruder ist keinen Deut besser. Was für zwei durch und durch schreckliche Menschen!"

Diese Aussage war ihm einen weiteren tiefen Schluck wert.

„Es sind doch genug von euch Preußen in Wien, Wilhelm", wandte Hans-Karl ein, der hoffte, das Thema damit abschließen zu können. „Von Gentz ist Preuße. Von Humboldt ist Preuße. Da sollte sich für dich doch eine Anstellung finden lassen, auch wenn der Kongress in Kürze zu Ende gehen wird."

„Ich wollte auch, ich könnte in Wien bleiben", meldete sich zur Überraschung der anderen nun Bertram zu Wort. Er schnappte sich die zweite Flasche und seufzte so schwer, dass ihm Wilhelm einen schnellen Blick zuwarf: „Hast du am Ende auch einen schrecklichen Vater, der dich unterdrückt?"

Bertram schüttelte den Kopf und seufzte abermals.

„Was dann? Musst du auch eine schreckliche Cousine heiraten, die aus dem Mund stinkt?"

„Nein, auch das nicht", gab Bertram zu. „Mein Vater war ein herzensguter Mann, doch leider ist er vor drei Jahren verstorben. Und meine Cousinen sind beide um einiges älter als ich und verwitwet."

Wilhelm wurde ungeduldig.

„Was ist es dann, das dich zum Stöhnen und Ächzen bringt? Was ist denn heute bloß mit euch beiden los? Ihr verderbt mir noch glatt den Abend mit eurem Gejammer."

„Ich bin der Erbe", erklärte Bertram, ohne auf die Worte seines Freundes einzugehen, und es klang, als läge alle Last der Welt auf seinen Schultern.

Jetzt wurde es wiederum Wilhelm zu bunt: „Sei doch froh!", fuhr er ihn an. „Da hast du wahrlich keinen Grund, verdrossen zu sein. Du bist großjährig, du bist dein eigener Herr. Du darfst doch bereits selbstständig über dein Vermögen verfügen, oder etwa nicht?"

„Ja schon", gab Bertram zu. „Noch nicht über alles, aber zumindest über das Geld meiner Urgroßmutter, und das sichert mir ein gutes Auskommen."

„Dann sage ich es noch einmal: Hör auf, herumzujammern", schnauzte ihn Wilhelm jetzt regelrecht an. „Ich habe keine Nerven für so etwas. Ich habe nämlich wirkliche Probleme im Unterschied zu dir."

„Ich habe mich verliebt", gestand Bertram leise und wurde rot, als ihm bewusst wurde, dass er etwas ausgesprochen hatte, was er sich bisher nicht einmal selbst eingestehen wollte. „Sie ist süß und unglaublich liebenswert, doch ich fürchte, dass es für uns keine gemeinsame Zukunft geben kann. Ihre Tante ist zwar von Adel, aber sie scheint ein einfaches Mädchen vom Land zu sein. Ich hingegen bin ein Viscount. Der achte in der Reihe. Meine Mutter wird mit meiner Wahl niemals einverstanden sein und mein Vormund erst recht nicht."

„Dein Vormund?“, wiederholte Hans-Karl, und es klang eher wie ein Lallen. „Also hast du doch noch einen. Und uns weismachen wollen, du seist großjährig.“

„Er ist mein ehemaliger Vormund“, beeilte sich Bertram zu berichtigen. „Doch ich will ihn keinesfalls verärgern. Er ist der Mann meiner ältesten Schwester Frederica und hat meinen Landsitz und meine Familie vor dem finanziellen Untergang bewahrt. Da schulde ich ihm etwas.“

„Du schuldest ihm gar nichts!“, rief Wilhelm aus und gestikulierte so stark mit der großen Flasche, dass sich ein Schwall Rotwein über die Bettdecke ergoss. „Er hat es ja sicher nicht für dich getan, sondern für deine Schwester Friederike.“

„Frederica“, korrigierte der junge Viscount wie von selbst und verstummte dann, als ihm schlagartig eines klar wurde: Wilhelm hatte recht! Derryhill hatte Lancroft Abbey gerettet, um Freddy zu helfen. Nicht ihm! Von dieser Seite hatte er die Angelegenheit noch nie betrachtet. Er war dem Earl of Derryhill gar nichts schuldig.

„Ich bin ihm nichts schuldig“, wiederholte er laut und lachte befreit auf. „Ich bin ihm gar nichts schuldig!“

„So ist's recht“, befand Wilhelm und hob die Flasche wie eine Siegertrophäe in die Höhe. „Und deine Mutter kann dir schon gar nichts verbieten. Wir tragen schließlich keine kurzen Hosen mehr. Wir sind erwachsene Männer, wir gehen unseren eigenen Weg. So ist das, jawoll!“

Diese Worte klangen wie Musik in Bertrams Ohren und hätten wohl noch mehr Eindruck hinterlassen, wäre Wilhelm nicht umgehend danach aus dem Bett gefallen.

Kapitel 24

Zur selben Stunde, als das Saufgelage der drei Freunde auf Schloss Laxenburg begann, erhoben sich Agatha und Lizzy vom Tisch. In Wien war die Sitte, dass alle weiblichen Wesen nach dem Mahl das Esszimmer verließen, um die Herren ihrem Portwein und ernsthaften Gesprächen zu überlassen, nicht bekannt. Doch dies war ein englischer Haushalt, und Agatha wäre es sehr befremdlich erschienen, sitzenzubleiben. In der kleinen Vorhalle wünschte sie ihrem Schützling eine gute Nacht und begab sich dann ins Wohnzimmer. Sie war sich sicher, dass der Herzog noch ausgehen würde und erwartete einen weiteren einsamen Abend. So wie am Abend zuvor, an dem sie allerdings zu ihrem eigenen Erstaunen festgestellt hatte, dass sie die Stille im Haus genoss. Zuerst hatte sie eine Stunde mit Lizzy und Johann musiziert und sich gefreut, endlich einmal wieder mit jemandem vierhändig Klavier spielen zu können. Doch Lizzy war keine Meisterin am Piano, und ihre eigenen Finger waren wohl ein wenig eingerostet, so war das kleine Hauskonzert zwar fröhlich, aber alles andere als ein Ohrenschmaus gewesen. Dann waren Lizzy und Johann in ihre Schlafkammern verschwunden und sie hatte sich mit einem

Roman, den ihr Helene geliehen hatte, ins Wohnzimmer zurückgezogen.

Sie war noch selten in ihrem Leben allein gewesen. Als sie ein Kind war, hatte sie stets ihre kleine Schwester Cecilia am Hals gehabt. Das war ihr oft auf die Nerven gegangen, aber da hatte sie auch noch nicht geahnt, dass sie sie viele Jahre später inständig suchen würde. Dann folgten die Ehe mit Edward und die Ausgrabungen in Ägypten. Immer waren sie von Menschen umringt gewesen, die ihre Leidenschaft für Archäologie teilten. Später dann auf Lancroft Abbey waren zumindest Tante Louise und irgendein anderes Mitglied der großen Familie Barnett um sie herumgewirbelt, und auf Reisen wäre es zu gefährlich gewesen, wäre ihre Kammerfrau von ihrer Seite gewichen.

Auch an diesem Abend entzündete Agatha wieder alle Kerzen in den Wandleuchtern und auf dem kleinen Tischchen neben dem ausladenden Sofa. Im Kamin prasselte ein wärmendes Feuer. Sie rückte die Polster zurecht und griff zu ihrem Roman. In die weichen Kissen gelehnt, die Beine auf das Sofa gelegt, ließ sie sich in eine dramatische Liebesgeschichte zwischen einem verarmten Leutnant und der reichen Tochter eines Earls fallen. Vor den großen Fenstern zum Innenhof tobte der Sturm und die Äste des Birnbaums an der Hausmauer wurden immer wieder gegen die Scheiben geschlagen. Die Standuhr schlug acht Mal zur vollen Stunde.

Agatha sah von ihrem Buch auf und blickte sich um. Wie schön es hier war, wie geborgen und friedlich. Mochte draußen das Unwetter über den Dächern der Stadt toben, sie war hier vor ihm sicher. Tief in ihrem Inneren hatte sie das Gefühl, endlich angekommen zu sein.

„Störe ich?“, erkundigte sich da eine männliche Stimme von der Tür her.

Sie fuhr auf, beeilte sich, in eine damenhafte Sitzposition zu gelangen, und strich sich mit schnellen Bewegungen das Haar aus dem Gesicht. Ihr Blick glitt zum Türrahmen hinüber, an dem der Herzog lehnte und eine dunkle Flüssigkeit langsam im Kristallschwenker kreisen ließ. Wie lang stand er schon da? Hatte er sie etwa beobachtet?

„Wieso sollten Sie stören?“, fragte sie mit einem besonders forschen Tonfall, der die plötzliche Unsicherheit überdecken sollte. „Es ist Ihr Haus, Duke. Oder zumindest von Ihnen gemietet, während wir hier in Wien weilen …“

Sie wunderte sich über sich selbst, wie nervös sie auf einmal geworden war. Sie hatte Landmark doch erst beim Abendessen gesehen und mit ihm und Lizzy fröhlich über diverse Erlebnisse in der Stadt geplaudert. Der Herzog kam näher und setzte sich in den Lehnsessel, der ihr direkt gegenüberstand.

„Wenn Sie möchten, können Sie die Beine gern auf dem Sofa liegen lassen“, bot er ihr großzügig an. „Wir sind *entre nous.* Warum sollen wir uns nicht die

Bequemlichkeit gestatten, die im Kreise einer Familie üblich ist?“

„Vielleicht, weil wir keine Familie sind?“, wandte sie ohne nachzudenken ein und ärgerte sich gleich darauf darüber. Er war nett zu ihr gewesen, musste sie ihm eine ihrer ruppigen Abfuhren erteilen? Um diese wiedergutzumachen, legte sie die Beine zurück und lehnte sich wieder in die Kissen. „Danke“, sagte sie und meinte es ehrlich. „Ich habe mir vor ein paar Jahren, kurz bevor ich meine Cousine zu ihrem Debüt nach London begleiten sollte, das Bein gebrochen. Seither bekomme ich Schmerzen, wenn das Wetter wechselt. Da tut es gut, es hochzulegen.“

Sie folgte seinem Blick und stellte fest, dass dieser soeben wieder einmal ihre Fesseln gestreift hatte. Sie fühlte, wie sie errötete, und verspürte dennoch keinen Impuls, zur bereitliegenden Wolldecke zu greifen. Wenn in Wien so manches Kleid einen Blick auf die Fesseln zuließ, warum sollte sie die ihren verstecken? Sie waren schmal und mit besonders hübschen spitzenverzierten Strümpfen bekleidet, die in samtenen Hausschuhen steckten. Sie genoss es, dass sie ihm ganz offensichtlich gefiel. Er war ein besonders gut aussehender, hochgestellter Gentleman, der seine Abende mit den schönsten Damen der Stadt verbringen könnte. Doch er saß hier bei ihr, allein im gemeinsamen Wohnzimmer. Sie spürte, wie ihr Herz ein wenig schneller zu schlagen begann.

„Wie soll sich denn das Wetter auf Schmerzen auswirken?“, hörte sie ihn fragen. „Wer behauptet denn so etwas?“

Anscheinend war er wieder einmal skeptisch.

„Penelope behauptet das", erklärte sie ihm schulterzuckend. „Sie hat dieses Phänomen oftmals bei Schafen beobachtet."

Seine Augenbrauen schnellten in die Höhe: „Bei Schafen? Wer um Himmels willen ist diese Penelope, und warum vergleicht sie Sie mit einem Schaf?"

So fassungslos diese Worte auch klangen, so sehr schien sich Landmark zu amüsieren. Agatha lachte auf. Sie hatte ja wirklich eine bemerkenswerte Verwandtschaft und sie spürte, wie stolz sie auf sie war.

„Das ist meine zweitälteste Cousine", erklärte sie ihm. „Panswicks Schwester, knapp zwei Jahre älter als er. Sie ist die Hübscheste von uns allen, aber das kümmert sie nicht im Geringsten. All ihre Liebe gilt den Schafen. Und ihrem Mann natürlich. So hoffe ich zumindest", setzte sie hinzu und lächelte.

„Der arme Kerl", stimmte Landmark in dieses Lächeln ein. „Wie soll er gegen die Konkurrenz von Schafen je bestehen können?"

„Ich weiß, es klingt ungewöhnlich", gab Agatha freimütig zu, „aber wir sind daran gewöhnt. So wie wir daran gewöhnt sind, dass sie keinen Deut auf ihre Schönheit gibt, das Gesellschaftsleben meidet und lieber den ganzen Tag auf der Weide verbringt."

Der Herzog schwieg kurz.

„Ich finde", begann er dann langsam, „diese Lady ist nicht die einzig bemerkenswerte und dazu auch noch außerordentlich hübsche Cousine in dieser Familie."

Er warf Agatha unter gesenkten Lidern einen Blick zu, der ihr Herz mit Sicherheit schneller hätte schlagen lassen, wenn sie ihn denn bemerkt hätte. Doch sie war mit ihren Gedanken weit weg.

„Penelope hat sich ein ungeheures Wissen über die Heilung von Tieren angeeignet. Stallmeister aus dem ganzen Landkreis bitten sie um Hilfe, wenn sie selbst nicht mehr weiterwissen. Außerdem profitieren Menschen von ihrer Heilkunst … wenn auch kein Lebewesen so sehr ihr Interesse fesselt wie ein Schaf. Also war es, wenn ich es recht bedenke, sogar etwas Gutes, dass sie mich mit einem Schaf verglichen hat."

Der Herzog war fassungslos. Er hatte ihr ein Kompliment gemacht! Wie kam sie dazu, es einfach zu ignorieren? Obwohl er einen kleinen Stich der Enttäuschung spürte, war er gleichzeitig davon fasziniert. Er machte ganz selten so offene Komplimente und wenn, dann war er damit bisher stets auf helles Entzücken gestoßen. Agatha war die Erste, die so tat, als hätte er gar nichts gesagt. Im Gegenteil, sie vertiefte sich immer mehr in Erzählungen über Cousinen und Schafe. Er hörte nur mehr mit halbem Ohr zu, da er schon längst das Interesse an beidem verloren hatte. Zu seinem Glück fiel ihm ein, wie er dem Thema ein Ende setzen konnte: „Darf ich Sie daher Schäfchen nennen?", fragte er freundlich.

„Unterstehen Sie sich!", kam auch schon der umgehende Protest, der etwas halbherziger klang, als er erwartet hatte. „Welche Veranstaltung werden Sie heute Abend besuchen?", wechselte sie abrupt das Thema.

Er nahm noch einen Schluck, bevor er mit einem Tonfall sagte, als wäre dies das Normalste der Welt: „Gar keine."

Agatha legte das Buch, das sie noch immer in Händen hielt, auf das Tischchen zurück. „War das Konzert gestern so schlimm, dass Sie den Wiener Musikern nicht mehr trauen? Oder ist es das schlechte Wetter, das Ihnen eine Ausfahrt verleidet?"

„Keines von beiden", sagte er und nahm einen weiteren Schluck, ohne den Blick von ihr abzuwenden.

„Was stünde denn heute Abend auf dem Programm?", wollte sie wissen und wunderte sich über seinen ernsten Tonfall.

„Ach, was weiß ich." Es klang nicht im Geringsten interessiert. „Irgendein Maskenball, der sich *Redoute paré* nennt und abermals in dieser großen Reitschule stattfindet. Da werden wieder Tausende Menschen anwesend sein und die allerhöchsten Majestäten werden stundenlang im Kreis defilieren."

Agatha lachte auf: „Das wollen Sie sich entgehen lassen? Das letzte Mal war es doch ein großer Spaß, ihnen dabei zuzusehen und uns so unsere Gedanken zu machen. Es war zwar wenig respektvoll, wie ich gestehen muss, aber auch außerordentlich amüsant."

„Ja, natürlich war es amüsant", gab er unumwunden zu. „Doch es besteht ein großer Unterschied zu heute. Heute müssen Sie zu Hause bleiben, weil uns dummerweise Panswick als Begleiter fehlt. Mit wem sollte ich mich also an den Rand des Saales stellen?

Allein ist das Lästern über andere nicht einmal halb so belustigend."

„Aber, wir haben doch nicht *gelästert!*", protestierte sie, um dann gleich darauf zuzugeben: „Na ja, vielleicht doch ein wenig."

„Ein wenig?", wiederholte er mit hochgezogener Augenbraue.

Sein Tonfall rührte an etwas in Agathas Innerem, das sie nicht benennen konnte. Irgendetwas, das sie an längst vergangene Tage erinnerte. An ihren Gatten. Sie wischte den Gedanken so schnell zur Seite, wie er gekommen war. Landmark war ganz anders als Edward. Viel herausfordernder und auf irgendeine Art … gefährlicher. Nein, gefährlich war das falsche Wort. Undurchschaubarer, das traf es besser. Bei ihm wusste sie nie so genau, woran sie war. Darum benahm sie sich oft nicht so, wie sie es, im Nachhinein gesehen, gern getan hätte.

„Eine Guinee für Ihre Gedanken", hörte sie ihn sagen.

Sie fühlte sich ertappt und beeilte sich eine Frage nachzuschießen: „Wenn es also nicht der Maskenball sein soll, dann muss es doch etwas anderes geben, was Sie tun möchten."

„Das ist richtig", sagte er schlicht. „Ich möchte zu Hause bleiben, bei Ihnen."

Die Tatsache, dass er den Abend am Hohen Markt verbringen wollte, hätte Agatha nicht weiter überrascht. Warum sollte er sich nicht in die Bibliothek zurückziehen und über seinen Unterlagen brüten, wie er dies untertags oft stundenlang tat? Aber dass er ausdrücklich erklärte, bei ihr bleiben zu wollen, bereitete ihr unversehens Herzklopfen.

„Ich würde Sie nämlich gerne etwas fragen“, sagte er da, und das Herzklopfen verstärkte sich.

„Ja?“

Wie konnte ein so kurzes Wort bloß so unsicher klingen? Agatha beeilte sich, wieder in eine aufrechte Position zu kommen. Vielleicht würde ja dadurch ihr Selbstbewusstsein zurückkehren. *Was sollte er dich denn schon Bedeutsames fragen wollen?*, schalt sie sich selbst. *Du bist doch kein junges Ding mehr, das ihrem ersten Heiratsantrag entgegenzittert. Außerdem haben wir dieses Thema doch schon hinreichend geklärt. Wahrscheinlich will er bloß meinen Rat, was Lizzy betrifft, oder er sucht ein …*

„Also, was ich Sie fragen wollte …“, er schluckte kurz und setzte dann fort, „… möchten Sie etwas trinken?“

Agathas Herzklopfen ließ schlagartig nach und machte Unglauben Platz.

„Wie bitte?“, stieß sie hervor. War es möglich, dass sie sich wieder einmal verhört hatte? War das tatsächlich die Frage, die er meinte, extra ankündigen zu müssen?

„Ich danke Ihnen, aber Sie brauchen sich nicht zu bemühen. Ich kann jederzeit nach Johann läuten“, antwortete sie, obwohl sie wusste, dass auch er das wusste. Ihre Stimme klang kühl.

„Ich habe der Dienerschaft freigegeben", erwiderte er und vermied zum ersten Mal den Augenkontakt. „Ich wollte mit Ihnen ungestört sein."

„Duke?!", rief sie aus, und das Herzklopfen kam wieder, um ein Vielfaches stärker als vorher.

Ihre Fassungslosigkeit nahm ihm die Sicherheit. Er reagierte so, wie er stets reagierte, wenn er sich in die Ecke gedrängt fühlte, er reagierte mit einem Angriff.

„Ich bitte Sie, Madam! Spielen Sie doch hier nicht die alte Jungfer, die nicht weiß, wie sie sich mit einem Mann allein unterhalten kann. Ich versichere Ihnen, ich habe nicht vor, Ihnen einen unsittlichen Antrag zu machen."

Agatha zermarterte sich das Hirn, was man am besten auf so eine Ungeheuerlichkeit antworten sollte, und dann war ein trockenes „Da bin ich aber froh!" das Einzige, was ihr einfiel.

Es war weder genau das, was sie meinte, und schon gar nichts das, was man von einer Lady von Stand und mit Stil erwartete. Aber was hätte sie denn sagen sollen, wenn sie plötzlich wieder so unglaublich aufgeregt war? War er etwa tatsächlich dabei, ihr eine Vernunftehe anzubieten? Sollte das eintreten, was sie bei ihren Gedankenflügen in einsamen Nächten nicht zu träumen gewagt hatte? Sie hätte wohl besser geschwiegen, wie sich umgehend herausstellte.

„Froh? Ach, tatsächlich?", fuhr er sie an, und nun war der Blick unter gesenkten Lidern ohne Zweifel ein kritisch prüfender geworden. Der Tonfall, mit dem sie ihm in einer derart heiklen Situation begegnet war, gefiel ihm ganz und gar nicht. Warum konnte sie nicht einfach erröten, lächeln und warten, was er zu sagen hatte?, fragte er sich ungehalten. Warum musste sie ihm immer wieder das Leben schwermachen? Er hatte etwas höchst Ehrbares vor, warum bloß fühlte er sich jetzt verpflichtet, sich zu verteidigen?

„Aber vielleicht wäre Ihnen ein unsittlicher Antrag gar nicht so unrecht gewesen", schnauzte er sie an. „Wenn ich an die Küsse denke, damals vor diesem ... diesem schrecklichen Wirtshaus, da haben Sie mich zurückgeküsst. Nicht widerwillig, nein! Bereitwillig! Sie erinnern sich sicher daran, Madam."

Wenn sie ihn schon dazu brachte, sich schuldig zu fühlen, dann sollte sie sich gefälligst ebenfalls schuldig fühlen.

Agatha war so vor den Kopf geschlagen, dass ihr nun wirklich die Worte fehlten. Wie oft hatte sie sich gefragt, wie er wohl ihr schamloses Verhalten von damals beurteilte, nun hatte sie die Antwort. Sie atmete tief durch, um die Tränen, die ihr in die Augen schossen, aufzuhalten, straffte die Schultern und begegnete seinem Blick offen und direkt.

„Nein, ich erinnere mich nicht", sagte sie, und jetzt klang ihre Stimme kalt. „Das Leben hat mich gelehrt, alles Unangenehme und Widerwärtige aus meinem Gedächtnis zu streichen. Doch nun zur angekündigten Frage, Duke. Ich nehme nicht an, dass es nur um ein Getränk gehen sollte. Was möchten Sie sonst noch von mir wissen?"

Landmark starrte sie an und schwieg nun seinerseits einige Augenblicke. Gerade als sie sich fragte, wie lange sie diesen ernsten Blick und das Schweigen noch ertragen musste, knallte er sein Glas auf das Tischchen, stand auf, sagte: „Unter diesen Umständen ist meine Frage hinfällig", verbeugte sich korrekt, wünschte eine gute Nacht und verließ den Raum.

Kapitel 25

In dieser Nacht lag Agatha noch lange wach. Sie wünschte sich, sie könnte sich einen Reim auf das Verhalten des Herzogs machen, doch alle Schlüsse, die sie zog, führten in die Irre. Der erste Gedanke war gewesen, dass sie den Duke verletzt hatte. So einen Blick wie den, den er ihr zugeworfen hatte, bevor er das Zimmer verließ, hatte sie bei ihm noch nie gesehen. Er war ihr durch Mark und Bein gegangen. Die Augen wirkten so unendlich traurig. Nein, korrigierte sie sich, nicht traurig, gekränkt. Doch womit sollte sie ihn gekränkt haben? Er war es doch gewesen, der sie frontal angegriffen hatte. Da hatte er doch damit rechnen müssen, dass sie sich verteidigte. Nun gut, vielleicht hatte sie sich nicht wirklich verteidigt, sondern war über das Ziel hinausgeschossen. Was war nur in sie gefahren, dass sie die Küsse als unangenehm und widerwärtig bezeichnet hatte? Sie waren doch alles andere als … Allerdings, wie konnte er ihr nur vorwerfen, ihn zurückgeküsst zu haben, wenn er es damals durchaus genossen hatte? Warum hätte er sie denn sonst noch ein zweites Mal in die Arme genommen, wenn er … Ach, es war zum Haare raufen! Warum hatte er sie damals überhaupt geküsst, das wäre die richtige Frage gewesen, die sie ihm hätte stellen sollen. Und am besten hätte sie überhaupt ihren Mund gehalten und gewartet, was er sie eigentlich hätte fragen wollen. Warum bloß reizte er sie stets zu Widerspruch? Er wollte *bei ihr* zu Hause bleiben, hatte er gesagt. Agatha seufzte. Eines war sicher: Das würde er in Zukunft nie wieder wollen. Und er hatte es auch an diesem Abend nicht eingehalten, denn wenige Minuten nach seinem Abgang aus dem Wohnzimmer hatte sie das Haustor hinter ihm zufallen hören. Sie hatte ihn vertrieben.

Während sie so dalag und seufzte, da kam neben aller Verzweiflung auch die Wut wieder in ihr hoch. Was war Landmark doch für ein unmöglicher Mensch! Wie konnte er ihr nur zuerst Hoffnungen machen, sie dann mit ungeheuerlichen Vorwürfen überfallen und anschließend so einfach im Wohnzimmer sitzen lassen, als wäre sie ein Schulmädchen oder … ein unfolgsamer Haushund? Warum hatte er überhaupt eine Frage angekündigt, die er dann nie zu stellen beabsichtigte?

Ich werde ihn das alles morgen fragen, schwor sie sich, *und dann werden wir die Unstimmigkeiten beseitigen. Ich werde großzügig darüber hinwegsehen, wie er mich behandelt hat, und mich dafür entschuldigen, dass ich ihn verletzt habe.* Mit diesen zuversichtlichen Gedanken gelang es ihr schließlich, in einen unruhigen Schlaf zu verfallen.

Wie sich am nächsten Tag herausstellte, sollte sie keine Gelegenheit haben, mit dem Herzog zu sprechen. Auch die folgenden zwei Tage nicht. Er zog es vor, das Frühstück in seinem Schlafgemach einzunehmen, aß zu Mittag in der englischen Botschaft und verbrachte die Abende auf irgendwelchen Veranstaltungen. Anscheinend fiel es ihm mit einem Schlag gar nicht mehr schwer, dies ohne ihre Begleitung zu tun.

Dann kam endlich Bertram aus Laxenburg zurück und Agathas Abende in der einsamen Stille gehörten der Vergangenheit an. Ihre Freude war so groß, dass sie ihren Cousin umarmte und an sich drückte, kaum dass sie seine Stimme in der Vorhalle vernommen hatte.

„Na, na, Agatha", murmelte der junge Viscount sichtlich überwältigt und klopfte ihr freundschaftlich auf den Rücken, „du tust ja gerade so, als kehrte ich aus dem Krieg zurück. Ich war doch nur in Laxenburg, ganz in der Nähe von Wien. Da war weit und breit keine Gefahr."

„Ich freue mich einfach, dass du wieder da bist, das ist alles!" Agatha trat einen Schritt zurück und strich ihm etwas verlegen eine vermeintliche Fussel von der Schulter. „Ich hoffe, du hast nicht vergessen, dass wir beide heute wieder bei der Baronin von Arnstein eingeladen sind."

„Nein, das habe ich natürlich nicht", lautete die erhoffte Antwort, während er die Wohnzimmertür für Agatha aufhielt. „Diese Soiree möchte ich keinesfalls versäumen. Wo hat man schon Gelegenheit, sich mit so vielen geistreichen Menschen zu unterhalten?"

Sie setzten sich auf die Sofagarnitur und Agatha bat den herbeigeeilten Johann um Tee und Kuchen. Während sie von den österreichischen Mehlspeisen gar nicht genug bekommen konnte, hatte sie sich mit der hiesigen Sitte, zu jeder Tageszeit Kaffee zu trinken, noch nicht so recht angefreundet. Der Viscount lehnte sich im Lehnsessel zurück und streckte seine langen Beine von sich.

„Na, Bertram, nun erzähl, wie war es auf diesem Schloss? Hattest du viel zu tun?"

Ihr Cousin brauchte keine weitere Ermutigung und schon bald wusste Agatha alles über die beiden patenten Burschen, mit denen er sich das Zimmer und die Pflichten geteilt hatte. Auch wenn er über den Inhalt der Verhandlungen natürlich Stillschweigen bewahrte, so hielt ihn nichts davon ab, einige Anekdoten zum Besten zu geben und die Eigenheiten der hohen Herren gekonnt übertrieben nachzuahmen. So verbrachten sie eine fröhliche Stunde miteinander, bis plötzlich der Herzog im Türrahmen stand.

„Hier scheint es ja lustig zuzugehen", sagte er mit hochgezogenen Augenbrauen, und es klang nicht so, als würde ihn das freuen.

Bertram sprang auf und warf einen schnellen Blick zu Agatha hinüber. Die verzog das Gesicht und zuckte kurz mit den Schultern.

Na großartig, dachte Bertram im Stillen. Als ich unser Heim verlassen hatte, schienen sich die beiden arrangiert zu haben, jetzt hing der Haussegen wieder gewaltig schief.

„Morgen ist der Jahrestag der Völkerschlacht zu Leipzig, Panswick", sagte Landmark nach der Begrüßung. „Sehen Sie zu, dass alles für unseren Ausflug in den Prater vorbereitet ist. So wie ich die Feste in Wien bisher kennengelernt habe, wird auch das ein riesengroßes Spektakel werden. Ich habe mich entschieden, Lizzy mitzunehmen."

Agatha horchte auf und lächelte. Diese Idee war ursprünglich von ihr gekommen und sie freute sich, dass ihr Schützling nicht unter den Unstimmigkeiten, die sie mit ihrem Vater hatte, leiden musste.

„Heute Abend habe ich keine Pflichten mehr für Sie. Sie können also ...", setzte Landmark fort, wurde aber von Agatha unterbrochen.

„Ich danke Ihnen sehr, dass Sie Lizzy erlauben, mitzukommen, Duke. Das wird für sie eine wertvolle Erfahrung sein", sagte sie, lächelte ihn an und merkte, dass ihr Lächeln nicht erwidert wurde. „Was den heutigen Abend betrifft, so besuchen Panswick und ich die wöchentliche Soiree bei unseren Nachbarn", setzte sie fort und hoffte durch ihren besonders freundlichen Tonfall zumindest eine kleine freundliche Reaktion vom Herzog zu bewirken.

Doch der schnaufte nur verächtlich und sagte keinen Ton.

Da ritt sie der Teufel und sie fügte hinzu: „Gibt es etwas, was ich Hofrat von Gentz diesmal ausrichten soll? Oder einem anderen der wichtigen Herren, an den Sie nicht herankommen?"

Am liebsten hätte sie bei seinem entgeisterten Blick laut aufgelacht, wenn sie nicht gleichzeitig schlagartig ein schlechtes Gewissen bekommen hätte. Außerdem wurde seine Miene nun derart furchteinflößend, dass sie es gar nicht wagte, noch ein weiteres Wort von sich zu geben. Bertram, dessen Gedanken wieder einmal weit, weit weg gewesen waren, rettete, ohne es zu bemerken, die Situation.

„Angenommen, ich würde gern jemanden bitten, uns zu begleiten, denkst du, Baronin von Arnstein hätte etwas dagegen einzuwenden, Agatha?", wollte er wissen.

„Uns begleiten?" Seine Cousine fuhr zu ihm herum. „Wer soll uns denn begleiten? Denkst du dabei an einen deiner neuen Freunde?"

Bertram errötete bis zu den Ohren und sagte dann mit einer wegwerfenden Handbewegung: „Ach, am besten vergisst du meine Frage, Agatha. Sie war unbedacht ... einfach so dahingesagt ... ohne jede Bedeutung."

Fassungslos starrte sie zu dem jungen Mann hinüber, dessen rote Gesichtsfarbe nun auch die Ohren erreicht hatte. *Von wegen, neue Freunde!,* dachte sie. Bertram muss an eine junge Frau denken, wenn er sich derart seltsam benahm. Wo hatte er die denn kennengelernt? Gab es etwa auch Damen auf Schloss Laxenburg? Sie wollte ihn das eben fragen, als ihr die ungehaltene Stimme des Herzogs dazwischenkam.

„Sie begleiten?", fuhr er auf. „So benutzen Sie doch Ihr Hirn, Panswick! Wie sollte diese Baronin damit einverstanden sein, dass einer Ihrer Freunde Sie begleitet, wenn Ihre verehrte Cousine nicht einmal in der Lage ist, für mich eine Einladungskarte zu beschaffen?"

Der junge Viscount befürchtete, dass nun der nächste Streit losbrechen würde, und floh in sein Schlafzimmer, um sich nach der Reise frisch zu machen. Doch der Streit blieb aus. Gerade als Agatha etwas antworten wollte, drehte sich der Herzog um und zog sich wieder in die Bibliothek zurück.

Kapitel 26

Als sie am nächsten Tag eine der dunkelgrünen Kutschen bestiegen, hatte sich eine graue Nebelsuppe über die Stadt gelegt und Agatha schickte Johann ins Haus zurück, um noch ein paar Decken zu holen, die sie vor Kälte und Feuchtigkeit schützen sollten. Außerdem hatte sie vorausschauend für heiße Ziegelsteine gesorgt, um zumindest auf der Hinfahrt die Füße warm zu halten.

Lizzys Wangen strahlten voll Vorfreude. „Was war denn das für eine Schlacht, Papa, und warum wird sie in Wien so groß gefeiert, obwohl sie sich doch in Leipzig zugetragen hat?"

Bertram hoffte, sein Dienstherr würde nicht verlangen, dass er diese Frage beantwortete, denn er hatte keine Ahnung. Das Einzige, was er wusste, war, dass England an dieser Schlacht nicht beteiligt gewesen war.

Zu seinem Glück übernahm sein Dienstherr die Erklärung selbst: „Du weißt doch, dass viele Länder zusammengehalten haben, um das Scheusal Napoleon zu besiegen, nicht wahr?"

Lizzy nickte ernsthaft.

„Nun, genau vor einem Jahr wurde der Korse in Leipzig von den vereinten Truppen aus Russland,

Preußen, Österreich und Schweden besiegt. Stell dir vor, damals waren fast sechshunderttausend Soldaten im Einsatz. So eine große Schlacht hat es noch nie zuvor gegeben, und wird es, so Gott will, auch in Zukunft nicht mehr geben." Er schwieg kurz und sagte dann: „Diesen grandiosen Sieg will man heute auf gebührende Art und Weise feiern. Das ist natürlich höchst gerechtfertigt und darum dürfen auch wir nicht fehlen."

„Natürlich nicht, Papa", sagte Lizzy, um dann mit dem praktischen Verstand einer Dreizehnjährigen fortzufahren: „Was für eine kluge Idee, diese Feier in Wien zu veranstalten. Die wichtigsten Vertreter all dieser Länder sind ohnehin schon wegen des Kongresses da, und so braucht niemand deswegen extra eine lange Reise in Kauf zu nehmen."

Bertram konnte sie nur bewundernd von der Seite ansehen. Daran hatte er noch gar nicht gedacht. Das Mädchen hatte ohne Zweifel recht.

„Werden wir auch die tapferen Soldaten sehen?", wollte sie jetzt von ihrem Vater wissen. „Oder feiern nur die noblen Gäste?"

„Soweit ich gehört habe, hat Kaiser Franz alle anwesenden Garnisonen eingeladen. Man rechnet damit, dass vierzehntausend Soldaten im Prater Aufstellung nehmen werden."

„Das ist zwar nur ein kleiner Teil derer, die so mutig gekämpft haben, aber dennoch ganz schön viele." Lizzy war begeistert. „Weißt du, wie dieses Fest ablaufen wird, Papa?"

Der Duke bedauerte: „Ich denke, wir lassen uns am besten einfach überraschen. Es wird sicher großartig werden."

Agatha lächelte zufrieden. Wenn sie nur daran dachte, wie steif die Gespräche zwischen Lizzy und ihrem Vater abgelaufen waren, als sie die beiden kennengelernt hatte! Da hatte sich wirklich einiges sehr zum Guten gewendet. Mit einem warmen Gefühl im Herzen und durchaus auch mit Stolz gestand sie sich ein, dass sie daran nicht ganz unschuldig war.

Der Kutscher hatte sie in der Zwischenzeit zum Lusthaus im Prater gebracht. Dort stiegen sie aus und beeilten sich, einen Platz zu suchen, von dem aus sie die Feierlichkeiten besonders gut sehen konnten. Auf einer riesengroßen Wiese hatten bereits Truppen Aufstellung genommen und dabei ein Karree gebildet. In dessen Mitte standen Säulen, die mit Trophäen und Standarten geschmückt waren, die alle im Wind flatterten. Darüber war ein Zelt aufgebaut worden, in dessen Mitte sich wiederum ein Altar befand, den unzählige Kerzen schmückten. Die Stufen, die zu ihm hinaufführten, waren mit roten Damastteppichen belegt, und dazu hatte man ringsherum ein Blütenmeer verstreut, das nun der Wind immer wieder aufwirbelte.

Agatha wollte Lizzy eben fragen, ob sie alles gut sehen konnte, da krachten Kanonenschüsse. Während sie noch erschrocken zusammenzuckte und sich fragte, was das zu bedeuten hatte, ritten auch schon die Kaiser und Könige auf edlen Rössern heran. Genau in diesem Augenblick hatte Petrus offensichtlich ein Einsehen und die Sonne bahnte sich den Weg durch die dicke Wolkendecke. Das Volk ringsherum jubelte. Lizzy jubelte mit und auch Agatha und Bertram ließen sich anstecken. Dann begann das Tedeum. So beeindruckend die Kulisse war, so elendslang zog sich das Zeremoniell der katholischen Messe dahin, an dem, ungeachtet der eigenen Konfession, alle Monarchen teilnahmen. Agatha spürte, wie ihr die Kälte durch die Ledersohlen ihrer Stiefelchen bis in alle Glieder drang, und ihr Frösteln wurde durch den Herzog verstärkt, der neben ihr stand und die Kälte eines Eisblockes ausstrahlte. Bertram neben ihm stieg von einem Bein auf das andere und schien von Minute zu Minute unruhiger und ungeduldiger zu werden.

Als sie endlich wieder in die Kutsche stiegen, waren die anfänglich überwältigenden Eindrücke längst einer tief empfundenen Langeweile gewichen. Keiner sprach ein Wort, jeder zitterte vor Kälte und wünschte sich inständig, die Ziegelsteine am Kutschenboden wären in der Zwischenzeit nicht gar so stark abgekühlt. Während sich die Wiener Bevölkerung beim anschließenden Volksfest vergnügte, fuhren die vier zurück in ihr warmes Zuhause. Agatha musste Vorbereitungen für den Abend treffen. Kanzler Metternich persönlich lud zum großen Ball ein, und zum Glück war Bertram rechtzeitig zurückkehrt, damit auch sie daran teilnehmen konnte.

Ihr Cousin war weit davon entfernt, den Nachmittag für Ballvorbereitungen nutzen zu wollen, er hatte etwas bedeutend Wichtigeres zu erledigen. Bereits während der Feierlichkeiten hatte er es vor Anspannung kaum mehr ausgehalten, und als ihm der Kammerdiener jetzt in seinen besten Gehrock half, da hatte er bereits mehrere Halstücher ruiniert, als er mit nervösen Fingern versucht hatte, diese in einem gekonnten Wasserfallstil zu knoten. Gegen sechzehn Uhr war er mit seinem Aussehen endlich zufrieden, und er hoffte inständig, dass die Aufwartung, die er zu machen gedachte, von Erfolg gekrönt sein würde.

Der ungewöhnliche Hausdiener wartete gar nicht ab, bevor Bertram sein Begehren fertig formuliert hatte, sondern führte ihn ohne Umschweife den bekannten Flur entlang bis zum Wohnzimmer. Zuerst bemerkte der Viscount nur die beiden dunkelhaarigen Cousinen, die bei seinem Eintreten aufgesprungen waren und nun kichernd in einen Knicks versanken. Er verbeugte sich, grüßte höflich und wollte soeben fragen, ob man Hanni holen könnte, da sah er das Mädchen etwas abseits neben einem der Fenster stehen.

„Ich nehme an, Seine Gnaden kommt zu dir, Hanni“, sagte eine der Dunkelhaarigen. „Du hast so ein Glück. Ich muss immer die alten, tattrigen …“

Weiter kam sie nicht, da hatte sie das blonde Mädchen bereits mit einem „Still, still, ihr geht auf der Stelle!“ entschlossen des Zimmers verwiesen. Während die beiden immer noch kichernd diesem Befehl nachkamen, hatte sich Hanni schon lächelnd an ihren Besucher gewandt.

„Sie sind zurück", sagte sie und streckte beide Hände nach ihm aus. Ihr Lächeln wurde zu einem Strahlen. „Sie haben mich also nicht vergessen."

Dann ging sie einige Schritte auf Bertram zu, und klopfenden Herzens hatte er den Eindruck, sie würde ihn umarmen wollen. Es juckte ihn in den Fingern, es ihr gleichzutun, doch in diesem Augenblick besann sie es sich offensichtlich anders, versank in einen Knicks und reichte die Hand zum Gruß zu ihm hinauf. *Mit welcher Grazie sie sich bewegt,* schoss es Bertram durch den Kopf. Sie musste einfach einer guten Familie entstammen! Er ergriff ihre Hand, beugte sich elegant darüber und hielt sie dann ein klein wenig länger fest, als es die herrschenden Konventionen eigentlich erlaubten.

„Wollen Sie sich nicht setzen?", schlug sie dann vor. „Pepi soll uns Kaffee bringen. Oder hätten Sie lieber etwas Stärkeres?"

Wie auf Kommando ging die Tür auf und der vierschrötige Lakai kam mit einem Tablett. Während Hanni und ihr Gast Platz nahmen, goss er die heiße, dunkle Flüssigkeit in die Tassen, und ehe Bertram noch protestieren hätte können, hatte er auch schon einen ordentlichen Schuss Rum in seine Tasse geschüttet und diesen dann mit einer Portion Schlagsahne gekrönt.

„Wie ist es Ihnen diese Woche ergangen?", erkundigte sich der junge Engländer, als der Diener kehrtmachte und den Raum verließ. Krachend ließ er die Tür hinter sich ins Schloss fallen. Bertram gefiel die Sitte, dass sich in Wien junge Mädchen und unverheiratete Männer in einem Zimmer aufhalten konnten, ohne dass anscheinend jemand etwas daran auszusetzen hatte, mit jedem Besuch noch ein wenig besser. Davon ermutigt, setzte er hinzu: „Haben Sie mich vermisst?"

Hanni wollte soeben antworten, als die Tür wieder aufgerissen wurde und *Madame* persönlich in voller Pracht im Raum erschien. Sie trug ein changierendes lila Kleid aus schwerem Atlas. Eine mit Schmetterlingen verzierte Witwenhaube thronte auf ihren voluminösen Locken.

„Was geht hier vor?", begehrte sie zu wissen.

Ohne sich einer Schuld bewusst zu sein, hatte Bertram plötzlich das Gefühl, man habe ihn bei etwas Verbotenem ertappt. Er sprang auf, begrüßte die Dame des Hauses formvollendet und fühlte sich dann unter ihrem strengen Blick bemüßigt, zu versichern, dass seine Absichten ehrenhaft seien.

„Das will ich auch hoffen, junger Mann", sagte die Dame und ließ sich neben Hanni auf das Sofa fallen. „Unehrenhafte Absichten werden in meinem Haus nicht geduldet."

Bertram wunderte es nicht, dass Hanni kicherte. Wahrscheinlich war sie nervös und peinlich berührt, dass solche Dinge überhaupt an ihre Ohren drangen.

„Schenkst du mir auch eine Tasse ein, Hanni, meine Liebe“, bat die *Madame,* nun schon wieder besänftigt. „Und dann hör auf zu kichern und halte in der nächsten Zeit besser den Mund. Wir wollen uns in Ruhe anhören, was seine Gnaden zu sagen hat.“

„Mit Verlaub, ich bin keine Gnaden“, fühlte sich Bertram wieder einmal bemüßigt, richtigzustellen. „Ich bin ein Viscount.“

„Aber das ist doch nicht so schlimm“, meinte *Madame* großzügig, um dann hinzuzufügen: „Hier im Haus sind Sie Eure Gnaden. Damit tu ich mich leichter. Nun erzählen Sie, wie war das mit Ihren Absichten?“

Das ging Bertram nun doch zu schnell. Er blickte zu Hanni hinüber, die ihn über den Rand der Kaffeetasse anlächelte und schwieg, wie es sich für eine folgsame Nichte gehörte.

„Darf ich Näheres zu Fräulein Krugers Elternhaus erfahren, Frau von Hof?“, begann er.

„Ja freilich dürfen Sie das, ihre Eltern sind tot. Es war die Grippe, die sie beide knapp nacheinander dahinraffte. Sie wissen eh, wie das ist, hat man sie erst einmal, ist es schneller aus, als einem lieb sein kann. Und bitte nennen Sie mich *Madame*. Dieses *Frau von Hof* finde ich ehrlich gesagt … na ja …verwirrend.“

„Ich bitte um Entschuldigung, *Madame*“, sagte Bertram nun seinerseits folgsam, um dann nicht locker zu lassen. „Vom bedauerlichen Tod der Eltern habe ich gehört. Was mich vielmehr interessiert, sind die Hintergründe der Familie, ihr Stand.“

Madame runzelte die Stirn. Sie schien über diese Frage nicht erfreut zu sein.

„Und ob Hanni, also Fräulein Kruger, noch Geschwister hat“, setzte Bertram schnell hinzu, um ein weniger gefährliches Thema anzuschlagen.

„Nein, sie hat keine Geschwister“, sagte die Hausherrin und gab Hanni einen Klapps auf das Knie, da diese anscheinend selbst hatte antworten wollen. „Was die Eltern betrifft, so waren dies höchst angesehene Leute. Es handelte sich um Josef und Marianne Kruger von Persenbeug.“

Persenbeug? Dieser Name kam Bertram bekannt vor. Richtig, Hans-Karl hatte davon gesprochen, in einem Schloss namens Persenbeug genächtigt zu haben.

„Ich habe von einem Schloss Persenbeug gehört“, sagte er daher und spürte, wie die tonnenschwere Last der Ungewissheit von seiner Brust abfiel. Als dann *Madame* „Na, da wissen Sie ja, wo unsere Hanni aufgewachsen ist“ sagte, hätte er die ganze Welt umarmen können.

Er konnte sich gut vorstellen, dass irgendein entfernter, männlicher Verwandter das Schloss geerbt hatte, als die Eltern gestorben waren. Hanni hatte ihm erzählt, wie einsam sie gewesen war und dass sie im Verwandtenkreis herumgereicht wurde und keiner sie hatte haben wollen. Kein Wunder, dass sie kein Geld hatte und ihn bitten musste, ihr Kleidungsstücke und Schmuck zu kaufen. Armut war keine Schande und doch überfiel ihn ein weiteres Mal das unbezähmbare

Verlangen, Hanni für immer und ewig davon zu befreien. Also dachte er nicht mehr länger nach, sprang auf, schlug die Hacken zusammen und verkündete dann lauter, als es eigentlich notwendig gewesen wäre:

„Frau von Hof, ich meine *Madame*, darf ich Sie um die Hand Ihrer Nichte Johanna Kruger bitten?"

Hanni stieß einen kleinen Schrei aus, während sich die Hausherrin mit beiden Armen hochstemmte, auf den überwältigten Bertram zuging, und ihn an ihre üppige Brust drückte.

„Meinen Segen habt ihr, Kinder!", rief sie aus und ließ sich wieder auf das Sofa zurückplumpsen.

Bertram, der gehofft hatte, dass sie ihn nun mit Hanni wieder allein lassen würde, blickte etwas ratlos von seiner Angebeteten zu ihr und wieder zurück. Warum sah Hanni auf einmal so ernst drein? Warum sagte sie denn kein Wort? Er wünschte sich nichts mehr, als sie in seine Arme zu schließen und ihr alle Sorgen von den Schultern nehmen zu dürfen. Doch da hatte ihre Tante anscheinend anderes vor.

„Allerdings müssen wir uns zuerst noch über die Bestimmungen des Ehevertrages einig werden", meldete sie sich wieder zu Wort, „bevor ich nach meinem Segen auch noch meine Zustimmung geben kann."

Schneller als ihr das je jemand zugetraut hätte, hatte sie sich wieder hochgestemmt und war zu ihrem Schreibtisch hinübergegangen, um auf dem Stuhl Platz zu nehmen. Sie öffnete die Klappe und schob Tintenfass und Feder zurecht.

„Ehevertrag?", wiederholte Bertram unsicher. Was genau sollte sie damit meinen? Sie musste doch froh sein, wenn er, ein englischer Viscount, ein verarmtes Mädchen zur Frau nahm, das sicher nicht einmal in der Lage war, eine nennenswerte Mitgift ihr Eigen zu nennen.

„Ja freilich", sagte *Madame* da auch schon und forderte ihn mit einer strikten Handbewegung auf, sich am Schreibtisch ihr gegenüber hinzusetzen. „Das ist bei uns im Kaiserreich so üblich. Sie wollen mir meine Hanni wegnehmen, das kann doch nicht so einfach gehen. Die Hanni ist mein Goldstück, wie Sie sich vorstellen können. Und abgesichert gehört sie auch."

Bertram dachte nicht daran, dem Befehl Folge zu leisten und ging stattdessen zu seiner Angebeteten hinüber.

„Darf ich mich zu Ihnen setzen?", fragte er und hoffte, dass seine Stimme nicht so unsicher klang, wie er sich fühlte. Warum hatte sie denn bisher noch keinen einzigen Ton gesagt? Er hatte angenommen, die Gefühle wären auf beiden Seiten gleich stark. Sollte er sich da etwa schrecklich geirrt haben? Hanni schwieg weiter, sah ihn mit ernsten Augen an, nickte aber immerhin. Also setzte er sich an ihre Seite und ergriff ihre beiden Hände.

„Hanni, ich möchte dich zu meiner Frau nehmen, weil ich dich liebe", gestand er ihr, und sein Herz klopfte bis zum Hals.

Er hatte zwar schon einmal gedacht, unsterblich verliebt zu sein, aber diese Worte noch nie laut ausgesprochen. Damals war es eine Herzogstochter gewesen, und Mama hätte alles getan, um diese Verbindung zu ermöglichen. Clarissa Harristowe war reizend gewesen, aber lange nicht so reizend wie das Mädchen, das jetzt vor ihm saß, und dessen Hände vor Aufregung kalt waren und zitterten. Er wäre längst verheiratet, wäre er damals nicht durch Zufall dahintergekommen, dass es Clarissa mit der Treue nicht so ernst nahm. Damals hatte er sein Schicksal verflucht, heute kam es ihm wie ein Segen vor. Denn nur deshalb war er noch frei, frei für Hanni.

„Ich liebe dich aus ganzem Herzen", sagte er noch einmal, eindringlicher. „Ich möchte dir mein Herz und all meinen Besitz zu Füßen legen. Du wirst eine Viscountess werden, Herrin über einen wunderschönen Landsitz und ein Haus in London. Es ist zwar zurzeit vermietet, aber den Mietern werden wir kündigen und dann können wir dort die Saison verbringen und Bälle besuchen. Ich bin sicher, es wird dir gefallen!"

Bertram hatte so begeistert gesprochen, dass er immer wieder ins Englische verfallen war, um sich gleich darauf zu korrigieren und die richtigen deutschen Worte zu suchen.

„Freust du dich denn nicht?", wollte er schließlich wissen, als sie noch immer keinen Ton von sich gegeben hatte. „So sag doch etwas! Willst du mir die Ehre erweisen, meine Frau zu werden?"

„Sag nichts!", befahl die scharfe Stimme vom Schreibtisch her. „Erst muss der Ehevertrag unter

Dach und Fach gebracht sein. Also kommen Sie her, junger Mann, wir wollen die Details festlegen. Sie sind doch großjährig und Ihre Unterschrift zählt?" Nun hatte sie prüfend ihre Augen zu schmalen Schlitzen zusammengezogen.

„Natürlich bin ich das!", fuhr Bertram entrüstet auf.

„Also willst du jetzt meine Frau werden, Hanni?", fragte er noch einmal, zunehmend ungeduldiger werdend.

Das Mädchen nickte, während Tränen in ihre Augenwinkel traten und dann unablässig über ihre blassen Wangen kollerten. Da zog er sie in seine Arme, und sie ließ es willig geschehen. Die Tränen können nichts anderes als Freudentränen sein, sagte er sich und wünschte, er könnte sich dessen sicher sein. Er drückte ihr einen zarten Kuss auf die Stirn, was ihm ein lautes und vernehmliches Räuspern der Tante einbrachte und erhob sich dann, um mit dieser die Details des Vertrags zu besprechen.

Kapitel 27

Der Ball, zu dem das Ehepaar Metternich höchstpersönlich geladen hatte, nannte sich *Fest des Friedens* und fand in deren Gartenpalais am Rennweg statt. Die Einladungskarten aus feinem Büttenpapier hatten eine strenge Kleiderordnung vorgeschrieben. Die Damen sollten sich ausschließlich in Blautönen kleiden und ihre Haarpracht mit Girlanden aus Blumen, Oliven und Eichenblättern schmücken.

Agatha warf einen selbstkritischen Blick in den Spiegel ihres Schlafgemachs und war mit dem, was sie sah, durchaus zufrieden. Der Zufall hatte es so gewollt, dass sich in der Garderobe, die sie in London erstanden hatte, auch ein rauchblaues Ballkleid befand, noch dazu ein besonders hübsches mit einem Oberkleid aus Petinet, einem spitzenartigen Gewebe aus feinster Seide, und einem Unterkleid aus Atlas in einem etwas helleren Farbton. Helene hatte sie zu einem Spezialgeschäft mitgenommen, in dem sie einen mit Blumen verzierten Seidenfächer in genau demselben Blau erstanden hatte. Auch die Blüten, die Hearts an einen Kranz täuschend echter Eichenblätter aus Stoff genäht hatte, der nun ihr Haar zierte, waren in einem ähnlichen Blau gehalten. Was für ein Glück, dass ihr diese Farbe so gut zu Gesicht stand! Sie sah frisch und rosig aus und die Augen glänzten vor Vorfreude. Die Spannung, die sie in den letzten Tagen so unangenehm gefangen gehalten hatte, begann sich aufzulösen. Warum sollte sie weiter grübeln und Trübsal blasen? Sie gehörte schließlich zu jenem kleinen, illustren Kreis, den der Kanzler persönlich zu sich eingeladen hatte! Das allein war eine so große Auszeichnung, dass sie sich mit Fug und Recht geschmeichelt fühlen konnte. Aber viel mehr noch freute sie sich auf die Aussicht, bei diesem Ball dem Herzog von Landmark wieder etwas näher zu kommen. Er hatte sie seit dem verhängnisvollen Abend, also seit beinahe einer Woche, völlig links liegengelassen und weder das Gespräch gesucht noch ihre Nähe. Beides fehlte ihr ganz schrecklich. Sie vermisste seine Blicke, sie vermisste das Herzklopfen in seiner Gegenwart, sie vermisste ihre scharfzüngigen, oft amüsanten und bisweilen geistreichen Gespräche. Ja, sie vermisste sogar seine Ironie und die oftmals an den Tag gelegte Überheblichkeit.

Immer, wenn sie in den letzten Tagen versucht hatte, den Duke in eine Unterhaltung zu verwickeln, dann hatte er einsilbige Antworten gegeben, und wenn sie einen Scherz machen wollte, um das Eis zu brechen, dann sah er sie mit großen Augen an, gerade so, als habe sie den Verstand verloren. Er war nicht wirklich unhöflich zu ihr, aber er war unnahbar und kalt, und das schmerzte sie fast noch mehr.

Doch damit würde ab diesem Abend wieder Schluss sein, da war sie sich ganz sicher. In Ballsälen hatten sie sich bisher immer am allerbesten verstanden, und sie konnte es gar nicht erwarten, sich von ihm aufs Parkett führen zu lassen. Agatha ergriff lächelnd ihr Retikül aus blauer Seide und warf ihrem Spiegelbild einen letzten, aufmunternden Blick zu.

Wir werden am Rand des Saals die vorbeidefilierenden Souveräne beobachten, dachte sie dann voll Vorfreude, *wir werden amüsante Bemerkungen machen und anschließend Walzer tanzen, und ich werde die Gelegenheit beim Schopf packen, mich bei ihm zu entschuldigen*. Sie konnte es gar nicht erwarten, dass der warme Schimmer, mit dem er sie manchmal betrachtet hatte, in seine Augen zurückkehrte, und sie hoffte, dass das zum ersten Mal bereits in wenigen Minuten der Fall sein würde, wenn er ihr zusah, wie sie langsam in die Vorhalle hinabschritt. Sie hatte sich absichtlich etwas Zeit gelassen, um sicherzustellen, dass er sie bereits am Fuße der Treppe erwartete.

Mit hochaufgerichtetem Kopf und freudigem Lächeln schritt sie Stufe für Stufe hinunter. Die beiden Herren hatten sich bereits in der Halle versammelt, genau so, wie sie es gehofft hatte, und Johann war soeben dabei, dem Duke in den Umhang zu helfen und ihm den Zylinder zu reichen. Bertram stand daneben und starrte in die Luft, als wäre er mit seinen Gedanken wieder einmal weit, weit weg. Als sie die letzte Stufe erreichte, streifte der Blick des Herzogs allerdings nicht sie, sondern das Ziffernblatt der großen Standuhr.

„Spät kommt sie, doch sie kommt“, wandelte er ein Zitat von Friedrich Schiller ab, das er aus dem diplomatischen Deutschunterricht kannte, um sich dann an Bertram zu wenden: „Wir sind vollzählig, Panswick, wir können fahren.“

Dieser fühlte sich zuerst gar nicht angesprochen und brauchte auch noch eine ausdrückliche Aufforderung seiner enttäuschten Cousine, um ihr den Arm zu reichen und sie zum Wagen zu führen. Zum Glück war die Fahrt zum Rennweg nur kurz, denn die schlechte Stimmung, die im Inneren der Kutsche herrschte, war für alle greifbar. Außer für Bertram, denn der war nur körperlich anwesend.

Als Agatha kurze Zeit später die Gastgeber begrüßt hatte und dann am Arm ihres Cousins die Treppe hochstieg, die wie die Frisuren der Damen ebenfalls üppig mit blauen Blüten, Lorbeer und Eichenlaub dekoriert war, hielt sie sein seltsames Verhalten nicht mehr länger aus.

„Was ist denn bloß los mit dir?“, zischte sie ihm von der Seite her zu, bemüht, ihre Lippen gleich wieder zu einem strahlenden Lächeln zu formen. „Was ist geschehen, das dich zu einem entrückten Schlafwandler hat werden lassen?“

Bertram sah auf sie hinab, als würde er erst jetzt bemerken, dass sie überhaupt da war.

„Ach, Agatha, ich bin so unendlich glücklich", rief er dann aus, zog sie an sich und drückte ihr vor allen Leuten einen Kuss auf die Wange. Dabei war er so abrupt stehen geblieben, dass das ältere Paar, das ihnen folgte, fast in sie hineingelaufen wäre.

„Na, na, na, was soll denn das?", meldete sich nun der männliche Teil des Paares mit unverhohlener Entrüstung zu Wort, und sie beeilten sich, die Treppe freizumachen. Dabei verspürte Agatha fassungsloses Erstaunen. Bertram war ein englischer Gentleman! Mochten sich auch manche Österreicher oder zumindest Österreicherinnen überschwänglich benehmen, einem Viscount des Königreichs waren solche Anwandlungen in der Öffentlichkeit fremd. Sie wollte ihren Cousin soeben nach den Gründen fragen, da fing die Musik an, eine Polonaise zu spielen. Sie hatten gerade noch Zeit, sich in den Tanzsaal zu drängen und an den Rand zu stellen, da tanzten die hohen Herrschaften mit ihren Damen auch schon an ihnen vorüber. Bertrams Blick war zu seliger Entrücktheit zurückgekehrt, und als Agatha verstohlen den Herzog suchte, war dieser nirgends zu entdecken.

Sie fürchtete schon, der Umzug der Monarchen würde wieder Stunden in Anspruch nehmen und sie würde ihn diesmal ohne Landmark über sich ergehen lassen müssen, aber da war die Polonaise vorüber, und die ersten Paare nahmen Aufstellung zu einer Quadrille. Mit einem Schubs beförderte sie ihren Cousin in die Gegenwart zurück, und sie begaben sich in Position. Da sie beide diesen Tanz anmutig zu vollführen wussten, vergingen die nächsten Minuten durchaus harmonisch und angenehm. Agathas Blick schweifte immer wieder durch den Saal, doch von Landmark war weiter keine Spur zu finden. Dafür sah sie Helene, die ihr fröhlich zuwinkte und zu der sie sich nach dem Tanz von Bertram bringen ließ, kaum dass die letzten Takte verklungen waren.

„Wie schön, dass Sie da sind, meine Liebe. Ich brauche dringend eine Erfrischung", sagte Frau von Stummer und hakte sich bei ihr unter. „Wollen wir das Tanzparkett der jüngeren Generation überlassen? Ich denke Fanny, Cäcilie und Rebecca haben sich bereits in einen der Nebenräume zurückgezogen."

Agatha hatte gegen diesen Plan nichts einzuwenden, obwohl sie gern noch eine Weile auf dem Tanzparkett geblieben wäre. Auch wenn sie keine Debütantin mehr war, so fühlte sie sich doch jung genug, um sich in den Armen eines Mannes zum Walzertakt zu drehen. Allerdings nur eines bestimmten Mannes. Des Mannes, von dem weit und breit jede Spur fehlte.

Die nächsten beiden Stunden vergingen mit so lebhaften Plaudereien in fröhlicher Runde, dass Agatha ihre Verwunderung über Bertrams seltsames Verhalten ebenso vergaß wie ihre Enttäuschung über den Herzog. Die Diener servierten leichtes Gebäck und schenkten neben Lavendelwasser auch großzügig Wein aus, der das seine dazu beitrug, die Stimmung der Damen immer weiter zu heben. Rebecca war gerade dabei, über einen Ausflug in den Wienerwald zu erzählen, wo sie einen unbeschreiblichen Blick auf die vielen Donauarme genossen hatte, da wurde sie von Marianne unterbrochen, die zur Runde dazu gestoßen war, sich auf den letzten freien Stuhl setzte und vor Lachen kaum still sitzen bleiben konnte.

„Schaut alle zur Tür, aber unauffällig, wenn ich bitten darf!", forderte sie mit gesenkter Stimme. „Diesen Anblick dürft ihr euch keinesfalls entgehen lassen. Verzeihen Sie, meine Liebe." Es folgte ein kurzer reuiger Blick zu Agatha, die sich diesen nicht erklären konnte. Dann platzte Marianne in einen Anfall von Heiterkeit aus, versteckte ihr Gesicht hinter dem Fächer und war für kurze Zeit zu keinem klaren Satz mehr fähig.

Also sahen die anderen zur Tür, eifrig bemüht, sich das Starren nicht allzu sehr anmerken zu lassen, und da kam auch schon der Grund für Mariannes Erheiterung in den Raum: Lady Castlereagh höchstpersönlich. Während die anderen neben ihr zu kichern begannen, fand Agatha den Anblick, den die Frau des Außenministers bot, alles andere als amüsant. Sie hatte sich im Stil einer Vestalin gekleidet, was vielleicht ungewöhnlich, aber noch nicht weiter bemerkenswert gewesen wäre. Allerdings glich ihr Kleid eher einem Futteral, das sich so eng an ihren hageren Körper schmiegte, dass man jeden einzelnen Knochen zu sehen glaubte.

„Der Ausschnitt", flüsterte Marianne, „habt ihr den Ausschnitt gesehen? Er reicht ihr bis zum Magen."

„Einem Knochengerüst stünde etwas mehr Zurückhaltung besser an", befand Rebecca streng. „Sie ist weder hübsch noch jung, sie sollte sich mehr verhüllen."

Sie ist nicht allzu viel älter als ich, dachte Agatha, konnte ihren Bekannten aber dennoch nur recht geben. Da fiel ihr Blick noch auf etwas anderes.

„Was um Himmels willen trägt sie denn da zwischen all den Diamanten im Haar?", erkundigte sich Cäcilia, der anscheinend dasselbe aufgefallen war.

Agatha kannte die Antwort auf den ersten Blick. „Das ist der Hosenbandorden."

Die Gattin des Außenministers hatte doch wirklich und wahrhaftig die hohe Auszeichnung, die ihrem Mann verliehen worden war, auf dem Kopf fixiert. Was für ein Gipfel der Peinlichkeit! Damit machte sie England zum Gespött aller Anwesenden. Am liebsten wäre Agatha auf der Stelle vor Scham in den Erdboden versunken. Rettung kam von völlig unerwarteter Seite.

„Unser Walzer, Lady Alverston", hörte sie nämlich in diesem Augenblick eine vertraute Stimme. Sie sah auf und ergriff dankbar die dargebotene Hand.

Es war ihr nicht aufgefallen, dass in Lady Castlereaghs Windschatten nicht nur deren Gatte, sondern auch der Herzog den Raum betreten hatte. Landmarks Miene hatte sich noch um einen Grad mehr verschlossen.

„Manche Frauen scheinen ohne einen Funken Verstand auf die Welt gekommen zu sein", raunte er ihr ins Ohr, als er sie in den Ballsaal hinausführte, wohin die ersten Klänge im Dreivierteltakt bereits viele Tanzbegeisterte gezogen hatten. Agatha konnte ihm nur aus vollem Herzen Recht geben. Warum bloß sagte dann ihr Mund etwas ganz anderes?

„Man meint allgemein, Lady Castlereagh sei eine liebenswürdige, gastfreundliche Person", begann sie zu ihrem eigenen Erstaunen die Frau des Außenministers zu verteidigen. Warum tat sie das bloß? Weil sie beide im Alter nicht allzu weit auseinander lagen? Weil sie eine Patriotin war und dies ausgerechnet einem anderen Engländer gegenüber unter Beweis stellen wollte? Agatha merkte, dass das die Worte waren, die sie eigentlich den anderen Damen hätte sagen wollen.

„Vergessen wir Ihre Ladyschaft", bestimmte seine Gnaden, zog sie so schwungvoll an sich, dass es ihr fast den Atem raubte, wandte sein verschlossenes Gesicht zur Seite und begann, sie gekonnt im Kreis zu wirbeln. Während sie schweigend tanzten, fühlte Agatha seine warme Hand auf ihrem Rücken, und seine zweite hielt ihre Linke fest umfangen. Es fühlte sich so gut an, ihm wieder nahe zu sein, so vertraut. Sie überließ sich seiner Führung und den Klängen der Musik. Wie sehr genoss sie es, ihn wieder an ihrer Seite zu wissen. Wie konnte sie es nur verhindern, dass die dummen, alten Unstimmigkeiten sie nach dem Walzer wieder auseinanderführten?

„Danke, dass Sie mich von den anderen weggeholt haben", flüsterte sie, als der Tanz zu Ende ging und sie in einen Knicks versank.

„Wenn Sie mich mit nur halb so viel Wohlwollen beurteilen würden wie all die anderen", sagte er, ohne auf ihre Worte einzugehen, „dann wäre dieses Wien ein noch schönerer Ort für mich."

Agatha blickte mit großen Augen zu ihm auf. Er sah mit gesenkten Lidern zu ihr hinunter. Sie standen immer noch dicht beieinander und keiner von beiden schien den Anfang machen zu wollen, das zu beenden. Was genau mochte er bloß mit diesen Worten ausdrücken?

„Aber ... aber ... so ist es doch gar nicht", begann sie schließlich zu stammeln, „ich betrachte Sie doch durchaus mit ..."

„Ich habe mich erkundigt", hörte sie da neben sich eine näselnde Stimme in einem Französisch mit hartem Klang, „der nächste Tanz, den die Kapelle spielen wird, ist ein englischer Ländler."

Der Herr, der zu ihnen getreten war, war ein Mann mit hoher Stirn und kurzen Locken, dessen spitze Nase einem sozusagen in die Augen stach. Schon allein die Tatsache, dass der Herzog einen Schritt zurückgetreten war, sich kurz verbeugte und nun mit aufrechter Haltung neben ihr stand, zeigte, dass es sich um ein besonders wichtiges Mitglied der Gesellschaft handeln musste. Agatha hätte diese Anzeichen nicht gebraucht, sie hätte auch so gewusst, dass der Gentleman Klemens Fürst Metternich war. Schließlich hatte sie dem Gastgeber des heutigen Abends bereits bei der Begrüßung gegenübergestanden und auch schon beim Ball in der Winterreitschule ein paar Worte mit ihm gewechselt.

Sie versank in einen tiefen Knicks, während er sich verbeugte und ihr dann die Hand reichte: „Mit wem würde ich diesen Tanz lieber vollführen wollen als mit einer Engländerin, die ihn mit Sicherheit glänzend zu tanzen versteht?“

Er nahm mit Agatha Aufstellung, die ersten Takte der Musik erklangen. Dem Herzog blieb nichts anderes übrig, als den Platz zu räumen. Jeden anderen hätte er auf der Stelle fortgejagt, doch Metternich war nicht nur der Gastgeber, er war auch einer der wichtigsten Männer am Wiener Kongress und Landmark war klug genug, keine diplomatischen Verwicklungen heraufbeschwören zu wollen. Allerdings war der Fürst auch als Frauenheld bekannt, dem es Gerüchten zufolge schon des Öfteren gelungen war, Damen der Gesellschaft dazu zu bringen, ihre Tugend zu vergessen. Dass es auch eine Fürstin von Metternich gab, schien ihn dabei nicht im Geringsten zu irritieren. Der Herzog biss die Zähne zusammen, machte kehrt und schickte einen der Lakaien um ein Glas Schnaps. Als Agatha und Bertram ihn eine Stunde später suchten, hieß es, der Herzog habe den Ball bereits verlassen.

Kapitel 28

„Du hast waaas?“

Der Herzog hatte eben das Frühstückszimmer verlassen, um sich zu einer Unterredung bei Hofe zu begeben, an der Adjutanten nicht zugelassen waren, als Bertram es nicht länger ausgehalten hatte und Agatha und Lizzy die freudige Nachricht verkündete.

„Ich habe mich verlobt. Mit der reizendsten jungen Dame, die ihr euch nur vorstellen könnt“, wiederholte Bertram und klang beleidigt. „Dumm, wie ich bin, hatte ich angenommen, dass ihr euch für mich freuen würdet.“

Lizzy sprang auf, um ihn stürmisch zu umarmen.

„Aber wir freuen uns mit dir, das tun wir doch, nicht wahr, Lady Agatha?“ Sie blickte erwartungsvoll zu ihrer Anstandsdame hinüber.

„Setz dich wieder nieder, Eliza“, lautete deren ungewohnt strenge Antwort. „Man wirft sich einem jungen Mann nicht an den Hals.“

„Aber das ist doch kein junger Mann, das ist doch bloß Bertram“, setzte sich das Mädchen entrüstet zur Wehr.

„Auch Bertram mag es nicht, wenn man sein Hemd verdrückt oder gar sein Halstuch in Unordnung bringt.“

„Du kannst mich umarmen, so oft und so viel du willst, Lizzy“, gestattete der junge Viscount großzügig. Zum einen, weil er das Mädchen wirklich mochte, zum anderen, um Agatha zu ärgern, die nicht so reagiert hatte, wie er erhofft, sondern leider so, wie er befürchtet hatte. „Meine Halstücher sind mir lang nicht so viel wert wie wahre Freundschaft.“

Die letzte Bemerkung war an Agatha gerichtet. Sie verstand die Botschaft sehr wohl und darum hätte es seiner nächsten, trotzig vorgebrachten Worte nicht gebraucht: „Wahre Freunde und gute Verwandte freuen sich mit mir, wenn ich glücklich bin. Sie schlagen nicht die Hände über dem Kopf zusammen und rufen *waaas?*“

„Ich möchte mich ja mit dir freuen“, gestand seine Cousine ein, „aber du musst zugeben, dass deine Nachricht doch sehr überraschend kommt. Warum hast du deine Auserwählte bisher mit keinem einzigen Satz erwähnt? Warum hast du mich nicht um meine Meinung gefragt, *bevor* du den großen Schritt getan hast?“

Bertram setzte sich aufrecht hin. „Ich bin ein Mann, wenn ich dich erinnern darf, verehrte Cousine Agatha, ich treffe meine eigenen Entscheidungen, und zwar allein.“ Seine Stimme ließ keinen Widerspruch zu.

Agatha dachte sich ihren Teil und entschied sich dann doch, etwas anderes wissen zu wollen: „Wer ist sie? Wo hast du sie kennengelernt?“

Sie wartete mit Anspannung auf die Antworten.

„Meine Verlobte“, Bertram strahlte, als er diese Worte aussprach, „heißt Johanna Kruger von Persenbeug. Sie ist auf Schloss Persenbeug aufgewachsen, das mein Freund Hans-Karl zu den schönsten in ganz Niederösterreich zählt, auch wenn es dort schrecklich ziehen soll. Ihre Eltern sind leider schon verstorben, darum lebt sie jetzt bei ihrer Tante in Wien."

Agatha atmete auf. Das klang zumindest nach einem respektablen Elternhaus, auch wenn sie lieber nicht an die Reaktion der Viscountess of Panswick denken wollte. Sicher würde sie ihr, der älteren Cousine, die Schuld daran geben, dass ihr Sohn, der Erbe von Lancroft Abbey, mit einer ausländischen Braut nach Hause kam.

„Kann die junge Dame Englisch?"

Vielleicht hatte sie ja Glück und … nein, Bertram schüttelte den Kopf.

„Will sie es denn lernen?"

Ihr Cousin zuckte mit den Achseln. „Das habe ich sie, ehrlich gesagt, noch nicht gefragt. Wozu sollte sie es denn lernen wollen? Mein Deutsch wird doch immer besser."

„Was ist mit deiner Mutter? Was ist mit Niki und deinen Schwestern? Wie sollen sich die mit deiner Braut unterhalten können? Was macht sie bei gesellschaftlichen Anlässen in London oder gar in Tunbridge Wells? Soll sie da immer in einer Ecke sitzen, schweigen und kein Wort verstehen? London ist nicht Wien, Bertram, wie du sehr wohl weißt. In England spricht kaum jemand eine zweite Sprache."

Bertram musste errötend zugeben, noch nicht so weit gedacht zu haben.

„Du willst doch mit ihr nach England zurück?", vergewisserte sich Agatha und war froh, als er sofort nickte.

„Ich finde das so romantisch", meldete sich Lizzy zu Wort. „Wie sehr muss dich die junge Lady lieben, wenn sie bereit ist, nicht nur die Heimat, sondern auch ihre Muttersprache für dich aufzugeben? Ist sie hübsch? Hat sie dir nicht eine Miniatur mitgegeben, damit du sie uns zeigen kannst?"

„Wie außerordentlich lieb von dir, so etwas zu sagen, Lizzy", rief Bertram aus und warf Agatha einen vorwurfsvollen Blick zu. *Warum sagst du nichts derart Nettes?,* sollte dieser Blick bedeuten. „Und ja, sie ist sehr, sehr hübsch. Da ich kein Medaillon habe, hoffe ich, dass du dich bald in natura davon überzeugen kannst", setzte er fort, um sich abermals an Agatha zu wenden: „Du wirst dich nicht erinnern, Cousine, aber du hast sie bereits einmal gesehen."

„Tatsächlich?", fuhr diese auf. „Wo war denn das? Bei Baronin von Arnstein? Oder auf diesem seltsamen Ball in der Reitschule, wo so unglaublich viele Leute waren? Nun erzähl schon!"

Bertram wünschte sich, er könnte bei einem dieser Ereignisse *Ja* sagen, doch zu seinem Leidwesen verkehrte Frau von Hof, wiewohl sie edlen Geblüts war, doch nicht in den allerhöchsten Kreisen.

„Kurz nach unserer Ankunft sind wir in die Weyburggasse gefahren, um nach deiner Schwester zu suchen, erinnerst du dich?"

„Wie könnte ich das vergessen?“, fragte Agatha und beantwortete seinen erwartungsvollen Blick mit einem Kopfschütteln. Er konnte doch nicht allen Ernstes annehmen, dass sie irgendetwas vergaß, was Cecilia betraf? Auch wenn die vielen Ereignisse der letzten Wochen die Dringlichkeit, ihre Schwester finden zu wollen, etwas in den Hintergrund hatten treten lassen, so nahm sie doch jede Gelegenheit wahr, sich nach ihr zu erkundigen.

„Mir ist, als ob es gestern gewesen wäre“, antwortete sie. „Die Kirche, der Durchgang gegenüber. Der alte Mann am Fenster, unsere vergeblichen Bemühungen. Da fällt mir ein: Was ich dich schon lange bitten wollte, Bertram, frag doch noch einmal in der Botschaft nach, wenn du das nächste Mal dort bist. Vielleicht weiß man ja inzwischen etwas Neues. Ich habe das Medaillon mit Cecilias Antlitz bereits all meinen neuen Freundinnen gezeigt, doch von denen ist bisher niemand meiner Schwester über den Weg gelaufen. Gustl hat sich in seinem weitläufigen Bekanntenkreis ebenfalls umgehört. Ebenfalls vergebens. Es ist zum Verzweifeln! Langsam weiß ich wirklich nicht mehr, wo ich noch nach ihr suchen soll.“

„Ja, sicher, das kann ich schon machen“, versprach Bertram schnell, um dann auf das Thema zurückzukommen, das ihm bei Weitem stärker auf den Nägeln brannte. „Wir sind dann in den Hof hinein, zu einer blauen Tür. Weißt du noch?“

„Sag nicht!", rief Agatha aus, der die freudige Erwartung, mit der Bertram gesprochen hatte, nicht entgangen war. „Dieses hübsche Mädchen? Diese Blonde mit dem herzförmigen Gesicht und dem gestreiften Kleid? Das ist sie? Das ist deine Auserwählte?"

Ihr Cousin nickte voller Stolz. „Das ist sie."

Agatha dachte an die einfache Wohnungstür, und Zweifel schlichen sich in ihre Überlegungen: „Sie ist sicher von Stand?"

Bertram nickte noch stärker: „Auch das ist sie."

„Ich nehme an, du hast sie in der Zwischenzeit mehrmals getroffen?"

„Ja, natürlich", sagte er und erzählte dann von den Ausflügen, die er mit Hanni unternommen hatte. Von den Kaffeehausbesuchen und den Gesprächen im Wohnzimmer der *Madame*. Nur die Tatsache, dass er seiner Auserwählten bereits Schmuck, Kleidung und Stiefel gekauft hatte, verschwieg er lieber. Er war sich sicher, dass Agatha daran etwas auszusetzen gehabt hätte, auch wenn das in Wien durchaus üblich zu sein schien. Außerdem war es schließlich seine Angelegenheit, wie er mit seinem Geld umging. Keiner musste wissen, dass er mit der Post der Botschaft auch eine Depesche an seinen Londoner Vermögensverwalter geschickt hatte, er möge ihm umgehend einen größeren Geldbetrag nach Wien überweisen. Wie gut, dass er dafür nicht mehr die Zustimmung von Lord Derryhill benötigte. Das wäre ihm äußerst unangenehm gewesen.

„Hast du bei ihr um ihre Hand angehalten oder bei ihrem Vormund?“, hörte er Agatha fragen.

„Bei beiden“, beeilte er sich zu versichern. „Bei Hanni selbst und bei ihrer Tante, Frau von Hof. In Österreich scheint es üblich zu sein, dass man auch Frauen zu Vormündern ernennt. Seltsam, nicht wahr?“

„Äußerst seltsam“, gab Agatha zu, wunderte sich aber nicht weiter. In Wien war so manches äußerst seltsam.

„Wir müssen sie einladen“, bestimmte sie dann. „Deine Hanni und die Tante natürlich auch. Ich werde mit Landmark sprechen und hoffe, dass er nichts dagegen hat, wenn wir ein kleines Abendessen geben. Das wäre die beste Möglichkeit, deine Auserwählte so schnell wie möglich kennenzulernen.“

Kapitel 29

Als der Herzog von Landmark an diesem Nachmittag wie gewohnt gegen siebzehn Uhr aus der Botschaft zurückkehrte und sich ohne Umschweife in die Bibliothek begab, musste er zu seinem Erstaunen feststellen, dass diese nicht leer war. Genau die Frau, von der er nicht wusste, ob er sie schütteln und übers Knie legen oder sie in seine Arme ziehen wollte, lag auf der Chaiselongue neben dem hohen Fenster und schlief. Sie hielt ein dickes Buch in beiden Händen, das auf ihrem Brustkorb lag und sich gleichmäßig hob und wieder senkte. Er ging näher, inständig bemüht, sie mit seinen Schritten auf dem knarrenden Parkettboden nicht zu wecken.

Wie hübsch sie aussieht, wenn sie schläft!, dachte er. Wie jung, fast mädchenhaft, und so friedlich. Seit einer Woche versuchte er nun schon, ihr aus dem Weg zu gehen. Allerdings hatte das, wenn er ehrlich zu sich war, seinem Seelenfrieden nicht im Geringsten geholfen. Er war erst wieder glücklich gewesen, als er sie am Ball des Kanzlers in seinen Armen gehalten hatte und mit ihr über das Parkett geschwebt war. Er mochte es, wenn sie in seiner Nähe war. Seit Agatha bei ihm und Lizzy lebte, hatte er sich bisher jeden Tag darauf gefreut, nach Hause zu kommen. Er schlich zu seinem Schreibtischstuhl hinüber und nahm Platz.

In England, als seine unbeugsame Cousine Cordula sein Haus regierte, da hatte er beim Heimkommen bestimmt viele Arten von Gefühlen verspürt, Freude war nie dabei gewesen. Diese hatte ihm aber auch nicht gefehlt, denn er hatte sie vor Agatha nie kennengelernt. Seine Mama war Cordula nicht unähnlich gewesen. Auch sie war herrisch, bigott und kalt. Dann kam die Heirat mit Mathilda, Lizzys Mutter, die eine reine Vernunftehe gewesen war, arrangiert von zwei strengen Vätern, denen es viel mehr um die Zusammenlegung von Grundbesitz ging als um das Wohl oder gar das Glück ihrer Kinder. Mathilda war scheu gewesen, sprach leise und wenig und wäre nie auf die Idee gekommen, seine Sätze zu hinterfragen oder gar seine Ansichten zu kritisieren.

Und dann war vor wenigen Monaten völlig unverhofft diese Lady, die da auf seiner Chaiselongue lag, in sein Leben getreten. Nicht wie man es erwarten hätte können zurückhaltend, quasi auf Zehenspitzen. Nein, sie war mit beiden Beinen mitten in sein Leben gesprungen. Mit einem Schlag war es ihm vorgekommen, als hätte jemand die schweren, schwarzen Samtvorhänge seines Daseins zur Seite gezogen, um Licht, Wärme und eben auch Freude hereinzulassen. Er blickte zur Schlafenden hinüber und lächelte. Wie sehr genoss er es, mit ihr zu diskutieren. Sie war die Erste seit langer Zeit, der er nicht übelnahm, wenn sie ihm widersprach. Wobei, wenn er es sich recht überlegte, sie überhaupt der erste Mensch seit langer Zeit war, der ihm widersprach. Sein hoher Rang, seine einflussreiche Stellung im Außenministerium, seine arrogante, unnahbare Art, all das hatte ihn in eine Umgebung von buckelnden Ja-Sagern befördert. Landmark war viel zu klug, um dies nicht selbst zu bemerken. Aber auch viel zu zufrieden damit, um daran etwas ändern zu wollen. Bei Agatha war das anders. Bei ihr fühlte er sich jünger, wacher, lebendiger, weil sie ihn geistig herausforderte. Eine Frau, die ihn geistig herausforderte? Wenn das sein Vater noch miterlebt hätte!

Landmarks Blick lag weiter nachdenklich auf der Schlafenden. Sie entsprach so gar nicht den Vorstellungen des alten Herzogs, die er, ohne es zu bemerken, längst zu seinen eigenen gemacht hatte. Er hatte Lady Alverston anfangs als bessere Dienstbotin gesehen, die ausschließlich für die Belange seiner Tochter zuständig sein sollte. Ja gut, sie war die Cousine eines Viscounts und die Witwe eines Mannes aus bestem Haus, aber er war immerhin ein Herzog und stand daher im Rang weit über ihr. Bessere Dienstbotin? Ha, heute konnte er sich über diese Einschätzung nur wundern. Nicht nur Lizzy war unter ihrer Ägide aufgeblüht, nein, auch er war es. Allein der Gedanke, dass sie nach der Rückkehr auf die Insel wieder zu ihren Verwandten nach Tunbridge Wells ziehen würde, während seine Tochter und er allein ins große, kalte Haus am Grosvenor Square zurückkehren mussten, ließ ihn hoffen, dass der Kongress bis über das geplante Ende zu Weihnachten 1814 hinaus andauern würde. Er wünschte sich, dass die Zeit mit Agatha hier in Wien nicht so schnell verging. Nein, er wollte, dass die Zeit mit Agatha überhaupt nicht zu Ende gehen würde. Warum nur hatte sie ihn so brüsk zurückgewiesen, als er ihr einen Antrag machen wollte? Er seufzte und starrte aus dem Fenster, als würde er die Antwort dort irgendwo finden. Warum bloß fand sie seine Küsse widerwärtig? Am liebsten hätte er sie auf der Stelle geweckt, um sie all das zu fragen.

„Oh, Sie sind schon da", hörte er sie in diesem Augenblick murmeln, „und Sie sehen verärgert aus."

Sie klang noch etwas schlaftrunken, als sie sich aufsetzte, das Buch zur Seite legte und sich ihre Haare aus dem Gesicht strich. „Ich habe auf Sie gewartet, und da muss ich wohl eingeschlafen sein. Bitte um Entschuldigung."

Es kam nicht oft vor, dass der Duke of Landmark keine Ahnung hatte, was er tun sollte, aber das war so ein Augenblick. Sollte er weiter den Unnahbaren geben, um sie zu bestrafen, ohne zu wissen, was er damit eigentlich erreichen wollte? Zu dumm, dass sie in Metternichs Ballsaal unterbrochen worden waren, als er endlich das Gefühl gehabt hatte, sie würden sich wieder annähern …

„Warum haben Sie ausgerechnet in meiner Bibliothek auf mich gewartet?", fragte er, weil ihm das am unverfänglichsten erschien.

Sie lächelte reuig. „Ich weiß, dass das Ihr Refugium ist, Duke, aber ich wollte sichergehen, dass Sie mir nicht wieder entwischen."

Dieser Ausdruck amüsierte ihn.

„Warum ist es so wichtig, dass ich nicht … entwische?", wollte er wissen.

Sie seufzte, atmete tief durch, sagte einige Augenblicke lang gar nichts und dann, als er schon glaubte, ihr Schweigen nicht länger auszuhalten: „Zu allererst möchte ich mich entschuldigen. Ich wollte Sie nicht verletzen, damals an dem Abend, als Sie eine bestimmte Frage stellen wollten … Sie wissen schon …"

Wenn sie gedacht hatte, mit diesen Worten irgendetwas wiedergutzumachen, dann musste sie jetzt feststellen, dass das Gegenteil der Fall war. Der Herzog wurde zuerst bleich und dann knallrot im Gesicht und warf ihr einen Blick zu, den sie nicht deuten konnte. Dann murmelte er etwas, das sich wie „Es ist nicht zu fassen!" anhörte, und schüttelte den Kopf, bevor er damit begann, aus dem Fenster zu starren und die nächsten Minuten nun seinerseits schweigend den Gedanken nachzuhängen.

So weit ist es also gekommen?, dachte er bitter. *Sie hat damals sehr wohl verstanden, dass ich ihr einen Antrag machen wollte, und nun drückt sie mir ihr Mitleid darüber aus, dass sie mich nicht erhört hat.* Wer war sie denn, dass sie glaubte, ihn zurückweisen zu dürfen? Er hatte sich doch nur ihr zuliebe zu diesem Schritt veranlasst gesehen. Allein ihr zuliebe! Er selbst war ein Mann, er konnte sich frei bewegen. Er durfte sämtliche Veranstaltungen besuchen, ohne dass sich die Gesellschaft das Maul zerriss. Agatha war zwar Witwe und daher nicht gar so strengen Benimmregeln ausgesetzt wie eine jungfräuliche Debütantin, dennoch brauchte sie für die meisten Anlässe eine Anstandsdame oder einen Verwandten als Begleitung. Und selbst dann fanden besonders sittenstrenge Zeitgenossen immer noch etwas auszusetzen, wie zum Beispiel der unsympathische Lord Swanby.

„Erinnern Sie sich an den Ball in der Botschaft, ganz zu Beginn unseres Hierseins, als der Kongress noch gar nicht richtig begonnen hatte?“, fragte er unvermittelt.

Agatha nickte und wartete gespannt, was jetzt kommen würde.

„Wir haben dort zum ersten Mal miteinander Walzer getanzt“, sprach er weiter.

Agatha nickte abermals.

„Das haben Sie also nicht vergessen?“, vergewisserte er sich und schickte ihr einen so prüfenden Blick, dass sie sich ärgerte.

„Wie sollte ich das vergessen können?“, fuhr sie auch schon auf. „Wenn ich Sie doch kurze Zeit später abermals auf mich habe zukommen sehen und auf einen zweiten Tanz gehofft hatte, und dann ...“ Sie brach erschrocken ab.

Mit einem Schlag sah der Herzog die gesamte unerfreuliche Szene wieder vor sich. Dieser unsäglichen Swanby, der ihn zur Seite genommen und ihm zugeraunt hatte: „Landmark, wenn Sie Lady Alverston heute noch einmal zum Tanz auffordern, wird jeder denken, Sie sei Ihre Geliebte. Überlegen Sie sich gut, was sie tun.“ Was war ihm da anderes übriggeblieben, als sich so zu verhalten, als hätte er von Anfang an eine ganz andere Dame im Visier gehabt?

„Ich musste Ihre Ehre retten“, sagte er, „es tut mir leid, dass Sie das mitbekommen haben.“

„Meine Ehre retten? Inwieweit hat es denn meine Ehre gerettet, dass Sie mich vor meinen Freundinnen bloßgestellt haben und eine blutjunge Debütantin zum Walzer aufforderten, die gut und gern Ihre Tochter hätte sein können?“

„Lord Swanby hat mich dazu gedrängt, Castlereaghs rechte Hand. Glauben Sie mir, es war wahrlich kein Vergnügen, ein scheues, junges Ding im Arm zu halten, das vor Aufregung zitterte und während des gesamtes Tanzes den Mund kein einziges Mal aufbrachte.“ Was wohl auch besser war, dachte er im Stillen, denn er hätte sich für ihre Wortmeldungen ohnehin nicht interessiert. Er hatte seine Bekannten im Club noch nie verstanden, die sich nach dem Tod ihrer ersten Gattinnen im Kreise der Unterzwanzigjährigen nach einer Nachfolgerin umsahen. Wer wollte schon ein blasses, ewig kicherndes oder vor Ehrfurcht kaum einen geraden Satz herausbringendes Wesen zur Seite haben, wenn man eine Frau wie Agatha haben konnte? Da fiel ihm ein, dass er Agatha nicht haben konnte, und seine Laune verschlechterte sich wieder.

„Aber egal", sagte er nicht eben freundlich, „lassen wir die alte Geschichte ruhen."

„Ich habe nicht damit begonnen", erinnerte ihn Agatha, die sich seine Stimmungsschwankungen nicht erklären konnte.

„Kann ich sonst noch etwas für Sie tun?", fragte er unvermittelt. „Falls nicht, würde ..."

„Ich bin hier, um Sie um einen Gefallen zu bitten", beeilte sie sich einem Hinauswurf zuvorzukommen.

Landmark lachte bitter auf: „Sie haben eine seltsame Art, sich bei mir beliebt zu machen, das muss ich schon sagen."

Nun war wieder einmal Spott unüberhörbar.

„Ich wusste nicht, dass ich es noch nötig hätte, mich bei Ihnen beliebt zu machen", lautete da auch schon ihre Antwort. Hatte sie in der Vergangenheit nicht schon genug dafür getan? Schließlich führte sie seinen Haushalt, kümmerte sich um Lizzy und hielt ihm den Rücken frei. Doch es war nicht der richtige Zeitpunkt, all das anzusprechen. „Ich bitte Sie um Ihre Zustimmung, ein kleines Abendessen geben zu dürfen, das ist alles." Sie holte tief Luft und sprach dann das aus, was sie selbst noch nicht so richtig glauben konnte: „Panswick hat sich verlobt."

Nun war er ebenfalls überrascht, und so schnellten seine Augenbrauen wieder einmal in die Höhe: „Ach, tatsächlich?"

„Mit einem gewissen Fräulein Johanna Kruger von Persenbeug. Sagt Ihnen dieser Name etwas?"

Er musste die Hoffnung, die in diesen Worten mitschwang, im Keim ersticken und schüttelte den Kopf. „Nicht dass ich wüsste."

Er wunderte sich selbst, wie gern er ihr eine beruhigendere Antwort gegeben hätte.

Agatha seufzte. „Das habe ich befürchtet", gab sie zu. „In jedem Fall sollten wir das Mädchen und ihre Tante so schnell wie möglich kennenlernen. Wenn Sie damit einverstanden sind, werde ich eine Einladungskarte an ihre Adresse in der Weyburggasse senden, damit wir die beiden Damen in Augenschein nehmen können."

„Wir?" Er tat so, als hätte er sie falsch verstanden. „Es steht Ihnen natürlich frei zu tun, was immer Sie für richtig halten, aber mich werden Sie bei diesem Abendessen doch wohl entschuldigen können." Sie öffnete den Mund, um zu widersprechen, doch er war schneller: „Was habe ich denn mit dieser Angelegenheit zu tun? Sie nehmen doch nicht allen Ernstes an, ich kann und will mich um die Verlobten all meiner Dienstboten kümmern?"

„Also, bitte", rief Agatha aus. Ihre Wangen hatten einen roten Farbton angenommen. „Bertram ist Ihr Adjutant. Das heißt selbstverständlich, dass Sie Verantwortung für ihn übernommen haben."

Ihm gefiel ihre Entrüstung und es machte ihm plötzlich diebischen Spaß, sie noch weiter zu schüren: „Das gilt aber sicher nicht für sein Liebesleben."

Agatha war noch bei seiner vorigen Aussage: „Wie kommen Sie überhaupt dazu, meinen Cousin derart zu beleidigen, dass sie ihn einen Dienstboten nennen? Der Viscount of Panswick ist niemandes Dienstbote. Würden Sie am Ende etwa auch mich als Ihre Dienstbotin bezeichnen?"

Wieder sah er sie unter schweren Lidern an: „Sind Sie das denn nicht?", fragte er, allein aus Lust, sie noch weiter herauszufordern.

Schon sprang sie auf und hätte in diesem Augenblick nicht sagen können, was sie mehr aufbrachte. Das selbstgefällige Lächeln auf seinen Lippen oder die Tatsache, dass er nicht zu hundert Prozent unrecht hatte. Sie lebte schließlich in seinem Haus und wurde für ihre Dienste entlohnt. Entschlossen straffte sie die Schultern und beschloss, diese Aussage trotzdem nicht zu akzeptieren. Denn sie war eine Lady. Als Gesellschafterin einer alten Dame hatte sie sich geschworen, nie, nie, nie wieder eine Dienstmagd zu sein.

Auch der Herzog war inzwischen aufgestanden und um den Schreibtisch herumgekommen. Er würde es sich nie gestatten, in Gegenwart einer Lady sitzenzubleiben, während er bei einer Dienerin damit kein Problem gehabt hätte. Diese Tatsache hätte schon dazu beitragen können, Agatha wieder ruhiger zu stimmen. Aber sie fiel ihr nicht auf.

„Nein, ich bin nicht Ihre Dienstbotin", fuhr sie ihn daher an und trat einen Schritt näher, um ihn instinktiv dazu zu zwingen, selbst einen Schritt zurück zu machen. In jeglicher Hinsicht. Doch er trat nicht zurück.

Im Gegenteil, er überbrückte den Abstand, der sich nun noch zwischen ihnen befand und zog sie ohne nachzudenken in die Arme. Nein, er zog sie nicht, er riss sie geradezu. Und dann drückte er seine Lippen auf die ihren. Es war ihm einerlei, dass sie ihm jetzt gleich eine schallende Ohrfeige versetzen würde. Es war ihm einerlei, dass sie ihn mit der Kraft beider Hände wegstoßen würde. Er würde sie natürlich sofort freilassen, wenn sie das verlangte. Doch zuerst hatte er zu große Lust, ihr nahe zu sein. Hatte das dringende Bedürfnis, ihr zu zeigen … ihr zu zeigen … ja, was wollte er ihr eigentlich zeigen? Er wusste es nicht.

Zu seinem Erstaunen stellte er fest, dass sich, nach einigen Augenblicken der Überraschung und wohl auch der Überrumpelung, ihre Lippen zu öffnen begannen, um seiner Zunge Einlass zu gewähren. Diese Tatsache erfüllte ihn mit so großer Freude und überwältigender Dankbarkeit, dass seine zornige Leidenschaft nachließ und einer tief empfundenen Zärtlichkeit Platz machte. Er küsste sie, und sie küsste ihn. Nicht scheu, sondern so, wie es nur eine erfahrene Frau tun konnte. Eine erfahrene Frau, die sich selbst schon viel zu lange nach diesem Augenblick gesehnt hatte. Von ihm aus hätte irgendjemand die Zeit anhalten können, damit dieser Kuss kein Ende fand. Doch leider war dieser Irgendjemand nicht zur Stelle. Viel zu früh entwand sich Agatha seinen Armen. Sie schnappte sich ihr Buch und eilte zur Tür. Dort blieb sie mit geröteten Wangen stehen und drehte sie sich noch einmal um.

„Dienstboten küsst man nicht", sagte sie streng und sichtlich um einen ruhigen Tonfall bemüht. „Ich erlaube mir, Ihr Verhalten dahingehend auszulegen, dass Sie mich nicht länger als eine solche betrachten. Halten Sie sich den Mittwochabend von weiteren Terminen frei. Da brauche ich Sie nämlich beim Abendessen mit den Damen von Persenbeug."

Kapitel 30

Wie es sich herausstellen sollte, fand das geplante Abendessen nicht am folgenden Mittwoch statt. Und auch nicht am darauffolgenden.

Bertram hatte beschlossen, es sich nicht nehmen zu lassen, die Einladungskarte persönlich in der Weyburggasse vorbeizubringen. Agatha hätte ihn dabei zu gern begleitet, aber da er keine Anstalten machte, sie darum zu bitten, drängte sie auch nicht darauf. Ihr kleiner Cousin war jetzt erwachsen – je eher sie das verinnerlichte, desto besser würde es für ihr freundschaftliches Verhältnis sein. Etwas anderes brannte ihr allerdings noch auf der Seele und darum sagte sie, als sie Sand auf die Karte streute, um die Tinte zu trocknen: „Mir ist noch etwas eingefallen, Bertram, das ich dir nicht verschweigen möchte. Ich habe vor etwa vierzehn Tagen Helene, also Frau von Stummer, zu einer Spitzenmanufaktur begleitet, die sich ganz in der Nähe der Wohnung von Fräulein Kruger befindet. Bei dieser Gelegenheit habe ich, wenn ich mich nicht irre …". Sie überlegte kurz, wie sie ihrem Cousin diese wahrscheinlich unerfreuliche Nachricht am schonendsten beibringen könnte, entschied sich dann unter seinen wachsamen Augen aber doch, frei heraus zu sagen: „… deine Verlobte am Arm eines anderen Mannes gesehen. Er war um einiges älter als sie und die beiden wirkten sehr vertraut miteinander. Denkst du …"

In anderen Kulturen wurden die Überbringer schlechter Nachrichten um einen Kopf kürzer gemacht, wie Agatha gelesen hatte. Sie konnte nur hoffen, dass ihr Cousin ihr nicht so arg böse war, um dies in Erwägung zu ziehen. Überrascht atmete sie auf, als Bertram zu lachen begann.

„Ach, das war sicher nur Franz-Josef. Das ist Hannis Cousin, musst du wissen. Der ist gar nicht um so vieles älter, wie du vielleicht denken magst. Auch wenn Hanni selbst keine Geschwister hat, so entstammt sie doch einer großen Familie von Cousinen und Cousins. Irgendwie erinnert mich das an zu Hause mit dir, meinen Schwestern und Niki. Darum frage ich mich, ob wir nicht mehrere Mitglieder ihrer Verwandtschaft zu diesem Abendessen einladen sollten. Zumindest die beiden Cousinen, die auch in der Weyburggasse wohnen."

Agatha, froh, dass ihr schlimmer Verdacht sich in Luft aufgelöst hatte, schüttelte den Kopf. Sie würde genug damit zu tun haben, die Tante und vor allem ihre Nichte unter die Lupe zu nehmen. An den Cousinen hatte sie weit weniger Interesse.

Als Bertram eine Stunde später das nun schon wohlbekannte Wohnzimmer betrat, fand er seine Verlobte und deren Tante in einer lebhaften Unterhaltung vor. Hanni sprang auf und hätte Bertram wohl mit einer innigen Umarmung begrüßt, hätte die Ältere sie nicht ermahnt und ihr befohlen, sich wie eine anständige junge Dame zu benehmen und sich wieder hinzusetzen. Dem jungen Viscount war es höchst unangenehm, dass das Mädchen vor seinen Augen und Ohren gescholten wurde, und er setzte bereits dazu an, sie zu verteidigen, als er bemerkte, dass sie nicht im Geringsten eingeschnappt war. Im Gegenteil, seine Auserwählte lachte, machte witzige Bemerkungen und erzählte fröhlich von einem Besuch im Tiergarten des Schlosses Schönbrunn, den sie gemeinsam mit einer Freundin am Vortag unternommen hatte. Alles in allem war sie wieder so fröhlich, wie sie immer gewesen war. Die Ernsthaftigkeit und die Tränen, die er bei seinem Antrag in ihren Augen entdeckt hatte, waren wie weggewischt. Er beschloss zu glauben, dass wohl beides nur der Aufregung des freudigen Anlasses geschuldet gewesen war, und hätte darüber nicht froher sein können.

„Meine Cousine, Lady Alverston, möchte sich die Ehre geben, Sie beide zu einem Abendessen einzuladen", sagte er, als er endlich zu Wort kam. „Sie freut sich sehr über unsere Verlobung und möchte Sie beide natürlich gern kennenlernen. Dasselbe gilt für meinen Dienstherrn, den Duke of Landmark."

Er stand vom Stuhl, den man ihm angeboten hatte, auf und überreichte der Hausherrin die blütenweiße

Karte. Diese griff nach dem Zwicker, setzte ihn auf die Nase und las, was Agatha mit ihrer schwungvollen Handschrift zu Papier gebracht hatte.

„Sie *freut* sich, soso“, sagte sie und legte den Lesebehelf zur Seite. „Nun, das ist eine angenehme Nachricht. Bevor wir über ein Abendessen sprechen, sollten wir allerdings die Sache mit der Mitgift abschließen. Haben Sie die zehntausend Gulden bei sich?“

Bertram bemerkte die Anspannung, die Hanni bei diesen Worten befiel, und beeilte sich, ihre Hand zu ergreifen. Sie war eiskalt und zitterte leicht. Am liebsten hätte er beide Arme um sie gelegt, um sie zu beruhigen, doch der strenge Blick ihrer Tante ließ diese intime Geste nicht zu.

„Keine Sorge, meine Liebe“, sagte er daher nur und lächelte ihr aufmunternd zu, „wenn es in deiner Heimat so üblich ist, dass die Mitgift vom Mann gestellt wird, dann werde ich das selbstverständlich tun. Ich mache sicher keinen Rückzieher nur wegen des Geldes.“

Ihr strahlendes Lächeln war ihm der schönste Dank.

Dann wandte er sich wieder an die Tante: „Sie werden doch nicht im Ernst annehmen, *Madame*, dass ich mit einem so großen Geldbetrag in der Tasche durch die Straßen von Wien laufe. Man hört immer wieder von Überfällen und ich habe nicht die geringste Lust, mein Erbe einem Beutelschneider zu überlassen.“

Er war sichtlich stolz auf sich, dass er sich dieses ungewohnt klingende Wort gemerkt hatte. Hans-Karl hatte ihm von Halunken erzählt, die sich in den engen Gassen der Stadt herumtrieben und die Rocktaschen und Rucksäcke nichtsahnender Passanten aufschlitzten, um ihre Brieftaschen zu entwenden. Zur Tarnung trugen sie oft die schönsten Uniformen, damit niemand, dem sie sich in böser Absicht näherten, Verdacht schöpfte.

„Schreiben Sie mir Ihre Bankverbindung auf, Frau von Hof, und ich werde die nötigen Schritte veranlassen."

Dann war es kurz still im Raum, bis *Madame* entrüstet verkündete, wie wenig sie von Banken halte.

„Das sind mindestens ebenso große Beutelschneider wie das Gesindel, das sich auf den Straßen herumtreibt", sagte sie, und ihre Stimme klang verächtlich. „Sorgen Sie dafür, dass Sie die Gulden im Haus haben, wenn wir zum Abendessen zu Ihnen kommen. Ich werde zwei starke Männer beauftragen, unsere Kutsche auf dem Heimweg zu begleiten, wenn wir dann das Geld mit uns führen. Ihre Cousine und dieser Herzog da, das sind doch alles Engländer, oder etwa nicht?", erkundigte sie sich dann interessiert. „Wir werden die einzigen Österreicher am Tisch sein, habe ich recht?"

Bertram bestätigte, dass dies der Fall sein würde, und dann begannen sie sich, wie so oft, über seine Familie und Lancroft Abbey zu unterhalten, bis *Madame* abermals die Mitgift zur Sprache brachte.

„Sie bekommen das Geld", versicherte Bertram ein weiteres Mal. „Allerdings habe ich ernsthafte Bedenken, ob es mir wirklich bereits kommenden Mittwoch zur Verfügung stehen wird. Mein Brief an meinen Vermögensverwalter wurde erst gestern abgeschickt und ich …"

Da schlug sich seine Gastgeberin die Hand auf die Stirn und rief: „Kommenden Mittwoch? Wo habe ich bloß meine Gedanken gehabt?"

Der junge Viscount war sichtlich irritiert.

„Sie müssen Ihrer Cousine unser größtes Bedauern ausdrücken", setzte die Frau da auch schon fort. „Wir können am kommenden Mittwoch keinesfalls zu Ihnen auf den Hohen Markt kommen. Ich muss nämlich verreisen. Meine Schwester Martha bekommt ihr viertes Kind und hat mich gebeten, ihr dabei zu helfen. Wer könnte bei so einem Anlass eine größere Stütze sein als ihre ältere Schwester, frage ich Sie?"

Bertram hatte keine Ahnung, welche Stütze eine Schwangere bei ihrer Geburt benötigte, er wusste nur, dass er zutiefst enttäuscht war, welche überraschende Wendung das Gespräch genommen hatte.

„Ihre Schwester bekommt ein Kind?", fragte nun auch Hanni. „Das wusste ich ja gar nicht. Darf ich mitkommen, *Madame*? Ich liebe kleine Butzerl."

„Du musst nicht alles wissen", entgegnete die Hausherrin streng, „und du kommst mit Sicherheit nicht mit mir mit." Sie hob entschieden die Hand. „Jetzt schweig still, ich wünsche keine weitere Diskussion über etwas, was nicht zu ändern ist."

Hanni schob zwar die Unterlippe vor, verzichtete aber folgsam auf jeden Widerspruch.

„So ist's brav", meinte da die Tante und tätschelte ihr begütigend die Hand. Die vielen Goldarmbänder auf ihrem fleischigen Arm schepperten. „Du wirst das Butzerl schon noch früh genug zu Gesicht bekommen, Hanni. Aber jetzt ist es wichtig, dass du in Wien bleibst."

Da setzte ihre Nichte nun doch zu einem *Aber* an, wurde aber sogleich mit einem Handstreich zum Schweigen gebracht: „Denk doch nach, du dummes Ding! Du kannst doch deinen Verlobten nicht so lange allein lassen. Der kommt uns sonst am Ende noch auf dumme Gedanken."

Bertram wollte eben entrüstet einwenden, dass er keineswegs vorhatte, auf dumme Gedanken zu kommen, da setzte *Madame* auch schon fort: „Sicher wird er dir Kleider kaufen wollen, die dir in der Verlobungszeit gut zu Gesicht stehen werden. Auch eine schnittige Kutsche wäre recht, denn niemand kann von dir erwarten, dass du als Verlobte eines Grafen zu Fuß gehst. Ich denke, ein sattes Rot wäre passend. Glänzend lackiert, mit einem Paar edler Pferde. Ihr dürft auch nicht vergessen, einen Stall zu mieten. Wie ich gehört habe, ist drüben beim Fuhrmeister Gassl noch etwas frei."

„Aber", war es nun an Bertram, erschrocken einzuwenden. Er hatte keineswegs die Absicht, noch weiteres Geld auszugeben. Warum sollte er eine Kutsche kaufen, wenn sie keine zwei Monate mehr in Österreich bleiben würden? Doch da hatte er die Rechnung ohne die beiden Damen gemacht.

„Eine Kutsche würde mir eine riesengroße Freude bereiten. Danke, mein lieber Bertram", rief Hanni aus, klatschte in die Hände und strahlte ihn so voller Freude an, dass er im Geiste begann, seine Finanzen noch einmal zu überschlagen. Vielleicht konnte er den Betrag doch aufbringen?

„Aber nicht in Rot", fuhr seine Angebetete da auch schon fort. „Blau passt doch viel besser zu meinen Augen. Und die Pferde müssen unbedingt weiß sein. Hübsche, weiße Schimmel! Meinst du, man könnte kleine Vergissmeinnicht auf den Wagenschlag malen lassen? Ach Bertram, du bist der Allerbeste!"

Sie sprang auf und drückte dem fassungslosen jungen Mann nun doch vor den Augen der Tante einen Kuss auf die Wange.

Kapitel 31

Gegen den Sturm, der in Agathas Innerem tobte, war der Sturm, der ein paar Tage zuvor über Wien hinweggefegt war, nur ein lauer Frühlingswind gewesen. Er hatte sie wieder geküsst! Landmark hatte sie wieder geküsst. Und sie hatte ihn zurückgeküsst. Ohne nachzudenken. Sie hatte sich von seiner Leidenschaft mitreißen und alle damenhaften Benimmregeln außen vor gelassen. Was war das aber auch für ein Kuss gewesen!

Sie warf einen Blick durch das Schlafzimmerfenster zu jenem Stern hinauf, auf den ihre Vorstellungskraft den verstorbenen Gatten platziert hatte.

„Verzeih mein Lieber, aber dieser Kuss hatte so gar nichts mit den Liebesbezeugungen zu tun, die wir beide einst ausgetauscht haben", enthüllte sie ihm.

Dieser Kuss war viel intensiver gewesen. Er hatte sie mitgerissen und sie jede Distanziertheit vergessen lassen, mit der sich, nach der eindringlichen Ermahnung ihrer Mutter, eine Dame das weitere Interesse eines Mannes zu sichern hatte. Es war, als hätte ihr Hirn ausgesetzt und ihr Herz das Kommando übernommen gehabt. Ihr Herz?

Agatha ließ sich auf den Stuhl vor ihrer Frisierkommode fallen, überwältigt von dem Gedanken, der soeben zur Gewissheit geworden war. Sie hatte sich in Landmark nicht nur verliebt. Sie schwärmte nicht nur von seinem männlichen Aussehen und errötete nicht nur, wenn sie an seinen nackten Oberkörper dachte. Ihr Herz klopfte nicht nur deshalb schneller, weil er sie beim Walzertanzen und auch in der Bibliothek so eng an sich gezogen hatte, dass sie die Wärme seines Körpers hatte spüren können. Sie bekam nicht nur deshalb weiche Knie, weil sie an die Leidenschaft dachte, in die sie sich beide während ihrer Küsse hatte fallen lassen, nein, all das geschah deshalb, weil sie diesen Mann liebte. Sie liebte ihn von ganzem Herzen, mit jeder Faser ihres Körpers. Sie liebte ihn mit all seinen Stärken, aber auch all seinen Schwächen.

Bist du verrückt geworden?, fragte ihre skeptische innere Stimme. *Hast du vergessen, wie arrogant er ist? Erinnerst du dich nicht mehr an die vielen Diskussionen in der Kutsche, als er deine Meinung nicht hatte gelten lassen? Er hat dich Dienstbotin genannt und dir vorgeworfen, du würdest deine Fähigkeiten überschätzen.*

Na, wenn schon, widersprach die andere Stimme, die vor Glückseligkeit schier zu taumeln begann, *das alles hat er mit Sicherheit nicht so gemeint. Sprach nicht sein Verhalten eine ganz andere Sprache als seine Worte?*

Vergiss nicht, dass er dich zu Widersprüchen reizt, zu frechen Bemerkungen, dazu, ihn herauszufordern!, mahnte die strenge Stimme.

Nein, das vergesse ich nicht, denn das genieße ich, antwortete die glückliche darauf.

Agatha sprang auf und begann die Arme auszubreiten und sich im Kreis zu drehen. Er bringt mich dazu, mich lebendig zu fühlen, jubelte sie in ihrem Inneren. Er bringt mich dazu, dass ich mich wieder zu dem zähle, was Helene *die jüngere Generation* genannt hatte. Er bringt mich dazu, von einer Zukunft zu träumen, die bei Weitem mehr beinhaltete als beschauliche Abende auf Lancroft Abbey.

Bei diesem Gedanken hielt die enthusiastische Stimme erschrocken inne. Dass sie den Herzog liebte, war eine Tatsache. Dass er ihr jedoch vor dem verlausten Wirtshaus in aller Deutlichkeit erklärt hatte, sie nicht heiraten zu wollen, eine andere. Dass Landmark ein viel zu stolzer Mann war, um seine Meinung zu ändern und sie doch noch um ihre Hand zu bitten, eine dritte. Also konnte es keine gemeinsame Zukunft für sie beide geben.

Agatha ließ sich wieder auf den Stuhl niedersinken. Sie wusste selbst nicht, ob sie aufgrund der Erkenntnis, dass sie Landmark liebte, lachen, wieder aufstehen und weiter durch den Raum tanzen oder ob sie sich aufgrund der Tatsache, dass es keine gemeinsame Zukunft mit ihm geben würde, in tiefe Trauer stürzen sollte. Also blieb sie sitzen und tat weder das eine noch das andere.

Er hatte ihr versichert, dass er ihr keine unsittlichen Avancen machen würde. War dieser Kuss bereits ein Bruch dieses Versprechens gewesen? Oder würde dies erst gelten, wenn er ihr die Knöpfe öffnete, um ihr das Kleid von den Schultern zu streifen? Agatha gestand sich ein, dass sie diese Vorstellung äußerst reizvoll fand, und sie bemerkte, wie ein Lächeln über ihre Lippen huschte. Sie würde zu gern entdecken, ob nur der Kuss ganz anders gewesen war, als sie es aus ihren Ehejahren kannte. Oder ob sich das *ganz anders* auch auf etwas bezog, das bei Eheleuten manchmal nach so einem Kuss vollzogen wurde. Wie von selbst fiel ihr Blick auf das breite Bett. Schon sah sie sich, nur mit einem Korsett bekleidet, darauf liegen, daneben Landmarks muskulösen Oberkörper. Oh ja, sie würde nur zu gern das Wagnis eingehen, ihm zu gestatten, ihr noch viel näher zu kommen. Seine starken Arme würden sie an sich ziehen, er würde sie nicht nur auf den Mund küssen, und sie würde sich ihm hingeben.

„Warum soll ich denn nicht seine Mätresse werden?", fragte sie ihr Spiegelbild. Es klang selbst in ihren Ohren zu laut und zu trotzig, so als wolle sie jene Stimme in ihrem Inneren übertönen, die an ihrem Verstand und ihrer Moral zweifelte. „Ich bin jetzt sechsunddreißig Jahre alt. Worauf soll ich noch warten? Etwa auf den Prinzen mit wallendem Haar, der auf einem feurigen Hengst angeritten kommt, um mich zu heiraten und auf sein Märchenschloss zu entführen?"

Freimütig gestand sie sich ein, dass sie gar nicht von hier weg entführt werden wollte, egal wie wallend das Haar des Prinzen auch sein mochte. Hier, auf dem Hohen Markt in Wien in Gesellschaft von Landmark und Lizzy war sie genau richtig. Bertrams Gegenwart störte sie auch nicht, spielte in ihren weiteren Überlegungen aber eine höchst untergeordnete Rolle. Könnte sie als Landmarks Mätresse eigentlich weiter hier wohnen bleiben und sich um Lizzy kümmern? Agatha seufzte, als ihr klar wurde, dass das kaum möglich war. Eine gefallene Lady war nicht das richtige Vorbild für ein junges Mädchen. Andererseits, so sagte sie sich, müsste doch niemand von ihrer neuen Rolle wissen. Und wiederum andererseits, wenn sie gewisse Blicke und Anspielungen richtig deutete, dann munkelten gewisse Zeitgenossen ohnehin bereits, dass sie die Geliebte des Dukes war. Warum sollte sie ihnen keinen Grund geben, dies zu Recht zu munkeln? Bei Landmark zu bleiben war allemal angenehmer und amüsanter, als nach Lancroft Abbey zurückzukehren. Sie liebte Tante Louise wirklich. Dennoch, hier in Wien war sie ihre eigene Herrin, die nach Belieben schalten und walten konnte. Dort war sie lediglich die mittellose Nichte, die der Gnade einer geschätzten, aber doch dominanten Gutsherrin ausgeliefert war. Dort würde sie wieder nicht viel mehr als eine Gesellschafterin sein. Eine unbezahlte allerdings. Nein, sagte sich Agatha und straffte die Schultern, da war es allemal besser, nach ihrer Rückkehr in Landmarks Haus am Grosvenor Square zu wohnen. Auch wenn die noble Gesellschaft sie schneiden und keine Familie der Oberschicht je eine Einladungskarte für sie abgeben würde.

Agatha stand auf und begann im Zimmer auf und ab zu gehen. Was war, wenn sie sich Landmark hingegeben hatte und er ihrer dann überdrüssig wurde? Wenn er sie eines Tages fallen ließ? Dann musste sie erst recht wieder zurück zu Tante Louise und in dem Fall auch noch deren Verachtung über sich ergehen lassen. Lady Panswick war so etwas wie eine zweite Mutter für sie. Sie zu enttäuschen war das Letzte, was sie wollte. Was also sollte sie tun? Auf der Stelle nach England zurückkehren und sich Landmark aus dem Kopf schlagen? In der Nähe bleiben und abwarten, wohin das Schicksal sie führte? Auch auf die Gefahr hin, dass es sie ins Verderben stürzte?

Agatha blieb abrupt stehen. Sie konnte es drehen und wenden, wie sie wollte, sie allein würde mit all diesen Überlegungen nie auf einen grünen Zweig kommen. Sie musste unbedingt mit jemandem sprechen. Jemandem, der sie verstand und nicht vorschnell verurteilte. Jemandem, dem sie uneingeschränkt vertrauen konnte. Gewiss, sie mochte Helene von Stummer, sie fand die anderen Damen der Wiener Gesellschaft amüsant und liebenswert. Doch sie konnte genau so klar die gerunzelte Stirn jeder einzelnen von ihnen vor sich sehen, wenn sie ihnen auch nur einen kleinen Teil dieser schamlosen Gedanken enthüllte. Und Bertram? Sie vertraute ihrem Cousin ohne Zweifel, doch er war ein junger Mann. Niemand konnte erwarten, dass er die Gedankengänge einer sechsunddreißigjährigen Lady auch nur im Geringsten nachvollziehen konnte. Außerdem hatte er strenge moralische Grundsätze, die ihm als Viscount und Erben alle Ehre machten, ihr aber in ihrem Dilemma nicht im Geringsten nützten. Nein, es gab nur eine, mit der sie sich austauschen konnte und wollte, und das war Cecilia.

Agatha beschloss, die Bemühungen, ihre Schwester endlich zu finden, umgehend zu verstärken, wenn sie auch noch keine Ahnung hatte, wie sie das bewerkstelligen sollte. Und doch hatte sie mit einem Mal das Gefühl, wieder freier atmen zu können, denn nun hatte sie einen Plan gefasst. Bis sie mit Cecilia von Angesicht zu Angesicht sprechen konnte, würde nun sie dem Herzog aus dem Weg gehen, um sich ja nicht in Versuchung führen zu lassen. Sie musste unbedingt vermeiden, dass er ihr auch nur einmal tief in die Augen blickte und dort die Gefühle entdeckte, die sie für ihn empfand. Sie musste sich zuerst selbst darüber im Klaren sein, was sie wollte und was sie ihm daher sagen sollte. Aber dazu brauchte sie vorab dringend den Gedankenaustausch mit ihrer Schwester. Also verließ sie auf der Stelle ihr Zimmer, begab sich in das untere Stockwerk und rief nach Gustl.

Kapitel 32

In den nächsten Tagen fühlte sich Bertram so glücklich wie noch nie zuvor in seinem Leben. Es war warm für Ende Oktober, die Sonne schien, die Vögel zwitscherten und Hanni war glücklich. Immer wenn seine Arbeit es zuließ, begab er sich schnurstracks in die Weyburggasse und holte sie zu einem Spaziergang ab oder fuhr mit ihr in den Prater. Längst war es ihm nicht mehr unangenehm, sie in die mondänsten Schneidersalons zu begleiten, und bald schien ihm, als wisse er alles über Biesen und Borten, Seide, Damast, Flitter und Glitzer. Zumindest viel mehr, als er je darüber hatte wissen wollen. Er kaufte Kleider und Umhänge und freute sich, wenn Hanni sich freute. Sobald sie dann auch noch ein Hütchen entdeckte, das zufällig genau den Farbton des Pelzkragens traf, dann erstand er ihn ohne zu zögern. Als sich das Geld, das der Vermögensverwalter überwiesen hatte, dem Ende zuneigte, schickte er einfach die nächste Depesche nach London. *Warum sollte er das auch nicht tun?*, fragte er sich, sobald sich Skrupel regten. Noch war einiges von Urgroßmutters Erbe übrig. Selbst wenn das aufgebraucht sein würde und er Schulden machen müsste, dann konnte er diese zurückzahlen, sobald er fünfundzwanzig war. Diese Gewissheit schob jeden Anflug schlechten Gewissens beiseite. Er war jung, er war begütert, er war Oberhaupt einer der wichtigsten Familien des Landes, und schon allein ihr zuliebe musste er sicherstellen, dass die Frau an seiner Seite glücklich war.

Am Dienstag hatte er mit Agatha wieder die Soiree der Baronin von Arnstein besucht und sich auf den Tag gefreut, an dem er seine geliebte Hanni endlich der Öffentlichkeit als seine Verlobte präsentieren konnte. Er wusste, sie würde die Herzen aller im Sturm erobern.

„Gestern hat es der Zufall besonders gut mit mir gemeint", sagte er zu seinem Dienstherrn, als sie tags darauf gegen vierzehn Uhr die Hofburg verließen. Die Verhandlungen mit der preußischen Delegation hatten schneller zum erwünschten Ergebnis geführt als erwartet und der Herzog saß so gutgelaunt in der Kutsche, dass Bertram es wagte, von sich aus eine Konversation zu beginnen.

„Sie wissen ja, dass ich es gar nicht erwarten kann, meine … also Fräulein Kruger zum Traualtar zu führen."

„Ja, das sagten Sie bereits", lautete die nüchterne Antwort, „mehr als einmal, wenn ich mich recht entsinne."

Bertram warf seinem Dienstherrn einen schnellen Blick zu, denn er wusste längst, dass es nicht klug war, Landmark zu langweilen. Ermutigt von der Tatsache, dass ihn der Duke anlächelte und in diesem Lächeln nur eine Spur von Spott mitzuschwingen schien, wagte er fortzufahren: „Wie es sich herausstellte, war gestern ein anglikanischer Geistlicher unter den Gästen der Soiree."

Mit Freuden stellte er fest, dass er nun die volle Aufmerksamkeit seines Gegenübers hatte.

„Ach, tatsächlich?" Der Herzog wandte sich ihm zu. „Wie heißt denn der Mann?"

„Es ist ein gewisser Reverend Michaels. Anscheinend ist er erst vor wenigen Tagen angereist, darum ist es kein Wunder, dass uns seine Anwesenheit bisher nicht aufgefallen ist. Was aber noch viel wichtiger ist: Er plant bis zum Ende des Kongresses in Wien bleiben. Ist das nicht großartig?"

Der Herzog konnte diesem Satz nur zustimmen, dachte jedoch nicht daran, den jungen Mann in seine eigenen Pläne einzuweihen. „Inwiefern?", fragte er daher.

„Nun", antwortete Bertram begeistert, „ich habe mir den Kopf zerbrochen, wie ich eine Vermählung bewerkstelligen könnte, die auch in England Gültigkeit besitzt. Wenn uns ein Geistlicher unseres Glaubens und noch dazu aus unserer Heimat traut, dann ist der Bund geschlossen, und niemand kann daran einen Zweifel hegen, meinen Sie nicht auch?"

„Das ist wohl wahr", gab der Herzog zu, sah sich dann aber doch bemüßigt, noch etwas hinzuzufügen. „Was das Wort Zweifel betrifft, Panswick: Haben Sie nicht insgeheim Zweifel, dass Sie die ganze Angelegenheit überstürzen? Sie sind erst einundzwanzig Jahre alt, Sie beginnen erst damit, die Welt zu erobern. Wollen Sie da nicht zuerst als freier Mann die Freuden des Lebens kennenlernen? Wollen Sie nicht, na, sagen wir, noch mindestens fünf Jahre warten, bis Sie Verantwortung für einen anderen Menschen übernehmen und sich bis an Ihr Lebensende an ihn binden?"

„Ich bin auch jetzt schon kein freier Mann mehr, Duke", antwortete Bertram ernst. „Bereits jetzt trage ich Verantwortung. Ich bin das Oberhaupt einer großen Familie, Erbe eines ausgedehnten Landsitzes mit zahlreichen Pächtern, die sich auf mich verlassen. Von meinen Eltern weiß ich, dass sich diese Verantwortung leichter tragen lässt, wenn man sie auf vier Schultern verteilt. Darum brauche ich eine Frau, die die Natur liebt und etwas anderes im Kopf hat als nur das gesellschaftliche Leben. Außerdem liebe ich Hanni, also Fräulein Kruger, und wünsche mir, sie immer um mich zu haben. Können Sie das denn gar nicht verstehen?"

Zu seinem eigenen Erstaunen stellte der Herzog fest, dass es gar nicht des flehentlichen Blickes seines jungen Mitarbeiters bedurft hätte, damit er ihn tatsächlich verstand.

„Wissen Sie, wo dieser Geistliche wohnt?", fragte er stattdessen.

„Er gehört anscheinend zu Lord Castlereaghs Gefolge und ist in der Botschaft untergebracht. Unser Außenminister war mit den Gottesdiensten hierzulande nicht zufrieden, wie man mir sagte, und hat nach dem Reverend geschickt."

Er wartete, ob Landmark noch etwas sagen würde, doch dieser schien seinen eigenen Gedanken nachzuhängen. Also drehte er sich um und blickte aus dem Fenster. Gerade rechtzeitig, um eine dralle Dame in einem violetten Kleid mit einer wuchtigen Haube auf voluminösen Locken zu bemerken, die um die Hausecke gebogen war. Sie hing am Arm eines älteren Mannes mit Zwirbelbart und Zylinder. Anscheinend hatte der Mann etwas Amüsantes von sich gegeben, denn die Dame lachte schallend auf und schlug ihm mit dem Fächer spielerisch auf die Brust.

„Was zum Teufel!", entfuhr es Bertram, und er schreckte so den Herzog aus seinen Überlegungen.

„Ist etwas passiert?", fragte dieser erschrocken. „Warum machen Sie ein Gesicht, als hätten sie ein Gespenst gesehen?"

„Weil ich vermutlich eines gesehen habe", antwortete Bertram atemlos. „Wenn mich nicht alle Sinne trügen, dann war das eben *Madame,* also ich meine Frau von Hof."

Der Herzog zog eine Augenbraue hoch: „Warum in Gottes Namen nennen Sie diese Lady *Madame?*", fragte er und klang befremdet. Darauf konnte Bertram keine Rücksicht nehmen: „Weil sie es so wünscht. Bitte geben Sie dem Kutscher den Befehl, anzuhalten, Duke. Ich möchte, nein, ich *muss* mich auf der Stelle vergewissern ..."

„Anhalten!", befahl seine Gnaden. Ein Wunsch, dem sofort Folge geleistet wurde.

„Danke, oh ich danke Ihnen." Bertram war so aufgeregt, dass er schon den Schlag öffnete, bevor der Wagen vollkommen zum Stillstand gekommen war. Er drehte sich noch einmal zum Herzog um. „Sie sagte, sie sei in … keine Ahnung, irgendwo auf dem Land. Wegen einer …", er errötete und brachte das Wort *Geburt* nicht über die Lippen, „… nicht so wichtig. Da kann sie doch nicht gleichzeitig hier in Wien sein, oder? Ich muss der Sache nachgehen. Sie brauchen nicht zu warten", schloss er schließlich großzügig. „Ich finde meinen Weg nach Hause."

Schon war er ausgestiegen, warf den Schlag mit einem lauten Krachen zu und machte sich schnellen Schrittes auf den Weg zu der Stelle, an der er die dicke Frau gesehen hatte.

„Kann es jetzt weitergehen, Euer Gnaden?", wollte der Kutscher wissen. „Zurück zum Hohen Markt?"

„Ja, natürlich", antwortete der Herzog, um sich dann gleich darauf selbst zu korrigieren. „Oder, nein, warten Sie, bringen Sie mich lieber zur englischen Botschaft."

Während die nächsten Stunden für den Duke of Landmark höchst erfreulich verliefen, hatte der Viscount of Panswick bei Weitem weniger Glück. So genau er auch schaute, von der drallen Dame und ihrem Begleiter war keine Spur mehr zu entdecken. Also führte ihn sein nächster Weg in die Weyburggasse, nur um dort vom Lakaien höchst unfreundlich aus dem Haus komplimentiert zu werden. Fräulein Kruger mache einen Besuch bei einer Freundin, teilte dieser ihm mit, und die Hausherrin sei noch nicht nach Wien zurückgekehrt. Bertram blieb nichts anderes übrig, als sich einzugestehen, dass er einem Irrtum aufgesessen sein musste. Da hatte ihm wohl der innige Wunsch, seine Verlobung endlich offiziell bekanntgeben zu können, ein Trugbild vorgegaukelt.

Kapitel 33

Jeden Dienstag und Donnerstag erwachten die Bewohner des Hohen Marktes schon am frühen Morgen durch das Getrampel besonders vieler Hufe über das Kopfsteinpflaster. Dazu kamen quietschende Räder, knarrende Wagen, das ohrenbetäubende Scheppern der blechernen Milchkannen und nicht zuletzt die lauten Rufe der fahrenden Händler, denen die heilige Ruhe der noblen Gesellschaft in den Häusern ringsumher völlig gleichgültig war. All das bedeutete nur eines: Der Wochenmarkt am Platz öffnete wieder seine Pforte.

Diesmal hatte Agatha das laute, bunte Treiben inständig herbeigesehnt. Gustl hatte sie nämlich auf eine Idee gebracht.

„Warum zeigen wir das Bild Ihrer Schwester nicht den Marktleuten, Mylady?", lautete sein Vorschlag. „Die kommen überall in der Stadt herum. Sie stehen jeden Tag auf einem anderen Platz, ganz Wien geht bei ihnen einkaufen. Vielleicht haben Sie Glück, und jemand kann sich an sie erinnern."

War es da ein Wunder, dass Agatha von dieser Idee begeistert war? Natürlich, so beschloss sie umgehend, durfte der Herzog nichts von ihrem Vorhaben erfahren. Er hatte strenge, verzopfte Ansichten und würde ihr sicher verbieten, von Stand zu Stand zu gehen, um fremde Menschen anzusprechen. Wenn sie ehrlich war, dann würde sie diese peinliche Aufgabe auch lieber Gustl allein überlassen, doch was für einen Sinn hätte das? Der junge Wiener würde keine einzige Frage beantworten können, und würde man ihn bitten, Cecilia näher zu beschreiben, so müsste er passen. Nein, nein, da musste sie schon selbst mit auf den Markt und Rede und Antwort stehen. Trotz all ihrer Bedenken lächelte Agatha im Stillen. Sie war so zuversichtlich wie schon lange nicht mehr. Der Markttag hatte überhaupt noch nicht begonnen, da beschlich sie bereits das Gefühl, ihrer Schwester einen entscheidenden Schritt näher gekommen zu sein.

Kaum hatte sie daher am Donnerstagmorgen die ersten der herbeigesehnten Geräusche vernommen, sprang sie auch schon aus dem Bett und machte sich fürs Frühstück fertig. Sie hatte am Vortag vergessen, ihre Kammerfrau vorzuwarnen, und nun hätte es sicher geraume Zeit gedauert, bis diese sich zu so ungewöhnlicher Stunde zuerst selbst fertig gemacht hätte, um dann bei ihr zu erscheinen. Doch Agatha hatte keine Lust zu warten. Wozu hatte sie schließlich als Gesellschafterin gelernt, sich selbst anzukleiden und mit ein paar schnellen Griffen die Haare hochzustecken?

Wenige Minuten später ging sie fröhlichen Schrittes die Treppe hinunter. Den Umhang über dem einen, das kleine Gemälde mit dem Bildnis ihrer Schwester unter dem anderen Arm. Voller Vorfreude und Zuversicht betrat sie das Esszimmer und prallte zurück. Der Raum war nicht still und verlassen, wie sie es um diese frühe Uhrzeit erwartet hatte. Der Herzog von Landmark höchstpersönlich saß bereits am Tischende und blickte ihr nun, mindestens ebenso irritiert, entgegen.

„Oh", war alles, was sie herausbrachte.

Das war es also mit ihrem großartigen Plan, ihm aus dem Weg zu gehen. Und jetzt waren nicht einmal Lizzy oder Bertram zugegen, um allzu persönliche Gespräche zu verhindern. Was, wenn er wissen wollte, warum sie ihn denn gar so bereitwillig geküsst hatte? Was, wenn er wissen wollte, was sie zu so früher Stunde aus den Federn trieb? Was sollte sie darauf antworten? Die Wahrheit oder Lügen? Am liebsten hätte sie auf der Stelle kehrtgemacht und das Zimmer wieder verlassen, aber dann würde er sie zu Recht für einen Feigling halten, und das war das Letzte, was sie wollte.

„Ihnen auch einen schönen guten Morgen", kam da auch schon der spöttisch klingende Gruß vom Tisch her. „Was verschafft mir die Ehre Ihrer Gesellschaft zu fast noch nachtschlafender Zeit?"

Agatha zwang sich, scheinbar unbeschwert näherzugehen und legte das Bild mit dem Antlitz nach unten auf die Schubladenkommode. Dann platzierte sie ihren Umhang fein säuberlich darüber, bevor sie zum Stuhl ging, den er für sie zurückgeschoben hatte.

Da saßen sie dann, Seite an Seite. Johann hatte die Gerichte auf kleinen Rechauds auf den Tisch gestellt, sodass sie sich ohne Mühe selbst bedienen konnten. Der Herzog persönlich goss Milch in ihre Tasse und füllte diese dann mit Tee auf, genau so, wie sie das gerne mochte.

Sie fand diese überraschende Geste so liebenswert, dass sie ihm, als sie ihren Dank aussprach, ganz spontan kurz zulächelte. Dann erinnerte sie sich daran, dass dieses Verhalten so gar nicht ihren Plänen entsprach und bemühte sich wieder um eine gleichgültige Miene.

„Ich werde auf den Markt gehen, das ist alles“, beantwortete sie seine frühere Frage. „Frau von Stummer hat mir einen Stand ans Herz gelegt, an dem es den besten Honig zu kaufen gibt. Dieser ist stets schnell vergriffen, darum darf ich mir nicht allzu lange Zeit lassen.“

Das mit dem Honig war nicht einmal gelogen und so kam ihr der Satz locker über die Lippen.

„Ich wusste gar nicht, dass Sie sich so viel aus Honig machen“, sagte der Duke und blickte interessiert zu ihr hinüber.

Nicht in seine Augen schauen!, befahl ihr die innere Stimme streng. Also tat sie so, als würde das Rührei ihre volle Konzentration benötigen.

„Sie wissen vieles nicht von mir“, sagte sie scheinbar beiläufig.

„Das ist wohl wahr“, gab er zu, und sie beglückwünschte sich zu ihrer Antwort. Gleich darauf war sie allerdings bei Weitem weniger zufrieden damit, denn da hörte sie ihn sagen: „Ich weiß zum Beispiel nicht, was Sie über unseren Kuss denken.“ Es klang nach nichts als freundlicher Neugier. So als hätte er sie nach ihrer Meinung über ein Theaterstück gefragt. „War er gut so oder gibt es etwas, was wir beim nächsten Mal anders machen sollten?“

Agatha fühlte ein Kribbeln, das ihren ganzen Körper umfasste. Am liebsten wäre sie aufgesprungen, hätte sich in seine Arme geworfen und ihm mit all ihrer Leidenschaft gezeigt, was er von ihren nächsten Küssen zu erwarten hätte. Aber das ging natürlich nicht. Zumindest nicht, solange sie nicht mit einer vernünftigen, vertrauten Seele gesprochen und über ihre Zukunft entschieden hatte.

„Brauchen Sie Gustl heute Vormittag?“, wechselte sie daher unvermittelt das Thema. Sie sah sich noch immer nicht in der Lage, dem Herzog in die Augen zu schauen, also zerteilte sie das Brot, zu dem sie gegriffen hatte, in mundgerechte Stücke.

Er sagte zuerst gar nichts, um dann, als sie schon dachte, er hätte sie nicht gehört, zu fragen: „Warum? Wollen Sie ihm die Brösel zeigen, die Sie da soeben fabrizieren?“

Agatha hielt in der Bewegung inne und besah sich den Krumenberg auf ihrem Teller. Sie hatte es in ihrer Aufregung tatsächlich etwas übertrieben. Während sie sich das Hirn zermarterte, was sie am besten antworten sollte, legte sich seine Hand beruhigend auf die ihre. „Alles ist gut, Agatha. Ich habe gestern ein Pferd gemietet und werde daher ab heute meist selbst in die Botschaft reiten. Sie können also so lange über Gustl verfügen, wie es Ihnen beliebt."

Kapitel 34

Auf dem Markt herrschte schon zur frühen Stunde hektisches Treiben. Bauern aus der Umgebung karrten Kartoffel, Äpfel, Birnen und allerhand Gemüse heran. Fleischhauer hatten frisch geschlachtete Schweine und Lämmer mitgebracht, die sie vor den Augen der Kunden auf groben Holztischen zerlegten. Lebende Hühner und Truthähne in Holzkäfigen warteten auf vermögende Hausfrauen, oder wohl eher auf deren Köchinnen. Auf den Ständen der Bäcker stapelten sich duftende Brotlaibe und allerlei Hefegebäck.

„Wir haben Glück, dass sie vor ein paar Jahren den Fischmarkt verlegt haben“, sagte Gustl, der neben Agatha das Marktgelände betrat. „Mein Großvater hat mir erzählt, dass hier am Hohen Markt früher auch Donaufische, Karpfen und Krebse verkauft wurden. Wenn da einer der Fischer keine frische Ware feilbot, dann hat es sicher fürchterlich gestunken.“

Er lachte, und Agatha fand, dass der Geruch von Blut und Fleisch bereits fürchterlich genug war. Zum Glück gab es daneben auch Wachsgießer, deren Waren bei Weitem besser rochen. Am verlockendsten erschienen ihr jedoch die Händler mit den venezianischen

Glaswaren und sie ging näher, um deren bunte Vasen und Gefäße in Augenschein zu nehmen.

„Das können wir später immer noch machen, Mylady", drängte Gustl. „Jetzt sollten wir die Zeit nutzen, das Bild herzuzeigen, bevor die ersten Marktfieranten ihren Stand schon wieder abbauen."

Sie begannen ihre Umfrage bei einem Schuster, der einen Stiefel auf einen Leisten aufgezogen hatte, um ihn neu zu besohlen. Mit regelmäßigen Schlägen trieb er die Schusternägel in das derbe Leder.

„Einen schönen guten Morgen, Meister", grüßte Gustl höflich. „Dürfen wir Sie bitten, einen Blick auf dieses Bild zu werfen?"

Er gab Agatha ein Zeichen, die wie vereinbart näherkam und dem Mann das Gemälde entgegenhielt.

„Wir sind auf der Suche nach dieser Dame", setzte Gustl fort. „Sie ist eine Engländerin und heißt Lady Cecilia Winford. Haben Sie dieses Gesicht schon einmal irgendwo gesehen?"

„Nicht gesehen, nicht gehört", sagte der Schuster, ohne wirkliches Interesse zu zeigen. „Wenn Sie wirklich eine Dame ist, wie Sie sagen, dann kauft die keine Schuhe bei unsereinem und kommt auch nicht selbst zum Besohlen vorbei."

Also zogen sie weiter zum Tuchbereiter, der soeben seine blau und rot gefärbte Ware auf einen hohen Ständer hängte. Gustl sagte seinen Text ein weiteres Mal: „Haben Sie diese Dame schon einmal gesehen? Sie ist eine Engländerin und heißt Lady Cecilia Winford …"

Ein weiteres Mal ernteten sie Kopfschütteln. Und doch gab es einen entscheidenden Unterschied zum Schuster. Ein älterer, zahnloser Mann, der als Hilfskraft dem Tuchbereiter zur Hand ging und sich über eine der großen Kisten gebeugt hatte, um die mitgebrachten Stoffe auszuräumen, richtete sich auf, als Agatha und Gustl weiterzogen. Er war hellhörig geworden und sah den beiden noch lange nach, als sie zu den Obstständen hinübergingen.

„Ich denke, wir können künftig darauf verzichten, den Namen meiner Schwester in der Öffentlichkeit immer und immer wieder zu erwähnen", sagte Agatha, der der Alte nicht aufgefallen war. „Sie wäre damit nicht einverstanden. Es reicht, wenn wir das Bild herzeigen. Den Namen können wir immer noch nennen, wenn es uns angebracht erscheint."

Gustl war nicht überzeugt, fand aber, dass es ihm nicht zustand, ihrer Ladyschaft zu widersprechen. Nach den zahlreichen Obsthändlern kamen die ebenso zahlreichen Gemüsebauern an die Reihe, dann der Gewandkramer, die drei Fleischhauer und einige Geflügelhändler. Überall blickten die Leute mehr oder weniger interessiert auf das Bild, und die meisten schüttelten die Köpfe, ohne auch nur eine einzige Frage zu stellen. Das Ganze ging langsam und schleppend vor sich, da sie sich oft in die Schlange der Käufer einreihen mussten. Ihr Versuch, die Verkäufer an den Schlangen vorbei anzusprechen, hatte zu heftigen Protesten der Wartenden geführt und zu allerlei derben

Flüchen, die Agatha zu ihrem Glück nicht verstanden hatte. Als sie schließlich nach mehr als zwei Stunden an allen Ständen gewesen waren und auf einer der aufgestellten Holzbänke Platz nahmen, war ihre Zuversicht auf dem Nullpunkt angelangt. Wie hatte sie nur annehmen können, erfolgreich zu sein? Vielleicht war Cecilia gar nicht mehr in Wien? Vielleicht war sie nie hier gewesen. Wo sollte sie denn jetzt noch nach ihr suchen? Es war wirklich zum Verzweifeln!

„Ich bin müde", sagte sie zu Gustl. „Meine Beine schmerzen und ich spüre meine Füße kaum mehr. Am besten, wir lassen es gut sein und gehen nach Hause."

„Einen Versuch möchte ich noch machen", sagte ihr junger Begleiter und bat um das Bild, das sie ihm ohne zu zögern übergab. „Sehen Sie den Hufschmied dort drüben, der den Gaul beschlägt? Der ist noch nicht da gewesen, als wir die Runde begannen. Den werde ich auch noch fragen. Bleiben Sie ruhig hier, Mylady, und ruhen sich aus. Ich bin gleich wieder zurück."

Dankbar blieb Agatha auf der Bank sitzen und begann ein paar Buben zu beobachten, die sich ein Spiel mit Steinen ausgedacht hatten, die man in mit Kreisen markierte Felder werfen musste. Sie war so darin vertieft, die Spielregeln herauszufinden, dass sie fürchterlich erschrak, als sie unerwartet von hinten angesprochen wurde.

„Auf ein Wort", flüsterte eine krächzende Stimme neben ihrem Ohr. Sie fuhr herum und sah einen alten, zahnlosen Mann, der sich zu ihr herabbückte. Er trug einen braunen Lodenumhang und hatte den speckigen Hut tief in die Stirn gezogen. Sein schlechter Atem raubte ihr fast die Besinnung. Diesen Mann so nahe zu wissen und aufzuspringen und an Gustls Seite Zuflucht zu suchen, war ein Gedanke. Doch seine nächsten Worte ließen sie innehalten.

„Habe gehört, Sie suchen nach Zäzilie? Zäzilie Winford?"

Nun dachte Agatha gar nicht mehr daran, wegzulaufen. Doch sie stand dennoch auf und sorgte für ein paar Meter Abstand. Insgeheim freute sie sich, dass ihre Deutschkenntnisse inzwischen so gut geworden waren, dass sie diese einfachen Wörter verstand. Selbst auf Deutsch zu antworten traute sie sich allerdings nicht zu, also nickte sie nur.

Darauf bedachte sie der Alte mit einem krächzenden Wortschwall und Agatha hoffte, auch davon das Wichtigste verstanden zu haben. Anscheinend hatte er an irgendeinem Stand das Bild gesehen und Cecilia wiedererkannt. Allein die Tatsache, dass er ihren Namen nennen konnte, schien ein anschaulicher Beweis für diese Aussage zu sein. Mehr noch, er wusste auch, wo sie zu finden war. Mit einem Schlag schien die Sonne für Agatha wieder viel heller zu scheinen. Im ersten Impuls wollte sie Gustl holen, um ihm die freudige Nachricht zu verkünden, doch eine schwielige Hand hielt sie am Umhang zurück.

„Nein, keine Leut", befahl der Alte und klang, als würde er keine Widerrede dulden. „Sie will das nicht!

Ich führe Sie zu ihr. Aber das dürfen keine anderen Leut erfahren." Es folgte ein weiterer Wortschwall. „Verstanden?", fragte er abschließend, und sein Blick war lauernd. Und noch einmal: „Keine Leut! Verstanden? Sie will das nicht!"

Agatha nickte zögernd.

Nicht, dass sie wirklich alles verstanden hätte, aber das Wichtigste schien ihr doch klar zu sein. Er würde sie am kommenden Dienstag, wenn wieder Markttag war, zu Cecilia bringen. Sie sollte tausend Gulden mitbringen, die man brauchte, um irgendetwas zu bezahlen. Was genau das war, hatte sie nicht verstanden. Vielleicht war ihre Schwester mit den Mietzahlungen im Rückstand, überlegte sie. Das musste allerdings eine besonders hohe Miete sein und die Schulden mussten sich über einen langen Zeitraum angehäuft haben. Aber wie auch immer, die Einzelheiten würde sie schon noch früh genug erfahren. So nickte sie auch, als der Alte auf die Bank zeigte, auf der sie gesessen hatte, und neun Uhr als Zeitpunkt für das neuerliche Treffen festlegte. Kurz darauf war er dann mit einem abermaligen, eindringlichen „Keine Leut! Allein!" wieder in der Menge verschwunden.

Kapitel 35

Der morgendliche Ritt hatte die Lebensgeister des Duke of Landmark beflügelt. Es war ein wunderbares Gefühl, endlich wieder in einem Sattel zu sitzen und sich den Wind um die Ohren wehen zu lassen. Er war viel schneller vorwärtsgekommen als in einer der grünen Kutschen, mochten diese noch so oft Vorfahrt gegenüber allen anderen Gefährten haben. Darum war er gut gelaunt und voller Tatendrang, als er den Wallach einem der Diener übergab und auf das breite Portal der Botschaft zuging. Im ersten Stockwerk angekommen war er eben in den Flur eingebogen, von dem die Räumlichkeiten weggingen, die man ihm als Büro zugewiesen hatte, als ihm der Sekretär bereits aufgeregt entgegenkam.

„Einen schönen guten Morgen, Euer Gnaden. Darf ich Sie darüber informieren, dass ein Mann in Ihrem Büro wartet?" Seine Stimme klang hektisch. „Er ist bereits vor einer Stunde hier eingetroffen und lässt sich nicht fortschicken. Er sagt, er sei von der Zeitung, darum dachte ich, man müsse ihn mit Vorsicht behandeln." Der Sekretär war nun an den Duke herangetreten und senkte die Stimme: „Vielleicht ist er aber auch einer von Metternichs Spitzeln. Also, sehen Sie sich besser vor, Euer Gnaden."

Jetzt war Landmarks Interesse tatsächlich geweckt. Die Spitzel des Kanzlers waren allüberall gegenwärtig. Lord Castlereagh hatte sich erst kürzlich ihm gegenüber im Vertrauen beklagt: „Ich fürchte, ich habe solche Kerle auch unter den österreichischen Bediensteten, die man uns in unserem Haus am Petersplatz zur Verfügung gestellt hat. Darum habe ich entschieden, in Kürze in ein privates Quartier am sogenannten Minoritenplatz zu ziehen. Dort werden uns außerdem zweiundzwanzig Räume zur Verfügung stehen, es wird also alles in allem auch um einiges komfortabler."

Der Mann, der sich nun erhob, als Landmark den Raum betrat, sah aus wie ein ehrbarer Bürger der Mittelschicht. Seine Kleidung war sauber und ordentlich, sein Gesicht glatt rasiert. Der Hut, den er auf den kleinen Tisch gelegt hatte, war, wenn auch nicht modisch, so doch für einen Vormittagsbesuch korrekt ausgewählt.

„Was verschafft mir die Ehre Ihres Besuches?", fragte der Herzog in jenem höflichen Deutsch, das er bei seiner Diplomatenschulung gelernt hatte. Sein Gast war offensichtlich so erstaunt über diesen Gesprächsbeginn, dass er nichts außer einem ebenso höflichen Gruß herausbrachte. Die Tatsache, dass ihm der Herzog dann jedoch keinen Platz anbot, während er sich selbst setzte, und die Aufforderung: „Fassen Sie sich kurz, ich habe wichtige Dinge zu erledigen", brachten allerdings seine Selbstsicherheit wieder zurück.

„Sie werden merken, dass es nichts Wichtigeres gibt als das, was ich Ihnen zu zeigen habe“, sagte der Besucher und klang nun nicht mehr angenehm. Dass er zudem auch noch einen Stuhl hochhob und ihn so stellte, dass er dem Herzog gegenüber zu sitzen kam, ließ dessen Augenbrauen hochschnellen. *Wie ein Spitzel verhält sich der Mann nicht,* stellte er allerdings aufatmend fest.

„Wie, sagten Sie, war Ihr Name?“, erkundigte er sich, wohlwissend, dass sich der Mann noch gar nicht vorgestellt hatte.

„Mein Name tut nichts zur Sache“, kam auch schon die postwendende Antwort.

Landmark war es nicht gewöhnt, dass man in diesem Tonfall mit ihm sprach, darum war er noch mehr auf der Hut, bemühte sich aber, sich nichts anmerken zu lassen. „Und was ist nun Ihre … *Sache?*“

Das ließ sich der Mann nicht zweimal fragen. Er griff in die Brusttasche seines Rocks und zog ein zusammengefaltetes Blatt Papier hervor, das er vor den Augen des Herzogs öffnete, auf den Tisch legte, glatt strich und dann mit beiden Händen festhielt. Landmark beugte sich vor und sah, dass es eine Zeichnung war. Zwei Personen saßen an einem Tisch, der offensichtlich zu einem Kaffeehaus gehörte. Die eine Person war ohne Zweifel sein Adjutant, der Viscount of Panswick. Er hatte keine Ahnung, wer die junge Dame war, die dieser mit verliebten Augen anlächelte, aber höchst wahrscheinlich handelte es sich um dessen ihm noch unbekannte Verlobte.

„Ja, und?“, fragte er verständnislos.

„Sie erkennen die beiden tatsächlich nicht?“, erkundigte sich der Mann ungläubig.

„Ich erkenne wen nicht?“, lautete die Gegenfrage.

„Das ist der englische Gentleman, Ihr Mitarbeiter“, begann der Mann, tippte mit dem Zeigefinger auf Panswick, und erzählte ihm damit nichts Neues. „Es war gar nicht so einfach, das herauszufinden, das können Sie mir glauben. Darum hat es auch geraume Zeit gedauert, sonst wäre ich schon viel früher bei Ihnen aufgekreuzt.“

Wenn es nach Landmark gegangen wäre, dann hätte er überhaupt nicht aufkreuzen müssen. Aber das behielt er bei sich und schwieg weiterhin.

„Und die *Dame*“, setzte der Mann fort, und allein die Betonung dieses Wortes ließ im Herzog nun doch ein ungutes Gefühl hochsteigen, „ist die Hansi, eine der bekanntesten Gunstgewerblerinnen vom Schnepfenstrich. Außerdem spioniert sie für den russischen Zaren“, setzte er noch eins drauf, als die Miene seines Gegenübers unbewegt geblieben war.

Der Herzog sagte weiter keinen Ton und blickte scheinbar gelassen auf seine eigenen Fingernägel. In seinem Inneren arbeitete es fieberhaft. Es sah Panswick nicht ähnlich, Prostituierte aufzusuchen. Und wenn doch, dann war das sein gutes Recht und nichts, in das er sich als Dienstherr hätte einmischen können. Der Mann war schließlich erwachsen. Warum er allerdings so dumm und unvorsichtig gewesen sein sollte, sich mit einer Dirne in einem öffentlichen Kaffeehaus zu zeigen, das konnte er sich nicht erklären. Und was war das für eine Geschichte mit dem Zaren? Spitzelte hier etwa jeder jeden aus? Er überlegte: *Was wusste Panswick, was er dem Zaren hätte verraten können? Hatte die Dirne seinen Verstand tatsächlich so stark vernebelt, dass er ihr Geheimnisse anvertraute, die für die englische Krone gefährlich werden könnten? Nein, das war ausgeschlossen. Der Viscount war ein vertrauenswürdiger, ernster, junger Mann, sonst hätte er ihn doch gar nicht in den Dienst gestellt. Außerdem waren all seine Gedanken bei seiner Verlobten, da geht man doch mit keiner Dirne ins Kaffeehaus!*

„Sie schweigen?", durchbrach der Mann die Stille, die ihm schon viel zu lange dauerte. „Das ist sehr weise, denn es gibt nichts zu beschönigen. Dafür erkläre ich Ihnen jetzt, was wir tun werden."

Ein etwas unsicherer Blick streifte den Herzog, und als dieser noch immer nichts von sich gab, setzte der Mann fort: „Morgen komme ich wieder, und da übergeben Sie mir tausend Gulden. Der Betrag sollte ausreichen, um mein schlechtes Gewissen zu beruhigen, das ich dabei habe, den englischen Botschafter nicht vor einem Spion in den eigenen Reihen zu warnen. Bekomme ich mein Geld nicht, so werde ich zudem diese Zeichnung der Zeitung übergeben, und jeder wird sehen, was der noble Adjutant eines noch nobleren Herzogs in seinen freien Stunden so treibt. Das wird natürlich auch Rückschlüsse auf Sie zulassen, aber ich denke, dass Sie das wissen. Und es dürfte auch Ihren Außenminister, diesen Lord Kaseldings, höchst interessieren."

Er schrak auf, als ein lautes Ratschen die Luft zerriss.

Der Herzog, der eben noch regungslos, ja nahezu geistig abwesend auf seinem Stuhl gesessen hatte, hatte sich ruckartig vorgebeugt, das Blatt Papier genommen und in Stücke gerissen. Wenn man vorhatte, ihn zu erpressen, dann musste man schon gekonnter vorgehen.

„Was erlauben Sie sich!", rief der Mann entrüstet. Er wollte nach den Papierschnipseln greifen, doch die verstaute der Herzog vorsorglich in seiner eigenen Rocktasche.

„Ich fertige eine neue Zeichnung an", drohte der Mann, und Zornesadern sprangen aus seinem knallroten Gesicht. „Das nützt Ihnen gar nichts."

„Sie können zeichnen, was immer Sie wollen", sagte Landmark ruhig und erhob sich. „Wenn Sie das allerdings das nächste Mal tun, dann erkundigen Sie sich besser vorher, wen sie da zu Papier bringen. Und hören Sie auf, einem Mann schaden zu wollen, der kurz davor steht, seine Verlobung bekanntzugeben."

„Sie wollen doch nicht allen Ernstes sagen ...", der Besucher war ebenfalls aufgestanden und kam nun begierig einen Schritt näher, „..., dass die Hansi, also die Frau da auf meiner Zeichnung, die Verlobte von dem da, also Ihrem ... Dings ist, oder?"

Irgendetwas an seiner gespannten Miene war dem Herzog Warnung genug. Dieser Mann war nun anscheinend einer noch viel größeren Sensation auf der Spur. Wahrscheinlich ging es ihm darum, dass die junge Dame keine Duenna zur Seite hatte, fiel ihm ein. Wie konnte Panswick nur so unvorsichtig gewesen sein, auf eine Anstandsdame zu verzichten? Waren etwa er selbst und Agatha ein so schlechtes Beispiel, dass auch der junge Viscount die guten Sitten vergaß?

„Aber nein, wo denken Sie hin?", sagte er und bemühte sich weiter um einen ruhigen, ja geradezu gelangweilten Tonfall. „Die Dame auf der Zeichnung war zweifelsfrei Panswicks Cousine."

„Seine Cousine?", wiederholte der Besucher, der so fassungslos war, dass er sich wieder setzte.

„Natürlich", lautete die Antwort des Herzogs, und seine Stimme klang, als sei dies das Selbstverständlichste auf der Welt. „Mein Adjutant war mit seiner Cousine im Kaffeehaus. Wer könnte dagegen etwas einzuwenden haben?"

Er ging zur Tür hinüber, riss sie auf und zeigte dem Mann mit einer unmissverständlichen Geste, dass die Unterredung beendet war.

Kapitel 36

„Sie müssen es mir glauben, Duke, es gibt keinen einzigen Ort, den ich mit einer Prostituierten aufgesucht habe. Ich kenne doch nicht einmal eine." Bertram war so geschockt und so fassungslos, dass sich die Worte beinahe überschlugen. „Für mich gibt es doch nur eine einzige Frau auf der Welt und das ist Hanni, also Fräulein Kruger. Es ist mir entsetzlich unangenehm, dass dieser Kerl Sie belästigt hat, und ich kann Sie nur inständig dafür um Verzeihung bitten."

Sein Kopf war rot angelaufen, und der Impuls, aus der Bibliothek zu stürzen, war so stark, dass es fast unmenschliches Durchhaltevermögen benötigte, sitzen zu bleiben, bis man ihm die Erlaubnis erteilen würde, sich zurückziehen zu dürfen.

„Ich will Ihnen ja glauben, Panswick", sagte der Herzog, der dies insgeheim auch tat. „Was ich allerdings nicht verstehe, ist, wie dann diese Zeichnung zustande kam."

„So ein Kerl kann doch malen, was immer ihm grad in den Sinn kommt", fuhr Bertram auf. „Vielleicht hat er mich irgendwo gesehen, ich bin oft in der Stadt unterwegs. Da ist er auf die Idee gekommen, einfach irgendein liederliches Frauenzimmer dazu zu zeichnen, um Sie damit zu erpressen. Darf ich das Bild sehen, Duke?“

Er lehnte sich erwartungsvoll vor, doch der Herzog musste ihn enttäuschen. Er hatte die Papierschnipsel im innigen Wunsch, dass sie nicht in falsche Hände geraten, dem Feuer einen Kartoffelbraters überantwortet, an dem er zufällig vorbeigekommen war.

„Es ist mir höchst unangenehm, Sie in die Lage gebracht zu haben, diese Unterhaltung mit mir führen zu müssen“, beteuerte Bertram weiter und meinte damit auch, dass er die Situation hasste. „So ein Thema sollte, wenn überhaupt, Männern vorbehalten sein, die miteinander verwandt sind.“

Genau dasselbe hatte sich Landmark auch schon gedacht. Wäre Panswick ein Verwandter, zum Beispiel der Cousin seiner Ehefrau, dann würde es ihm um einiges leichter fallen, nach Ungereimtheiten zu fragen, die er gerne aufgeklärt hätte. Allein schon, um seine Neugier zu befriedigen und seine Fassungslosigkeit etwas zu mildern. Doch sie waren nun einmal nicht verwandt und darum entschloss er sich, die Sache auf sich beruhen zu lassen, das Thema zu wechseln und jene Frage zu stellen, die ihm als Dienstherrn in jedem Fall zukam.

„Haben Sie jemandem Geheimnisse anvertraut, die unseren Verhandlungen schaden könnten, Panswick? Dann frei heraus! Ich muss die Wahrheit wissen“, forderte er mit strenger Stimme.

Bertram hatte sich nicht vorstellen können, dass es eine Frage geben könnte, die ihn noch stärker aus der Fassung brachte als die nach seinem Umgang mit Dirnen. Er starrte seinen Dienstherren an, schnappte nach Luft, war für kurz zu keiner Erwiderung fähig, bevor er dann dessen schrecklichen Verdacht auf das Schärfste zurückwies.

Nach diesem höchst unangenehmen Gespräch verließ der junge Viscount in Windeseile das Haus. Der Herzog blieb noch einige Minuten nachdenklich in der Bibliothek sitzen, bevor er entschied, dass es an der Zeit war, Nägel mit Köpfen zu machen. Er wollte Agatha an seiner Seite wissen. Er wollte, dass ihre Sorgen seine Sorgen waren, ihr Glück sein Glück. Und das so schnell wie möglich. Sie hatten genug Spielchen gespielt, waren sich aus dem Weg gegangen und hatten dann doch wieder die Nähe gesucht. Es war Zeit für das offene Gespräch, das er schon viel zu lange vor sich hergeschoben hatte. *Lieber Gott,* schickte er ein Stoßgebet zum Himmel, *gib, dass dieses Gespräch nicht so unangenehm werden wird wie das, das ich soeben geführt habe. Gib, dass Sie Ja sagt.*

Also begab er sich zum Wohnzimmer, in der Hoffnung, Agatha dort allein vorzufinden. In der kleinen Vorhalle stieß er mit Lizzy zusammen, die passend für einen Spaziergang gekleidet war.

„Ich bin so aufgeregt, Papa", rief das Mädchen, als sie ihn sah, und strahlte ihn so freudig an, dass ihm ganz warm ums Herz wurde. „Stell dir vor, in Wien gibt es ein Wachsfigurenkabinett. Fräulein Lipschitz will es mir heute zeigen."

Erst jetzt fiel dem Duke die Hauslehrerin auf, die am Rand des Raumes stehen geblieben war und in einem Knicks versank.

„Was für eine hervorragende Idee", sagte er und bemerkte, dass die Lehrerin ob dieses Lobs errötete. „Ich wünsche euch beiden viel Vergnügen."

Aus einem spontanen Impuls heraus umarmte er seine Tochter. „Es ist schön, dich so glücklich zu sehen, Lizzy", flüsterte er ihr zu, worauf sie ihm einen Kuss auf die Wange drückte.

Dann verließen die beiden weiblichen Wesen das Haus und der Herzog schritt nun schon viel beschwingter und zuversichtlicher in Richtung Wohnzimmer.

In diesem Raum ging Agatha nun schon seit einer Stunde unruhig auf und ab, und es gab nur eine Frage, die ihr dabei wie ein Kreisel durch den Kopf ging: Wo sollte sie bis kommenden Dienstag das geforderte Geld auftreiben? Lady Panswick war ihr als Erste in den Sinn gekommen. Tante Louise liebte sie und ihre Schwester. Sicher würde sie ihr das Geld leihen, um Cecilia heil nach Hause holen zu können. Doch selbst wenn Bertram für den Brief, den sie nach Lancroft Abbey schreiben würde, die diplomatische Post der Botschaft benutzte, so würde er sein Ziel frühestens in einer Woche, vielleicht erst in zehn Tagen, erreichen. Sie brauchte das Geld jedoch bereits nächsten Dienstag. Agatha seufzte. Ihre Ersparnisse reichten bei Weitem nicht aus. Und keine Bank der Welt würde einer Frau einen Kredit gewähren, schon gar nicht in dieser Höhe. Wie sie es auch drehte und wendete, es gab nur einen Menschen, der ihr wirklich helfen konnte, und das war der Duke of Landmark. Ach, wie viel hätte sie darum gegeben, nicht ausgerechnet ihn fragen zu müssen. Zum einen wollte sie nicht in seiner Schuld stehen, und zum anderen würde er wissen wollen, was sie mit diesem immensen Betrag vorhatte, und dann würde er darauf bestehen, sie zu begleiten.

„Keine Leut“, hatte der alte Mann gesagt. „Sie will das nicht!“

Agatha seufzte abermals. Niemals würde sie sich über Cecilias offensichtlichen Wunsch hinwegsetzen und ihre Mission gefährden, die so knapp vor ihrem glücklichen Ende zu stehen schien.

Das Geräusch des zufallenden Tors ließ sie innehalten. War das Bertram, der da soeben das Haus verlassen hatte? Hieß das, dass seine Unterredung mit dem Herzog beendet war?

Nun denn, dachte Agatha, straffte die Schultern und strich sich mit beiden Händen die Röcke glatt, *dann will ich nicht länger zögern. Je eher ich es hinter mich gebracht habe, desto besser wird es für meinen Seelenfrieden sein.* Sie musste ihm ja nicht die ganze Wahrheit enthüllen. Vielleicht gab er sich mit Andeutungen zufrieden und das Gespräch würde gar nicht so schwierig verlaufen, wie sie jetzt befürchtete. Also, hinein in die Höhle des Löwen!

„Darf ich stören?“, erkundigte sich da eine männliche Stimme.

Agatha fuhr herum. Sie war so in Gedanken versunken gewesen, dass sie nicht gehört hatte, wie sich die Tür öffnete. Der Löwe war zu ihr gekommen.

Kapitel 37

„Nein, nein, Sie stören nicht, natürlich nicht“, beeilte sie sich zu versichern und überlegte, wie sie ihre Bitte am besten vorbringen sollte. Da ihr nichts Passendes einfiel, ging sie zum Klingelstrang hinüber und erkundigte sich, um Zeit zu gewinnen: „Soll ich uns Tee bringen lassen?“

Jetzt, da sie ihm so nah gegenüberstand, stellte sie fest, dass das Gespräch noch viel schwieriger werden würde, als sie gedacht hatte. Viel, viel schwieriger. Wie sollte sie je die Wahrheit verschweigen können, wenn sie in seine Augen schaute? Noch dazu, wenn er sie mit einem so intensiven Blick betrachtete wie eben jetzt?

„Danke, nein, für mich keinen Tee“, hörte sie ihn sagen. „Wollen wir uns nicht setzen?“

Sie ließ den Klingelstrang wieder los und ging zum Sofa. Er nahm auf dem Lehnstuhl daneben Platz und sah mit nachdenklichem Blick zu ihr hinüber. Sie schaute zurück und verlor sich in seinen Augen. Was waren das aber auch für Augen! Tief und dunkel, der Blick warm, aber auch prüfend.

„Agatha, wir haben etwas miteinander zu bereden“, war es nun er, der das Gespräch begann. Seine

Stimme klang ungewohnt ernst, jeder Spott und jede Ironie waren daraus verschwunden. Agatha fiel jedoch etwas anderes auf, das ihr Herz dazu brachte, noch um einige Takte schneller zu schlagen: Er hatte sie mit dem Vornamen angesprochen. Das hatte er bisher noch nie getan. Von diesem offensichtlichen Zeichen seines Wohlwollens ermutigt, beschloss sie, nun ihrerseits nicht länger damit zu warten, ihr Anliegen vorzubringen. Je schneller sie es hinter sich hatte, desto eher würde sie wieder frei atmen können.

„Bevor ich es vergesse, möchte ich Sie zuerst um etwas bitten“, sagte sie daher und lachte kurz auf. Dieses Lachen hörte sich selbst in ihren eigenen Ohren unnatürlich an. „Wären Sie wohl so freundlich, mir tausend Gulden als Vorschuss auszuzahlen? Ich brauche das Geld für … für … eine wichtige Besorgung.“

Nun war es heraußen.

Von Aufatmen war dennoch keine Spur. Im Gegenteil, sie wagte nicht, dem Herzog ins Gesicht zu sehen. Mit fahrigen Händen ergriff sie ihren Roman, der auf dem Tischchen neben dem Sofa lag, und tat so, als sei sie damit beschäftigt, das Lesezeichen ordentlich zwischen die Seiten zu schieben.

„Er ist also auch bei Ihnen gewesen“, lautete der überraschende Kommentar vom Lehnstuhl her. Es klang, als wäre der Herzog nicht verwundert. Ganz im Gegenteil zu Agatha.

„Wie bitte?“, rief sie aus. „Wer soll bei mir gewesen sein?“

Hatte der alte Mann vom Markt etwa bei Landmark vorgesprochen? Nein, das konnte sie sich beim besten Willen nicht vorstellen. Und so war es auch nicht, wie sie aus seinen nächsten Worten erfahren sollte: „Na, der Kerl mit dieser fatalen Zeichnung, wer denn sonst?“

Der Herzog stand auf und ging zur Kommode hinüber, um sich ein Glas Brandy einzugießen.

„Möchten Sie auch einen?“, fragte er über die Schulter zurück.

Agatha riss die Augen auf und schüttelte den Kopf. Wie durcheinander musste Landmark sein, wenn er ihr, einer Lady, ein so starkes Getränk anbot? Dieser deute ihren fassungslosen Blick falsch.

„Ich weiß, es ist erst mitten am Nachmittag, also noch zu früh für Alkohol. Aber glauben Sie mir, den brauche ich jetzt.“

Für kurz erschien ein um Verzeihung heischendes Lächeln auf seinen Lippen, bevor er einen Schluck nahm und sich wieder setzte. „Wann hat er Ihnen die Zeichnung gezeigt? Ich hoffe, Sie waren nicht allzu schockiert?“

„Worüber sollte ich denn schockiert sein? Mir hat niemand irgendeine Zeichnung gezeigt. Was, um Himmels willen, war denn darauf abgebildet?“

Nun war es an ihm, überrascht zu sein: „Nicht? Ich dachte … warum brauchen Sie denn dann tausend Gulden?“

„Für … für eine Besorgung. Etwas … äh … Wichtiges“, stotterte sie, als er sie mit hochgezogenen Augenbrauen ansah. Der prüfende Blick blieb. Sie hätte viel darum gegeben, ihm die Wahrheit enthüllen zu können. Darum hielt sie sich zumindest in deren Nähe: „Eine Familienangelegenheit. Bitte, Duke! Ich würde Sie nicht ersuchen, wenn es nicht so wichtig wäre."

Klang dieser letzte Satz in seinen Ohren auch so erbärmlich flehentlich, wie er sich in den ihren angehört hatte?

„Ich versichere Ihnen, ich habe die leidige Angelegenheit mit dem vermaledeiten Zeichner zwischenzeitlich auf meine Art geregelt", sagte er. „Hat Ihre Bitte tatsächlich nichts mit ihm zu tun?"

Agatha schüttelte den Kopf.

„Nun, dann sollen Sie das Geld selbstverständlich haben. Wenn ich morgen zur Bank gehe, kann ich es Ihnen am Montag geben. Reicht das aus?"

Sie spürte, wie ihr die Tränen in die Augen schossen.

„Haben Sie vielen Dank. Sie wissen gar nicht, wie sehr Sie mir helfen."

Am liebsten hätte sie ihm umarmt. Er war ein wahrer Freund, der sie in der Not nicht im Stich ließ. Ebenso gern hätte sie ihm die Wahrheit enthüllt und ihn gebeten, ihr auch dabei zu helfen, Cecilia zurückzuholen. Doch das „Keine Leut! Sie will das nicht!" klang noch zu laut in ihren Ohren.

„Nun erzählen Sie schon, was hat es denn mit der mysteriösen Zeichnung auf sich?", fragte sie stattdessen, einerseits, um von ihrem Thema abzulenken, und andererseits, weil sie wirklich neugierig geworden war. Erleichtert stellte sie fest, dass er nicht weiter darauf beharrte, die Gründe für die tausend Gulden zu erfahren.

„Es könnte Sie tatsächlich schockieren", begann er stattdessen und nahm einen weiteren Schluck. „Wollen Sie es dennoch hören?"

Sie war so froh, ihr Problem gelöst zu haben, dass ihre natürliche Heiterkeit wieder zurückgekehrt war.

„Unbedingt", sagte sie daher, lächelte und lehnte sich neugierig nach vorne.

Also erzählte er ihr, was in seinem Büro vorgefallen war, und schloss mit den Worten: „Der Mann auf der Zeichnung war ohne Zweifel Panswick. Der Zeichner behauptete, die Dame, mit der er sich unterhielt, sei eine stadtbekannte ... na, Sie wissen schon. Ich konnte ihn jedoch davon überzeugen, dass es sich stattdessen um seine Cousine handelte."

„Um mich?" Agatha konnte ihren Ohren nicht trauen und das Lächeln verschwand. „Der Mann zeigt Ihnen eine ... eine ... Dirne und Sie sagen ihm, das sei ich? Haben Sie vielen Dank, damit haben Sie die Dinge ja großartig geregelt."

„Unsinn!", fuhr er auf. „Von Ihnen war doch gar nicht die Rede. Ich sagte Cousine, irgendeine Cousine. Wie soll der Kerl denn wissen, wie viele Cousinen Panswick hat?"

Dann fiel ihm ein, dass ein Streit das Letzte war, was seinem eigentlichen Vorhaben diente, also atmete er tief durch, bevor er weitersprach.

„Ich hoffe inständig, dass wir von diesem dilettantischen Erpresser nie wieder etwas hören werden. Es war auch verd… verflixt unangenehm, Panswick mit dem Verdacht zu konfrontieren. Wie er mich zu Recht darauf hinwies, sollte ein derartiges Thema einem Gespräch unter Verwandten vorbehalten bleiben. Das hat mich in der Entscheidung, die ich bereits gefällt hatte, noch weiter bestärkt. Es muss sich etwas ändern, Agatha. Ich will nicht, dass es so weitergeht wie bisher."

Seiner Gesprächspartnerin war, als würde ihr Herz aussetzen. Er will nicht, dass es so weitergeht wie bisher? Was, um Himmels willen, konnte er bloß damit meinen? Wollte Landmark etwa Bertram aus dem Dienst entlassen? Was hatte das für sie für Konsequenzen? Ohne ihren Cousin konnte sie unmöglich im Haushalt eines Witwers wohnen bleiben. Wollte er sie etwa zurück nach England schicken? Sollte sie alleine reisen oder Lizzy mitnehmen? Agatha spürte, wie sich zunehmend Panik breit machte. Sie wollte Wien nicht verlassen! Sie musste zuerst unbedingt Cecilia finden. Außerdem wollte sie bei ihm bleiben. Hatte er ihr nicht versichert, dass er sie nicht aus seinem Leben verschwinden lassen wollte? Zählte das nun nichts mehr? Vielleicht konnte sie ihn überreden, sie hier wohnen zu lassen, bis sie ihre Schwester gefunden hatte und zu ihr ziehen konnte. Ach, Bertram, du dummer Junge, was hast du nur angestellt?

Wie durch einen Schleier hindurch drang die Erkenntnis in das Wirrwarr ihrer Gedanken, dass der Herzog inzwischen weitergesprochen hatte.

„Wie bitte?", fragte sie daher.

Er sah sie mit großen Augen an.

„Agatha! Das kann doch nicht Ihr Ernst sein", fuhr er auf. „Ich plage mich da, Ihnen einen Heiratsantrag zu machen, und Sie hören mir nicht einmal zu?"

Er lachte auf und dieses Lachen war eine Mischung aus Nicht-glauben-wollen und Bitterkeit. Sie wusste nicht, was sie mehr erschütterte. Die unbändige Freude darüber, dass er ihr offensichtlich aus heiterem Himmel einen Antrag gemacht hatte, während sie noch fürchtete, er würde sie hinauswerfen, oder die Tatsache, dass er sich dafür plagen musste und dies auch noch offen zugab.

„Sie mussten sich *plagen*, mir einen Antrag zu machen?", wiederholte sie daher und legte die Betonung auf das Zeitwort. „Wenn es so eine Plage ist, warum tun sie es dann?"

Sie bemerkte, dass das nicht die Antwort war, die er erwartet hatte. Und auch nicht die war, die sie eigentlich hatte geben wollen. Aber ihre Zunge war wieder einmal schneller gewesen.

Nun wurde sein Lachen reuig.

„Ich bitte um Vergebung, *plagen* war wohl nicht das richtige Wort", räumte er ein. „Würden Sie mir zugute halten, dass ich keine Übung darin habe, um die Hand einer Dame anzuhalten? Ich bin jetzt einundvierzig

Jahre alt, und es ist das erste Mal, dass ich so etwas tue."

„Sie waren doch schon einmal verheiratet", warf sie überrascht ein.

„Richtig", er nickte. „Doch damals wurde alles von unseren Vätern arrangiert. Da bestand keine Notwendigkeit für einen Antrag. Weder Mathilda noch ich wurden gefragt, ob wir wollen."

„Und jetzt wollen Sie?", platzte es aus ihr heraus.

Sie spürte, wie ihr das Rot in die Wangen schoss. Wie sehr wünschte sie sich, die richtige Antwort zu hören. Konnte es denn sein, dass er sich ebenso sehr in sie verliebt hatte wie sie sich in ihn?

„Würde ich nicht wollen, würde ich nicht fragen", lautete die Antwort. Das klang einerseits gut, andererseits nicht wirklich von romantischen Gefühlen beseelt.

„Zu viele Gründe sprechen dafür", setzt er auch schon nüchtern fort. „Wenn wir erst einmal Mann und Frau sind, dann können wir alle Veranstaltungen gemeinsam besuchen. Ich muss nicht mehr auf irgendwelchen Bällen alleine an der Wand stehen und mir Gedanken über bemerkenswerte Zeitgenossen machen, ohne sie Ihnen zuzuflüstern zu können. Keine Mutter wird mir mehr ihre hoffnungsfrohe Tochter in den Weg schieben, damit ich sie zur Herzogin mache. Und Baronin von Arnstein kommt nicht mehr umhin, mich ebenfalls zu ihren Soireen einzuladen, bei denen sich anscheinend Gott und die Welt trifft."

Es klang sehr zufrieden. Agatha war alles andere als das.

„Das sind Ihre Gründe, mir einen Antrag zu machen?", vergewisserte sie sich.

„Natürlich nicht nur", räumte er ein, und sie atmete für einen kurzen Moment auf, um allerdings gleich wieder zusammenzuzucken.

„Es ist mir auch wichtig, dass die dummen Fragen und Gerüchte, ob sie meine Geliebte sind, verstummen."

„Sie bitten mich also allen Ernstes um meine Hand, damit Klatschmäuler wie Lord Swanby und die schreckliche Gräfin Weiningen-Bouffier zum Schweigen gebracht werden?" Agatha errötete und legte sich erschrocken die Hand auf die Lippen. „Ich bitte um Verzeihung, ich vergaß, dass die Gräfin eine Verwandte Ihrer Gattin ist."

Außerdem, so fiel es ihr siedend heiß ein, sollte sie froh sein, dass ihm ihr Ruf dermaßen am Herzen lag, dass er sich sogar zu so einem großen Schritt veranlasst sah. Sie war doch eine kluge Frau, warum war es ihr bloß plötzlich so wichtig, dass er von Liebe sprach?

Sie hörte, wie Landmark auflachte, und spürte erfreut, wie er ihre Hand ergriff, um sie zu drücken.

„Sie brauchen sich bei mir kein Blatt vor den Mund zu nehmen, Agatha. Das ist es ja, was ich an Ihnen mag." Er schwieg kurz, in Gedanken versunken, bevor er fortfuhr: „Wenn mir zu Beginn unserer Reise jemand gesagt hätte, ich würde Ihre unverblümte Art zu sprechen eines Tages genießen, ich hätte ihn einen Narren genannt."

Das waren Worte, die Agatha schon bei Weitem besser gefielen. Und auch die nächsten erfüllten zwar nicht ihre romantische Sehnsucht, aber doch ihre Hoffnungen.

„Was noch wichtiger ist", fuhr er fort, „wenn wir verheiratet sind, können Sie mein Haus am Grosvenor Square leiten und sich weiterhin um Lizzy kümmern. Meine Tochter mag Sie und Sie haben einen sehr positiven Einfluss auf das Mädchen. Ich möchte nicht, dass sie auf Sie verzichten muss."

Da ging endlich das Strahlen über Agathas Gesicht, auf das der Herzog gewartet hatte.

„Ich habe Lizzy wirklich in mein Herz geschlossen und es würde mir sehr schwerfallen, mich wieder von ihr zu trennen."

„Na, sehen Sie", er nickte zufrieden, „dann ist es also abgemacht. Panswick konnte einen anglikanischen Geistlichen auftreiben, mit dem ich bereits gesprochen habe. Er wohnt in der Botschaft und ist bereit, uns jederzeit zu vermählen."

Da war Agatha wieder fassungslos. Sie zwang sich, ihren Unmut über seine Eigenmächtigkeit nicht sofort kundzutun und sich darüber zu freuen, dass er sie heiraten wollte. Das bedeutete, dass sie bei ihm bleiben konnte, ohne dabei den Weg der Sünde gehen zu müssen, der sie aus der guten Gesellschaft für immer ausgeschlossen hätte. Im Gegenteil, sie würde eine Herzogin werden. Etwas von so großer Bedeutung, dass sie sich deren Reichweite noch gar nicht vorstellen konnte. Und sie konnte Lizzy auf ihrem weiteren Lebensweg begleiten. Warum nur regte sich trotzdem Widerstand in ihr? Was hinderte sie daran, ihm freudestrahlend ihr Jawort zu geben und sich von ihm in die Arme ziehen zu lassen? Sie war sich sicher, dass er dies ohne zu zögern tun würde und konnte es gar nicht erwarten, bis er dies regelmäßig tat. Und doch: Was waren das alles für seltsame Gründe für einen Heiratsantrag? Sie liebte ihn. Liebte er sie auch? Noch bevor sie jedes einzelne Wort sorgsam erwägen konnte, hatte ihr Mund schon „Und was ist mit Liebe?" laut ausgesprochen.

Er sah sie so fassungslos an, als wäre ein zweiter Kopf aus ihrem Hals gewachsen: „Mit *Liebe?* Ich hatte nicht gedacht, derart romantischen Unsinn aus Ihrem Mund zu hören."

Nun war sie es, die ihn anstarrte: „Wie kommen Sie darauf, dass Liebe romantischer Unsinn sei?"

„Eine Ehe ist ein Bund der Vernunft", sagte er so belehrend, dass es sie nicht verwundert hätte, hätte er dabei den Zeigefinger gehoben. „Ich habe Ihnen doch die verschiedensten Gründe aufgezählt, die dieser Vernunft entsprechen."

„Oh, wie schön. Ich höre Ihren Vater aus Ihnen sprechen", sagte sie spöttisch und erkannte aus seiner Mimik, dass sie voll ins Schwarze getroffen hatte.

„Lassen Sie den alten Herzog aus dem Spiel", forderte er auch schon ungehalten, um dann durchzuatmen, sich zu beruhigen und nach ihrer Hand zu greifen: „Wärst du denn lieber nicht mit mir verheiratet, Agatha?"

Die Stimme klang so sehnsüchtig, der Blick, mit dem er sie ansah, war so liebevoll, dass beides ihr den Atem raubte.

Er liebt mich, fuhr es ihr durch den Kopf. *Er liebt mich, doch er weiß es noch nicht.* Das machte sie so glücklich, dass sie am liebsten auf der Stelle seinen Antrag angenommen hätte.

„Für mich gehört Vertrauen zu einer Ehe", sagte sie stattdessen. „Jeder sollte den anderen so akzeptieren, wie er ist, ohne zu versuchen, ihn ändern zu wollen."

Er hielt ihre Hand weiterhin fest und nickte.

„Dazu gehört auch, seiner Frau nie zu widersprechen …", fuhr sie fort und kicherte, als er ein „So weit kommt es noch!" ausrief.

Als er bemerkte, dass sie ihn auf den Arm genommen hatte, stimmte er in das Lachen ein und ergriff auch noch ihre zweite Hand: „Darf ich das als ein Ja ansehen, Agatha? Bist du bereit, mir die Hand zum Bund zu reichen? Ich verspreche dir, ich werde alles daran setzen, dass du deine Entscheidung niemals bereuen musst."

Sie war so gerührt, dass sie schon drauf und dran war, das erwartete „Ja" auszusprechen, als ihr die vernünftige Stimme wieder einen Strich durch die Rechnung machte.

„Ich bin bereit, mir dieses Wagnis ernsthaft zu überlegen", begann sie daher.

„Aber?“, unterbrach er stirnrunzelnd.

„Ich möchte, dass du dir irgendetwas ausdenkst, womit du mir eine Freude machen kannst …“

„Du meinst, so etwas wie einen Vorschuss von tausend Gulden?“, lautete seine ironische Antwort.

Sie spürte, wie sie errötete. Waren ihre Wünsche wirklich zu unverschämt?

„Für das Geld kann ich dir nicht genug danken“, beeilte sie sich zu versichern, „aber das meine ich nicht. Ich wünsche mir, dass du mir eine Freude machst, aus der man erkennen kann, dass du mich und meine Wünsche in der Zwischenzeit wirklich gut kennengelernt hast.“

„Dass ich dich gut kennengelernt habe?“, wiederholte er und es klang ratlos. „Was soll ich mir denn da ausdenken? Was willst du? Schmuck? Kleidung? Delikatessen? Sag es doch einfach, statt hier ein Ratespiel zu veranstalten. Die Zeit drängt. Am kommenden Samstag, also morgen in einer Woche, hätte der Außenminister Zeit, an unserer Zeremonie teilzunehmen.“

Wieder einmal schnappte Agatha nach Luft. „Du warst dir deiner Sache so sicher, dass du Lord Castlereagh bereits von unserer Vermählung erzählt hast?“, vergewisserte sie sich. „Jetzt hätte ich gute Lust, dir einen Korb zu geben.“

„Nein, so vermessen war ich dann doch wieder nicht“, beruhigte er sie. „Ich habe lediglich Lord Swanby gebeten, einen Termin mit mir um zehn Uhr in den Kalender des Ministers einzutragen.“

„Sehr vorausschauend", gab Agatha zu.

Er lachte auf und fragte dann voll Zuversicht: „Also, werden wir dem Außenminister am Samstag eine Hochzeitszeremonie bieten können?"

„Das kommt ganz darauf an, ob du etwas findest, was mir wirklich Freude macht", lautete ihre Antwort.

Landmark war selbstsicher genug, das für ein Ja zu nehmen, und zog sie in seine Arme.

Kapitel 38

Sie will, dass ich etwas finde, was ihr Freude bereitet, ging es dem Herzog durch den Kopf, während er in die Bibliothek zurückging. Was für eine überraschende, aber doch durchaus reizvolle Herausforderung. Erwartete sie Gold und Edelsteine? Einen Ring vielleicht? Nein, denn den würde sie bei der Trauung ohnehin von ihm bekommen. Jede Braut erwartete zu Recht so ein Schmuckstück vor dem Altar. Darum hatte er auch, kaum dass er sich mit dem Geistlichen über den Termin einig gewesen war, bereits einen mit Diamanten besetzten Goldreif erstanden. Dieser würde perfekt zu Agatha passen, denn er war schlicht, stilvoll und strahlte mit einem funkelnden, warmen Feuer. In England stand ihr dann überdies die gut gefüllte Schmuckschatulle seiner Mutter zur Verfügung. Also musste er sich etwas anderes einfallen lassen. Landmark blieb abrupt stehen, als ihm auffiel, dass sich ein Lächeln auf sein Gesicht geschlichen hatte. Er konnte Lady Agatha Alverston seine Braut nennen! Auch wenn sie noch nicht ausdrücklich *Ja* gesagt hatte, so hegte er keinen Zweifel daran, dass sie einverstanden war, ihn zum Mann zu nehmen, und dass sie dies am Samstag in einer Woche auch tatsächlich tun würde. Der Herzog öffnete die Tür zur Bibliothek, ohne dass das Lächeln verschwand. Was für erfreuliche Zukunftsaussichten! Nicht nur für die restlichen Wochen hier in Wien, nein, auch für sein gesamtes Leben in England. Die Heirat bedeutete schließlich, dass er seine unsägliche Cousine Cordula nicht zurückholen musste, dass er sich in seinem eigenen Haus am Grosvenor Square endlich wieder wohlfühlen und sich auf anregende Gespräche mit seiner Gattin freuen konnte. Und natürlich auf sonst noch so manches, was Eheleuten vorbehalten war. Sein Lächeln wurde zu einem Grinsen der Vorfreude. Was ihn darüber hinaus froh stimmte, war, dass er nicht eine Sekunde lang die Befürchtung hegen musste, Agatha würde ihn seines Standes oder des Geldes wegen heiraten. Seltsam, dass sie von Liebe gesprochen hatte. Sie wird doch keine romantischen Gefühle für mich entwickelt haben, dachte er erschrocken. Das wäre doch geradezu lächerlich! Er war über vierzig Jahre alt und sie auch keine blutjunge Debütantin. Da verspürte man doch keine romantischen Gefühle mehr.

Allerdings würde er ihr wirklich gerne eine Freude machen. Landmark spürte, dass Agatha seinen Jagdtrieb geweckt hatte. Vielleicht fand er irgendetwas, das man nicht mit Geld bezahlen konnte. Sollte er jemanden Besonderen zur Hochzeit einladen? Frauen hatten gern vertraute Gesichter in der Nähe, mit denen sie sich austauschen konnten. Das wusste er von Mathilda und auch von den meisten Geliebten, die seit deren

Tod eine Zeit lang sein Bett gewärmt hatten. Wer war so ein vertrautes Gesicht für Agatha? Lady Panswick? Sollte er sie bitten, nach Wien zu kommen? Er verwarf den Gedanken so schnell, wie er gekommen war. Die Zeit würde niemals ausreichen, um ihre Ladyschaft nach Österreich zu holen. Was wäre mit einer Cousine? Vielleicht die mit den Schafen, die Agatha erst kürzlich erwähnte? Nein, auch die wohnte viel zu weit weg. Hatte sie eine Freundin? Helene von Stummer fiel ihm ein. Aber diese Dame konnte sie ohne Probleme jederzeit selbst einladen, dazu brauchte sie seine Hilfe nicht. Er seufzte. Also würde er doch etwas kaufen müssen. Nur was? Vielleicht hatte ja Frau von Stummer die rettende Idee. Landmark erwog den Gedanken, schüttelte aber gleich darauf den Kopf. Wie sollte diese Dame besser wissen, was seine Braut sich wünschte, als er, der sie viel öfter sah? Gedankenverloren sah er auf den Marktplatz hinaus, als ihm etwas einfiel. Agatha hatte von einem besonderen Honig geschwärmt. Vielleicht ließ sich ja daraus eine passende Idee entwickeln. Mit schnellen Schritten war er bei seinem Schreibtisch und zog sogleich am Klingelstrang.

„Schick Gustl zu mir", befahl er dem herbeigeeilten Johann.

„Ah, Gustl", kam er umgehend zum Kern des Gesprächs, als sein Wiener Fremdenführer eingetreten war. „Was war das für ein besonderer Honig, den Lady Agatha mit deiner Hilfe am Markt erstanden hat?"

„Was denn für ein Honig, Euer Gnaden?", lautete die erstaunte Gegenfrage., „Ich weiß von keinem Honig. Wir haben doch nur nach Lady Winford gesucht."

Ach, sieh mal an, dachte Landmark. Er wusste natürlich von Agathas Versuchen, ihre Schwester ausfindig zu machen. Da er jedoch seit geraumer Zeit nichts mehr darüber gehört hatte, hatte er angenommen, sie habe erkennen müssen, dass diese Nachforschungen aussichtslos waren, und hätte sie deshalb eingestellt. Anscheinend hatte er sich geirrt.

„Auf dem Markt?", fragte er daher. „Vermutete Lady Agatha ihre Schwester etwa unter den Marktleuten?"

„Nein, nein, natürlich nicht", wusste ihn Gustl zu beruhigen, und dann erzählte er ihm haargenau, was sich am Donnerstag zugetragen hatte. Mit stolzgeschwellter Brust verhehlte er auch nicht, dass alles seine eigene Idee gewesen war.

„Wahrscheinlich hat Ihnen Ihre Ladyschaft nichts davon erzählt, um Ihnen keine falschen Hoffnungen zu machen, Euer Gnaden", schloss er schließlich. „Also seien Sie ihr bitte nicht gram. Ich wollte, sie wäre erfolgreich gewesen. Doch leider, leider …"

Er hob die Schultern, ließ sie fallen und seufzte.

Landmark war weit davon entfernt, mitseufzen zu wollen. Er hatte mehr gehört, als er zu hören gehofft hatte. Jetzt wusste er, wie er Agatha eine Freude machen konnte. Er würde ihre Schwester auftreiben, und zwar so schnell wie möglich. *Lieber Gott,* schickte er ein Stoßgebet zum Himmel. *Gib, dass diese Lady tatsächlich in Wien weilt.*

Er beugte sich vor und schob dem Burschen Tintenfass und Feder in Reichweite. „Hier, schreib mir den genauen Namen der Schwester auf und alles, was du sonst noch über sie weißt“, forderte er. „Dann lass mein Pferd satteln. Ich will Lord Pumpernickel einen Besuch abstatten. Und Gustl, eines noch: Kein Wort zu Lady Alverston!“

Natürlich kannte der Bursche den Kosenamen für den englischen Botschafter. Er grinste und machte sich daran, den Befehlen des Herzogs Folge zu leisten.

Kapitel 39

Der junge Viscount of Panswick konnte sich nicht erinnern, je so außer sich gewesen zu sein. Die Unterredung mit seinem Dienstherrn war schrecklich, unangenehm, erniedrigend … ach, er wusste gar keine Eigenschaftswörter, die nur annähernd die Peinlichkeit beschrieben, die er gefühlt hatte. Wie kam dieser völlig fremde Erpresser dazu, ihm zu unterstellen, er würde die Gunst von Dirnen in Anspruch nehmen? Mit Entsetzen erinnerte er sich an jenen Abend vor zwei Jahren, als ihn eine Gruppe von Studienkollegen in ein verruchtes Etablissement mitgenommen hatte. Die jungen Stutzer fanden das aufregend und amüsant und hatten so lange auf ihn eingeredet, bis er es nicht länger wagte, als Spielverderber dazustehen. Das Bordell lag im Zentrum von Cambridge nahe der Queens Road und sah von außen wie ein ganz gewöhnliches Haus aus. Das konnte man vom Inneren allerdings nicht behaupten. Bertram wusste es noch wie heute: Die Wände waren mit roten Stofftapeten bespannt, dicke Samtvorhänge verdunkelten die Fenster. Unzählige Kerzen brannten in kristallenen Lüstern und sorgten gemeinsam mit dem heftig prasselnden Kaminfeuer dafür, dass es unerträglich heiß war. Darum hatte er es den Kommilitonen gleichgetan, die alle das Halstuch lockerten. Mächtige Gemälde voll mit erotischen Szenen hatten ihm schier den Atem geraubt. Einerseits hatte er den Blick kaum von den nackten Gestalten abwenden können, andererseits hatten sie ihm aber auch Angst eingejagt. Wie gut erinnerte er sich noch an die dicke Matrone mit zahlreichen klimpernden Goldketten, die sie empfangen hatte. Er konnte sich an ihr Gesicht nicht mehr erinnern und stellte erschrocken fest, dass sich stattdessen das Antlitz von Madame von Hof vor sein inneres Auge geschoben hatte. *Wahrscheinlich,* dachte er, während er versuchte, das Bild zu vertreiben, *lag es daran, dass beide gleichermaßen voluminös waren.* Über all der Pracht hatte ein so schwerer Duft nach Maiglöckchen und irgendwelchen anderen Blumen gelegen, dass ihm noch heute übel wurde, wenn er daran dachte. Es war ihm aufgefallen, dass die Matrone die anderen jungen Männer wie alte Bekannte begrüßte und, eh er es sich versah, waren diese auch schon am Arm ihrer Favoritinnen hinter jeweils einer der verschlossenen Türen verschwunden. Für ihn selbst blieb eine Dirne übrig, die mindestens doppelt so alt war wie er. Als sie merkte, wie unerfahren er noch war, hatte sie ihn mit einer mütterlichen Geste bei der Hand genommen und ihm aufmunternd zugelächelt, wobei sie eine Reihe braun gefärbter Zahnstummel entblößte. Dann schob sie ihn in einen Raum im Erdgeschoss, in dem ein wuchtiges, violettes Himmelbett wartete.

„Ich hole uns Schnaps", hatte sie dann verkündet und ihm die Hand getätschelt. „Du wirst sehen, das lockert die Stimmung. Du kannst dich in der Zwischenzeit entkleiden."

Sie hatte kaum das Zimmer verlassen, da war er schon zum Fenster gestürzt und hatte zu seinem Leidwesen bemerken müssen, dass dieses klemmte. Mit der Kraft der Verzweiflung war es ihm schließlich doch geglückt, die Scheibe nach oben zu schieben, bevor die Frau zurückkam. Ohne lange nachzudenken, war er ins Freie gesprungen, das sich für ihn wie die Freiheit angefühlt hatte. Dass er dabei in einem Rosenbusch gelandet war, Hände und Gesicht zerkratzt und sich zum Gespött der Freunde gemacht hatte, war es ihm allemal wert gewesen. Er war gerade noch um Haaresbreite einem Albtraum entronnen.

An all das musste er denken, als ihn nun die Schritte wie von selbst in Richtung Weyburggasse lenkten. Er musste auf der Stelle mit Hanni sprechen. Es war ihm wichtig, dass er ihr von der Erpressung des Zeichners erzählte, bevor sie es von jemand anderem erfuhr. Nicht auszudenken, wenn das Gerücht an ihre Ohren dränge und sie annehmen müsste, dass er um ihre Hand angehalten und sich zur selben Zeit mit einer Gunstgewerblerin im Kaffeehaus vergnügt haben könnte.

Bald schon stand er vor der blauen Tür. Sein Herz klopfte bis zum Hals. Ob dies vor Aufregung geschah oder dem schnellen Gehen geschuldet war, hätte er beim besten Willen nicht sagen können. Genauso schnell wie sein Herz klopfte seine Hand gegen das Türblatt. Als sich niemand meldete, drückte er die Klinke hinunter und fand das Haus zu seinem Erstaunen unversperrt vor. Also öffnete er einen Spalt, steckte seinen Kopf ins Innere und wollte soeben „Ist jemand daheim?" rufen, als ihm die Hausherrin persönlich entgegenkam. Es war nicht eindeutig festzustellen, wer von beiden darüber erstaunter und auch erschrockener war.

„Frau von Hof", rief er aus und riss die Tür nun vollständig auf. „Sie sind wieder zurück! Welche Freude! Ich hoffe sehr, dass alles gut gegangen ist."

„Oh, da ist ja der Engländer", sagte nun *Madame* ihrerseits und schien wenig erfreut über diese überraschende Begegnung. Sie warf einen Blick in den Spiegel und zog mit zwei raschen Handgriffen das Mieder ihres Kleides zurecht. „Wovon reden Sie denn? Ich bin bekannt dafür, dass bei mir immer alles gut ist, aber das werden Sie wohl nicht meinen."

Sie lachte laut auf, und Bertram wünschte sich, er würde ihren Dialekt etwas besser verstehen.

„Das Kind Ihrer Schwester", erinnerte er sie, „es ist doch wohlauf, wie ich hoffe. Was ist es denn geworden?"

„Ein strammer Bub!", rief die Dame aus und freute sich sichtlich. „Doch nun sagen Sie schon, was bringt Sie denn zu uns, Herr Bertram? Haben Sie etwa eine Verabredung mit der Hanni, von der ich nichts weiß?"

Er schüttelte bedauernd den Kopf.

„Das ist gut, denn sie ist nicht da. Kommen Sie morgen wieder, am besten am Nachmittag, da hat sie Zeit. Nun muss ich Sie bitten zu gehen, ich erwarte wichtigen Besuch." Sie griff ihm an die Brust, um ihn wieder ins Freie zu drängen.

„Ich komme sehr gerne morgen wieder", sagte der junge Viscount und beschloss dann, den Stier bei den Hörnern zu packen: „Und Sie vergessen bitte nicht, dass wir Sie am Mittwoch auf dem Hohen Markt zum Dinner erwarten. Nun steht ja nichts mehr im Wege, Hanni meiner Cousine und meinem Dienstherrn, dem Herzog von Landmark, vorzustellen."

„Haben Sie denn das Geld in der Zwischenzeit erhalten?", wollte *Madame* wissen. „Sie erinnern sich schon, die Mitgift, die es hierzulande braucht."

Bertram nickte. „Selbstverständlich!"

„Nun gut", meinte *Madame* gnädig, „dann werden wir sehen, was wir machen können."

Mit diesen Worten schob sie ihn endgültig ins Freie zurück.

Kapitel 40

Helene von Stummer sprang von ihrem Diwan auf und eilte zum Klingelstrang hinüber.

„Was für erfreuliche Neuigkeiten", rief sie dabei aus und lächelte über die Schulter zu Agatha zurück. „Was für durch und durch erfreuliche Neuigkeiten! Ach, Ferdinand ..."

Der letzte Ausruf galt dem Diener, der herbeigeeilt war, um nach ihren Wünschen zu fragen. „Bringe er uns Champagner und etwas von dem köstlichen Veilchenkuchen, den wir zu Mittag hatten. Ihre Ladyschaft und ich haben etwas zu feiern."

Dann nahm sie wieder am Kaffeetisch Platz und sah ihre Freundin erwartungsvoll an. „Der Herzog von Landmark hat also um Ihre Hand angehalten? Wie aufregend, meine Liebe! Wenn auch nichts, was mich tatsächlich überraschen könnte. Um ehrlich zu sein, wir alle haben bereits seit Längerem damit gerechnet."

„Ach, tatsächlich?" Agatha traute ihren Ohren nicht. Wie konnten die anderen mit etwas rechnen, was sie selbst nicht geahnt hatte? „Wie ist denn das möglich?"

„Man braucht doch bloß die Blicke zu bemerken, mit denen der Duke Sie betrachtet und eins und eins zusammenzuzählen. Ach, am liebsten würde ich die frohe Botschaft gleich all den anderen Damen verkünden, damit sie sich mit Ihnen freuen können. Warum wollen Sie denn die Verlobung unbedingt noch geheim halten, meine Teure?"

Weil ich zuerst den Liebesbeweis erhalten will, den ich gefordert habe, war Agathas erster Gedanke im Stillen. *Landmark hat mich mit besonderen Blicken betrachtet?*, ihr zweiter. *Warum habe ich von diesen Blicken nichts mitbekommen?*, ihr dritter. Laut sagte sie: „Weil der Herzog und ich abwarten wollen, bis die Kunde unserer Verlobung auf Lancroft Abbey eingetroffen ist. Meine Verwandten sollen die Ersten sein, die davon erfahren."

„Na, wenn Sie meinen ..." Helene schien nicht überzeugt zu sein und überlegte offensichtlich, ob sie noch einen Einwand vorbringen sollte. Dann entschied sie sich jedoch stattdessen zu fordern: „Nun will ich aber alles über den Heiratsantrag wissen, jedes noch so kleine Detail!"

Sie hatte die Hände ihrer Freundin ergriffen und strahlte sie so erwartungsvoll an, dass ihr Agatha erzählte, was sie offensichtlich hören wollte. Dabei schmückte sie einiges aus, ließ dafür anderes weg und schloss mit den Worten: „Ich werde mich mit dem Duke vermählen, weil ich mir nichts mehr wünsche, als mein weiteres Leben an seiner Seite zu verbringen."

In diesem Augenblick trat der Diener ein, stellte einen Teller mit Kuchenstücken bereit und goss mit einer großartigen Geste den perlenden Champagner in zwei Kristallflöten. Als er sich zurückgezogen hatte, erhob Helene die ihre: „Auf euer Wohl, meine Teuerste. Glauben Sie mir, ich finde das alles äußerst romantisch."

Die Gläser klangen, beide Damen nahmen einen Schluck. Agatha, die Schaumwein nicht gewöhnt war, fand, er kitzelte in der Nase.

„Ich freue mich für Sie, dass Sie Landmark tatsächlich zugetan sind, ich mag meinen Gottfried nämlich auch", setzte Helene fort. „Das empfinde ich als großes Glück, denn ich stelle mir eine Vernunftehe äußerst mühsam und unangenehm vor." Sie warf Agatha einen prüfenden Blick zu. „Darf ich offen mit Ihnen sprechen? Sie waren doch schon einmal verheiratet, nicht wahr?"

Agatha nickte und fragte sich beklommen, was nun folgen würde.

„Denken Sie nur …", Helene senkte die Stimme, „denken Sie nur an die körperliche Vereinigung mit einem Mann, den Sie nicht leiden können! Und das vielleicht sogar jeden Monat erneut, über all die Jahre …" Sie schüttelte sich vor Ekel. „Was für ein entsetzlicher Gedanke."

„Helene!", rief Agatha und wusste nicht, ob sie peinlich berührt sein oder laut auflachen sollte. Sie konnte sich beim besten Willen nicht vorstellen, dass eine englische Lady ein derart delikates Thema so ganz nebenbei am Kaffeetisch angeschnitten hätte. Noch dazu eine, mit der sie nicht verwandt war. Wie von selbst tauchte der muskulöse, nackte Oberkörper seiner Gnaden vor ihrem geistigen Auge auf und sie war froh, dass ihre Gastgeberin weitersprach, denn sie wäre zu keinem klaren Satz fähig gewesen, und ihre Stimme hätte wohl auch ein wenig gezittert. Seit dem Antrag hatte sie ihr Bett nicht mehr ansehen können, ohne daran zu denken, was in wenigen Tagen darin geschehen würde. Sie war unglaublich aufgeregt, aber auch voller Vorfreude. Wenn sie nur an Landmarks leidenschaftliche Küsse dachte, dann konnte sie sich gut vorstellen, was sie erst in ihrer Hochzeitsnacht erwartete …

„Männer haben diesbezüglich natürlich ein viel stärkeres Verlangen und eine bei Weitem größere Lust zu allem, was damit zu tun hat“, hörte sie Helene sagen und lächelte insgeheim, weil sie es besser wusste. „Darum erlaube ich meinem Gottfried auch die eine oder andere Freiheit. Dieses Arrangement kann ich nur weiterempfehlen, denn wir sind beide damit sehr zufrieden.“

Frau von Stummer nahm einen weiteren Schluck von ihrem Champagner.

„Was denn für Freiheit?“, erkundigte sich Agatha ratlos.

Edward hatte sie nie um eine irgendwelche Freiheiten gebeten. Würde Landmark etwa so etwas erwarten? Was genau meinte Helene überhaupt, wenn sie von solchen Freiheiten sprach?

„Ein kleines Gspusi hier, eine hübsche Dirne dort“, hörte sie da auch schon die Antwort auf ihre Frage.

„Nichts Weltbewegendes, und bestimmt nichts, was unsere Ehe erschüttern könnte. Er hat seine Freude daran und lässt mich in Ruhe, wann immer ich das möchte. Wie gesagt, das Arrangement bewährt sich für uns beide. Veilchenkuchen, meine Liebe?"

„Nein, danke." Agatha schüttelte den Kopf. Eines wusste sie mit Sicherheit: Wenn Landmark erst ihr Gatte war, dann würde sie ihm derartige Freiheiten nie und nimmer gestatten. Sie konnte sich aber auch nicht vorstellen, dass er sie darum bitten würde.

„Mein Cousin, der Viscount of Panswick, hat ebenfalls die Absicht, sich zu verloben", wechselte sie etwas abrupt das Thema. „Mit einem Fräulein Johanna Kruger von Persenbeug. Sagt Ihnen dieser Name etwas?"

Helene dachte angestrengt nach und zog die Stirn in Falten.

„Heißt nicht die Nichte der Baronin Rosenstein Johanna?", fragte sie schließlich. „Sie wurde mir einmal vorgestellt, ein bildhübsches Mädchen aus allerbestem Haus. Ich muss sagen, eine sehr gute Wahl."

„Oh, Sie kennen sie? Das ist ja erfreulich."

Agatha war, als würde ihr eine große Last von den Schultern fallen. Darüber war sie Helene so dankbar, dass sie, ohne lange nachzudenken, hinzufügte: „Wir geben am kommenden Mittwoch ein kleines Dinner, um die junge Dame und ihre Tante kennenzulernen. Das ist allerdings keine Baronin Rosenstein, sondern eine Frau von Hof. Es wäre mir eine große Freude, wenn Sie und Ihr Gatte uns an diesem Abend die Ehre geben würden. Ich kann mir vorstellen, wie aufgeregt Fräulein Kruger sein wird, wenn sie das Heim ihres Verlobten zum ersten Mal betritt. Da wird sie sich sicher freuen, ein bekanntes Gesicht vorzufinden."

Helene war gern bereit, diese Einladung anzunehmen. Nie im Leben hätte sie die Gelegenheit verpassen wollen, den heimlichen Verlobten ihrer Freundin näher unter die Lupe zu nehmen. Dass sie dabei auch deren Cousin und dessen Auserwählte kennenlernen würde, konnte auch ganz interessant werden. Sie stellte gern ein bekanntes Gesicht dar, wenn sie damit jemandem helfen konnte. Wie hätte sie zu diesem Zeitpunkt auch ahnen können, dass es gar nicht ihr Gesicht sein würde, das dem Fräulein Kruger bekannt vorkam?

Kapitel 41

Agatha erwachte aus einem unruhigen Schlaf, als ein schwerer Leiterwagen mit Eisenrädern unter ihrem Schlafzimmerfenster vorbeigezogen wurde und die blechernen Eimer, die darauf geladen waren, scheppernd aneinanderschlugen. Es war wieder Markttag!

Mit Schwung schlug sie die Decke zurück, sprang aus dem Bett und zog am Klingelstrang. Wenn sie Cecilia heute nach vielen Jahren endlich wiedersehen würde, dann musste sie besonders hübsch aussehen. Das schaffte sie nicht ohne die Hilfe ihrer Kammerfrau. Während sie auf diese wartete, öffnete Agatha das Fenster und lehnte sich so weit nach vorne, dass sie einen Blick auf die Turmuhr der Kapelle *Zur Todesangst Christi* werfen konnte. Es war etwas nach halb acht. Sehr gut, da hatte sie noch mehr als eine Stunde Zeit, bis sie am vereinbarten Treffpunkt erscheinen sollte. Sie spürte, wie die Aufregung immer weiter anstieg und ihre Hände feucht wurden. Jetzt durfte sie sich nur nichts anmerken lassen. Hearts würde sofort wahrnehmen, wenn etwas mit ihr nicht stimmte, und sie mit dem Recht der langjährigen Dienerin so lange löchern, bis sie ihr die Wahrheit enthüllte. Und dann würde sie darauf bestehen, sie zu begleiten, und das war das Letzte, was sie brauchen konnte.

„Keine Leut", hatte der Mann gesagt.

„Guten Morgen, Hearts", begrüßte sie gleich darauf ihre Kammerfrau und schnitt ihr das Wort ab, als sich diese über das frühe Erwachen ihrer Herrin wundern wollte. „Ich habe ein Treffen mit Frau von Stummer und brauche deine Hilfe. Aber vorher bring mir bitte etwas zu essen herauf. Ich habe keine Lust auf ein einsames Mahl im Speisezimmer."

„Keine Sorge, Mylady." Die Kammerfrau goss das warme Wasser, das sie mitgebracht hatte, in die Waschschüssel. „Dazu besteht nicht die Notwendigkeit, denn Sie werden das Frühstück in bester Gesellschaft einnehmen. Seine Gnaden ist eben nach unten gekommen."

„Tatsächlich?"

Wie gut, dass ich das erfahren habe, dachte Agatha. *Ich muss unbedingt verhindern, dass ich ihm über den Weg laufe. Ich möchte keinesfalls Gefahr laufen, dass ich ihm doch noch verrate, wozu ich das Geld brauche. Er würde mich nie und nimmer allein auf den Markt gehen lassen.*

„Wie dem auch sei", sagte sie und verzichtete auf jede Erklärung, „ich werde dennoch im Schlafzimmer frühstücken."

Fünf Minuten vor dem vereinbarten Zeitpunkt betrat Agatha das Marktareal. Sie hatte sich absichtlich für eine schlichte, tannengrüne Pelerine entschieden, um unter den Marktfrauen und Besuchern nicht allzu sehr aufzufallen. Grün war eine gängige Farbe und stach nicht so heraus wie die anderen Pelerinen aus ihrer Garderobe, die noch dazu mit Perlen oder Federn besetzt waren. Landmark hatte ihr am Vortag das Geld ohne jeden Kommentar übergeben, wofür sie ihm nicht dankbar genug sein konnte. Natürlich hatte sie den fragenden Blick aus dunklen Augen bemerkt und rasch den Kopf abgewandt. Ihr schlechtes Gewissen konnte sie nur dadurch beruhigen, dass sie sich schwor, dass er der Erste war, dem sie die Wahrheit enthüllen würde, wenn sie Cecilia erst einmal gefunden hatte.

Ihre Hand fuhr unter den Umhang und klopfte auf das geschnürte Mieder. Ein kaum vernehmbares Rascheln bewies ihr, dass die Scheine dort sicher verwahrt waren. Sie würde sie erst herausgeben, wenn ihre Schwester ihr wohlbehalten gegenüberstand und ihr erklärte, wozu die ungeheure Unsumme tatsächlich gebraucht wurde. Agatha seufzte. Als sie während der letzten Tage alle Einzelheiten im Geiste durchgegangen war, da war sie sich sicher gewesen, dieses Abenteuer alleine bewältigen zu können. Sie war eine erwachsene Frau, die Erfahrungen in den verschiedensten Ländern gesammelt hatte, sie würde auch bei dieser Herausforderung stets Herrin der Lage bleiben.

Als sie jedoch nun auf die Bank zuging, die an diesem kalten Novembermorgen alles andere als einladend aussah, da wünschte sie sich, sie hätte zumindest Bertram Bescheid gegeben. Er hätte sich irgendwo verstecken können, um dann heimlich mit einer der grünen Kutschen zu folgen. Andererseits, Agatha seufzte wieder, war ihr Cousin derzeit nicht in der Gemütsverfassung für geheime Aktionen. Er war voller Vorfreude und gleichzeitig höchst nervös, was den kommenden Abend betraf. Diese Nervosität steigerte sich noch durch die Zwickmühle, in der er steckte. Sollte er Hanni gleich hier in Wien heiraten, wie er es eigentlich vorgehabt hatte, um die Heimreise bereits in gemeinsamen Zimmern verbringen zu können? Oder sollte er Frau von Hof bitten, sie nach England zu begleiten, um sie vor der Vermählung seiner Mutter, Derryhill und seinen Schwestern vorzustellen, wozu sie, Agatha, ihm inständig geraten hatte? Lady Panswick hasste nichts mehr, als durch voreilige Entscheidungen überrumpelt zu werden. Er konnte an nichts anderes mehr denken, er konnte kaum über etwas anderes sprechen. Nein, Bertram wäre ihr derzeit wahrlich keine Hilfe gewesen.

„G'schamster Diener, die Dame“, hörte sie da eine krächzende Stimme in ihrem Rücken und fuhr erschrocken herum. Da stand der alte Mann mit dem braunen Lodenumhang und zog höflich den Hut vom Kopf.

Sie hatte diese Grußformel schon öfter gehört, wusste aber nicht so recht, was man am besten darauf antwortete und entschied sich für ein schlichtes „Guten Morgen.“

Der Mann grinste, zeigte seinen zahnlosen Mund und sagte: „Gut, dass Sie pünktlich gekommen sind. Ich habe alles Nötige vorbereitet. Die Zäzilie, die Frau Dings, also Ihre Schwester, wartet schon."

Agatha lächelte ebenfalls. Sie hatte zwar nicht jedes Wort, so doch den Kern dieser Botschaft verstanden. Er trat ganz dicht an sie heran, sie roch eine Mischung aus Schnupftabak, Schweiß und gekochtem Kohl, und ihr Lächeln verschwand. Sie wollte eben ein paar Schritte zur Seite gehen, als sie ein fester Griff am Ärmel zurückhielt.

„Bleiben Sie eng bei mir stehen und geben Sie mir die Marie. Sie wollen doch nicht, dass uns wer dabei zuschaut, oder?"

Agatha machte sich unwillig los und trat schleunigst ein paar Schritte von ihm weg. Dann atmete sie tief durch, um wieder frische Luft zu bekommen, und sagte mit, wie sie hoffte, eisiger Stimme: „Ich verstehe Sie nicht."

Der Mann kam wieder näher und machte eine Handbewegung mit dem Daumen und den Fingern der rechten Hand.

„Pinke, pinke", sagte er dabei, und es klang so, als würde er damit alles erklären. Als ihn Agatha weiter unverständig anstarrte, fuhr er sie an: „Die Marie! Die Kohle! Der Flieder!", um dann, als sie immer noch nicht reagierte, auf ein holpriges Französisch umzuschwenken: „L'argent! Donnez-moi l'argent, aber geschwind, wenn ich bitten darf."

Nun endlich verstand Agatha, was er wollte, und ihr Protest folgte umgehend. Es war ein Mischmasch aus spontan hingeworfenen englischen Sätzen, französischen Ausdrücken und einigen Brocken auf Deutsch, die ihr noch am ehesten passend erschienen. *Oh Gott,* dachte sie, *wo war nur Gustl, wenn sie ihn dringend brauchte? Warum hatte sie nicht wenigstens ihn mitgenommen?*

Der Mann schien verstanden zu haben, dass sie ihn unter allen Umständen begleiten und das Geld erst herausrücken wollte, wenn sie ihrer Schwester gegenüberstand. Er kniff die Lippen unwillig aufeinander und dachte nach. Offensichtlich war er alles andere als erfreut über diese Planänderung und Agatha fragte sich bangen Herzens, ob das Vorhaben nun daran scheitern würde. Dann jedoch kehrte ein kleines Lächeln auf seine Lippen zurück. Mit einer weitausholenden Geste zeigte er auf eine alte, ausladende Kutsche, die auf dem gegenüberliegenden Fahrbahnrand wartete. Sie hatte offensichtlich schon bessere Tage gesehen, denn die braune Farbe blätterte vom Wagenschlag.

„Wenn die Gnädigste Platz nehmen wollen!" Der Mann machte kehrt, ging mit schnellen Schritten vor ihr her und riss so entschlossen die Kutschentür auf, dass diese lautstark in den Angeln quietschte. Dann beugte er sich vor, holte eine Holzkiste aus dem Inneren und legte diese auf die Straße, um Agatha das Einsteigen zu ermöglichen.

„Ich setze mich auf den Bock hinauf", erklärte er dann. „Der Kutscher kennt die Adresse nicht, ich muss ihn einweisen."

Mit diesen Worten knallte er die Tür hinter ihr zu, und Agatha saß allein in fast vollständiger Dunkelheit. Es roch muffig, so als hätte dieses Gefährt die letzten Jahre unbenutzt in einer Remise gestanden. Dort, wo das Tageslicht durch die verdreckten Fensterscheiben eindringen konnte, tanzten Staubflocken. Die Samtbezüge der Polster waren zerschlissen, und eine Sprungfeder bohrte sich so unangenehm in ihr Gesäß, dass sie schleunigst auf die Seite rutschte. Und dann geschah … nichts.

Der Wagen stand, und kein Wackeln zeigte an, dass der Mann dabei war, den Bock zu erklimmen. Agatha sah durch die ungeputzten, mit Lehmpatzen übersäten Fenster auf das Treiben des Marktes hinaus. Draußen war es laut und bunt, hier drinnen still und dunkel. *Welcher Teufel hat mich nur geritten, mich auf ein derartiges Wagnis einzulassen?,* fragte sie sich bangen Herzens. War sie verrückt geworden? Der Mann konnte sie weiß Gott wohin bringen. Nur weil er Cecilias Namen gekannt hatte, hieß das doch noch lange nicht, dass er tatsächlich wusste, wo sie war. Und nur weil er wusste, wo sie war, hieß das noch lange nicht, dass er sie auch dorthin bringen würde. Sie musste diese Kutsche auf der Stelle verlassen!

Diesen Entschluss zu fassen, zur Tür zu stürzen und den Griff in die Hand zu nehmen, war eins. Doch genau in diesem Augenblick, als sie den Schlag öffnen wollte, erklang die Peitsche, und das Fahrzeug rumpelte los.

„Anhalten!", rief Agatha so laut sie konnte.

Doch niemand nahm von ihr Notiz. Wenn sie jetzt die Tür öffnete, dann setzte sie sich der Gefahr aus, aus dem fahrenden Wagen zu stürzen und sich erheblich zu verletzen, das wusste sie. Also ließ sie sich schweren Herzen auf die Bank zurückplumpsen und harrte mit unangenehmem Gefühl der Dinge, die da kommen sollten.

Zuerst kam allerdings lange Zeit nichts. Die alte Kutsche schaukelte und schwankte wie ein Segelboot bei stürmischer See. Bei jedem Schlagloch, durch das sie fuhren, hatte Agatha Mühe, sich an den Sitz zu klammern, um nicht auf den Boden zu rutschen. Erst jetzt im Nachhinein wusste sie die Federung im modernen Wagen des Herzogs so richtig zu schätzen. Nicht auszudenken, wenn sie die weite Reise von England hierher in einem so altersschwachen Gefährt hätte zurücklegen müssen. Vom Kutschbock drangen gedämpfte Stimmen zu ihr ins Wageninnere. Sie bemühte sich gar nicht zuzuhören, sie hätte ohnehin kaum ein Wort verstanden. Bald hatten sie das Stadttor hinter sich gelassen und rumpelten auf einer breiten Landstraße dahin. Es waren auf beiden Seiten nur mehr vereinzelt Häuser und ärmliche Hütten zu sehen und Agatha fragte sich, was Cecilia wohl aufs Land hinaus verschlagen haben mochte. Ihre Schwester war ein Freigeist, den schönen

Künsten zugeneigt. Sie malte gern und spielte eine Reihe von Instrumenten. Als Bäuerin konnte sie sie sich beim besten Willen nicht vorstellen.

Dann plötzlich, als Agatha schon dachte, sie würde das Schaukeln nicht mehr länger aushalten, ohne sich übergeben zu müssen, kam die Kutsche abrupt zum Stillstand. Sie warf einen Blick aus dem Fenster und sah nichts als einen hohen, dichten Nadelwald. Also vermutete sie ihr Ziel auf der anderen Seite. Doch dort lag nur ein braunes, abgeerntetes Feld. Weit und breit war weder ein Haus zu sehen noch ein Mensch, ja, nicht einmal ein Tier.

Sie spürte, wie ihr Herz sich vor Aufregung beinahe überschlug. Was sollte das? Warum hielten sie hier an? Was wollten sie hier?

Und dann dachte sie gar nichts mehr, denn der Schlag wurde aufgerissen und zwei starke Arme packten sie, um sie ins Freie zu zerren. Der Mann, der sie nun eng umfasste, stank nach Alkohol und Knoblauch. Sie hatte ihn noch nie zuvor gesehen. Das muss der Kutscher sein, schoss es ihr durch den Kopf. Wo war der andere? Sie wollte sich eben umsehen, da spürte sie ein weiteres Paar Hände auf ihrem Körper.

„Wo hast du die Marie?", raunte die bekannt krächzende Stimme hinter ihrem Ohr. „Rückst du freiwillig damit heraus, oder sollen wir dir die Kleider vom Leib reißen?"

Agatha hatte kein Wort verstanden, und doch wusste sie genau, was die Männer von ihr wollten. Im besten Fall nur ihr Geld. Im schlimmsten … Sie zwang sich, nicht daran zu denken.

„Red nicht lang herum, Ferdl", befahl der Kutscher. „Mach kurzen Prozess!"

Das ließ sich der ältere Mann nicht zweimal sagen. Er griff mit beiden Händen in Agathas Dekolletee, versuchte es mit einem raschen Ruck zu zerreißen und fluchte, als es ihm nicht gelang.

Agatha war wie gelähmt. Sie war so erschrocken und hatte so große Angst, dass es ihr schwer fiel, die Contenance zu bewahren. Andererseits war sie aber auch eine englische Lady. Es war ihr von klein auf eingetrichtert worden, nie die Nerven zu verlieren. Oder, wenn sie schon die Nerven verlor, dies zumindest niemals den anderen merken zu lassen.

„Am besten, wir nehmen sie nach Karlsbad mit", überlegte der Kutscher. „Frantisek braucht Frischfleisch. Die bringt uns schönes Geld ein in seinem Puff."

„Na, gar so ein Frischfleisch ist die nimma", meinte Ferdl und spuckte direkt vor Agatha in die Wiese. Dann fuhr er ihr mit der Rechten unter den Rock.

„Schau'n wir einmal, was wir hier finden!"

Nun war es um Agathas Contenance geschehen. Sie begann zu schreien, schlug mit den Armen um sich und versetzte ihrem Peiniger einen Tritt gegen das Schienbein. Dieser Angriff war so unerwartet gekommen, dass Ferdl sie losließ, doch der Kutscher schnappte mit der Linken nach ihr und gab ihr mit der

Rechten eine so starke Ohrfeige, dass ihr Hören und Sehen verging.

„Glaubst du, du kannst uns treten, du dummes Weibsstück? Na warte, dir werd ich schon noch Manieren beibringen!"

Der Kutscher holte ein weiteres Mal aus und wollte eben wieder zuschlagen, als ein Schuss über die herbstliche Landschaft peitschte.

„Banditen", rief Ferdl in Panik. „Elende Straßenräuber! Lass das Weib los und komm! Nichts wie weg von hier!"

Mit einem Satz hatte er den Kutschbock erklommen. Der Kutscher sah zuerst ihm nach und dann auf Agatha, unschlüssig, was er am besten tun sollte. Es fiel ihm offensichtlich schwer, auf das Geld zu verzichten, das ihm schon sicher gewesen zu sein schien. Da folgte der nächste Schuss. Man konnte die Kugel an der Kutsche vorbeizischen hören.

Nun fiel ihm die Entscheidung offensichtlich nicht mehr schwer. Er gab der verängstigten Agatha einen Stoß, sodass sie auf den moosbedeckten Boden des Waldes stürzte, und folgte seinem Freund auf den Kutschbock. Dann ließ er die Peitsche knallen, das Gefährt setzte sich in Bewegung und rumpelte die Straße entlang, so schnell es die beiden dürren Klepper, die man eingespannt hatte, schaffen konnten. Agatha war mit dem Pistolenschützen allein.

Kapitel 42

„Ihr Pferd ist gesattelt und steht vor dem Haustor bereit, Euer Gnaden“, meldete Gustl von der Tür zum Speisezimmer her. „Soll ich Sie nicht doch lieber begleiten?“

Der Herzog stand vom Frühstückstisch auf und legte seine Serviette neben den Teller. Dann griff er zu einem braunen Kästchen, das auf einem der Stühle lag, und antwortete: „Nein, das ist nicht nötig. Ich möchte nur zum Waffenschmied, um meine Duellpistolen reinigen zu lassen. Ich habe zwar nicht vor, sie bald zu benutzen, aber es kann nicht schaden, wenn sie jederzeit schussbereit sind.“

„Diese Aufgabe kann doch ich für Sie erledigen“, bot der Bursche an.

Der Duke schüttelte abermals den Kopf.

„Nein, Gustl, denn ich gedenke die Pistolen gleich vor Ort auszuprobieren. Man sagte mir, der Waffenschmied habe einen recht ordentlichen Schießplatz. Darum habe ich auch eine Anzahl von Bleikugeln eingesteckt.“ Er klopfte auf die rechte Tasche seines Jacketts und fuhr herum. „Was ist da draußen für ein ungewöhnlicher Lärm? Es klingt, als würden sich zwei keifende Frauen die Köpfe einschlagen.“

Mit schnellen Schritten war er zum hohen Fenster getreten, schob die Vorhänge ein wenig zur Seite und blickte hinaus.

„Markttag, Euer Gnaden“, erklärte Gustl. „Heute hat ein beliebter Bäcker seinen Stand direkt vor unserem Haus aufgestellt. Da kann es schon vorkommen, dass sich zwei Köchinnen um das letzte Kipferl in die Haare kriegen.“

Es waren allerdings weder der Bäcker noch die beiden Streithennen, die dem Herzog in diesem Moment ins Auge stachen.

„Komm sofort her, Gustl!“, forderte er den Burschen auf und trat einen Schritt zur Seite, um seinem Bediensteten einen guten Ausblick zu ermöglichen. „Die Dame im grünen Umhang, da vorne bei der Bank, erkennst du die?“

Gustl brauchte nicht lange zu überlegen: „Das ist unsere Lady“, sagte er und bestätigte damit Landmarks Verdacht.

„Weißt du, wer der seltsame Mann ist, mit dem sie sich da unterhält?“

Da musste Gustl allerdings passen. „Den habe ich noch nie gesehen, Euer Gnaden. Aber irgendetwas an ihm gefällt mir nicht. Außerdem steht er verdammt nah bei unserer Lady, finden Sie nicht auch?“

Oh doch, das fand Landmark allerdings auch.

„Denk noch einmal nach“, forderte er, „hast du den Mann nicht doch schon einmal gesehen? Vielleicht am Donnerstag, als ihr das Gemälde herumgezeigt habt?“

Gustl schüttelte den Kopf. „Ganz gewiss nicht. Aber … aber was, um Himmels willen, macht sie denn jetzt?"

Seite an Seite mussten die beiden Männer fassungslos zusehen, wie Agatha zuerst hinter dem Fremden herging, um sich dann von ihm in eine altmodische Reisekutsche helfen zu lassen.

„Will sie etwa wegfahren und keinem Bescheid geben, wohin? Ohne irgendeine Begleitung? Diesen Irrsinn müssen wir unbedingt verhindern. Schnell, Gustl!", forderte Landmark. „Lauf hinaus und halte sie auf!"

Er hatte kaum ausgesprochen, da war der junge Wiener auch schon aus der Tür. Landmark rief nach Johann, ließ sich Hut und Handschuhe reichen und folgte ihm ins Freie, die Duellpistolen unter dem Arm. Dort blieb er kurz stehen, um sich einen Überblick über das Geschehen zu verschaffen. Der Mann, mit dem Agatha gesprochen hatte, war eben dabei, einige Worte mit einem Gemüsebauern zu wechseln, der daraufhin mehrmals mit dem ausgestreckten Arm in Richtung Süden wies. Dann machte der Mann kehrt, und gerade als Gustl bei ihm anlangte, hatte er den Kutschbock erklommen, und das Gefährt setzte sich in Bewegung. Gustl schrie etwas, das der Duke von seinem Platz aus nicht verstehen konnte, und lief vor das Fahrzeug, um sich mit ausgebreiteten Armen in den Weg zu stellen. Diese heroische Geste schien den Kutscher eben so wenig zu interessieren wie die weiteren

Befehle, die Gustl ihm zurief. Er steuerte den Wagen direkt auf ihn zu, bis dem Burschen nichts anderes übrigblieb, als zur Seite zu springen, um nicht unter die Räder zu geraten.

Wenig später war sein Herr an seiner Seite. Gemeinsam konnten sie nur mehr zusehen, wie die Kutsche in einer der Seitenstraßen verschwand.

„Frag den Gemüsebauern, was der Mann von ihm wollte!", befahl der Herzog und wartete ungeduldig, bis sein Bediensteter gleich darauf wieder zurückkam.

„Er wollte wissen, welche Straßen um diese Tageszeit am wenigsten befahren sind", lautete Gustls mit atemloser Stimme vorgebrachte Erklärung. „Der Bauer hat ihn daraufhin hinaus nach Simmering geschickt."

„Wo liegt das?", wollte der Herzog wissen, und das ungute Gefühl in seinem Magen verstärkte sich. Außerdem bemerkte er, wie seine Ungeduld in rasantem Tempo wuchs. „Schnell, erklär mir in wenigen Worten, wohin ich reiten muss."

So kam es, dass der Herzog von Landmark höchstpersönlich die Duellpistolen in den Satteltaschen verstaute, sich auf den Pferderücken schwang und ins Ungewisse ritt. Wenn das seine Kollegen vom noblen White's Club in London hätten sehen können, sie hätten ihren Augen nicht getraut. Seine Gnaden war einer der höchsten Vertreter englischen Adels, bekannt für sein stets wohl überlegtes Handeln. Was er tat, tat er mit Würde, umweht von einem Hauch Arroganz. Er war kein Mann, der sich die Hände schmutzig machte oder es gar zuließ, dass seine Kleidung in Gefahr geriet, verknittert zu werden oder gar unordentlich zu erscheinen. Darüber hinaus beherzigte er den in noblen Familien gern zitierten Grundsatz: „Was Diener erledigen können, erledigen Diener." Der Herzog, den man in Londons bester Gesellschaft kannte, hätte eher kurz befremdet eine Augenbraue gehoben, um sich dann seiner diplomatischen Arbeit zuzuwenden, als sich in ein Abenteuer mit unbestimmtem Ausgang zu stürzen.

Die alten Freunde rund um seinen Landsitz in Hampshire und die Männer aus Gentleman Jackson's Boxclub hätten die Lage wahrscheinlich ein wenig anders beurteilt. Die einen kannten Landmark als schneidigen Reiter, die anderen als Mann, der durchaus bereit war, seine Kraft einzusetzen und taktisch klug die Schwächen seiner Gegner auszunutzen. Und doch hätte keiner von ihnen angenommen, dass sich Seine Gnaden irgendeiner Strapaze aussetzen würde, allein einer Frau zuliebe. Denn Frauenherzen flogen ihm von überallher zu. Er war reich, von hohem Stand, gut aussehend, verwitwet und pflegte einen großzügigen Lebensstil. Warum hätte er da je wegen einer Frau seine Bequemlichkeit aufs Spiel setzen sollen?

Die Straßen bis zum Kärnthnertor waren Landmark in der Zwischenzeit zum Glück schon so vertraut, dass er keine wertvolle Zeit dadurch verlor, dass er sich in den engen Gassen verirrte. Mit dem Pferd konnte er die Schlange der Kutschen, die vor dem Tor warteten, passieren und nahm dann die Straße in Richtung Süden, so wie man ihm geheißen hatte. Um sich zu überzeugen, dass er Richtung Simmering unterwegs war, hielt er kurz an und erkundigte sich bei einem Landarbeiter, der den Acker neben der Straße pflügte, ob er auf dem richtigen Weg war. Als der Mann bestätigend nickte, atmete Landmark auf. Von da an ging es flott voran. Das Pferd war ausgeruht und schlug eine so schnelle Gangart an, dass er sicher war, die altersschwache Kutsche bald eingeholt zu haben. Unter erfreulicheren Umständen hätte er es genossen, endlich wieder einmal in freier Natur die Zügel schießen zu lassen, doch die Sorge um Agatha überlagerte alle anderen Gefühle. Außer vielleicht den Zorn über ihre unglaubliche Unvernunft. Wie kam sie bloß auf die Idee, in eine wildfremde Kutsche zu steigen? Noch dazu in eine, die einen derart ungepflegten Eindruck machte? Was hatte ihr der Mann versprochen, dass sie alle Vorsicht fahren ließ?

Zuerst hatte er angenommen, dass die Fahrt irgendetwas mit ihrer verschollenen Schwester zu tun haben könnte, doch diesen Gedanken schnell wieder verworfen. Lady Cecilia befand sich nämlich seinen Informationen zufolge in Wien. Es hatte gar nicht so viel detektivischer Kleinarbeit bedurft, wie er gefürchtet hatte, um das herauszufinden. Lady Winford hatte nämlich tatsächlich mit der englischen Vertretung in

Wien Kontakt aufgenommen. Sie hatte allerdings den Botschaftsangehörigen das Versprechen abgenommen, ihren Aufenthaltsort mit keinem Wort zu erwähnen, sollten irgendwelche Verwandten nach ihr fragen. Darum war es kein Wunder gewesen, dass Panswick bei seinen Nachforschungen kein Glück gehabt hatte. Je öfter Landmark darüber nachdachte, desto seltsamer erschien ihm das Verhalten Ihrer Ladyschaft. Warum wollte sie nicht gefunden werden, wenn ihre Schwester doch so inständig nach ihr suchte? *Nun gut,* dachte er, während er die breite Landstraße entlangritt, *ich bin kein Verwandter, und zum Glück weiß auch noch niemand von meiner Verlobung.* Also hatte man ihm freimütig Auskunft erteilt und Lord Steward hatte versprochen, ein Treffen mit Lady Winford zu arrangieren. *Falls diese wider Erwarten damit nicht einverstanden sein würde,* so dachte er voll Zuversicht, so würde er schon noch andere Mittel und Wege finden, *an sie heranzukommen. Blieb also nur noch die Frage: Was wollte Agatha in Simmering?*

Auch die Idee, dass ein anderer Mann mit im Spiel sein könnte, verwarf er, kaum dass sie ihm gekommen war. Agatha hatte sich bereiterklärt, ihn zu heiraten. Nie im Leben war sie eine von jenen Frauen, die ihren Verlobten betrügen würden. Diese Gewissheit zauberte ein Lächeln in sein Gesicht. Ein Lächeln, das sofort wieder verschwand, als ihm schlagartig etwas anderes klar wurde. Wer immer Agatha da aus der Stadt brachte, tat dies ohne bestimmtes Ziel. Denn hätte er eines, hätte er den Gemüsebauern nicht nach einem wenig befahrenen Weg fragen müssen. Dem Kerl war es ganz egal, wohin er Agatha brachte, er wollte sie nur unbedingt in seinem Gewahrsam haben! Und er durfte dabei nicht gesehen werden. Landmark spürte, wie ihm das Herz mit einem Mal bis zum Hals schlug. Die Gefahr, in der sich Agatha befand, war noch bei Weitem größer, als er bisher angenommen hatte. Er musste sie finden, bevor der Mann ihr etwas antat. Wenn er nur wüsste, was er vorhatte! Landmark fuhr sich mit dem Zeigefinger unter den Knoten des Halstuchs. Warum war der plötzlich so eng geworden?

Ach, Agatha, du dummes, dummes Ding!, dachte er und war so besorgt, dass er am liebsten laut geschrien hätte. *Wie konntest du dich nur in eine solche Gefahr bringen? Warum hast du mir nichts von deinen Plänen erzählt? Ich hätte dir doch geholfen!*

Schlagartig wurde ihm bewusst, dass das tatsächlich der Wahrheit entsprach. Er würde ihr zwar zuerst einen seiner arroganten, spöttischen Kommentare zu Ohren bringen, aber dann würde er ihr helfen. Er würde ihr immer helfen. Sie war die Frau, die … oh Gott! Es hätte nicht viel gefehlt und Landmark hätte vor Überraschung die Zügel fest angezogen und das Pferd aus vollem Galopp zum Stehen gezwungen. Agatha war die Frau, die er liebte. Das zu merken und einen spöttischen Ruf gegen den Himmel zu richten, war eins. „Danke dir, oh Herr“, rief er gegen den Wind.

„Wenn zu lieben bedeutet, krank vor Sorge zu sein, dann hätte ich gern darauf verzichtet!"

Zu seinem Erstaunen bemerkte er selbst, dass er log. Um nichts auf der Welt hätte er auf die Liebe zu Agatha verzichten wollen. Sie war ein weiteres Abenteuer, das er nicht kannte und in das er sich mit Freuden stürzen würde, sobald dieses Abenteuer vorbei war. Doch zuerst musste er es schaffen, dass es gut ausging. *Dann,* so schwor er sich, *dann sieh dich vor, meine liebe Agatha! Dann werde ich dir die Leviten lesen und dir die Standpauke deines Lebens halten, das kannst du mir glauben. Dann werde ich dich küssen, dass dir Hören und Sehen vergeht, und sicherstellen, dass du nie, nie wieder auf eine derart dumme Idee kommst.*

In diesem Augenblick machte die Straße unvermittelt eine Kurve, und da sah er sie.

Kaum zweihundert Meter geradeaus stand die alte Kutsche am Straßenrand. Ein Mann war vom Bock gesprungen und soeben dabei, den Schlag aufzureißen. Landmark zog die Zügel an und brachte das Pferd zum Stehen. Für einen kurzen Augenblick war er zutiefst erleichtert. Er hatte Agatha gefunden! Doch dann kam das Bewusstsein zurück, dass die Gefahr noch nicht gebannt war. Er wollte dem Pferd eben wieder die Zügel geben, als er bemerkte, dass er es nicht nur mit einem Widersacher zu tun hatte. Er hätte sich ohne Zweifel zugetraut, einen Kerl mit einer rechten Geraden zu Boden zu schicken. Wenn er es aber gleich mit zweien aufnehmen musste, dann sollte er besser vorbereitet sein. Also ritt er in den kleinen Wald hinein, stieg ab und lud seine beiden Duellpistolen. Mochten die Gefühle in ihm noch so toben, so befahl er sich doch, ruhig zu bleiben und weise Voraussicht walten zu lassen.

Als er wenige Minuten später aus der Deckung des Waldes wieder auf den Rasenstreifen neben der Straße hinausritt, bemerkte er, dass sie Agatha bereits ins Freie gezerrt hatten. Er sah das hässliche Grinsen des Kutschers und die Hände des anderen Mannes, der den Körper seiner Liebsten betatschte. Es hätte nicht viel gefehlt und er wäre direkt auf die Kutsche zugaloppiert und hätte die Männer gnadenlos über den Haufen geschossen. In England hätte er dies auch ruhigen Gewissens tun können. Dort war er einer der höchsten Adeligen, sein Wort zählte. Außerdem war jeder froh und dankbar, wenn jemand mutig genug war, gemeinen Ganoven den Garaus zu machen. Doch er war nicht auf der Insel. Er war Diplomat in einem fremden Land. Er hatte keine Ahnung, wie die hiesige Obrigkeit reagieren würde, wenn er als Ausländer zwei Bürger des Landes ins Jenseits beförderte. Außerdem hatte Agatha bereits genug gelitten. Er wollte ihr nicht auch noch den Anblick zweier von Kugeln zerfetzten Leibern zumuten. Dieser Gedankengang gab den Ausschlag.

Der Herzog verließ die Straße wieder, um langsam innen am Waldrand entlangzureiten, wobei er bedacht darauf war, möglichst wenig Geräusche zu verursachen. Schließlich kam er an eine Stelle, von der er freie Sicht hatte. Freie Sicht darauf, wie der Grobian soeben seiner Agatha unter den Rock griff. Da hielt ihn nichts mehr auf. Er zielte über das Dach der Kutsche hinweg und feuerte die erste Duellpistole ab. Schon hörte er den erschrockenen Aufschrei der Männer. *Gut so,* dachte er zufrieden und feuerte ein zweites Mal, diesmal mit der anderen Pistole. Es kam, wie er es gehofft hatte: Die Männer sprangen auf den Kutschbock und suchten das Weite, ohne sich um ihr Opfer zu scheren, das sie jetzt genauso gut einem blindwütigen Straßenräuber hätten überlassen können. Landmark ließ die Waffen ins Moos fallen und galoppierte los.

Kapitel 43

„Agatha, Liebes, bist du verletzt?“, hörte sie jemanden rufen. Es klang, als stünde dieser jemand weit, weit weg von ihr und als müsste sich seine Stimme erst den Weg in ihr Bewusstsein bahnen.

Agatha lag noch immer mit dem Gesicht nach unten auf dem bewaldeten Moosboden, wohin der Mann sie geworfen hatte. Sie war vor Angst unfähig, sich zu bewegen, und flehte inständig zu Gott, dass der Halunke, der jetzt kommen würde, nicht noch schlimmer war als die beiden, die sie soeben verlassen hatten. Vielleicht würde er sie aber auch gar nicht wahrnehmen und einfach weiterreiten, mit der Kutsche als sein eigentliches Ziel?

Langsam drang die Bedeutung des gehörten Satzes zu ihr durch. Sie hörte die vertraute Stimme und fürchtete, die Angst habe ihr das Hirn vernebelt. Sie hatte sich den Herzog so inniglich an ihre Seite gewünscht, dass ihr ihre geschundene Seele wohl wieder einmal eine akustische Fata Morgana vorgaukelte. Doch auch an diesem gehörten Trugbild war etwas nicht richtig. Die Stimme hatte liebevoll geklungen, ganz und gar ohne jeden Spott, der ihr sonst zu eigen war. Sie hörte, wie ein Pferd herangaloppierte, neben ihr zum Stehen kam und jemand aus dem Sattel sprang.

„Agatha, Lady Alverston", rief die wohlbekannte Stimme. „Kannst du mich hören?"

Er ist es!, schoss es ihr durch den Kopf. *Der Duke ist wirklich und wahrhaftig gekommen, um mich zu retten.* Sie hatte keine Ahnung, wie er das geschafft hatte, doch das Einzige, was jetzt zählte, war, dass er sich tatsächlich an ihrer Seite befand.

„Landmark", sagte sie, um ihm zu zeigen, dass sie ihn gehört hatte. Ihre Stimme klang rau in ihren Ohren. Aufstöhnend stützte sie sich mit beiden Armen hoch. Tannennadeln stachen unangenehm durch das feine Kalbsleder ihrer Handschuhe. Mit einem Satz war er bei ihr, fiel auf die Knie und half ihr, sich aufzusetzen.

„Du ruinierst deine Beinkleider", stellte sie fest. Es klang geradezu fasziniert.

Er hingegen glaubte seinen Ohren nicht zu trauen. „Das ist alles, was dir einfällt? Meine Beinkleider? Darüber machst du dir Sorgen? Du bist wirklich eine seltsame Frau." Er schüttelte den Kopf und sie sah, dass er lächelte. Da konnte sie gar nicht anders, als zurückzulächeln.

„Du hast mich gerettet", flüsterte sie dann. Es klang ebenso dankbar wie überrascht. „Ich stehe tief in deiner Schuld. Wie kann ich das je wieder gutmachen?"

„Du wirst meine Gemahlin", antwortete er ernst, „da gehört es zu meinen Aufgaben, dich zu beschützen. Du stehst also in niemandes Schuld."

Sie sah ihn an und schwieg. War das noch der Mann, mit dem sie sich bei der langen Anreise nach Wien die Kutsche geteilt hatte? Dieser arrogante, eingebildete, unmögliche Mensch, von dem sie sich täglich mehrmals wünschte, sie könnte ihn durch Sonne, Mond und Sterne schießen?

Sie wollte etwas antworten, da durchzuckte sie ein stechender Schmerz. Also entfuhr ihr nur ein „Au weh!", bevor sie sich auf die Schläfe griff. „Der gemeine Kerl hat mich geschlagen", fühlte sie sich zu einer Erklärung verpflichtet.

„Ich habe es gesehen", meinte er und begutachtete vorsichtig die kleine Platzwunde auf ihrer Stirn. „Das war der Augenblick, an dem ich ernsthaft erwog, ihn zu erschießen."

„Das ist lieb von dir", sagte Agatha gerührt. Es war ihr, als hätte man ihr noch nie ein so schönes Kompliment gemacht.

Der Herzog lächelte ungläubig.

„Jetzt muss so schnell wie möglich Eis darauf", setzte sie fort, „damit es sich nicht zu einer hässlichen Beule entwickelt. Penelope schwört darauf, dass man alles kühlen muss, was man sich angeschlagen hat."

Nun wurde sein Lächeln zu einem Lachen: „Penelope? Ist das die Cousine, die dich für ein Schaf hält?"

„Das tut sie nicht!", setzte sich Agatha zur Wehr, tat empörter, als sie war, und musste dann doch mitlachen.

Landmark erhob sich und strich mit ein paar raschen Bewegungen die Tannennadeln und Blätter so gut es ging von seinen vormals biskuitgelben Reithosen. Dann reichte er ihr die Hand, um ihr aufzuhelfen.

„Fühlst du dich stark genug, um mit mir in die Stadt zurückzureiten?", fragte er mit besorgtem Blick. „Wir können uns natürlich auch hier über alles unterhalten, aber ich zöge es vor, dies in sauberer Kleidung zu Hause am Kamin zu tun. Mit einer schönen Tasse Tee in deiner Hand."

Er zog sie so schwungvoll hoch, dass sie gegen seinen Körper prallte, und hielt sie dann mit beiden Händen fest, damit sie nicht zurücktaumeln konnte. Agatha atmete sein feines Rasierwasser ein, Rosmarin und Sandelholz, und spürte seine Brust ganz nahe an ihrer. Sie fühlte, wie die Aufregung, die sie seit dem frühen Morgen gefangen gehalten hatte, in seinen Armen schmolz wie ein Schneeball in der warmen Hand.

„Mit dir würde ich überallhin reiten", sagte sie, ohne nachzudenken.

Er gab sie nicht frei, sondern blickte mit gesenkten Lidern prüfend zu ihr hinunter: „Das heißt doch nicht etwa, dass du mir vertraust?"

Sie suchte nach einer originellen Antwort, nach etwas, was den Ernst, der sich soeben in die Unterhaltung eingeschlichen hatte, wieder vertreiben würde. Da ihr nichts Derartiges einfiel, blieb sie bei der Wahrheit: „Natürlich vertraue ich dir."

„Du wirst mich in Zukunft immer in deine Pläne einweihen und dich nicht mehr alleine in Gefahr bringen?", bohrte er weiter, ebenso ernst wie bisher.

„In Pläne, in denen ich uns beide in Gefahr bringe, brauche ich dich also nicht vorher einzuweihen?“, fragte sie spitzfindig.

Sie wollte, dass er wieder lachte, doch diesen Gefallen tat er ihr nicht.

„Agatha!“, sagte er stattdessen nachdrücklich.

„Gut, ich verspreche es“, meinte sie folgsam. Um gleich darauf nachzusetzen: „Und werde es auch meistens halten.“

Nun hatte er gute Lust, sie übers Knie zu legen, entschied sich jedoch dazu, sie zu küssen. Er beugte sich zu ihr hinunter, und der Druck, mit dem er sie an sich zog, verstärkte sich. Aus ihrem Blick las er, dass sie für diese Liebesbezeugung nur zu bereit war. Also hörte er auf, sich weitere Gedanken zu machen und legte seine Lippen auf die ihren. Ganz sanft zuerst, obwohl ihm so gar nicht nach Sanftheit zumute war. Sie war verletzt, sie hatte viel durchgemacht. Er wollte sie trösten, ihr nah sein und sie nicht noch weiter verstören. Als er jedoch merkte, mit welcher Innigkeit sie seinen Kuss erwiderte, mit welcher Bereitschaft sie seine Zunge willkommen hieß, da war es mit seiner Sanftheit vorbei. Sie küssten sich mit großer Leidenschaft, in der keiner dem anderen nachstand.

Einige Zeit später gingen sie Seite an Seite in den Wald zurück, um die Duellpistolen aufzuheben und wieder in den Satteltaschen zu verstauen. Jetzt merkte man den Waffen auch von außen an, dass sie einer gründlichen Reinigung bedurften. Dann schwang sich der Herzog auf sein Pferd und hob Agatha vor sich in den Sattel. Ohne zu zögern lehnte sie sich an ihn und er wendete den Wallach, um in langsamem Tempo Richtung Wien zurückzureiten. Am Kärnthnertor wechselte Agatha in eine Sänfte, um Klatschmäulern keine Nahrung zu geben, und sie erreichten den Hohen Markt um die Mittagszeit.

Den Nachmittag verbrachten Landmark und Agatha in trauter Zweisamkeit im Wohnzimmer. Johann hatte Tee und Kuchen zum prasselnden Kaminfeuer serviert und dazu auch noch einen Eisbeutel, mit dem Agatha immer wieder Stirn und Schläfe betupfte. Dabei erzählte sie von ihrer vergeblichen Suche nach ihrer Schwester. Sie und Landmark waren sich schnell einig, dass der Mann am Markt irgendwo Cecilias Namen aufgeschnappt haben musste, diese in Wahrheit gar nicht kannte und nur versucht hatte, zu schnellem Geld zu kommen. Agatha konnte sich gar nicht genug dafür tadeln, dass sie ihm auf den Leim gegangen war, und war begierig zu erfahren, wie ihnen der Herzog auf die Spur gekommen war. Das erzählte er ihr mit großer Bereitwilligkeit in allen Einzelheiten, verschwieg aber dabei, dass er, wenn alles gut ging, selbst in Kürze ein Treffen mit Lady Cecilia haben würde. Er war kein Mann, der das Fell des Bären verteilte, bevor dieser erlegt war, und wollte Agatha keinesfalls Hoffnungen machen, die er dann, wenn er Pech hatte, doch nicht würde erfüllen können.

Dazwischen küssten sie sich immer wieder und bedauerten beide, als der Gong erklang, um sie ans Umkleiden fürs Abendessen zu erinnern. Da Dienstag war, hatte Agatha wieder eine Einladung zur wöchentlichen Soiree der Baronin von Arnstein angenommen, die sie mit Bertram auch tatsächlich besuchen wollte. Vielleicht hatte sie doch jemand gesehen, als sie in die Kutsche gestiegen war, und sie wollte keinen dummen Gerüchten Vorschub leisten. Landmark hingegen war von Lord Castlereagh gebeten worden, ihn in seiner Residenz aufzusuchen.

Als Agatha in ihr Schlafzimmer zurückkehrte, wo Hearts mit dem Abendkleid aus hellblauem Seidenorganza mit etwas dunkleren Satinstreifen am Rock auf sie wartete, da brannten ihr die Lippen noch von seinen Küssen. Sie glaubte sich an jedes seiner Worte zu erinnern, das er zu ihr gesagt hatte, und wusste eines mit Sicherheit: Das Wort Liebe war nicht dabei gewesen.

Kapitel 44

Dieser Mittwoch war der längste Mittwoch, den der Viscount of Panswick in seinen jungen Jahren bisher erlebt hatte. Jede Minute schien sich endlos zu ziehen. Noch sieben Stunden, dann würde er seine Angebetete endlich seiner Familie vorstellen können. Noch sechs, noch fünf, noch viereinhalb … Ja gut, es war nicht wirklich seine Familie, aber es waren immerhin Cousine Agatha und sein Dienstherr. Das war, angesichts der Tatsache, dass seine Mutter und die Geschwister mehr als tausend Meilen weit weg weilten, das Engste an Familie, was er Hanni bieten konnte.

Er bedauerte es sehr, dass Lizzy beim Abendessen nicht dabei sein würde. Da Gäste eingeladen waren, hatte es Agatha für nicht passend erachtet, einem Mädchen, das noch nicht in die Gesellschaft eingeführt worden war, zu erlauben, am Tisch Platz zu nehmen. Sie befürchtete, Frau von Hof oder Frau von Stummer könnten daran Anstoß nehmen. Das wollte Bertram natürlich ebenfalls nicht riskieren. Dabei hätte er Lizzy und Hanni gern miteinander bekannt gemacht, denn er war sich sicher, dass sich die beiden Mädchen gut verstehen würden. Nun, das würde er in den nächsten Tagen und Wochen immer noch nachholen können, wenn er erst einmal verlobt war.

Wie gut, dass ich nach Wien gekommen bin, dachte er nicht zum ersten Mal. Und nicht zum ersten Mal schob sich das strenge Gesicht seiner Mutter in seine hochgestimmten Gedanken. Ob diese wohl auch so bereitwillig zugestimmt hätte, sich um die Angelegenheiten von Lancroft Abbey zu kümmern und ihm die diplomatische Laufbahn zu ermöglichen, wenn sie gewusst hätte, dass ihr das tatsächlich eine ausländische und damit in ihren Augen ganz und gar unpassende Schwiegertochter einbrachte?

Da, endlich, der Gong, der zum Umkleiden für das Abendessen rief! Bereits vor drei Tagen hatte Bertram seinem Kammerdiener die Kleidungswünsche mitgeteilt und diese seither unzählige Male wieder geändert.

Beim Ankleiden war er ungewohnt nervös, und seine zittrigen Hände verdarben unzählige Halstücher, bis er endlich mit dem mathematischen Knoten zufrieden war. Die Standuhr schlug sechsmal, als er schließlich, um eine halbe Stunde zu früh, in die Eingangshalle trat. Also blieb ihm nichts anderes übrig, als zu warten und ungeduldig im Kreis zu gehen. Lizzy huschte die Treppe herunter, um ihn fest zu umarmen und ihm alles Glück der Welt zu wünschen. Er dankte ihr gerührt und bemerkte, wie sehr er seine Schwestern vermisste, mehr, als er das je für möglich gehalten hätte. Dann, als er schon dachte, seine gespannten Nerven würden reißen, ertönte der Türklopfer. In Windeseile begab er sich ins Wohnzimmer, um sich von Johann nicht dabei ertappen zu lassen, hinter der Haustür gewartet zu haben.

Wie es sich herausstellte, war es das Ehepaar von Stummer, das als Erstes eingetroffen war. Man begrüßte sich auf das Herzlichste und plauderte, nachdem man im Wohnzimmer Platz genommen hatte, über die neuesten Gerüchte, die sich um den Kongress rankten. Dem Herzog von Landmark fiel auf, dass ihn Helene mit kritischem Blick beäugte, aber das war nichts, was ihn weiter beunruhigte. Er sah zu Agatha hinüber und freute sich, mit welch selbstverständlicher Umsicht sie sich als Gastgeberin bewährte. Sie würde eine großartige Herzogin abgeben.

„Ich habe kürzlich auf der Straße ein wunderbares, geradezu revolutionäres Flugblatt gefunden", erzählte Herr von Stummer in diesem Augenblick und schien sich köstlich darüber zu amüsieren. „Der Vers betraf alle anwesenden Monarchen. Wenn Sie mir einen kurzen Moment gewähren, dann versuche ich mich daran zu erinnern. Ja, so in etwa ging der Spruch." Er vollführte eine großartige Geste. „Er *liebt* für alle: Zar Alexander."

„Rudolph, ich bitte dich …" Seine Gattin hob abwehrend die Hand, doch er ließ sich nicht stoppen.

„Er *denkt* für alle: Friedrich Wilhelm, der Preuße. Er *spricht* für alle: Friedrich von Dänemark. Er *trinkt* für alle: Maximilian von Bayern."

Der Herzog lachte auf. „Nicht, dass ich für revolutionäres Gedankengut auch nur im Mindesten empfänglich wäre, aber ich muss zugeben, da ist etwas Wahres dran."

Doch Herr von Stummer war noch nicht fertig: „Er *frisst* für alle: Friedrich von Württemberg, und er *zahlt* für alle: Kaiser Franz."

„Wir Engländer kommen nicht vor?", wollte Bertram wissen.

Herr von Stummer bedauerte: „Nein, nur die Monarchen, die persönlich am Kongress teilnehmen."

Der Herzog dachte insgeheim, dass er nicht wissen wollte, welch spöttische Worte über den Prinzregenten gefallen wären, hätte er sich die Mühe gemacht, seine Leibesfülle nach Österreich zu bewegen.

Die Tür ging auf, und Johann trat ein, um die beiden noch fehlenden Gäste anzukündigen.

„Eine Madame Wutlicek und ein Fräulein Kruger", sagte er, und es klang näselnder, als man das sonst von ihm gewöhnt war.

Bertram, der umgehend aufgesprungen war, hätte sich vor Erstaunen fast wieder in den Sessel zurückfallen lassen. Wie kam der Diener dazu, Frau von Hof mit einem so seltsamen Namen anzukündigen? Ratlos blickte er zu den anderen hinüber und stellte fest, dass Herr von Stummer mindestens ebenso sprachlos war wie er. Der Herzog hingegen runzelte die Stirn, fast so, als würde er sich eben an etwas Unangenehmes erinnern.

Hanni blieb im Türrahmen stehen und rief sichtlich erfreut: „Jössas na, das ist ja … so ein schöner Raum!“

Agatha fragte sich, was das Mädchen eigentlich ausrufen hatte wollen, hätte ihr die Tante nicht den Ellbogen in die Seite gestoßen. Sie eilte den beiden Besucherinnen entgegen, und auch der Herzog hieß sie mit außerordentlicher Höflichkeit willkommen. Die Damen knicksten und gingen dann im Kreis, um alle einzeln zu begrüßen. Das schwere Parfum der Älteren erfüllte ebenso den Raum wie ein Wortschwall, in dem es von „Freude“, „Ehre“, „Begeisterung“, „Dankbarkeit“ und „wunderschön“ nur so wimmelte.

„Es ist angerichtet, Mylady“, näselte Johann nun von der Tür her.

Bertram atmete auf. Die Stimmung, die vor dem Eintreffen der beiden Damen heiter und ungezwungen gewesen war, war mit einem Schlag irgendwie seltsam geworden. Hanni vermied jeden Blickkontakt mit ihm und schien sich gar nicht wohl in ihrer Haut zu fühlen. Er fragte sich eben, was er tun könnte, um ihre Aufregung zu linden, da hakte sich deren Tante auch schon bei ihm unter.

„Ich werde mich an unseren jungen Galan hier halten“, verkündete sie, tätschelte seine Rechte und blickte erwartungsvoll zu ihm auf: „Sie führen mich doch noch ein bisserl herum, bevor wir uns zum Mahle begeben, nicht wahr, Bertram, mein Allerbester? Ich brenne vor Neugier, ob es in diesem Haus hier überall so nobel aussieht wie in diesem Wohnzimmer. Wie mein seliger Vater zu sagen pflegte: Noblesse oblige!", fügte sie mit weitausholender Handbewegung hinzu.

Bertram wünschte sich, er hätte Hanni zu Tisch führen können. Außerdem wäre es ihm lieber gewesen, seine Angebetete hätte etwas mehr gesprochen und die Tante dafür etwas weniger. Doch er wusste, dass nicht alle Wünsche in Erfüllung gingen. Also warf er zuerst Hanni einen entschuldigenden Blick zu, bevor er sich vergewisserte, dass Agatha nichts gegen einen kurzen Rundgang einzuwenden hatte. Seine Augen streiften den Herzog, dessen Blick er nicht deuten konnte.

„Selbstverständlich", hörte er Agatha sagen und hätte sie dafür am liebsten umarmt, „wenn unser Gast das möchte, dann geht durch die Räume. Ich geleite die anderen inzwischen ins Speisezimmer. Aber bitte beeile dich, Bertram, ich möchte die Gerichte noch heiß servieren lassen."

Der junge Viscount entschied sich, Hannis Tante zuerst in die Bibliothek zu führen, die das Herzstück des Hauses war. So eine Fülle an edlen Lederrücken mit feiner Goldprägung sah man in einem privaten Umfeld selten. Wie sich umgehend herausstellen sollte, war die Dame jedoch nicht im Geringsten an Einrichtung und Büchern interessiert, sondern wollte ohne Umschweife wissen, wo denn nun die versprochene Mitgift bliebe.

„Zehntausend haben wir ausgemacht", beharrte sie, als er meinte, dass dies nicht der richtige Zeitpunkt war, um das delikate Thema zu besprechen, „und die will ich auf der Stelle haben, sonst können Sie Ihrer noblichen Verwandtschaft sagen, dass aus der Verlobung nichts wird. Ich geb doch das Mädl nicht her, ohne zu bekommen, was mir zusteht."

„Gibt es Probleme?", erkundigte sich eine freundliche Stimme von der Tür her und Bertram fragte sich peinlich berührt, wie viel der Herzog von dieser unerfreulichen Unterhaltung bereits mitbekommen hatte.

„Nicht im Geringsten, Duke", beeilte er sich zu versichern und versuchte, die korpulente Dame mit festem Griff aus dem Raum zu zerren. „Wir wollten uns soeben zu Tisch begeben."

„Zuerst die Mitgift", beharrte Frau von Hof und rührte sich nicht von der Stelle. „Zehntausend, sonst können Sie die Verlobung vergessen."

Der Herzog kam einen Schritt näher.

„Zehntausend?", wiederholte er. „Das nenne ich einen noblen Betrag als Mitgift für Ihre Nichte. Sie können das Geld gleich mir aushändigen, dann lassen wir das Geschäftliche hinter uns und werden uns zu den anderen begeben. Wir dürfen die Köchin nicht warten lassen."

Er wirkte weiterhin als die pure Freundlichkeit, wenn auch die auffordernde Handbewegung nicht zu übersehen war. Bertram konnte sich nur wundern. Wo war sein herrischer, arroganter Dienstherr geblieben, der sich nie und nimmer um die Privatangelegenheiten seines Adjutanten gekümmert hätte? Heute erinnerte er ihn fast ein wenig an Derryhill, seinen umsichtigen ehemaligen Vormund. Ein Schnaufen von Frau von Hof holte ihn aus diesen Gedanken.

„Also wirklich!“, sagte sie und plusterte empört die Backen auf. „Netter Versuch, Euer Gnaden. Aber es ist der Bursche, der blechen muss, so will es hierzulande der Brauch.“

„Da sind Sie falsch informiert“, erwiderte der Herzog und hakte sich bei seinem drallen Gast unter. „Das muss er nicht, und das wird er auch nicht. Da wir beide das in Wahrheit ohnehin wissen, können wir uns jede weitere Diskussion ersparen, die doch nur den Abend äußerst unerfreulich machen würde.“

Mit diesen Worten führte er sie ins Esszimmer. Anscheinend gab es Momente, wo es sogar eine Frau von Hof vorzog, zu schweigen.

Zu Bertrams Bedauern verhielt sich Hanni auch beim Essen weiterhin schweigsam, während Frau von Hof sich von Landmarks Abfuhr viel zu schnell erholt hatte und wieder das große Wort führte. Sie genoss das Essen sichtlich, sprach großzügig dem Wein zu, lobte jedes der einzelnen Gerichte überschwänglich, kündigte an, der Köchin einen Besuch abstatten zu wollen, um ihr die Rezepte, wie sie es nannte, *abzuschwatzen,* und ließ sonst kaum jemanden zu Wort kommen.

Dann endlich, als es nur mehr die Frage war, welcher der Anwesenden sie als Erster mit einer scharfen Bemerkung in die Schranken weisen würde, war das Essen

Bertrams Gesichtsfarbe wurde rot, wechselte in ein bläuliches Blass, um dann zu Rot zurückzukehren: „Mein Herr, was erlauben Sie sich? Sie sprechen immerhin von meiner zukünftigen Ehefrau!"

Herr von Stummer wedelte mit der Handfläche vor seiner Stirn und wandte sich an den Herzog: „Ist der tatsächlich so naiv oder tut er bloß so, um von seinem Fauxpas abzulenken, uns eine Schnepfe beim Abendessen zugemutet zu haben? Oder zwei Schnepfen, wenn wir es genau nehmen wollen. Denn die Alte ist ja um keinen Deut besser als die Hansi, nur hat sie halt ihre guten Jahre schon längst hinter sich und lässt jetzt vor allem die Mädchen für sich laufen."

„So?", fuhr Bertram auf, der ihm kein Wort glauben wollte und doch dabei war, die Wahrheit zu erahnen. Zu viele Puzzleteile waren bei diesen Worten in seinem Kopf auf die richtigen Plätze gefallen.

„Ich denke", der Spott in der Stimme des Herzogs stand nun dem seines Gastes in nichts nach, „dass wir Herrn von Stummer durchaus vertrauen können, Panswick. Er scheint das Fräulein näher zu kennen und weiß alles aus erster Hand, sozusagen."

Jetzt konnte Bertram Herrn von Stummer nur entgeistert anstarren. Hieß das etwa, dass er und Hanni … Hanni und er? Nein, das wollte er sich nicht vorstellen.

„Aber warum?", rief er aus, und es klang so kleinlaut, wie er sich fühlte. „Warum hat sie sich Ihnen hingegeben? Ich habe ihr Kleidung gekauft, ich habe ihr

Schmuck geschenkt, ich habe extra Geld aus England kommen lassen. Sie war freundlich zu mir, liebreizend, aber keusch, wie es eine junge Dame zu sein hat. Ich bekam nicht einmal einen Kuss, geschweige denn …" Er brach abrupt ab.

„Hiermit haben Sie Ihre Frage bereits selbst beantwortet", sagte Stummer, der nun doch eine Spur Mitleid empfand. „Warum sollte sie mit Ihnen das Lager teilen, wenn Sie ihr auch so alles gaben, was sie sich wünschte? Sie ist ja nicht dumm und spart sich ihre körperlichen Kräfte lieber für jene Männer auf, die zuerst eine Dienstleistung erwarten."

Das musste Bertram erst einmal verdauen.

„So, und nun will ich Helene nicht länger in falscher Gesellschaft lassen", bestimmte sein Gast. „Sie muss unbedingt aus dem Haus sein, bevor die Alte vollkommen betrunken ist und dann allerlei ausplaudert."

Er wartete die Zustimmung der anderen nicht ab und ging forschen Schrittes in Richtung Wohnzimmer.

Nachdem das Ehepaar von Stummer das Haus verlassen hatte, hielt es Agatha nicht mehr länger aus. „Kann mir endlich jemand sagen, was dieses bedauerliche Schauspiel zu bedeuten hat? Was habt ihr zu dem Gentleman gesagt, das ihn derart aufbrachte?"

„Es ging nicht darum, was wir *sagten …*", begann der Herzog und überlegte, wie er Agatha die Wahrheit am besten schonend beibringen konnte.

„… es ging viel eher darum, was wir *sind*", vollendete Frau von Hof seinen Satz. „Komm, Hanni, wir gehen! Schade um die zehntausend Gulden. Ich hab ja gesagt, wir sollen ihm das Geld abknöpfen, *bevor* wir hierherkommen."

„Was denn für Geld?", fragte Agatha und wurde zunehmend ungeduldig. „Ich bestehe darauf, sofort alles zu erfahren. Jede Einzelheit!"

Also erzählte ihr der Herzog in ruhigen Worten, was sich zugetragen hatte. Sie riss die Augen auf, unfähig, etwas zu erwidern, und fragte sich mit klopfendem Herzen, ob es wirklich so klug gewesen war, auf den Einzelheiten zu bestehen. Ihr Blick glitt zu Bertram hinüber, der immer noch kalkweiß neben der Tür stand und keinen Ton herausbrachte.

Die dralle Frau hievte sich mit beiden Armen vom Sofa hoch: „Na, dann wollen wir mal gehen. Es war ein gutes Essen, nur die Gesellschaft ließ etwas zu wünschen übrig. Hanni, hör auf zu flennen und komm!"

„Ist sie überhaupt Ihre Nichte?", wollte Agatha wissen.

„Geh, woher denn!", sagte die andere, was wahrscheinlich so viel wie „Nein!" bedeutete.

„Sie heißen gar nicht Frau von Hof, und Sie sind auch gar nicht adelig?", fasste Agatha die Wahrheit zusammen.

Die Dralle schüttelte den Kopf. „Das habe ich auch nie behauptet, weder das eine noch das andere. Mein Name ist Wutlicek, Elsa Wutlicek. Man nennt mich allgemein *Madame*. Das gehört sich so, weil ich schließlich höchstselbst Eigentümerin meines Etablissements bin. Mit dem depperten *Frau von Hof* hat der da angefangen." Ihr Zeigefinger deutete anklagend auf Bertram. „Ich weiß auch nicht, wieso. Aber bei uns herrscht die Devise, des Freiers Wille ist sein Himmelreich, also habe ich ihn lassen, obwohl er streng genommen gar kein Freier war."

Nun kam etwas Leben in den armen Viscount: „Aber der Nachbar aus dem ersten Stock! Der hat doch zu uns gesagt: Fragen Sie die Frau von Hof …"

Jetzt lachte die Alte. „Ach, so ist das also gewesen? Fragen Sie die Frau *vom* Hof, wird er gesagt haben. Weil ich ja nun mal dort wohne. Aber jetzt Schluss mit der Rederei, wir haben hier offensichtlich nichts mehr verloren."

Hanni schluchzte auf: „Mach's gut, Berti, bist ein lieber Kerl. Und bitte sei mir nicht allzu bös!"

Als sie an ihm vorbeiging, strich sie ihm sanft mit der Rechten über den Arm.

„Wolltest du mich überhaupt heiraten?", fragte er sie mit erstickter Stimme.

„Das stand doch gar nicht zur Debatte", antwortete die Alte an Hannis Stelle. „Es war doch klar, dass Sie kalte Füße bekommen würden, wenn Sie erst wüssten, wer die Hanni wirklich ist."

„Was hätte ich denn in England tun sollen, Berti?", ergänzte Hanni. „Hier ist doch mein Zuhause. Ich bin jetzt eine Wienerin, so schnell bringt mich nix von hier weg."

„Sind deine Eltern wirklich tot?", wollte Bertram noch wissen. „Oder war das auch eine Lüge, nur um mein Herz zu erweichen?"

„Die Mutter schon", sagte Hanni, gab aber zu: „Der Vater lebt noch. Den hast du öfter gesehen, er spielt den Lakaien bei der *Madame,* aber in Wirklichkeit passt er auf uns Mädels auf."

„Auf euch Mädels? Dann sind deine Cousinen gar nicht deine Cousinen!"

Jetzt lachte Hanni schon wieder: „Nein, natürlich nicht. Was du dir alles zusammengereimt hast, das war schon lustig ..."

„Dann waren deine Cousins", sagte er in plötzlichem Verstehen und wollte den Satz gar nicht vollenden. Ganz im Gegensatz zu ihr:

„... auch nicht meine Cousins", bestätigte sie lachend.

„Wir wollen alle keinen Ton mehr über diese Angelegenheit verlieren", setzte der Hausherr dem Gespräch ein Ende.

Frau Wutlicek brachte ihre Hände zum Mund und tat, als würde sie die Lippen zuknöpfen: „Von mir erfährt keiner einen Ton", versprach sie. „Und du, Hanni, hältst auch den Mund!"

Agatha zog am Klingelstrang: „Johann, die Damen wollen gehen. Bitte begleite sie bis vor die Tür."

Kapitel 46

Die nächsten Tage waren für Agatha ein Wechselbad der Gefühle. Sie selbst war so unglaublich glücklich, dass sie die Welt hätte umarmen können. In zwei Tagen würde sie vor den Traualtar treten. Vor ihr lag eine Zukunft, von der sie vor einem Jahr nicht einmal zu träumen gewagt hätte. Sie würde eine eigene Familie haben. Einen Mann, der ihr Herz dazu brachte, schneller zu schlagen. Der ihr nicht nur ein guter Ehemann sein würde, wovon sie seit seiner Rettungsaktion überzeugt war, sondern mit dem sie die spannendsten Gespräche führen würde und, das war ihr besonders wichtig, den sie überraschen und zum Lachen bringen konnte. Außerdem würde sie das liebste Mädchen zur Stieftochter bekommen. Nach all den schwierigen Jahren schien es das Schicksal endlich wieder gut mit ihr zu meinen. Dass sie mit dieser Heirat in die höchsten Kreise der adeligen Gesellschaft aufsteigen würde, war für sie so unwirklich, dass sie sich die Auswirkungen noch immer nicht in allen Einzelheiten vorstellen konnte.

Doch es gab zwei dicke, fette Wermutstropfen, die ihr Glück trübten. Der eine war, dass sie auf der Suche nach Cecilia noch keinen Schritt weitergekommen war, und der zweite, mitansehen zu müssen, wie Bertram litt. Sie liebte ihren Cousin wie einen jüngeren Bruder, den sie nie hatte. Er hatte sich in der Leidenschaft seiner jungen Jahre in eine Liebe gestürzt, hatte sich eine Zukunft in den rosigsten Farben ausgemalt, gedacht, die Frau gefunden zu haben, die ihn bis zu seinem Lebendende begleiten und ihm Kinder gebären würde, und war auf das Bitterste enttäuscht worden. Nicht zum ersten Mal in seinem jungen Leben hatte er sich in einer Frau geirrt, wenn sie sich an die Erzählungen von Bertrams Schwester Vivian richtig erinnerte. Bereits einmal hatte er gedacht, unsterblich verliebt zu sein. Das war vor zwei Jahren, und die Auserwählte war eine Herzogstochter gewesen und damit eine so passende Partie, dass sich Tante Louise in ihren Bemühungen überschlagen hatte, Lancroft Abbey von der besten Seite zu präsentieren. Dann jedoch hatte Bertram die junge Dame in einer verfänglichen Situation mit einem anderen Mann erwischt und war nach London geflohen, um Abstand zu gewinnen. Eine ähnliche Flucht hatte er auch jetzt vor, wie sich herausstellte.

„Agatha, kann ich kurz mit dir sprechen?", fragte er mit Grabesstimme von der Tür her.

Sie war eben damit fertig geworden, die wenigen Einladungskarten, die für ihre Hochzeit ausgesandt werden sollten, fertigzustellen, indem sie das Siegel mit dem Wappen des Herzogs in das leuchtende Rot des Siegellacks drückte. Ihre Vermählung würde in der englischen Botschaft stattfinden. Der Außenminister und Lord Steward würden ihnen die Ehre geben, bei der Trauung zugegen zu sein. Da der Botschafter verwitwet war, war Lady Castlereagh so freundlich, auch das anschließende Hochzeitsfrühstück auszurichten. Auf diese Weise blieb es den hohen Gästen erspart, nach der Zeremonie in die kalte Novemberluft hinauszumüssen.

„Ja, natürlich", beeilte sie sich, sich auf ihren Cousin zu konzentrieren. Der Arme verdiente ihre Aufmerksamkeit, obwohl sie viel lieber weiter in ihren Hochzeitsplanungen geschwelgt hätte. Es gab noch so viel zu erledigen. Sie wollte, dass der Tag für Landmark und sie ein Erlebnis werden würde, an das sie sich zeit ihres Lebens mit Freuden zurückerinnerten. Doch nun war zuerst Bertram an der Reihe. Entschlossen stand sie auf und zog am Klingelstrang.

„Nimm Platz, mein Lieber. Wie war deine Arbeit heute?"

„Es war schrecklich", sagte er düster, ließ sich auf einen der Lehnsessel fallen und vergrub sein Gesicht in den Händen. „Nein, es war schrecklicher als schrecklich."

Dann saß er mit einem Schlag aufrecht und legte eine so blasierte Miene an den Tag, als würde nichts und niemand ihm nahegehen. Agatha wunderte sich kurz, fuhr herum und erkannte, dass der Hausdiener eingetreten war. Anscheinend wollte sich der junge Viscount vor ihm keine Blöße geben.

„Ach Johann", sagte sie und ging zum Schreibtisch zurück, „sorge dafür, dass diese Karten bei der Baronin von Arnstein und Frau von Stummer abgegeben werden. Und bring uns bitte Tee und etwas von den süßen Köstlichkeiten, die unsere Köchin wieder fabriziert hat."

Der Diener nahm die Karten entgegen, verbeugte sich und wollte eben das Zimmer wieder verlassen, als Bertram ihm noch nachrief: „Und eine Flasche von diesem starken Rum aus Zuckerrüben!"

Als Johann gegangen war, setzte sich Agatha aufs Sofa und nahm den ursprünglichen Faden wieder auf: „Was war denn so schrecklich?"

„Von wegen, den Mund halten", rief Bertram aus und stöhnte. „Anscheinend zählt einer der Männer, mit denen ich es in der Botschaft zu tun habe, zu Hannis …" Wieder vergrub er den Kopf in seinen Händen. „Ich darf gar nicht daran denken. Oh Gott, war ich dumm!"

Sie legte ihm beruhigend die Hand auf die Schulter. „Du warst nicht dumm", korrigierte sie ihn in weichem Tonfall, „du warst verliebt."

Er lachte bitter auf: „Das ist offensichtlich dasselbe."

Dann schwieg er so lange, dass Agatha ungeduldig nachfragte, was denn geschehen war. Es stellte sich heraus, dass Bertrams geplante Verlobung zum Gaudium der anderen Männer bereits die Runde machte. Man lachte und hörte auf zu tuscheln, wenn er einen Raum betrat. Oder man konfrontierte ihn offen mit hämischen Sprüchen wie: „Na, Panswick, voll in den Kot gegriffen?“ oder „Heiratet ihr in England alle eure Schnepfen?“

„Ich muss hier weg, Agatha“, schloss er schließlich. „Ich habe mich zum Gespött aller gemacht und werde diesen Makel nie wieder los. Also muss ich Wien verlassen oder ein Duell vom Zaun brechen, um die gehässigen Mäuler zum Schweigen zu bringen.

„Um Himmels willen, kein Duell!“, fuhr Agatha auf und griff sich ans Herz. „Versprich mir, dass du nichts Unüberlegtes tust. Ich könnte deiner Mutter nie wieder in die Augen sehen, wenn dir etwas zustieße.“

Als ihr Gegenüber nur Unverständliches murmelte, forderte sie abermals: „Versprich es mir, Bertram, kein Duell!“

Er seufzte nur und sagte kein Wort. Agatha wurde das Herz noch schwerer. Sie wollte sich gar nicht vorstellen, was passieren konnte, wenn sich Bertram mit einem seiner Kontrahenten im Morgengrauen gegenüberstand. Degen waren für solche Anlässe aus der Mode gekommen, doch Pistolen waren mindestens ebenso gefährlich. Das alles nur wegen einer …

„Sie ist es nicht wert, dass du dein Leben aufs Spiel setzt“, sagte sie eindringlich.

Endlich nickte er. „Es hat eine Zeit gegeben, da hätte ich geschworen, dass sie alles wert ist, was ich habe, bin oder ihr geben könnte. Oh Gott, war ich dumm!“

Agatha wollte unbedingt verhindern, dass das Selbstmitleid und die Selbstkritik wieder Oberhand bekamen. „Ich verstehe, dass du so schnell wie möglich nach England zurückwillst. Möchtest du, dass ich mit Landmark spreche und …?“

Er starrte sie an, als hätte sie den Verstand verloren: „Wie kommst du denn darauf? Keine zehn Pferde bringen mich zurück in die Heimat. Doch nicht in meiner Situation!“

„Aber ich dachte …“

„Ich habe versagt, Agatha. Glaubst du allen Ernstes, ich will meiner Mutter als Versager unter die Augen treten? Oder Derryhill? Oder meinen Schwestern?“

Sie sah ihn an und schwieg. Was für einen Sinn hätte es auch gehabt, ihm zu versichern, dass er kein Versager war? Er hatte einen Fehler gemacht, das stimmte. Er hatte leichtfertig Geld ausgegeben, das stimmte auch. Aber bestand das Leben nicht daraus, aus Fehlern zu lernen? Er war noch so jung. Wer wusste, was für Fehler ihm in seinem Leben noch bevorstanden. Nein, es hatte keinen Sinn, hier die weise, ältere Cousine allzu sehr hervorzukehren. Er würde nur abblocken und sie brauchte seine Offenheit, um ihm helfen zu können. Also wartete sie, bis er weitersprach.

„Ich will weg von Wien“, erklärte er schließlich, „so schnell wie möglich. Denn hier wird man mich immer mit diesem … Vorfall in Verbindung bringen. Aber ich will nicht nach Hause, sondern in ein anderes Land weiterreisen. Es steht mir der Sinn danach, eine weitere Stelle im diplomatischen Dienst anzutreten, in der ich beweisen kann, was in mir steckt. Ohne dass man

… du weißt schon. Darum habe ich heute mit Wilhelm gesprochen, mit dem ich auf Schloss Laxenburg war."

Agatha überlegte, was Tante Louise wohl von diesem Vorhaben halten würde. Nicht viel, mochte sie wetten. Andererseits: Bertram war ein erwachsener Mann, es war Zeit, ihn seine eigenen Pläne schmieden zu lassen.

„Was sagt dieser Wilhelm? Sieht er eine Chance, dass dich die Preußen in ihren Dienst stellen?"

Bertram schüttelte den Kopf. „Leider nein. Was besonders schade ist, denn die Voraussetzungen erschienen günstig. Er reist mit seinem Dienstherrn, einem gewissen Baron von Gnüggenau, am Montag ab, um nach Berlin zurückzukehren. Das wäre für mich der ideale Zeitpunkt. Ich könnte bei deiner Hochzeit anwesend sein, die ich als Familienoberhaupt natürlich nicht versäumen darf, und währenddessen meinen Kammerdiener die Koffer packen lassen. Stell dir vor, der Preuße sucht tatsächlich einen zweiten Adjutanten."

„Das klingt doch großartig", rief Agatha aus. Sie freute sich, dass Bertram seine Rolle als Familienoberhaupt so ernst nahm, um sie vor dem Altar nicht allein zu lassen. Sie brauchte zumindest ein Mitglied der Familie an ihrer Seite, wenn es ihr schon verwehrt blieb, dass Cecilia als ihre Trauzeugin vor ihr den Gang hinabschritt, wie es sich für eine jüngere Schwester eigentlich gehörte.

„Gnüggenau hat leider bereits einen anderen Mann ins Auge gefasst", sagte Bertram aufseufzend.

„Darum gewährte er mir nicht einmal die Ehre einer Audienz."

„Wie unerfreulich", rief Agatha aus und fragte sich insgeheim, ob nicht Landmark seine Beziehungen spielen lassen könnte. Wenn es jemand schaffte, Bertrams Problem zu lösen, dann ihr zukünftiger Gatte. Andererseits: Er hatte ihr das Leben gerettet. Er hatte sie an jenem verhängnisvollen Morgen im Auge behalten, sich den Strapazen eines langen Ritts ausgesetzt und sich damit auch selbst in Gefahr gebracht. Und er hatte ihr, ohne zu zögern, tausend Gulden geliehen, als sie diese für ihre Suche nach Cecilia zu benötigen glaubte. Sie hatte ihm zwar das Geld längst zurückgegeben. Dennoch, konnte sie ihn jetzt noch um einen weiteren Gefallen bitten, oder würde er dies als allzu unverschämt empfinden?

„Höre ich richtig?", fragte der Herzog zwei Stunden später, als sie ihn nach seiner Heimkehr ins Wohnzimmer gebeten und mit ihrer Bitte überfallen hatte. Er klang alles andere als erfreut. „Was möchtest du, dass ich tue?"

Er hält meinen Wunsch also doch für unverschämt, dachte Agatha mit einer Mischung aus schlechtem Gewissen und aufsteigendem Trotz. Warum sollte er etwas für unverschämt halten, was er doch mit einem Fingerstreich erledigen konnte? War es wirklich zu viel verlangt, dass er ein kurzes Gespräch mit einem preußischen Baron führte?

Die Antwort folgte, ohne dass sie die Frage gestellt hatte: „Du erwartest allen Ernstes von mir, dass ich auf den besten Adjutanten verzichte, den ich je hatte?“

Während sie zögernd nickte, musste sie sich eingestehen, dass sie die Angelegenheit von dieser Seite noch gar nicht betrachtet hatte.

„Und du erwartest darüber hinaus, dass ich ihm auch noch eine neue Stelle besorgen soll?“

Agatha nickte wieder. Ihr schlechtes Gewissen bekam eindeutig die Oberhand.

„Und dass ich dafür mit einem preußischen Baron spreche, den ich kaum kenne?“

Wieder nickte Agatha. Jetzt war ihr Blick nur mehr schuldbewusst.

Er lachte auf. „Ich müsste verrückt sein, würde ich dir diesen Wunsch erfüllen.“

Was hätte Agatha darauf sagen sollen? Da sie das nicht wusste, entschied sie sich zu schweigen. Er blickte sie lange nachdenklich an.

„Bevor du dich bereit erklären wolltest, meinen Antrag anzunehmen, hast du mich um einen Gefallen gebeten …“, begann er schließlich. Langsam, sich jedes Wort überlegend. „Ist dies nun die Situation, in der du von mir erwartest, dass ich …“

„Um Himmels willen, nein“, beeilte sie sich zu versichern. „Diesen Gefallen hast du mir doch längst mehr als erwiesen. Du hast mir schließlich das Leben gerettet.“

Für kurz glitt ein warmes Lächeln über seine Züge: „Das war doch kein Gefallen, Agatha, das war eine Selbstverständlichkeit“, sagte er dann schlicht.

Sie wäre ihm für diese Worte gern um den Hals gefallen, aber er hatte inzwischen wieder seine unnahbare Herzogmiene aufgesetzt, sodass sie es nicht einmal mehr wagte, ihm in die Augen zu sehen. Sie wollte keine Grenzen überschreiten, von denen sie nicht wusste, ob er sie überschritten wissen wollte.

„Nein, nein“, hörte sie ihn da sagen, „etwas, womit ich dir eine Freude machen möchte, bin ich dir noch schuldig. Ich habe mir allerdings schon etwas anderes ausgedacht.“

Nun blickte sie doch erwartungsvoll zu ihm auf.

„Wie es der Zufall will, wollte ich es dir in Kürze enthüllen, wenn ich alle nötigen Vorbereitungen getroffen habe. Darum kommt mir deine Bitte wegen Panswick besonders ungelegen.“

„Das tut mir leid“, sagte Agatha kleinlaut.

Nun lächelte er wieder. „Das braucht es nicht, meine Liebe. Es ist schön mitzuerleben, wie eure Familie zusammenhält. Glaube mir, ich hätte mir auch eine so tatkräftige, verständnisvolle Cousine gewünscht, als ich in seinem Alter war.“

„Das heißt, du wirst ihm helfen?“, vergewisserte sie sich atemlos.

Sein Lächeln vertiefte sich durch ihren Eifer.

„Ich werde zumindest mein Glück versuchen“, versprach er.

Sie sprang auf und klatschte in die Hände: „Ich danke dir, Landmark, ich danke dir von ganzem Herzen!" Sie stockte kurz und setzte mit einer für sie ungewöhnlichen Schüchternheit hinzu: „Ich würde dich gerne umarmen, wenn du es gestattest."

Da sprang er ebenfalls auf. „Ich gestatte es mit größter Freude!", versicherte er ihr, lächelte und riss sie in seine Arme.

Agatha versank zuerst in seinen Augen und dann in seinen Küssen. Alle Gedanken, alle Sorgen waren wie weggeblasen. Sie spürte die starken Arme, die sie umfingen, sie wusste, sie konnte sich fallenlassen, er würde sie auffangen. Sie erwiderte seine Umarmung mit solcher Innigkeit, dass sie schon fürchtete, sie würden beide keine Luft mehr bekommen. Sie freute sich so unglaublich auf den Moment, wo er ihr noch viel näher kommen durfte. Viel, viel näher. Sie spürte, wie sie errötete. Genau in diesem Augenblick lockerte er die Umarmung und hielt sie eine Armlänge von sich weg.

Oh Gott, dachte Agatha, *hoffentlich kann er meine Gedanken nicht lesen.* Er konnte es offensichtlich doch.

„Nicht mehr lange", flüsterte er mit rauer Stimme und küsste sie sanft auf die Stirn. „Nur noch zwei Nächte." Er drückte sie wieder an sich. Zärtlicher, vorsichtiger diesmal. „Dann gehöre ich ganz dir, und du gehörst ganz mir."

Kapitel 47

Agatha schritt an Landmarks Arm die breiten weißen Marmorstufen zum Eingangsportal der englischen Botschaft hinauf. Nur mehr einmal schlafen, dachte sie mit klopfendem Herzen, und sie würde abermals diese Treppe emporsteigen. Dann allerdings in ihrem Hochzeitskleid, am Arm ihres Cousins. Heute war sie hier, um sich die Räumlichkeiten anzusehen und einige Kleinigkeiten zu besprechen. Sie spürte, wie die Aufregung von Stufe zu Stufe stieg.

Lady Castlereaghs Haushälterin erwartete sie an der Schwelle, bereit, sie durch die vorgesehenen Räumlichkeiten zu führen. Agatha war zwar ein klein wenig enttäuscht, aber nicht wirklich überrascht, dass Landmark nicht an ihrer Seite blieb.

„Ich wünsche dir viel Vergnügen bei all deinen Vorbereitungen, meine Liebe", meinte er und lächelte, als er ihre Hand an die Lippen zog. „Ich freue mich auf alles, was du hier arrangierst." Er blickte ihr tief in die Augen, schien kurz zu überlegen, beugte sich dann vor und flüsterte ihr zu: „Aber vergiss nicht, ich würde dich überall heiraten, auch ganz ohne jedes Brimborium."

Dann streifte sein Blick die goldene Uhr, die den Kaminsims der Eingangshalle schmückte. „Ich muss mich beeilen, der Außenminister erwartet mich bereits."

Er verbeugte sich, machte kehrt und schritt den breiten Flur entlang. Seine Verlobte sah ihm gedankenverloren nach. Ahnte er, wie glücklich sie seine Worte machten?

„Als erstes darf ich Sie hier herein bitten", hörte sie da die Haushälterin sagen und beeilte sich, ihr durch die Tür zu folgen, die diese für sie aufhielt.

„Oh, wie wunderschön!", rief Agatha im nächsten Augenblick auch schon begeistert aus.

Liebevolle Hände hatten den Raum zu einer kleinen Kapelle umfunktioniert. Stühle mit weißen Überzügen waren in drei Reihen aufgestellt, dazwischen war ein Gang freigehalten worden, durch den sie würde schreiten können. Ein Tisch, den ein Tuch aus weißem Damast mit Richelieustickerei bedeckte, diente als Altar. Er war über und über mit Blumen und Kerzen in schweren Silberleuchtern geschmückt. Sie sah die beiden mit Kränzen verzierten Stühle davor, und Tränen der Rührung und der Vorfreude stiegen in ihre Augen. Hier würde sie morgen Platz nehmen, an der Seite ihres Bräutigams.

„Wie wunderschön", sagte sie noch einmal. „Ich danke Ihnen vielmals, dass Sie meinen Hochzeitstag so festlich umrahmen."

Da meldete sich von der Tür die Stimme von Lady Castlereagh zu Wort: „Es freut mich, dass wir Ihren Geschmack getroffen haben, Lady Alverston."

Agatha fuhr herum und eilte ihrer Ladyschaft entgegen, um sie zu begrüßen und ihr auch persönlich noch einmal zu danken. Dabei fiel ihr Blick auf die beiden Stühle, die schräg hinter denen der Brautleute standen. Auf dem einen würde der Außenminister persönlich sitzen, der die Güte haben würde, als Trauzeuge des Bräutigams zu fungieren. Doch wer würde schräg hinter ihr Platz nehmen? Agatha konnte es nicht fassen: Wie hatte sie bloß vergessen können, diese wichtige Frage zu klären? Warum hatte sie nicht Helene gebeten, ihr die Freude zu erweisen, ihre Trauzeugin zu sein? Sie hätte doch beim Vormittagsbesuch nach dem missglückten Abendessen eine gute Gelegenheit dazu gehabt. Agatha atmete tief durch. Die Zeit drängte. Sie musste die Gelegenheit beim Schopf packen und die Gattin des Außenministers um diesen Gefallen bitten.

„Wären Sie wohl so gütig, morgen als meine Tauzeugin zu fungieren?", fragte sie geradeheraus. „Meine Schwester ... und meine Cousinen sind nicht in Wien, und ich kenne niemanden, den ich mir lieber aussuchen würde."

Sie sah Lady Castlereagh erwartungsvoll an, doch diese meinte anstelle einer Antwort: „Ich hoffe, Sie mögen Rosen, meine Teuerste. Ich selbst ziehe ja Frühlingsblumen vor, aber die sind zu dieser Jahreszeit sehr schwer aufzutreiben", um sich dann an die Haushälterin zu wenden: „Führen Sie uns jetzt ins Esszimmer? Ich bin sicher, Lady Alverston ist begierig darauf, zu erfahren, was dort vorbereitet wurde."

Hat sie mich nicht gehört oder wollte sie mich nicht hören, grübelte Agatha, während sie durch die Eingangshalle in das ebenso festlich gedeckte Esszimmer folgte. Sie wollte ihre Frage gerade wiederholen, da begann die Haushälterin bereits die Speisenfolge vorzutragen und sie musste sich auf dieses Thema konzentrieren.

Als die kleine goldene Uhr am Kaminsims viermal schlug, zuckte Lady Castlereagh zusammen. „Oh, schon so spät? Ich denke, wir haben alles gesehen, meine Teuerste, nicht wahr? Ich hoffe, es ist zu Ihrer Zufriedenheit und Sie werden heute Nacht beruhigt schlafen können, wenn Sie an Ihre bevorstehende Trauung denken. Obwohl so eine Hochzeit natürlich ein großer, wenn nicht gar der größte Schritt im Leben einer Frau ist, und da gehört Aufregung einfach dazu."

„Ich fürchte tatsächlich, dass ich kaum ein Auge zutun werde", gestand Agatha. „Doch es wird die Vorfreude sein, die mich wachhält. Ich danke Ihnen für Ihre große Gastfreundschaft, Lady Castlereagh." Dann wandte sie sich an die Haushälterin: „Und Ihnen danke ich natürlich auch für die umsichtigen Vorbereitungen. Es ist alles viel schöner, als ich es mir je hätte erträumen können." Während die Dienerin freudig errötend in einen Knicks versank, setzte sie noch hinzu: „Richten Sie bitte auch der Köchin und allen anderen, die mithelfen, meinen Dank aus. Dadurch, dass ich hier in der Botschaft feiern darf, heirate ich nicht in der Fremde. Ich heirate in einem Stück Heimat."

Die Frau des Außenministers hakte sich bei ihr unter. „Das haben Sie schön gesagt, meine Teuerste!" Sie freute sich sichtlich über Agathas Worte. „Nun kommen Sie mit mir, Sie werden im hinteren Teil des Hauses erwartet."

Ich werde erwartet?, wunderte sich Agatha. *Von wem denn bloß? Will etwa der Außenminister persönlich mit mir ein paar Worte wechseln?* Seite an Seite durchquerten die beiden Damen die Vorhalle und schritten dann den breiten Flur entlang, bis ihre Ladyschaft stehen blieb, eine Tür öffnete und Agatha zu ihrer Freude, aber auch Erleichterung, ihrem Verlobten gegenüberstand.

„Nun denn", meinte ihre Ladyschaft, „Sie beide kennen sich ja bereits. Da Sie morgen vor den Altar treten werden, dürften keine Bedenken bestehen, Sie miteinander alleine zu lassen. Sie finden anschließend Ihren Weg, Duke?"

Dieser nickte und Mylady verabschiedete sich, zog sich zurück und die Tür hinter sich zu.

„Du kannst dir nicht vorstellen, was hier alles für uns gezaubert wurde, Landmark", begann Agatha begeistert.

Er kam lächelnd näher und ergriff ihre Hände. „Carl", sagte er schlicht.

Es gab so viel, was sie hatte sagen wollen, doch dieses einzelne Wort brachte sie völlig außer Tritt. „Wie bitte?"

„Ich wünschte, du würdest mich Carl nennen."

„Ja, aber …", stotterte Agatha. „Ich dachte … es nennt dich doch niemand bei deinem Vornamen."

Sein Lächeln vertiefte sich.

„Niemand ist nicht ganz richtig. Meine Eltern nannten mich so. Nach deren Tod tun dies tatsächlich nur mehr meine allerengsten Freunde. Und zu diesen gehörst du doch jetzt, oder etwa nicht?"

Agatha schluckte, beeilte sich zu nicken und ließ sich nur zu bereitwillig in seine Arme ziehen. So schnell waren Tischdecken, Blumen und Silberleuchter vergessen.

„Und nun", begann er schließlich und hielt sie eine Armlänge von sich weg, „komme ich zu der Überraschung, die ich dir noch schuldig bin …"

Das wollte sie so nicht stehen lassen. „Aber ich sagte dir doch bereits, dass du mir nichts mehr schuldest … Carl! Du hast …"

Da legte sich sein Zeigefinger auf ihre Lippen. „Hörst du mir bitte einmal zu, ohne mich zu unterbrechen?", bat er, und das zärtliche Lächeln in seinen Augen straften die strengen Worte Lügen. Sie hätte gern noch etwas gesagt, entschied sich aber, seinem Wunsch nachzukommen.

„Du hast mich vor die spannende Aufgabe gestellt, etwas zu finden, was dir wirklich Freude bereitet." Wieder sah er ihr tief in die Augen, bevor er weitersprach: „Du wolltest mich nicht nur auf die Probe stellen, ob ich deine Wünsche erkennen kann. Du wolltest auch herausfinden, ob du mir wichtig bist, nicht wahr?“

Damit hatte er den Nagel auf den Kopf getroffen. Agatha nickte und wartete gespannt auf das, was nun kommen würde.

„Ich freue mich schon sehr darauf, dir meinen Landsitz in Hampshire zu zeigen. Er ist weitläufig und besteht aus einem Haupttrakt und zwei Seitenflügeln“, begann er zu ihrer Überraschung. „Im rechten Flügel befindet sich die Gemäldegalerie der Herzöge von Landmark und ihrer volljährigen Söhne. Im linken Flügel hingegen die der Herzoginnen und ihrer volljährigen Töchter. Ich habe einen Maler gefunden, der ein wahrer Meister seines Faches ist. Er hatte die Ehre, Lord Castlereagh zu porträtieren. Stell dir vor, wir dürfen einen Blick auf das Bild werfen, das soeben fertiggestellt wurde.“

Er blickte sie so erwartungsvoll an, dass sie sich zu einem Lächeln zwang und versicherte: „Das ist bestimmt interessant.“

„In den nächsten Wochen“, setzte er fort, „wird der Maler dann ein Gemälde von dir anfertigen, meine Liebe. Der Künstler, von dem ich spreche, heißt Siegfried Stingeder, er stammt aus dem Waldviertel. Sagt dir dieser Name etwas?“

Agatha schüttelte den Kopf und spürte, wie ein kleiner Stich der Enttäuschung die fröhlichen Erwartungen vertrieb. Er wollte sie malen lassen? Für die Gemäldegalerie seines Anwesens? Nahm er allen

Ernstes an, das würde ihr Freude bereiten? Gut, sie würde das Prozedere hinter sich bringen, wenn es denn die Tradition der Herzöge von Landmark erforderte. Allerdings ausschließlich ihm zuliebe.

„Was meinst du?" Er sah sie hoffnungsfroh und auch ein ganz klein wenig lauernd an. „Macht dich das glücklich? Ist es mir gelungen, dir eine Freude zu bereiten?"

Wie hätte sie ihn da enttäuschen können, wenn er sie gar so begeistert anstrahlte?

„Ja, natürlich", sagte sie tapfer, „eine große Freude."

Sie bemühte sich, von einem Ohr bis zum anderen zu lächeln, wagte aber nicht, ihm dabei in die Augen zu sehen. Die Töne, die er daraufhin von sich gab, konnte man als kichern interpretieren, wenn man nicht gewusst hätte, dass ein Herzog von Landmark niemals kicherte. „Du bist die schlechteste Lügnerin, der ich je begegnet bin", sagte er, strahlte und zog sie abermals an sich. „Aber ich erkenne, dass du mir zuliebe gelogen hast, und das weiß ich sehr zu schätzen."

Agatha fühlte sich ertappt, konnte aber nicht anders, als in sein Lachen einzustimmen.

Es klopfte an der Tür. Landmark ließ sie abrupt los, ging einige Schritte zur Seite und erklärte: „Das muss der Maler sein."

Er sollte recht behalten, wie sich umgehend herausstellte. Ein Mann trat ein, sein Kittel war über und über mit Farbklecksen versehen. Als er Agatha begrüßte, tat er dies zu ihrer Überraschung in einem etwas holprigen, aber doch gut verständlichen Englisch.

„Mein Name ist Siegfried Stingeder.“ Er verbeugte sich und strich mit einer unbewussten Geste an seinem roten Kinnbart entlang. „Es wird mir eine besondere Freude sein, Sie auf die Leinwand zu bringen. Wenn es Ihnen recht ist, dann gehen wir gleich hinüber in mein Atelier?“

„Ihr Atelier ist hier im Haus?“, vergewisserte sich Agatha und beeilte sich dann, dem Künstler zu folgen. Landmark blieb ein paar Schritte zurück und lächelte zufrieden.

„Nur solange ich hier für die Botschaft arbeite“, erklärte der Maler. „Zuerst habe ich Lord Steward porträtiert, dann reiste der Außenminister an, und seine Gemahlin saß mir Modell. Es folgte Lord Castlereagh persönlich. Und nun eure Ladyschaft.“ Er drehte sich zu ihr um und schmunzelte gewinnend: „Was soll ich sagen, ich bin ein glücklicher, vielbeschäftigter Mann.“

Sie betraten das Atelier und Agatha bestaunte die angekündigten Porträts. Die Komplimente, die sie dem Künstler dabei machte, kamen von Herzen. Jetzt freute sie sich doch darauf, von ihm für die Ewigkeit festgehalten zu werden. Sie drehte sich zu Landmark um, um ihm das zu sagen, da bemerkte sie, dass noch jemand den Raum betreten hatte, und ein erstickter Schrei entkam ihren Lippen.

„Ach, da bist du ja, mein Schatzerl“, hörte sie den Künstler sagen, während er auf die Frau zuging, die nun neben dem Herzog stand. „Lady Alverston, ich denke, ich brauche Ihnen meine Gattin nicht vorzustellen.“

Nein, das brauchte er wahrlich nicht. Die Dame, die nun auf sie zukam, war niemand anderes als Cecilia, ihre schon viel zu lange vermisste Schwester.

Kapitel 48

Dass Agatha in dieser Nacht erst spät zur Ruhe fand, lag nicht nur an der Aufregung. Es lag auch nicht nur an der Vorfreude, wie sie Lady Castlereagh gegenüber vermutet hatte. Nein, es lag vor allem an der Frau, die sich neben ihr im Bett ausgestreckt hatte, und an den vielen Erlebnissen und Geschichten, die sie sich gegenseitig zu erzählen hatten.

„Du hast mich tatsächlich in Florenz gesucht?", vergewisserte sich Cecilia. „Wie außerordentlich lieb von dir. Ich bin zutiefst gerührt, darf aber andererseits gar nicht an die Gefahren denken, denen du dich ausgesetzt hast."

„Du hattest mir geschrieben, und ich habe deinen Brief als Hilferuf interpretiert", erklärte Agatha. „Wie hätte ich da guten Gewissens in England bleiben können? Doch nun erzähl endlich: Was, um Himmels willen, ist in Florenz geschehen? Warum musstest du nach Wien reisen? Wieso konnten mir Simons Verwandte keine Auskunft geben? Vor allem aber: Wie hast du den Maler kennengelernt? Wie lange seid ihr schon verheiratet? Bist du glücklich, kleine Schwester?"

Fragen über Fragen, die Cecilia mit Freuden beantwortete und damit immer neue Fragen aufwarf. Agatha erfuhr, dass ihre Schwester bei den Verwandten von Simon, ihrem verstorbenen ersten Mann, anfangs durchaus glücklich gewesen war.

„Florenz ist wunderschön, wie du ja inzwischen weißt. Es scheint fast jeden Tag die Sonne und ich war glücklich, dass die nebligen Monate, die ich aus England gewöhnt war, der Vergangenheit angehörten. Gemeinsam mit Simons Cousine Rita durchstreifte ich die Stadt. Wir besuchten Kirchen, Museen und viele Ausgrabungsstätten. Gingen in Konzerte und Theater und mit der Zeit gelang es mir, die Trauer um meinen geliebten Gatten zu verarbeiten."

Agatha nickte: „Deine Briefe aus dieser Zeit klangen so hoffnungsfroh. Was geschah dann? Aus deinem letzten Brief wurden wir nicht richtig schlau."

„Zuerst heiratete Rita und zog zu ihrem Gatten nach Siena", erklärte Cecilia und seufzte ob dieser Erinnerung. „Kurz darauf starb der alte Conte, ihr Vater. Dem neuen Familienoberhaupt, einem Bruder des Conte, also Ritas und Simons Onkel, war ich immer schon ein Dorn im Auge gewesen. Für ihn war ich nichts anderes als eine mittellose Frau, die nicht einmal blutsverwandt war und sich gefälligst nicht auf seine Kosten sattfressen sollte, wie er gern betonte."

„Was für ein schrecklicher Mensch!", rief Agatha aus. „Ich wurde bei meinem Besuch nicht zu ihm vorgelassen. Damals habe ich das bedauert, aber wenn ich deine Erzählungen so höre, dann bin ich im Nachhinein froh darüber. Hat er wirklich *sattfressen* gesagt?"

„Ja, das hat er. Aber warte, es kommt noch schrecklicher“, meinte ihre Schwester düster. „Zuerst wollte er mich nach England zurückschicken. Er befahl mir, seinen schwachsinnigen Sohn zu betreuen, um mir das Geld für die Rückfahrt zu verdienen.“

„Wie bitte?“ Agatha wagte ihren Ohren nicht zu trauen.

„Ronaldo ist fünf Jahre jünger als ich und so schmächtig, dass er nicht auf eigenen Beinen stehen kann. Sprechen bereitet ihm große Mühe, und er verhält sich eher wie ein Kind denn wie ein erwachsener Mann. Man verlangte von mir, dass ich ihn bei der Körperpflege unterstützte. Das war höchst unangenehm, wie du dir vorstellen kannst, aber es war noch nicht das Allerschlimmste.“

„Was kann denn noch schlimmer sein?“, wollte Agatha atemlos wissen.

„An guten Tagen war Ronaldo sanft wie ein Lamm. Aber an schlechten schlug er um sich, er kratzte und biss. Sieh nur …“

Sie krempelte den Arm ihres Batistnachthemds hoch und zeigte ihrer Schwester den Abdruck von vier Schneidezähnen, der sich für immer in ihren Unterarm gegraben hatte. „Leider wurden die schlechten Tage von Monat zu Monat mehr. Als ich endlich genügend Geld erarbeitet hatte und den Conte aufforderte, es mir auszuzahlen, da weigerte er sich plötzlich und verlangte, dass ich Ronaldo heiraten sollte.“

„Das kann doch nicht sein!" Agathas Entsetzen war mit jedem Wort ihrer Schwester weiter angewachsen. „Warum sollte er das gewollt haben?"

„Weil er einen Erben braucht", erklärte Cecilia schlicht.

Jetzt konnte Agatha nur mehr fassungslos den Kopf schütteln. „Du hast ihn doch nicht wirklich geheiratet?", wollte sie bangen Herzens wissen.

„Nein, keine Sorge, es gelang mir rechtzeitig zu fliehen. Bei einem meiner Museumsbesuche, zu denen ich mich nach Ritas Vermählung heimlich aus dem Haus schleichen musste, habe ich Siegfried kennengelernt. Er ging bei einem der berühmten Maler in den Uffizien in die Lehre."

„Was sind denn Uffizien?", wollte Agatha wissen.

„Das ist ein großes Museum, das vor etwa sechzig Jahren aus einer umfangreichen Privatsammlung der Medici hervorgegangen ist und zum Glück öffentlich zugänglich gemacht wurde", erklärte Cecilia. „Siegfried sagt, Fachleute nennen es auch das *erste Museum in Europa*. Es hat über Florenz hinaus Berühmtheit erlangt und so auch meinen Liebsten in die Stadt gezogen. Ohne ihn hätte ich die Reise aus Florenz nie bewerkstelligen können."

Da erfuhr Agatha, dass es zwischen den beiden Zuneigung auf den ersten Blick gewesen war. Natürlich war er als Maler alles andere als eine standesgemäße Partie. Doch das war ihrer Schwester einerlei. Sie liebte ihn, er liebte sie, und er war ihr Tor in die Freiheit.

Sie ließen sich noch in Florenz trauen und machten sich dann auf den langen, beschwerlichen Weg in Siegfrieds Heimatland zurück.

„Ich habe Ritas Mutter Siegfrieds Wiener Adresse gegeben, mit der Bitte, sie nach Lancroft Abbey zu schicken, was sie anscheinend nicht getan hat. Er hatte damals ein kleines Atelier in der Weyburggasse gemietet. Immerhin hat sie das Papier aufgehoben und dir gegeben, sonst lägen wir jetzt kaum nebeneinander."

„Ja, das ist richtig", bestätigte Agatha. „In der Weyburggasse habe ich als Allererstes nach dir gesucht. Leider wusste dort niemand etwas über deinen Verbleib. Ja, man war sich nicht einmal sicher, ob du eine Engländerin bist. Ich erinnere mich nur, dass von einem Waldviertler und seiner ausländischen Frau die Rede war."

„Wir konnten dort nicht wohnen bleiben. Siegfried meinte, die Damen in der Nachbarschaft … äh … wären nicht der richtige Umgang für eine ehrenwerte Lady wie mich."

Die dralle Gestalt von Madame Wutlicek schob sich vor Agathas geistiges Auge. Sie wollte eben ihrem neuen Schwager recht geben, als Cecilia herzhaft gähnte und fortfuhr: „Dann kam zum Glück der Auftrag von Lord Steward und wir konnten uns eine Wohnung nahe der Botschaft leisten. Mein Gott, bin ich jetzt müde."

„Apropos Botschaft", warf Agatha ein. „Bertram hat sich dort mehrfach nach dir erkundigt, doch stets hieß es, du habest dich nicht gemeldet. Wie kam es, dass es nun Carl, also ich meine dem Herzog von Landmark, gelang, dich ausfindig zu machen?"

Für einen kurzen Augenblick war Cecilia wieder hellwach. „Du wirst eine Herzogin!", rief sie aus. „Ich kann es immer noch nicht fassen. Ich hoffe, du bist dir dann nicht zu gut, dich mit der Frau eines einfachen Malers abzugeben."

„Bist du verrückt?", fuhr Agatha auf, bevor sie am Gekicher ihrer Schwester erkannte, dass diese sie nur necken wollte.

Gleich darauf wurde Cecilia jedoch wieder ernst und sagte mit reuiger Stimme: „Als ich noch in der Weyburggasse wohnte, erreichte mich ein Brief des Conte, in dem er ankündigte, mich zurückholen zu wollen. Daraufhin habe ich den Mitarbeitern in der Botschaft verboten, meine neue Adresse herauszugeben, sollten Verwandte nach mir fragen. Ich konnte ja nicht ahnen, dass *du* dich hierher bemühen würdest."

„Wie konntest du denn den Botschaftsangehörigen etwas verbieten? Und warum war Landmark dann trotzdem erfolgreich?"

„Ach, ich sagte einfach, Siegfried würde andernfalls aufhören zu malen", erklärte Cecilia und gähnte abermals. „Das hat gereicht, dass man mir das Versprechen gab. Deinem Herzog gegenüber waren sie offener, denn er ist ja nicht mit mir verwandt."

„So war das also", sagte Agatha im plötzlichen Verstehen. Doch eines war ihr noch immer nicht klar: „Wie ist es nach eurer Hochzeit in Florenz weitergegangen?"

„Da mir der Conte das Geld, das mir zustand, verweigerte, mussten wir auf der weiten Reise immer wieder einige Tage Halt machen, um unsere Finanzen aufzubessern", erklärte Cecilia, als wäre das das Normalste auf der Welt.

„Geld verdienen?" Agatha dachte an ihre eigene Stelle als Gesellschafterin. „Wie hast du denn auf die Schnelle Geld verdienen können?"

„Wir haben uns auf Marktplätze gestellt, und Siegfried hat mit Tinte und Feder kleine Porträts zu Papier gebracht. Die Leute waren davon begeistert."

„Das kann ich mir gut vorstellen", räumte Agatha ein. „Er ist ein wahrer Meister seines Faches. Aber hat das ausgereicht?"

„Nein, darum habe ich gesungen."

„Du hast gesungen?" Nahmen denn die Überraschungen gar kein Ende? Eine englische Lady, die auf Marktplätzen Lieder zum Besten gab? Wenn das die Londoner Gesellschaft wüsste, würde man sich dort mit Genuss die Mäuler zerreißen. Doch was zählte schon die Londoner Gesellschaft, wenn es ums nackte Überleben ging? „Was hast du denn gesungen?"

„Ach, so dies und das", antwortete Cecilia, die sich freute, dass ihre ältere Schwester nicht schockiert darüber war. „Alles, was mir einfiel. Englische Volkslieder, italienische Balladen, österreichische Gstanzeln, die mir Siegfried beigebracht hatte …" Ihre Worte wurden immer langsamer, die Müdigkeit immer größer. Auch Agatha gähnte und verspürte keine Lust mehr zu fragen, was denn Gstanzeln sein sollten. Das würde sie morgen immer noch rechtzeitig erfahren. Oder übermorgen. Oder irgendwann in den nächsten Wochen. Sie hatte ihre Schwester gefunden und würde sie so schnell nicht wieder hergeben. Mit dieser sicheren Gewissheit und einem Lächeln auf den Lippen schlief sie ein.

Kapitel 49

„Lady Agatha“, rief Lizzy vom Fußende der Treppe her. „Sie sehen umwerfend schön aus.“ Vor Freude, zum ersten Mal in ihrem Leben an einer Hochzeit teilnehmen zu dürfen, waren die Wangen des Mädchens zart gerötet. Außerdem handelte es sich um ein für sie selbst äußerst wichtiges Ereignis. Schließlich würde sie die liebste aller Stiefmütter bekommen und Tante Cordula konnte ihr nie wieder das Leben schwer machen. Bertram, der neben Lizzy stand, sah zuerst lächelnd zu ihr hinunter, bevor er sich seiner Cousine zuwandte: „Lizzy hat recht. Deinem Bräutigam wird die Luft wegbleiben, wenn er dich so sieht. Wir werden den armen Mann wiederbeleben müssen.“

Agatha wurde ganz warm ums Herz. Sie würde sich nicht nur mit dem Mann verbinden, den sie liebte, nein, sie würde darüber hinaus Lizzy zur Tochter bekommen. Außerdem freute sie sich, dass ihr Cousin, der die letzten Tage wie ein Geist durchs Haus geschlichen war, offensichtlich seinen Humor wiedergefunden hatte. Hätte es Worte bedurft, um ihre Nervosität zu lindern, so wären dies genau die richtigen gewesen.

Ihr Lächeln spiegelte das Glück und die Vorfreude wider, die sie schon seit dem Aufwachen am frühen Morgen empfand. Bei ihrer ersten Hochzeit vor vielen, vielen Jahren, da war sie nervös gewesen, ein zitterndes Nervenbündel, das zwar ihrem Bräutigam aufrichtig zugetan gewesen war, das aber noch keine Ahnung hatte, was sie in einer Ehe erwartete. Nun war sie eine erwachsene Frau. Sie liebte den Mann, mit dem sie vor den Altar treten würde, und sie hatte Erfahrung mit der Ehe. Sie wusste, es würde Aufs und Abs geben, Streit und Versöhnung, Routine und Abenteuer, und sie freute sich auf jeden einzelnen Tag.

Langsam schritt sie die gewundene Treppe in die Vorhalle hinunter. Das elfenbeinfarbene Kleid aus Seide und Organza war mit Perlen bestickt und hatte kurze Ärmel aus echter Brüsseler Spitze. Es stammte aus der Londoner Garderobe und würde auch als Ballkleid gute Dienste leisten. Lady Castlereagh war so freundlich gewesen, ihr einige von den gelben und weißen Rosen zu schicken, die die Tische zieren würden. Von Hearts mit zarten Bändern versehen, ergaben sie einen höchst passenden Brautstrauß. Die dunklen Haare waren hochgesteckt und ebenfalls mit kleinen Rosen verziert. Je eine Locke ringelte sich an den Schläfen. Natürlich hatte sie auf einen Schleier verzichtet. Als Witwe von sechsunddreißig Jahren wollte sie nicht vorgeben, eine keusche Jungfrau zu sein. Stolz reichte ihr Bertram den Arm, um sie zur Kutsche zu geleiten. Johann eilte mit den Umhängen herbei, wünschte alles Gute und öffnete das große Tor.

Zur Feier des Tages durchbrach die Sonne das Grau des späten Novembers. Vor dem Eingang stand ein dunkelgrüner Wagen, der dank Gustl ebenfalls mit Rosen und Bändern geschmückt war. Der Kutscher hielt den Schlag für sie auf. Von Ferne hörte Agatha Kirchenglocken läuten. Da konnte sie es kaum mehr erwarten. Es war ihr, als wäre sie zu einer Eisenpuppe geworden, die ein starker Magnet mit aller Kraft zu sich zog. Sie freute sich darauf, ihrem Magneten am Altar endlich wieder gegenüberzustehen. Sie freute sich auf die Zeremonie, sie freute sich auf das anschließende Hochzeitsfrühstück. Doch noch viel mehr freute sie sich darauf, mit ihrem Gatten allein zu sein. In seinen Armen zu liegen, seinen Körper auf dem ihren zu spüren …

„Cousine, ich muss es dir einfach erzählen", drang Bertrams Stimme in ihre verheißungsvollen Gedanken. Sie beeilte sich, ihm ihre Aufmerksamkeit zu schenken. „Ich wollte eigentlich bis nach der Trauung warten, aber vielleicht finde ich da nicht mehr die Gelegenheit."

Für einen Augenblick war sie erschrocken, doch dann sah sie das Strahlen in seinem Gesicht. Dennoch musste sie sich vergewissern: „Es ist etwas Erfreuliches, so hoffe ich doch."

Er nickte heftig. „Sehr erfreulich, zumindest für mich. Stell dir vor, der Herzog war so freundlich, noch gestern Abend die Preußische Gesandtschaft aufzusuchen. Ist das nicht großartig von ihm gewesen? Du hast eine weise Entscheidung getroffen, Agatha, als du beschlossen hast, ihn zu heiraten. Ich muss gestehen, dass es mir bei unserer Anreise nicht im Traum eingefallen wäre, dass aus euch beiden ein Paar werden könnte. Ihr habt doch in einem fort gestritten und wart euch nicht einmal über die unwichtigsten Dinge einig. Doch heute stehe ich nicht an, dir zu gratulieren. Fürwahr eine gute Wahl, Agatha. Ich schätze den Duke sehr und freue mich darauf, ihn in Zukunft Cousin nennen zu dürfen."

„Wie schön für dich", antwortete seine Cousine mit der für sie typischen Ironie. „Dennoch bin ich froh, dass dies nicht mein einziger Beweggrund sein wird, mich mit ihm zu vermählen. Doch nun sag schon, konnte er mit diesem Baron Güggen...dings persönlich sprechen?"

„Baron von Gnüggenau. Ja, und nicht nur das", antwortete Bertram, und sein Lächeln vertiefte sich, „er konnte ihn auch noch überzeugen, mich in seinen Dienst zu stellen. Am Montag geht bereits die Reise nach Berlin los. Agatha, du ahnst nicht, wie sehr ich mich freue, von Wien wegzukommen!"

„Du freust dich, von uns wegzukommen?" Lizzy war wie vor den Kopf gestoßen. „Was haben wir dir denn angetan?"

Erschrocken hob Bertram die Hand zum Mund. „So habe ich es nicht gemeint, Lizzy. Ich bin gern in eurer Gesellschaft und werde euch ganz schrecklich vermissen, aber … du weißt schon."

Nun war sein Lächeln wie aus dem Gesicht gewischt.

„Wegen dieser dummen, dummen Hanni?", vergewisserte sich das Mädchen und verzog unwillig das Gesicht, als er nickte.

Agatha ergriff seine Hand und drückte sie.

„Natürlich verstehe ich es", sagte sie. „Und ich freue mich mit dir, dass dein Plan aufgegangen ist. Eine räumliche Trennung und neue Aufgaben werden dir guttun."

Wenn das möglich gewesen wäre, dann hätten sich ihre innigen Gefühle für Landmark noch weiter verstärkt. Wie unglaublich liebenswert war es doch von ihm gewesen, noch am Vorabend der Trauung die preußische Botschaft aufzusuchen, um ihrem Cousin zu helfen. In diesem Augenblick verlangsamte sich die Kutsche und mit einem Schlag verschwanden alle Gedanken, die sich um Bertram drehten. Die Kutsche hatte ihr Ziel erreicht.

Cecilia, die früh am Morgen von ihrem Gatten am Hohen Markt abgeholt worden war, stand am Eingangstor, um sie zu erwarten. Sie trug ihr einfaches roséfarbenes Musselinkleid mit einer derart ungezwungenen Grazie, dass sie wie eine Prinzessin aussah.

Unglaublich, wie ähnlich *sie Frederica sieht,* schoss es Bertram durch den Kopf, der Agatha den Arm geboten hatte und nun langsam mit ihr die Treppe hinaufstieg. Die beiden Schwestern strahlten einander an und hauchten sich Küsse auf die Wangen. Ein Diener eilte herbei, um die Umhänge in Empfang zu nehmen. Lizzy beeilte sich zu knicksen und in den Kapellenraum vorauszueilen. Vom Hausinneren erklangen die ersten Töne des Pianos. Eine Geige setzte ein.

Bertram blickte zu Agatha hinüber: „Nun denn, bist du bereit, Cousine?“

Diese brachte vor Aufregung keinen Ton mehr heraus und nickte nur. Sie war mehr als bereit. Cecilia, die das Nicken gesehen hatte, lächelte und setzte sich in Bewegung. Agatha hätte vor Glück weinen können. Da ging doch tatsächlich ihre eigene, kleine Schwester vor ihr den Gang entlang. So, wie es sein sollte. Und so, wie es ihr ihr Bräutigam ermöglicht hatte. *Ob Lady Castlereagh das schon gewusst und sich deswegen absichtlich taub gestellt hatte?*, fragte sie sich im Stillen, und nun schlich sich doch ein Lächeln auf ihre Lippen. Ein Lächeln, das sie auch noch beibehielt, als sie in den Kapellenraum einbog. Ein Lächeln, das der Herzog als Allererstes an seiner Braut wahrnahm. Er war so beglückt, dass er laut hätte jubeln können.

Schon stand Agatha neben ihm und blickte erwartungsvoll zu ihm auf. Die Musiker spielten die letzten Takte der Einzugsmelodie. Der Pfarrer hatte die Arme gehoben, bereit, mit der Zeremonie zu beginnen. Da beugte sich der Herzog zu seiner Braut und flüsterte ihr rasch ein „Ich liebe dich“ zu.

Es waren nur drei Worte, aber Agatha sagten sie alles, was sie wissen wollte. Die Trauung und ihr neues Leben an seiner Seite konnten beginnen.

Epilog

Lady Louise Barnett, die Viscountess of Panswick, war keine Frau, die sich schnell aus der Ruhe bringen ließ. Den Uniformierten, der nun in ihrem Wohnzimmer stand, sah sie allerdings mit großen Augen an und forderte: „Können Sie das wiederholen?"

Der junge Mann schlug die Haken zusammen. „Selbstverständlich, Mylady, ich wiederhole", sagte er im korrekten Tonfall eines Offiziers. „Das Außenministerium lässt Ihnen mitteilen, dass ihre Gnaden, der Herzog und die Herzogin von Landmark, am zweiundzwanzigsten März am frühen Nachmittag bei Ihnen eintreffen werden."

„Seit wann ist denn der Herzog verheiratet?", lautete Lady Panswicks erster Kommentar.

„Bedaure, Mylady, das entzieht sich meinem Wissen", antwortete der Offizier. „Nach meinem Kenntnisstand befindet sich das hohe Paar derzeit auf der Rückreise von Wien. Da Lord Wellington die Leitung der englischen Delegation im Februar übernommen hat, konnten Außenminister Lord Castlereagh und ein Teil seines Stabes an Diplomaten den Kontinent verlassen und nach Hause zurückkehren. Lord Wellington wird die weiteren Verhandlungen höchstpersönlich …"

„Ja, ja, ist schon gut“, unterbrach ihn die Viscountess, die sich im Augenblick nicht im Geringsten für die Pläne des englischen Kriegshelden interessierte, den sie doch sonst inständig bewunderte. „Hat man Ihnen einen Grund genannt, warum das Herzogspaar nach Lancroft Abbey kommen wird?“

„Bedaure, nein, Mylady.“

„Wird jemand das Paar begleiten?“

„Soweit mir bekannt ist, niemand, Mylady.“

„Was ist mit Lady Agatha Alverston? Haben Sie eine Information, wann ich meine Nichte zurückerwarten kann?“

„Nein, ich bedaure, Mylady, dieser Name wurde nicht erwähnt. Ich habe Ihnen alles mitgeteilt, was ich weiß.“

Noch während die Hufe als Zeichen dafür, dass der Offizier Lancroft Abbey bereits wieder verließ, über den Vorplatz klapperten, schickte Ihre Ladyschaft einen Diener zum benachbarten Landsitz White Rose Hill hinüber. Ihr Auftrag lautete, ihre Tochter Penelope zu ihr zu bringen. Und zwar „umgehend. Egal, welches Schaf gerade im Sterben liegt“, wie sie es drastisch formulierte.

Dann begab sie sich zum Schreibtisch, um eine Nachricht an ihre älteste Tochter Frederica und deren Gatten, den Earl of Derryhill, zu verfassen und die beiden zu bitten, alles stehen und liegen zu lassen, um am zweiundzwanzigsten ebenfalls auf Lancroft

Abbey anwesend zu sein. Sie schloss mit den Worten: „Sollten sich Vivian und Badwell ebenfalls in London befinden, so bringt sie am besten mit. Wir müssen dem hohen Paar einen würdigen Empfang bereiten."

Obwohl die Familie Barnett bereits seit 1601 dem Hochadel angehörte, hatte sich seither erst einmal ein Herzog die Ehre gegeben, Lancroft Abbey zu besuchen. Wenn dies nun ein zweites Mal in mehr als zweihundert Jahren geschah, so würde die Viscountess dafür sorgen, dass dieses Ereignis entsprechend gewürdigt wurde.

„Wenn ich nur wüsste, warum sie zu uns kommen ...", sagte sie, als ihr Penelope kurz darauf gegenübersaß. Natürlich war ihre Zweitälteste geritten und höchstwahrscheinlich wieder in dem schneidigen Tempo, für das sie überall im Landkreis bekannt war. Wie so oft hatte sie auf einen Reithut verzichtet. Ihre Haare waren entsprechend zerzaust, und ein paar Blätter lugten aus den blonden Locken hervor. An jedem anderen Tag wäre dies Anlass für mütterliche Kritik gewesen, doch heute beugte sich die Viscountess bloß nach vorne und zupfte ihrer Tochter das Grünzeug ohne weiteren Kommentar vom Kopf.

„Vielleicht hat es mit Bertram zu tun", mutmaßte Penelope und griff zu einem Stück Shortbread, das auf dem Teetablett lag, welches der umsichtige Butler bereitgestellt hatte. Er wusste, wie gern sie Süßes mochte.

„Aber geh, mit Bertram! Was soll denn der Besuch mit ihm zu tun haben?“, fuhr ihre Ladyschaft auf, gerade so, als sei ihre Tochter an ihrer Unwissenheit schuld. „Dein Bruder ist seit Anfang Dezember letzten Jahres in Preußen. Ich habe zwar noch immer nicht die geringste Ahnung, warum er den Dienst beim Herzog von Landmark quittiert hat, um nach Berlin zu gehen, aber immerhin weiß ich, dass es ihm dort gut geht. Erst neulich bekam ich einen seiner seltenen Briefe …“ Sie stand auf und ging zum Schreibtisch hinüber, um ihn Penelope zu reichen.

„Vielleicht ist das ja der Grund“, mutmaßte diese, während sie das Blatt auffaltete. „Der Herzog will dich in Bertrams Motive, ihn zu verlassen, einweihen.“

„Dafür bemüht er sich höchstpersönlich zu uns nach Tunbridge Wells? Mit seiner Gattin? Das halte ich für höchst unwahrscheinlich.“

Ihre Tochter gab ihr insgeheim recht und vertiefte sich in das Schreiben. „… bin ich glücklich, hier zu sein“, las sie laut vor. „Mein neuer Dienstherr ist ein großer Bewunderer der altgriechischen Philosophen, und so hat er mir gestattet, mich neben meiner Tätigkeit als sein Adjutant an der Universität einzuschreiben. Sie ist höchst modern ausgestattet, wurde erst 1810 gegründet, und ich freue mich, dir mitteilen zu können, liebste Mutter, dass mein Deutsch inzwischen so gut geworden ist, dass ich den Vorlesungen von Professor Georg Wilhelm Friedrich Hegel ohne Mühe folgen kann.“ Penelope sah auf. „Wer ist Professor Hegel, Mama?“

Ihre Ladyschaft zuckte mit den Schultern: „Ich habe keine Ahnung. Aber schon euer Papa, Gott habe ihn selig, war neben der Archäologie auch der Philosophie sehr zugetan. Wahrscheinlich ist Bertrams Interesse dafür sein Erbe."

„Die Stadt ist viel weitläufiger, großzügiger und bunter als Wien", las Penelope weiter. „Zu meiner Freude gibt es jedoch auch jede Menge Kaffeehäuser, die ich in Wien schätzen gelernt habe. Wenn ich Zeit finde, besuche ich mit meinem Freund Wilhelm gern das Volpische Kaffeehaus an der Stechbahn, aber keine Sorge, ich halte mich von jeder weiblichen Begleitung fern." Penelope runzelte die Stirn. „Weißt du, was diese letzte Bemerkung zu bedeuten hat, Mama?", wollte sie wissen. „Warum erschien es Bertram wichtig, dir das mitzuteilen?"

„Nun, dein Bruder ist gut beraten, sich von Frauenzimmern fernzuhalten", antwortete diese trocken. „Willst du etwa eine ausländische Gemahlin als neue Viscountess of Panswick?"

Wenn sie nett ist und meinen Bruder glücklich macht, hätte ich nichts dagegen einzuwenden, hätte Penelope am liebsten geantwortet, hielt aber den Mund, weil sie wusste, dass das nicht die Worte waren, die ihre Mutter gerne hören wollte.

„Von Agatha schreibt er nichts", sagte sie stattdessen. „Also können wir davon ausgehen, dass sie ihm nicht nachgereist ist."

Dann schwiegen sie beide und nippten an ihrem Tee.

„Außer dem ominösen Brief hast du wirklich nichts mehr von meiner Cousine gehört, Mama?“, wollte die Tochter schließlich wissen.

Der *ominöse Brief*, wie er in der Familie allgemein genannt wurde, kam Mitte Dezember auf Lancroft Abbey an. Er war lang und eng beschrieben und leider irgendwo auf dem weiten Weg in einen Platzregen geraten. Dadurch waren ganze Passagen unleserlich geworden. Außerdem war er von den Postkutschern so wenig pfleglich behandelt worden, dass eine Ecke abgerissen war, die in etwa ein Viertel des Blattes ausmachte. Als das Schreiben an seinem Zielort einlangte, hatte sich die gesamte Familie zu den Weihnachtsfeiertagen auf Lancroft Abbey eingefunden. Mit Ausnahme von Bertram natürlich, dafür war Fredericas Schwiegermutter Lady Derryhill mit von der Partie gewesen. Also hatte die Hausherrin Gelegenheit gehabt, Agathas Brief allen auf einmal vorzulesen. In ihrem Schreiben berichtete ihre Nichte von Bertrams Abreise nach Berlin, einer Tatsache, die ihnen der Viscount bereits selbst mitgeteilt hatte. Sie erwähnte mehrmals den Herzog von Landmark, wobei allerdings der Zusammenhang, warum sie das tat, auf dem fehlenden Viertel gewesen sein musste. Fest stand, dass offenbar ein Gemälde von Agatha in Auftrag gegeben wurde, was alle mit Kopfschütteln zur Kenntnis nahmen. Wenn sie ohnehin schon so wenig Geld besaß, dass sie sich als Betreuerin einer Herzogstochter verdingen musste, warum gab sie dann ihr hartverdientes Erspartes für etwas so Sinnloses wie ein Gemälde aus?

„Sie erwartet doch nicht etwa, dass wir das Bild hier auf Lancroft Abbey aufhängen?", hatte Lady Panswick ausgerufen und missmutig das Gesicht verzogen.

Die Schwestern hatten sich amüsiert zugegrinst und die Frage lieber nicht beantwortet.

„Wie kommt es überhaupt, dass sie weiter im Haus eines Witwers wohnen kann, ohne ihren Cousin an ihrer Seite?", hatte die Mutter daraufhin weitergerätselt. „Welch lockere Sitten herrschen bloß in diesem Kaiserreich?"

Auch darauf hatte niemand eine Antwort gewusst.

Also hatte die Viscountess das Lesen wieder aufgenommen und sie erfuhren, dass es Agatha nun doch gelungen war, ihre lang verschollene und zutiefst vermisste Schwester ausfindig zu machen. Das wiederum erfreute die gesamte Runde und man konnte sich gut vorstellen, wie glücklich Agatha über diese Tatsache war. Warum sie es allerdings für eine Erwähnung wert hielt, dass Cecilia in einem roséfarbenen Kleid einen Gang entlanggeschritten war, sorgte für allgemeine Ratlosigkeit.

„Nichts", sagte Ihre Ladyschaft nun, „kein Lebenszeichen seit diesem ominösen Brief. Es ist, als wäre sie ein weiteres Mal verschollen. Sie wird sich doch nicht schon wieder irgendwo als Gesellschafterin verdingen?"

„Habt ihr denn abermals gestritten, Mama?", wollte Penelope wissen.

„Natürlich nicht", widersprach ihre Mutter, „wir waren im besten Einvernehmen, als deine Cousine nach Wien abreiste."

„Dann halte ich es für ausgeschlossen, dass sie irgendwo in den Dienst getreten ist. Sie wäre doch hierhergekommen oder hätte eine meiner Schwestern in London aufgesucht, wenn sie in Schwierigkeiten geraten wäre. Außer natürlich, sie befindet sich immer noch in Wien und sie ist dort in Probleme verstrickt."

„Bertram hat in seinem ersten Brief geschrieben, dass Agatha es nicht lassen konnte, während der gesamten Reise immer wieder einen Streit mit dem Herzog vom Zaun zu brechen", fiel Lady Panswick nun ein. „Vielleicht hat sie ja eines Tages den Bogen überspannt und er hat sie hinausgeworfen."

„Agatha?" Penelope konnte ihren Ohren nicht trauen. „Doch nicht unsere Agatha! Die ist doch so klug und vernünftig. Warum sollte sie mit irgendjemandem streiten? Kannst du dir das vorstellen, Mama?"

Ihre Mutter gab zu, dass sie das schwerlich konnte. „Außer den Unstimmigkeiten, die wir hatten, als sie nach Florenz reisen wollte, hatten wir nie Probleme miteinander. Agatha ist eher eine, die Streitigkeiten zu vermeiden hilft." Sie überlegte kurz. „Na ja, wahrscheinlich hat Bertram übertrieben", sagte sie dann, was Penelope ebenso unwahrscheinlich fand, denn ihr

Bruder war ein ernsthafter junger Mann, der nicht zu Übertreibungen neigte.

„Vielleicht hat sie sich auch mit der neuen Herzogin nicht verstanden", war das Nächste, was Lady Panswick in Erwägung zog. „Es ist mir ein Rätsel, wo die auf einmal herkommt. Er wird doch keine Ausländerin geheiratet haben. Man stelle sich vor, ein Herzog der Krone!"

„Oder aber", überlegte Penelope, „die neue Duchess zog es vor, sich künftig selbst um ihre Stieftochter zu kümmern. Damit wäre Agatha überflüssig geworden."

Mutter und Tochter stellten schweren Herzens fest, dass sie die Rätsel nicht würden lösen können, und begannen mit den Vorbereitungen für den herzoglichen Besuch.

Die nächsten Tage vergingen mit emsigem Treiben. Die beiden besten Gästezimmer wurden vorbereitet, und man entschloss sich, vorsorglich eines mit einem breiten Ehebett auszustatten. Da der Duke erst seit Kurzem verheiratet war, war es nicht von der Hand zu weisen, dass das hohe Paar im selben Raum zu nächtigen beabsichtigte. Das große Speisezimmer, das nicht mehr benutzt wurde, seit Lady Panswick allein auf Lancroft Abbey wohnte, wurde mit Hingabe geputzt und von allen Spinnweben befreit, das Silber auf Hochglanz poliert.

Die Hausherrin hatte insgeheim beschlossen, zuversichtlich zu sein, auch was die baldige Rückkehr ihrer Nichte betraf. So innig sie sich ein Zusammenleben mit Agatha vor einem Jahr noch gewünscht hatte – wenn sie jetzt daran dachte, dann tat sie es mit gemischten Gefühlen. Das hatte einen guten Grund: Hillcroft Place, eines der größten Güter in der Nachbarschaft, hatte neue Besitzer bekommen. Vor einem Vierteljahr waren Lord und Lady Glanshowe und deren Schwester Prudence dort eingezogen. Natürlich hatte Lady Panswick einen Antrittsbesuch abgestattet und sich im Kreise der drei so wohl gefühlt, dass es nicht bei diesem einen geblieben war. Im Gegenteil, die Besuche wurden immer häufiger, man traf sich mehrmals die Woche zum Whist, begann gemeinsam zu musizieren, unternahm Ausfahren oder setzte sich zum prasselnden Kaminfeuer, um sich über Gott und die Welt zu unterhalten. *Würde sie diese Besuche so häufig fortsetzen* können, *wenn erst einmal Agatha wieder hier wohnte?*, fragte sich die Viscountess im Stillen. Konnte sie sie so oft alleinlassen oder musste sie sie am Ende gar mitnehmen? Ihre Nichte war zu jung, um die Themen zu verstehen, die ihr und ihren neuen Freunden wichtig waren. Zu jung, um in Erinnerungen an alte Zeiten zu schwelgen, als der gute König Georg III. noch im Vollbesitz seiner geistigen Kräfte gewesen und seinem verschwenderischen Sohn noch nicht die Regentschaft übertragen worden war. Wie würden sie in Ruhe Whist spielen können? Eine fünfte Person war dabei völlig überflüssig. Es gab keinen Zweifel, ihre Nichte musste anderweitig beschäftigt werden.

So kam es, dass jeder brüchige Vorhang mit der Bemerkung zur Seite geräumt wurde: „Um den soll sich dann Lady Alverston kümmern." Ein Kissen musste neu bezogen werden? Auf den Stapel für Lady Alverston! Die Bettwäsche brauchte frische Knopflöcher – bereithalten für Lady Alverston!

Lady Panswick war sehr zufrieden mit sich. Durch ihre weise Voraussicht würde ihre Nichte nicht nur beschäftigt sein, nein, sie konnte auch etwas Sinnvolles für Lancroft Abbey tun und brauchte daher kein schlechtes Gewissen zu haben, als mittellose Verwandte der Familie Barnett zur Last zu fallen.

Dann endlich war der große Tag gekommen. Ein Diener war beauftragt worden, beim Torwärterhaus zu warten. Als die beiden silbergrauen Karossen in Sichtweite kamen, ritt er so schnell er nur konnte querfeldein zum Herrenhaus zurück, um die Viscountess von der baldigen Ankunft ihrer hohen Gäste in Kenntnis zu setzen. So kam es, dass die erste von vier Schimmeln gezogene Reisekutsche auf den Vorplatz einfuhr und die gesamte Familie und auch die Dienerschaft zur Begrüßung bereitstanden.

Ein Hausdiener öffnete den Schlag, und Lady Panswick ging näher, um zuerst die Herzogin von Landmark willkommen zu heißen und anschließend den Duke zu begrüßen, sobald dieser auf der anderen Seite ausgestiegen war. Als Allererstes sah sie nur einen mit Federn besetzten hochmodischen Hut, dann hob die Dame darunter den Kopf, und ihre Ladyschaft blickte in zwei lachende braune Augen.

Alle Begrüßungsformalitäten, die sie dem Zeremoniell gemäß einstudiert hatten, waren mit einem Schlag vergessen.

„Das ist ja Agatha!", „Seht nur, Agatha ist zurück!", riefen die Cousinen wild durcheinander und schon stürmten sie auf sie zu, um sie zu umarmen, sich bei ihr unterzuhaken und sie mit Fragen zu löchern.

„Ihr seid alle da!", rief diese wiederum gerührt. „Ihr seid nach Hause gekommen, um mich wieder auf der Insel willkommen zu heißen? Ich danke euch. Ich danke euch sehr!" Freudentränen rannen Agatha die Wangen entlang.

Wie hätte da auch nur eine Menschenseele auf die Idee kommen können, ihr zu enthüllen, dass das große Empfangskomitee gar nicht für sie vorgesehen gewesen war?

In der Zwischenzeit hatte auch der Herzog die Kutsche umrundet und betrachtete mit amüsiertem Lächeln die aufgeregte Schar junger Damen. Als sie ihn sah, machte sich Agatha frei und ging ihm entgegen.

„Verehrte Tante", sagte sie mit glühenden Wangen, „darf ich dich mit meinem Gemahl bekannt machen, dem Herzog von Landmark?"

Sie war viel zu aufgeregt und vom Glück überwältigt, als dass es ihr aufgefallen wäre, dass bei manchen der Anwesenden für kurz die Gesichtszüge entglitten. Vor allem die Viscountess selbst musste sich zusammennehmen, um ihre Nichte nicht offenen Mundes anzustarren. Zwei ziemlich unerfreuliche Schlussfolgerungen kamen ihr in den Sinn: Zum einen würde der Wäscheberg mit den Näharbeiten nun doch ihr selbst vorbehalten bleiben. Und zum anderen stand die ehemals arme Verwandte Agatha plötzlich in der Rangordnung deutlich über ihr. Da fiel ihr ein, dass sie immer noch die Tante und die andere nur die Nichte war, und das Lächeln fiel ihr wieder um einiges leichter.

Inzwischen hatten auch die versammelten Herren Agatha begrüßt und Landmark willkommen geheißen. Dem gemeinsamen Mittagessen stand nichts mehr im Wege.

Von seinem Ehrenplatz aus, zwischen der Hausherrin und Frederica, der Countess of Derryhill, sah der Herzog wenig später in die Runde. Natürlich kannte er den Earl, wenn auch nicht sehr gut, war dieser doch einige Jahre jünger als er. Derryhill schien ein patenter Bursche zu sein, so wie die anderen beiden Gentlemen auch. Von einem Mr. Markfield hatte er allerdings zuvor noch nie etwas gehört. Dafür erinnerte er sich umso besser an den Viscount of Badwell. Diesem Mann konnte er nicht genug danken. Er war es schließlich gewesen, der ihm geraten hatte, Agatha als Lizzys Begleiterin nach Wien mitzunehmen. Das junge Ding mit den roten Haaren und dem fröhlichen Lächeln, das ihm gegenübersaß, war wohl Lady Vivian, seine Ehefrau. Und die Schönheit am anderen Ende des Tisches war wohl die mit den Schafen. *Was für eine fröhliche Familie,* dachte er, während er mit halbem Ohr den lebhaften Gesprächen lauschte, die quer über den Tisch geführt wurden. In seiner Familie war steifes Zeremoniell beim Essen gepflegt worden. Man durfte sich ausschließlich mit dem eigenen Tischnachbarn unterhalten. Landmark merkte erstaunt, wie sehr ihm diese Lebendigkeit gefiel. Er hatte angenommen, er hätte seiner Frau ein Zuhause in einer Kleinfamilie gegeben. Jetzt stellte er fest, dass sie ihm ebenfalls ein Zuhause gegeben hatte, inmitten seiner neuen, fröhlichen Verwandtschaft auf Lancroft Abbey.

Anhang

Die Geschichte von Lancroft Abbey

Für seine Erfolge zu See wurde dem ruhmreichen General George Barnett im Jahre 1601 von Königin Elisabeth I. der Titel *Viscount of Panswick* verliehen. Er erwarb das ehemalige Kloster Lancroft Abbey nördlich von Tunbridge Wells, in der englischen Grafschaft Kent gelegen, das unter der Herrschaft von Heinrich VIII. säkularisiert worden war, und baute es für seine Familie um. Seit dieser Zeit befindet sich der vierseitige Backsteinbau mit den vier markanten, achteckigen Türmen im Besitz der Familie Barnett.

Der siebte Viscount (1755–1810) war ein herzensguter Mensch gewesen, der weder etwas von Landwirtschaft noch von Vermögensverwaltung verstand. Sein Geld investierte er vor allem in die Ausgrabungen, die Edward Alverston, der angeheiratete Neffe seiner Gemahlin, in Ägypten durchführte. Als er 1810 an einem heimtückischen Fieber starb, hinterließ er eine tatkräftige Witwe, fünf heranwachsende Kinder und einen Berg Schulden.

Die Familie Barnett im Jahr 1814

Mutter: Louise Barnett, *1767, 47 Jahre alt, **die Viscountess of Panswick,** ist eine gerechte, praktisch veranlagte, zupackende Frau, die immer noch ein wachsames Auge auf die Verwaltung des Landsitzes hat und damit Bertram, dem Erben, ermöglicht, in diplomatische Dienste zu treten.

Frederica, *1789, 24 Jahre alt, klug und einfallsreich, erwartet das erste Kind von ihrem Ehemann, dem Earl of Derryhill.

Penelope, *1791, 23 Jahre, die Schönheit der Familie, liebt das Landleben, ihren Gatten Henry Bernard Markfield und Schafe.

Bertram, *1793, 21 Jahre, der **8. Viscount of Panswick**, begleitet nach dem Studium in Cambridge den Herzog von Landmark als Adjutant nach Wien. Er ist ein ernsthafter, liebenswerter Mann, der in die Rolle als Familienoberhaupt hineinwächst.

Vivian, *1796, 18 Jahre, der Freigeist unter Lady Panswicks Töchtern. Sie will gemeinsam mit ihrem Ehemann, dem Viscount of Badwell, die Rechte adeliger Mädchen verbessern und eine Schule gründen.

Nicolas *1798, 16 Jahre alt, ein besonders gut aussehender, modebewusster, fröhlicher junger Mann, der in Cambridge studiert und zu allerhand unpassenden Scherzen aufgelegt ist.

Agatha Alverston, * 1778, 36 Jahre alt, Lady Panswicks verwitwete Nichte, lebte lange Zeit auf Lancroft

Abbey, bereiste den Kontinent, um vergeblich nach ihrer Schwester zu suchen, verdingte sich als Gesellschafterin und begleitet nun ihren Cousin Bertram und den Herzog von Landmark nach Wien.

Andere wichtige Personen im 4. Band der Lancroft Abbey Reihe

Carl Hawick, der **2. Duke of Landmark**, 41 Jahre alt, hochrangiger Diplomat, Bertrams standesbewusster, traditionsliebender Dienstgeber.

Eliza Hawick, genannt Lizzy, 13, seine liebenswerte, aufgeweckte Tochter.

Cecilia Winford, 34, Witwe von Simon Winford, dessen Mutter aus Florenz stammte. Agathas verschwundene Schwester.

Gustav Maria Siebenbrunner, genannt **Gustl**, 19, Fremdenführer und guter Geist im Haushalt in Wien.

Johanna Kruger, 18, genannt **Hanni**, ein liebliches Wesen aus der Weyburggasse, mit vergissmeinnichtblauen Augen.

Madame von Hof, 46, ihre Tante und … Anstandsdame.

Helene von Stummer, 36, Agathas neue Freundin, die ihr das Einleben in Wien erleichtert.

Lord und Lady Castlereagh, englischer Außenminister und, in den ersten Monaten, Delegationsleiter am Wiener Kongress. Die Geschichte mit dem Hosenbandorden hat sich tatsächlich so zugetragen. Auch die Übersiedelung und der Grund dafür scheinen verbürgt.

Lord Charles Steward, englischer Botschafter in Wien, wurde vom Volk tatsächlich „Lord Pumpernickel" genannt.

Fanny von Arnstein, Gattin eines reichen Bankiers, war tatsächlich für ihren Salon berühmt, zu dem sie jeden Dienstag die wichtigsten Leute auf dem Hohen Markt versammelte.

Wien 1814

Das Gewölbe von Zuckerbäcker Gottlieb Amadé Wohlfahrt auf dem Michaelerplatz gab es ebenso wie den Kaffeesieder Simon am Graben, die Galanterie-Handlung „Zum englischen Gruß", Lebkuchen in der „Goldene Meerfräule", das Flugblatt, das über die Monarchen herzog und natürlich auch die Buttenweiber. Der Kohlmarkt war damals bereits eine der nobelsten Geschäftsstraßen der Stadt. Prostitution blühte an allen Ecken, doch nur Herren, die es sich leisten konnten, besuchten die teuren Gunstgewerblerinnen vom Schnepfenstrich.

Berlin 1814

Georg Wilhelm Friedrich Hegel unterrichtete an der neugegründeten Universität, und auch das Volpische Kaffeehaus an der Stechbahn hat es gegeben.

Fachbegriffe (nicht nur) aus der Welt der Regency Zeit

Ägide: Bist du unter der Ägide, bist du unter einer Leitung - als Mädchen oft unter der Ägide einer Anstandsdame.

Beutelschneider: gemeiner Taschendieb.

Brief freimachen: Briefporto war teuer, bei adeligen Männern reichte eine Unterschrift und der Brief war frei.

Brimborium: Aufsehen, unnötiger Firlefanz.

Chaperon: anderes Wort für Anstandsdame.

Contenance: gelassene Zurückhaltung.

Dandy: ein modebewusster Gentleman.

Duenna: noch ein anderes Wort für Anstandsdame.

Echauffieren: sich aufregen.

Gstanzeln: österreichische Volkslieder aus mehreren Strophen, zwischen die sich gern ein Jodler schiebt.

Heißer Ziegelstein: in Kutschen zum Wärmen der Füße.

k. und k.: kaiserlich, königlich - Franz I. war Kaiser von Österreich und König von Ungarn.

Landauer: viersitzige Kutsche mit zurückschlagbarem Verdeck.

Oheim: Onkel.

Quadrille: ein französischer Kontertanz, der von jeweils vier Paaren ausgeführt wird. Es gibt sechs Figuren, darunter den Galopp.

Schoner: Segelschiff mit mehreren Masten.

Schranne: Wiener Gerichtsgebäude am Hohen Markt.

Stutzer: eleganter Herr, der modisch etwas auf sich hält.

Retikül: eine beutelförmige Handtasche.

Scones: ein Gebäck, das damals in der Pfanne und heute im Ofen gebacken wird.

Soiree: eine Abendgesellschaft.

Dass ich so viele Ereignisse, die tatsächlich am Wiener Kongress stattgefunden haben, in meinen Roman einbauen konnte, verdanke ich folgenden Quellen:

Hannes Etzlstorfer: Der Wiener Kongress - Redouten, Karoussel & Köllnerwasser. K&S Verlag, Wien 2014

Anna Ehrlich / Christa Bauer: Der Wiener Kongress - Diplomaten, Intrigen und Skandale. Amalthea Verlag, Wien 2014

Weitere Bücher der Autorin

Der Heiratsplan
(Die Lancroft Abbey Reihe, Band 1)

England, 1811. Frederica, die älteste Tochter des verstorbenen Viscounts of Panswick, träumt von einer glanzvollen Saison in London. Doch ihr Vater hat der Familie einen Berg Schulden hinterlassen.

Um wenigstens das Anwesen Lancroft Abbey zu retten, beschließt ihre Mutter, alles auf eine Karte zu setzen. Anstelle von Frederica soll zuerst die zweitälteste und schönste Tochter Penelope in London debütieren, ausgestattet mit dem letzten Bargeld.

Als sich Penelopes Anstandsdame das Bein bricht, übernimmt Frederica, als verwitwete Cousine verkleidet, ihren Part. Die ersten Versuche, Kontakt zur vornehmen Gesellschaft aufzunehmen, scheitern kläglich. Kann Frederica ihre Aufgabe doch noch erfüllen und einen reichen Junggesellen für ihre Schwester finden?

Verlobung wider Willen
(Die Lancroft Abbey Reihe, Band 2)

England, 1813. Penelope, zweitälteste Tochter der Viscountess of Panswick, hat soeben ihren vierten Heiratsantrag abgelehnt. Seit ihr bei ihrem Debüt in London das Herz gebrochen wurde, würde sie am liebsten ein beschauliches Leben auf Lancroft Abbey führen, umgeben von ihren geliebten Tieren.

Doch Lady Panswick möchte ihre Töchter so schnell wie möglich unter die Haube bringen. Also organisiert sie einen Ball zu dem passende Junggesellen eingeladen werden. Und sie nimmt Penelope das Versprechen ab, einen fünften Heiratsantrag in jedem Fall anzunehmen.

Doch nicht nur die Ballvorbereitungen halten Penelope in Atem. Sie kümmert sich auch um einen verletzten Soldaten, von dem ihre Mutter annimmt, es sei ein entfernter Verwandter. Doch wer ist dieser Mann wirklich?

Die stürmische Braut
(Die Lancroft Abbey Reihe, Band 3)

Lady Vivian Barnett, die dritte Tochter der Viscountess of Panswick, eine willensstarke, stürmische junge Dame, freut sich auf ihre erste Saison in London. Dort will sie sich einen reifen, weisen Ehemann suchen, der sie dabei unterstützen soll, die Rechte und die Ausbildung adeliger Mädchen zu verbessern. Als Justin Rawling nach dem Tod seines verhassten Vaters und seines älteren Bruders überraschend den Titel eines Viscounts of Badwell erbt, beschließt er, nicht auch die dazugehörigen Pflichten zu übernehmen. Er vergnügt sich lieber am Spieltisch, bei Alkohol und in den Betten verheirateter Frauen. Da fällt eines stürmischen Abends im März 1814 Vivian vom Pferd, Badwell vor die Füße und damit mitten hinein in sein Leben. Der Sturm verhindert ein Weiterreiten. Die beiden verbringen die Nacht gemeinsam in einer Fischerhütte und tauschen die ersten Küsse. Sie hatten sich einander nicht vorgestellt und rechnen nicht damit, sich je im Leben wiederzusehen. Als sie sich kurz darauf doch wieder begegnen, stehen sie vor einem Traualtar …

Die Braut des Herzogs

Julian Romsey, Herzog von Wellbrooks, hat es gründlich satt, Opfer der Nachstellungen heiratswütiger Mütter und hoffnungsvoller Debütantinnen zu sein. Darum beschließt er kurzerhand, dem Rat seiner Großmutter zu folgen und endlich zu heiraten. Mit der Brautsuche gibt er sich keine große Mühe und stimmt der von seiner Großmutter vorgeschlagenen Braut unbesehen zu - auch wenn es sich anhört, als sei sie eine Landpomeranze, wie sie im Buche steht. Allerdings schwebt ihm ohnehin nur eine Vernunftehe vor, da der attraktive Aristokrat nicht plant, mehr als milde Zuneigung für seine Zukünftige zu empfinden. Miss Olivia Redbridge fällt aus allen Wolken, als sie von dem Antrag des Herzogs erfährt, denn sie ist seit ihrer nicht gerade erfolgreich verlaufenen ersten Saison vor sechs Jahren nicht mehr in London gewesen. Statt sich um modische Kleider und Gesellschaftsklatsch zu kümmern, hat sie ihrem verwitweten Vater das Haus geführt und bei der Erziehung ihrer jüngeren Geschwister geholfen. Doch nun hat sich Lord Redbridge wieder verheiratet, und obwohl sie ihre Stiefmutter sehr mag, möchte Olivia jetzt gerne selbst heiraten und ihren eigenen Haushalt leiten. Darum schlägt sie Wellbrooks Antrag auch nicht gleich aus, sondern macht sich auf den Weg nach London, wo nicht nur ihr, sondern auch dem Herzog eine große Überraschung bevorsteht ...

Hochzeit in St. George

England im 19. Jahrhundert: Der ehrenwerte Mr. Richard Willowby befindet sich in einer üblen Klemme – er wurde auf frischer Tat bei einem intimen Tête-à-tête von dem Vater seiner Gastgeberin ertappt – der sich sofort erzürnt an seine Fersen heftet. Da ist guter Rat teuer! Gott sei Dank verfügt unser Held über die Geistesgegenwart, die tief verschleierte Dame, die er überraschenderweise in seinem Salon vorfindet, als seine Verlobte auszugeben...

Schneegestöber

England im 19. Jahrhundert: Die lebenslustige Kitty überredet ihre Freundin Mary Ann gemeinsam aus dem Internat zu fliehen. Nach London zieht es die beiden jungen Damen. Hier wohnt Kittys bislang unbekannter Vormund, der Earl St. James. Entgegen Kittys Annahme, ist der Earl keinesfalls ein älterer Herr, sondern ein junger, attraktiver Mann mit Liebeskummer: Seine Braut ist vor dem Traualtar ohnmächtig geworden und anschließend spurlos verschwunden. Kitty und Mary Ann begeben sich auf die Suche nach der Braut. Während ihrer Reise durch das ländliche England finden die beiden jungen Damen tatsächlich, was sie sich so sehnlich wünschen: ein aufregendes Abenteuer und die große Liebe.

Maskerade im Rampstade

Die selbstbewusste Sophia Matthews folgt nur zu gerne der Bitte von George Willowby, ihrem Freund aus Kindertagen, sich auf Rampstade Palace, wo seine furchtgebietende Großmutter residiert, mit ihm zu treffen. Allerdings scheint schon die Anreise unter keinem guten Stern zu stehen - Sophias Kutsche hat eine Panne, die sie zwingt, das nächste Wirtshaus aufzusuchen - wie sich herausstellt eine üble Räuberhöhle. Ein faszinierender Fremder, den sie dort kennenlernt, bringt sie sicher zum nächstgelegenen Herrensitz. Schade nur, dass dieser Jojo, wie er sich nennt, trotz seiner eher gewählten Ausdrucksweise ganz offensichtlich ein Anführer des Gesindels aus dem Wirtshaus ist, vermutlich ein auf die schiefe Bahn geratener Adeliger. Schließlich doch noch auf Rampstade Palace angelangt, muss Sophia dann entdecken, dass der charmante Luftikus George ihr nicht etwa, wie sie angenommen hatte, einen ernstgemeinten Heiratsantrag machen will, sondern sie vielmehr – ungefragt – zum Schein als seine Verlobte ausgegeben hat, damit seine Chancen steigen, statt seines mustergültigen Vetters vom Nachbargut im Testament der Herzoginwitwe bedacht zu werden. Und zu allem Überfluss kann Sophia Jojo einfach nicht vergessen. So kommt es, dass sie sich nicht nur mit einem Scheinverlobten und dessen ihr unbekannten, aber wenig sympathischen Vetter herumzuschlagen hat, sondern auch noch dem galanten Räuberhauptmann helfen, wieder auf den Pfad der Tugend zurückzufinden …

Eliza – Einfach zauberhaft!

Die junge Lady Eliza hat nicht den geringsten Grund, sich auf das bevorstehende Weihnachtsfest zu freuen. Ihr behäbiger Bruder, bei dem sie wohnt, hasst Dekorationen und Feierlichkeiten. Und seine dominante Schwiegermutter quält sie unablässig mit ihrer Bösartigkeit. Da kommt die Gelegenheit gerade recht, der reizenden Lady Aby, einer Großtante ihrer Freunde, Gesellschaft zu leisten. Die alte Dame träumt von einem zauberhaften Weihnachtsfest im Familienkreis. So erklärt sie kurzerhand Eliza zu ihrer Nichte und Andrew Brown, einen zufällig vorbeikommenden Pferdeknecht, zu ihrem Neffen. Die drei verbringen fröhliche Tage miteinander, dekorieren das Wohnzimmer mit Girlanden und schmücken einen prächtigen Weihnachtsbaum. Und spätestens als Andrew sie unter dem Mistelzweig küsst, weiß Eliza, dass sie sich unsterblich in ihn verliebt hat. Doch kann das angehen: die Schwester eines Viscounts und ein Diener? Ihr Bruder wird einer solchen Verbindung wohl niemals zustimmen! Nicht einmal Myladys Weihnachtswunsch kann hier helfen – oder etwa doch?